La Virgen Gitana

books4pocket

Santa Montefiore

La Virgen Gitana

Traducción de Isabel de Miquel Serra

EDICIONES URANO

Argentina - Chile - Colombia - España
Estados Unidos - México - Perú - Uruguay - Venezuela

Título original: *The Gypsy Madonna*
Copyright © 2006 by Santa Montefiore

© de la traducción: Isabel de Miquel Serra
© 2008 by Ediciones Urano
        Aribau, 142, pral. – 08036 Barcelona
        www.edicionesurano.com
        www.books4pocket.com

1ª edición en books4pocket junio 2011

Diseño de la colección: Opalworks
Imagen de portada: Getty Images
Diseño de portada: Imasd

Impreso por Novoprint, S.A.
Energía 53
Sant Andreu de la Barca (Barcelona)

Fotocomposición: books4pocket

ISBN: 978-84-92801-96-1
Depósito legal: B-19.974-2011

Impreso en España – *Printed in Spain*

Para mi hermana Tara, con amor

De todos los libros que he escrito, éste es el que me ha supuesto un mayor reto. Pero gracias a mi marido y fiel compañero de fechorías, Sebag, que me ayudó a idear la trama frente a una copa de rosado en nuestras vacaciones anuales en Francia, ha sido el que más he disfrutado escribiendo. Dos mentes trabajan mejor que una, y sin la ayuda de mi marido no podría haber escrito esta novela.

Cuando me vi ante la necesidad de hacer investigaciones sobre Burdeos durante la Segunda Guerra Mundial, pedí ayuda a mis queridos amigos Sue y Alan Johnson-Hill, que viven en un precioso *château*. Ellos tuvieron la amabilidad de contarme sus experiencias, ¡aunque debo señalar que no son tan mayores como para haber vivido la guerra! Alan corrigió mi francés, y Sue respondía por *e-mail* a todas mis preguntas y me hacía innumerables sugerencias. A los dos les agradezco su ayuda.

También le doy las gracias a mi amigo Eric Villain, que pasó su infancia en Burdeos. Como necesitaba la visión de un niño, le invité a comer, le serví una buena copa de vino —francés, por supuesto—, y me dediqué a tomar notas de sus recuerdos de infancia. Fue una mina de información, y muy entretenido, además. Muchas gracias, Eric.

Esta novela no sólo me llevó a Burdeos, sino también a Nueva York y a Virginia. Para que me ayudara en mi investigación elegí, por supuesto, al estadounidense más atractivo que conozco, Gordon Rainey. Desde aquí te agradezco tu colaboración, así como los divertidos *e-mails* que me enviabas, y que han contribuido a que escribir este libro haya resultado tan agradable.

Para contar la repentina aparición de una pintura de Tiziano he recurrido a dos grandes especialistas de la National Gallery. Toda mi gratitud a Colin McKenzie, director del departamento de compras, y a David Jaffé, conservador jefe del museo, por sus consejos y anécdotas, por su apoyo, ingenio y agradabilísima compañía durante la investigación que llevé a cabo para escribir el presente libro.

La parte que más miedo me inspiraba se convirtió gracias a ellos en la más divertida.

¡Y desde luego, una tiene que mantenerse en forma cuando se pasa la mayor parte del día escribiendo en su ordenador portátil! Por eso doy las gracias a mi entrenador personal en *kickboxing*, Stewart Taylor, de Bodyarchitecture.co.uk. Porque aparte de saltar y boxear conmigo en el gimnasio, también fue un atento interlocutor capaz de dar sabios consejos cuando, entre patada y puñetazo, le explicaba la trama de la novela y le hablaba de los distintos personajes.

A mis padres, Charlie y Patty Palmer-Tomkinson, les agradezco su apoyo y su ánimo incondicional, en especial a mi madre, que leyó el primer borrador y me hizo muy valiosas sugerencias. A mis suegros, Stephen y April Sebag-Montefiore, les doy las gracias por el interés que se han tomado en mis libros; su entusiasmo y sus elogios me han dado las fuerzas para seguir escribiendo.

De nuevo doy las gracias a Kate Rock, que me dio el impulso de empezar hace cinco años, así como a Jo Frank, que vendió mi primer libro a Hodder & Stoughton. Gracias a esta editorial por publicar éste, que es el sexto, ¡y por la confianza que han depositado en mí con un contrato para cuatro libros más! ¡Dios os bendiga!

Gracias a Linda Shaughnessy por vender los derechos para mis libros en todo el mundo, y a Robert Kraitt, mi agente cinematográfico, siempre tan optimista.

Sheila Crowley, mi agente literaria, es la persona más capaz, dinámica y positiva que conozco. Para ella no hay reto demasiado grande. ¡Gracias por representarme, y espero que sigas haciéndolo durante los próximos cuatro libros!

Vaya mi agradecimiento también a mi editora, Susan Fletcher, por su arduo trabajo y su paciencia. Tus observaciones me han sido de infinita ayuda, y tus comentarios elogiosos han sido el combustible que me ha permitido seguir escribiendo. Ojalá que nuestra fructífera asociación tenga una larga vida.

La Virgen Gitana

La Virgen y el Niño (o La Virgen Gitana)
Fecha: hacia 1511
Óleo sobre tabla
Metropolitan Museum, Nueva York

La joven virgen de Tiziano ha sido tradicionalmente denominada la Virgen «Gitana» debido a su piel morena, su pelo negro y sus ojos oscuros. María, prácticamente una niña, sujeta a su pequeño, que todavía no se sostiene de pie sin ayuda. Tanto la madre como el niño parecen sumidos en sus pensamientos, pero su actitud natural y confiada muestra un vínculo profundo entre los dos, más allá de las palabras. Con la mano izquierda, el niño Jesús agarra los dedos de su madre, un gesto muy habitual en los niños, y con la derecha toquetea la tela del manto de María.

PRIMERA PARTE

Cuando paseaba por las calles de Laredo,
cuando paseaba por Laredo un día,
seguí a un joven vaquero,
un guapo joven vaquero
vestido de lino blanco
y frío como el yeso.

Por tu atuendo veo
que eres un vaquero.
Esas fueron sus palabras
cuando osé acercarme.
Ven y siéntate a mi lado,
escucha mi triste historia,
que me han disparado en el pecho
y ahora voy a morir.

Prólogo

Poco antes de morir, mi madre hizo una cosa que me sorprendió muchísimo: regaló el Tiziano. En un primer momento me pareció una chifladura. La edad la había vuelto muy obstinada, y una vez que hubo entregado el cuadro al Metropolitan, se negó en redondo a comentar su decisión, ni siquiera conmigo. Mi madre era así. Podía mostrarse fría y decidida, con ese aire contenido y arrogante que atribuimos a los franceses. Pero si perseverabas, con el tiempo llegabas a descubrir bajo las espinas a una delicada rosa mosqueta. De todas formas, ningún periodista consiguió de ella una declaración, por más que insistiera. Mi madre nunca cedió al acoso de la prensa.

Pero mi madre no estaba chiflada en absoluto, únicamente exasperada. En su mirada inquieta y enfebrecida brillaba un deseo intenso que yo no alcanzaba a interpretar. Era consciente de que se moría, de que le quedaba poco tiempo. Cuando se acerca el momento de la muerte, muchas personas tienen la necesidad de atar todos los cabos sueltos para irse con la conciencia tranquila. Pero el sentimiento de mi madre iba más allá del deseo natural de arreglar los asuntos personales antes de emprender un viaje.

—No lo entiendes, Mischa. —Parecía tremendamente angustiada—. Tengo que devolver el cuadro.

Y era cierto que no lo entendía. ¿Cómo iba a entenderlo?

Yo estaba furioso. Mi madre y yo lo compartíamos todo. Debido a lo que habíamos vivido, estábamos unidos con un lazo más estrecho que el que ata normalmente a un hijo con su madre. Éramos dos frente al mundo, *maman* y su pequeño *chevalier*. De niño, yo soñaba con derrotar a todos sus enemigos con mi espada. Sin embargo, ella nunca me había hablado del Tiziano.

Ahora está muerta y sus labios sellados para siempre. El viento se ha llevado su aliento, las palabras que a veces me susurra en sueños. Una noche me dejó y se llevó consigo sus secretos, o eso creía yo. Pero pasado un tiempo, al recorrer el camino de los recuerdos de mi niñez, fui encontrando los secretos; estaban a mi alcance, sólo tenía que atravesar el cerco de fuego que me separaba de ellos. Fue un viaje lleno de dolor y de dicha, pero sobre todo de sorpresas. Yo era un niño, y lo interpretaba todo con una mirada joven e inocente. Hoy, con más de cuarenta años, la experiencia me ha dado sabiduría, y puedo ver las cosas tal como fueron. Confiaba en descubrir de dónde provenía el Tiziano; nunca me imaginé que me encontraría a mí mismo.

1

Todo empezó un día nevoso de enero. Enero es un mes deprimente en Nueva York. Los árboles están desnudos, las fiestas se han terminado y las luces navideñas se las han llevado para el año siguiente. Un viento cargado de escarcha barría las calles, y yo caminaba a paso rápido con las manos en los bolsillos, mirando el suelo. No pensaba en nada en particular, sólo en el trabajo de cada día. Intentaba no pensar en mi madre. Soy experto en evitar cosas: si algo me resulta doloroso, no pienso en ello. Si no pienso en ello, no sucede; si no lo veo, no está... ¿no? Hacía una semana que había muerto mi madre, y ya se había celebrado el funeral. Los periodistas, insistentes como moscardones, no paraban de preguntar cómo era posible que sólo ahora saliera a la luz un Tiziano tan valioso, no catalogado. ¿No entendían que yo sabía tan poco como ellos? Si ellos luchaban en la oscuridad, yo me debatía en el aire.

Llegué a mi oficina en West Village, una tienda de antigüedades en la planta baja de un edificio de ladrillo rojo. En la puerta contigua, Zebedee Hapstein, un excéntrico relojero, se afanaba en imprimir armonía a su discordante orquesta de tictacs. Me había olvidado de ponerme los guantes, y con los dedos entumecidos no atinaba a encontrar la llave. Al levantar la vista me vi reflejado en el espejo de la entrada: la cara fantasmal de un hombre envejecido, de mirada torva. Me desprendí de la tristeza, y mientras avanzaba me sacudí la nieve de los hombros. Stanley no había llegado, ni tampoco Esther, que contestaba el teléfono de la tienda y limpiaba. Subí la escalera como si arrastrara un enorme peso. Olía a madera y a cera de muebles, y había una luz mortecina. Cuando encendí la luz de mi oficina me llevé un susto de muerte: un vagabundo esperaba tranquilamente sentado en una silla.

Le pregunté qué demonios hacía allí y cómo había entrado. No había ninguna ventana abierta y la puerta principal estaba cerrada con llave; por un momento tuve miedo. Cuando el individuo se volvió hacia mí con una media sonrisa, me desconcertó el inusitado azul turquesa de sus ojos, que relucían como dos aguamarinas en medio del rostro barbudo y surcado de arrugas. Se envolvía en un pesado abrigo, se cubría la cabeza con un sombrero de fieltro, y uno de sus sucios zapatos tenía la punta agujereada. Por un instante tuve una sensación de *déjà vu*, que desapareció tan rápidamente como había aparecido. Me miró de arriba abajo, evaluando mi aspecto, y su impertinencia me enfureció.

—Te has convertido en un joven muy apuesto —dijo, como hablando para sí y asintiendo con la cabeza.

Lo miré ceñudo, sin saber qué responder.

—Así que no sabes quién soy. —Su sonrisa ocultaba un fondo de tristeza.

—Por supuesto que no, y creo que debería marcharse de aquí.

El hombre asintió sin decir ni una palabra y se encogió de hombros.

—En realidad no hay razón para que te acuerdes, maldita sea. Pero esperaba… ¿qué más da? ¿Te importa que fume un pitillo? Ahí fuera hace un frío de narices.

Por alguna razón, su acento sureño me puso la carne de gallina. Antes de que yo pudiera contestar, el vagabundo sacó un Gauloise y encendió una cerilla. El olor del tabaco me produjo un cierto mareo y desató una avalancha de recuerdos, pero me dije que eran imaginaciones mías. Lo miré fijamente y, para ocultar mi emoción, me quité el abrigo y lo colgué en la percha detrás de la puerta. Luego me senté frente al escritorio. El hombre pareció relajarse, pero no me quitaba los ojos de encima.

—¿Quién es usted? —Hice la pregunta a bocajarro y me preparé para la respuesta mientras me decía que no era posible, no después de tanto tiempo. No quería que fuera así, apestando a tabaco y a sudor.

Me sonrió y exhaló una nube de humo por un lado de la boca.

—¿Te dice algo el nombre de Jack Magellan?

Tenía la boca seca y no supe qué responder.

Enarcó una de sus pobladas cejas y se inclinó sobre la mesa.

—¿A lo mejor te resulta más familiar el nombre de Coyote, Junior?

Me quedé boquiabierto. Busqué en su rostro las facciones del hombre que había tenido mi corazón en sus manos, pero sólo vi una barba con flecos grises y un rostro castigado por el aire y el sol, surcado de profundas arrugas. Ya no quedaba nada de su magia y de su juventud. Aquel apuesto norteamericano que nos prometió un mundo entero, hacía años que había muerto. Tenía que haber muerto, ¿no? De no ser así, ¿por qué no había regresado?

—¿Qué quiere?

—He leído lo de tu madre en la prensa. He venido a verla.

—Mi madre ha fallecido —le solté con brusquedad. Quería ver su reacción, quería hacerle daño, causarle auténtico dolor. Yo no le debía nada, y él me debía una explicación y treinta años. Me alegró ver que se le llenaban los ojos de lágrimas y que inclinaba la cabeza sobre el pecho. Me dirigió una mirada de inmensa pena y le sostuve la mirada. No pretendí ignorar su emoción, me limité a contemplar cómo boqueaba como un pez fuera del agua.

—Ha muerto —musitó al fin con voz quebrada—. ¿Cuándo?

—Hace una semana.

—Una semana —repitió, sacudiendo la cabeza—. Si por lo menos…

Dio una calada al cigarrillo, y el olor del tabaco me envolvió de nuevo en una oleada de recuerdos que intenté rechazar. Volvía a ver las largas hileras de viñedos, los cipreses, las paredes amarillentas y descoloridas por el sol del *château* que una vez había sido mi hogar. Los postigos azul celeste estaban abiertos, soplaba una brisa cargada de olor a pino y a jazmín, y una voz, en algún recóndito lugar de mi memoria, cantaba Laredo.

—Tu madre era una mujer excepcional —dijo con tristeza—. Me habría gustado verla antes que muriera.

Quería decirle que mi madre se había aferrado mucho tiempo a la esperanza de que él volvería, que en los treinta años que pasaron desde su marcha nunca había dudado de él. Sólo cuando llegó al final del camino se resignó a aceptar la verdad: él no volvería. Yo quería gritarle, agarrarlo del cuello del abrigo y levantarlo del asiento, pero no hice nada. Lo miré fijamente sin mostrar emoción alguna.

—¿Cómo me has encontrado?

—He leído la noticia sobre el Tiziano.

«Ah, el Tiziano —me dije—. Eso es lo que le interesa.»

Apagó el cigarrillo y rió entre dientes.

—He leído que se lo ha donado a la ciudad.

—¿Y a ti qué te importa?

Se encogió de hombros.

—Ese cuadro vale una fortuna.

—Por eso estás aquí, por el dinero.

De nuevo se inclinó sobre la mesa y clavó en mí sus hipnóticos ojos azules.

—No he venido por dinero, no busco nada —dijo con voz ahogada de indignación—. En realidad, soy un viejo estúpido. Aquí no me espera nada.

—Entonces, ¿por qué has venido?

Sonrió tristemente, dejando ver una dentadura ennegrecida y cariada. Más que una sonrisa, era una mueca de dolor, y me sentí incómodo.

—Voy tras un espejismo, Junior, eso es. Siempre fue un espejismo, pero tú no lo podrías entender.

Desde la ventana pude ver cómo se alejaba cojeando, encorvado para protegerse del viento frío y con el sombrero calado hasta las orejas. Me rasqué pensativo la barbilla y noté la aspereza de mi barba incipiente. Por un momento creí oírle cantar: «Cuando paseaba por las calles de Laredo». No pude soportarlo ni un momento más. Cogí el abrigo y bajé corriendo las escaleras. Cuando abrí la puerta me encontré con Stanley que entraba. Se sorprendió de verme.

—Salgo un momento —dije simplemente.

En la calle caía una espesa nevada, así que empecé a seguir sus huellas. No sabía lo que le diría cuando lo encontrara, pero sabía por qué un sentimiento muy profundo había ahogado mi enfado. Era difícil de explicar, pero aquel hombre me había hecho un regalo muy especial, un regalo que nadie más podía hacerme, ni siquiera mi madre. Y a pesar del dolor que nos había ocasionado, entre nosotros seguía existiendo un vínculo que no se rompería nunca.

Pronto perdí su rastro, que se confundió entre los de millones de personas anónimas de Nueva York. Sentí un dolor profundo en el alma, el intenso dolor de la pérdida. Recorrí las calles con la mirada en busca de un anciano que cojeara, pero mi corazón anhelaba a otra persona, al hombre apuesto que había sido, de cabello pajizo y ojos de un azul intenso, el color de los mares tropicales. Cuando sonreía, tenía en la mirada un brillo de picardía, y junto a los ojos se le formaban unas arrugas que resaltaban su tez morena por el sol. Incluso cuando quería mostrarse solemne, las comisuras de sus labios se curvaban hacia arriba, como si sonreír fuera su estado natural y le costara estar serio. Caminaba muy tieso y con la barbilla levantada, con paso elástico, con un aire vulgar y atrevido capaz de ablandar al más cínico. Ése era el Coyote que yo conocía, y no el vagabundo viejo y maloliente que había aparecido como un buitre para picotear los restos de la mujer que lo amó.

Tras una última mirada alrededor, di media vuelta y emprendí el triste regreso. La nieve había borrado prácticamente mis huellas. ¿Y las suyas? Habían desaparecido también, como si no hubieran existido nunca.

2

Burdeos, Francia, 1948

—¡Mira, Diana, aquí está otra vez ese niño encantador!

Joy Springtoe se inclinó y me dio un buen pellizco en
la mejilla. Aspiré su perfume y noté que me ponía rojo.
Con sus abundantes rizos dorados y su piel pálida y suave
como la gamuza, era la mujer más hermosa que había visto jamás. Tenía los ojos del mismo color que las palomas
que zureaban en el tejado del *château*, y aunque iba pintada y arreglada según el gusto estadounidense, demasiado
chillón para las francesas, a mí me gustaba. Estaba llena de
colorido. Cuando se reía, querías reír con ella, aunque para
mí era imposible, así que me limitaba a sonreír con timidez
y me dejaba acariciar con el corazón henchido de agradecimiento.

—Eres un niño muy guapo. Pero ¡si no tendrás más de
seis o siete años! ¿A que no? ¿Dónde están tus padres? Me
gustaría conocerlos. ¿Son tan guapos como tú?

Su amiga se acercó un poco nerviosa. Era gruesa como
una tetera, de mejillas sonrosadas y tiernos ojos castaños.
Aunque llevaba una blusa floreada, al lado de Joy parecía
gris, como si Dios hubiera gastado todos los colores al pintar
a Joy y a ella se hubiera olvidado de colorearla.

—Se llama Mischa —dijo Diane—. Es francés.

—No pareces francés, pequeño, con este pelo rubio y esos preciosos ojos azules, desde luego que no pareces francés.

—Su madre trabaja en el hotel —aclaró Diane—. He hecho averiguaciones por curiosidad.

Joy frunció el ceño. Diane se encogió de hombros y sonrió como excusándose.

—¿Y no vas al colegio? —me preguntó Joy—. *Est-ce que tu ne vas pas à l'école?*

—Es mudo, Joy.

Joy se incorporó llena de consternación. Me miró con ternura y me acarició la mejilla.

—¿No puede hablar? —Sus ojos estaban llenos de compasión—. ¿Quién te ha robado la voz, pequeño?

Mientras yo me dejaba envolver por la ternura de Joy, apareció Madame Duval. Al verme, su rostro se endureció, pero volvió a colocarse la máscara de amabilidad para saludar a las clientas.

—*Bonjour* —dijo con voz azucarada.

Me puse rígido como un ratón asustado que no puede escaparse.

—Espero que hayan descansado.

Joy se apartó el pelo de la cara.

—Oh, hemos dormido muy bien. Esto es tan bonito… Mi ventana da a los viñedos, y esta mañana parecían destellar al sol.

—Me alegro mucho. Están sirviendo el desayuno en el salón.

Por su cara me di cuenta de que Joy había percibido mi terror. Me guiñó un ojo y me dio unas palmaditas en la cabeza antes de bajar las escaleras con Diane. Cuando las dos se hubieron marchado, la expresión de Madame Duval adquirió la dureza del hielo, como si se hubiera congelado.

—¡Y tú! ¿Qué estás haciendo en esta parte de la casa? ¡Largo de aquí! ¡Fuera!

Me espantó con un gesto despectivo, y mi corazón, momentos antes tan abierto, volvió a su concha. Salí corriendo antes que pudiera pegarme.

Mi madre estaba limpiando la plata en la antecocina.

—¡Mischa! —exclamó aliviada. Me abrazó con fuerza y me besó en la sien—. ¿Estás bien? ¿Te han hecho daño? —Al mirarme a la cara, comprendió—. Cariño, no debes entrar en la Zona Privada. Ahora esto es un hotel, ya no es tu hogar. —Yo lloraba tanto que le mojé el delantal de lágrimas—. Te cuesta entenderlo, pero así son las cosas. Tienes que aceptarlo y portarte bien. Madame Duval ha sido buena con nosotros.

Me separé de ella y negué furioso con la cabeza. Para mi vergüenza, volví a estallar en llanto, pero cuando mi madre intentó consolarme, la empujé y pateé el suelo. «La odio, la odio, la odio», grité. Pero mi madre no oía mi voz interior.

—Vamos, cariño, ya lo sé. *Maman* te entiende perfectamente.

Incapaz de resistirme a la ternura de sus besos, dejé que me abrazara y me acurruqué en su regazo. Con los ojos cerrados aspiré el olor a limón de su piel y dejé que posara sus labios sobre mi pómulo. Notaba su aliento en mi mejilla y sentía su amor, un amor intenso, incondicional, que yo bebía con avidez.

Mi madre era mi mejor amiga. Sin embargo, aquel horrible episodio que viví al acabar la guerra me trajo también a una persona muy especial, sólo para mí. Se llamaba Pistou, y yo era el único que podía verlo. Tenía mi edad, pero no nos parecíamos en nada. Él era moreno, de ojos oscuros, pelo crespo y piel aceitunada. A él no tenía que explicarle nada, porque oía mi voz interior y lo entendía todo. Aunque sólo era un niño, era muy sabio.

La primera vez que lo vi era de noche. Desde el final de la guerra, yo dormía con mi madre. Me acurrucaba a su lado y me sentía a salvo. Y es que tenía pesadillas, unos sueños terribles de los que me despertaba llorando. Mi madre, medio dormida, me acariciaba la frente y me besaba para tranquilizarme. Como no podía explicarle mis pesadillas, me tumbaba en la oscuridad con los ojos abiertos, temeroso de que las imágenes volvieran y se me llevaran. Y entonces apareció Pistou. Se sentó en la cama y me sonrió con una expresión tan alegre y cálida que supe que seríamos amigos. Me miró lleno de compasión y comprendí que había visto mis sueños y que entendía mi terror. Mientras mi madre dormía, yo le hacía compañía a Pistou intentando mantenerme despierto hasta que el sueño me venció.

Tras algunos encuentros nocturnos, Pistou empezó a presentarse durante el día, y no tardé en comprender que nadie le veía, porque miraban a través de él. Pistou podía corretear entre la gente gastando bromas: pellizcaba el culo a las señoras, les daba capirotazos en el sombrero y les sacaba la lengua, pero nadie se daba cuenta. Cuando yo jugaba con él en nuestra pequeña habitación en el edificio de las caballerizas, incluso mi madre fruncía el ceño y me miraba preocupada. No hubiera podido hablarle de mi nuevo amigo ni aunque hubiera querido.

Yo no iba al colegio, no porque fuera mudo, sino porque no me aceptaban. Mi madre intentaba enseñarme lo que sabía, pero para ella representaba un esfuerzo. Trabajaba muchas horas en el *château*, y cuando volvía por la tarde estaba rendida. Pero pese a sus duras jornadas, encontró el tiempo para enseñarme a leer. Fue un proceso lleno de frustraciones debido a mi incapacidad para comunicarme, pero los dos pusimos mucho empeño y lo logramos. Siempre estábamos nosotros dos, y Pistou.

Yo sabía cuánto apenaba a mi madre que no tuviera amigos para jugar. Yo sabía muchas cosas que ella ni siquiera sospechaba. Y es que mi madre pensaba a menudo en voz alta, como si no pudiera oírla, como si además de mudo fuera sordo. Se sentaba frente al tocador para cepillarse la larga melena y se miraba muy seria al espejo. Echado en la cama de hierro, yo me hacía el dormido, pero lo oía todo.

—Qué miedo tengo por ti, Mischa —decía—. Te he traído al mundo, pero no soy capaz de protegerte. Hago lo que puedo, pero no es suficiente.

Otras veces se echaba a mi lado y me susurraba al oído:

—Eres todo lo que tengo, amor mío. Estamos tú y yo solos, *maman* y su pequeño *chevalier*.

Crecí rodeado de enemigos. Éramos como una isla en un mar infestado de tiburones. Para mí, el peor enemigo era Madame Duval. A causa de ella tuvimos que salir del *château* para instalarnos en el edificio de las caballerizas. Mi madre decía que era buena con nosotros y hablaba de ella con respeto y gratitud, como si le debiéramos la vida. Sin embargo, Madame Duval nunca nos sonreía ni se mostraba amable con nosotros. Sus ojillos de reptil contemplaban a mi madre con condescendencia. Y a mí me consideraba una alimaña, peor que las ratas a las que cazaban con trampas en las bodegas. Sólo de verme se ponía nerviosa. Cuando el hotel se inauguró, yo me escabullí hasta la primera línea para ver los lujosos coches que llegaban por el camino de grava, conducidos por hombres serios y bien vestidos, con guantes y sombrero. Madame Duval me agarró por la oreja y me arrastró hasta la cocina, donde me pegó en la cabeza con tanta fuerza que me tiró al suelo. Sus gritos furibundos llamaron la atención de la cocinera, Yvette, y de su pequeño equipo. Todos se agruparon alrededor para ver lo que ocurría, pero nadie me ayudó. Yo me acurruqué en el suelo asustado, igual que en otras ocasiones, porque me rodeaban rostros llenos de odio. Mi madre me ayudó a levantarme, y una vez más sus lágrimas eran la prueba de que, a pesar de todo, me amaba profundamente.

Como el personal del hotel me daba miedo y como no podía hablar, me refugié en mi mundo. Con Pistou jugaba al escondite durante horas entre los viñedos. Él sabía esconderse y aparecía de repente en los sitios más insospechados, muerto de risa. Se reía tan fuerte que sacudía los hombros y tenía que sujetarse la barriga. Yo le imitaba, y entonces él se reía todavía más. Nos sentábamos en el puente de piedra y arrojábamos piedras al agua. Pistou las hacía rebotar, como la pelota de caucho que yo llevaba en el bolsillo. Era una pelota muy especial para mí, mi tesoro más preciado. Me la había regalado mi padre, y era lo único que me quedaba de él. Jugábamos a lanzarla y a recogerla, y la sosteníamos en la nariz, como hacen las focas. Una vez, la pelota cayó al agua con un sonoro plop, y al contrario de las piedras que arrojábamos, no se hundió, sino que bailó sobre el agua mientras la corriente la arrastraba río abajo. Me metí rápidamente en el río, y sólo me acordé de que no sabía nadar cuando el agua me llegó hasta la cintura. Aterrorizado, agarré mi pelota y me abrí paso jadeante entre el lodo y las algas. Pistou no parecía preocupado. Me miraba con los brazos en jarras y se reía. Salí del agua arrastrándome. Había estado a punto de ahogarme, pero tenía la pelota y estaba eufórico. Para celebrar mi acto de heroísmo, Pistou y yo bailamos sobre la hierba como pieles rojas, agitando los brazos y golpeando los pies contra el suelo. Con la pelota en la mano, juré que nunca volvería a ser tan descuidado.

Cuando los Duval compraron el *château* y lo convirtieron en un hotel, Pistou y yo empezamos a espiar a los huéspedes. Yo conocía el lugar mejor que nadie, sin duda mejor que los Duval. Había vivido allí, y me sabía todos los escondites, las puertas tras las que uno podía escuchar, las vías de escape. Bueno, no me escondía de personas como Joy Springtoe, que sabía guardar un secreto, pero sí que me escondía de Madame Duval y de su desagradable marido, que era feo como un sapo y fumaba cigarros, y besaba a las criadas cuando su mujer no le veía. A Pistou también le desagradaban los Duval. Le divertía esconderles cosas. Escondió los cigarros de Monsieur Duval y las gafas de Madame Duval, y nos ocultamos para contemplar cómo buscaban furiosos sus cosas.

Mi fascinación por Joy Springtoe llegó a superar mi miedo a Madame Duval. Sólo tenía seis años y tres cuartos, pero estaba enamorado. Para verla, me arriesgaba a cualquier cosa. Me colaba en la Zona Privada y me escondía tras los muebles y las plantas. El castillo, lleno de corredores estrechos, rincones y recovecos, tenía múltiples escondites para un niño de mi tamaño. Madame Duval pasaba una gran parte del día en su despacho, en la planta baja. Habían colocado una alfombra feísima, azul y dorada, que cubría las grandes losas de piedra sobre las que yo jugaba a deslizarme cuando era un bebé. Odiaba esa alfombra. El despacho del vestíbulo era la guarida de Madame Duval. Como una araña, aguardaba allí a los huéspedes que llegaban de Inglaterra y de Estados Unidos con los bolsillos bien provistos. Y mientras ella desplegaba su encanto, tan falso para los que conocíamos su verdadero rostro, yo me deslizaba por los pasillos para ver un momento a Joy Springtoe.

Un día me subí a la silla tapizada que había en el rincón junto a la ventana, y me puse a contemplar las idas y venidas de los huéspedes. Era temprano, y la suave luz matinal inundaba de verano el suelo alfombrado y las paredes blancas. Fuera se oía un clamor de trinos. Las primeras en llegar fueron los Tres Faisanes, como las llamaba mi madre, tres damas inglesas, algo mayores, que habían venido a pintar. A mí me gustaban los extranjeros. A los franceses los odiaba, excepto a Jacques Reynard, el hombre que cuidaba de los viñedos, el único que era amable conmigo. Los Tres Faisanes siempre estaban discutiendo, y me hacían sonreír. Llevaban semanas en el hotel, y me imaginaba sus habitaciones repletas de cuadros. La más alta, Gertie, tenía un cuello tan largo que parecía un faisán a punto de convertirse en cisne. Tenía el pelo blanco, y un rostro estrecho y anguloso donde brillaban dos ojillos negros. Cuando caminaba, sus grandes pechos se balanceaban a un lado y a otro y me recordaban dos huevos duros envueltos en muselina. Por debajo de la estrecha cintura, ceñida por un cinturón, su cuerpo se expandía en un gran trasero como si toda la gordura se le hubiera acumulado allí. Siempre era la primera en expresar una opinión, y toqueteaba con sus largos y pálidos dedos un collar de perlas, largo hasta la cintura.

Mi favorita era Daphne, la de las plumas en el pelo. Daphne era una excéntrica, se vestía siempre de forma sorprendente, a veces con vestidos llenos de puntillas, otras veces con adornos que semejaban flecos de cortinas. Tenía una cara redonda y sonrosada como un melocotón maduro, y una boca de labios llenos que siempre parecía sonreír, como si sólo discutiera por diversión. Iba siempre con un perrito lanudo que había logrado esconder a los aduaneros. El animal tenía tanto pelo que yo nunca le veía los ojos y no podía saber hacia dónde estaba mirando. En una ocasión llegué a agitar ante él una galleta para averiguarlo, y entonces me di cuenta de que lo que yo creía que era su cara era su trasero. Daphne tenía una voz ronca y grave, y me hablaba despacio para que la entendiera, aunque en realidad yo me había criado oyendo hablar inglés. Lo que más me gustaba eran sus zapatos: parecía tener un par para cada día, cada uno más colorido que el anterior. Estaban los de terciopelo rosa y los de satén rojo, unos tenían taconcitos y otros eran planos y de punta estrecha, y había un par que se ataban al tobillo con unas cintas de las que colgaban plumas o abalorios. Daphne tenía los pies pequeños y una figura menuda y femenina.

Luego estaba Debo, una mujer de aspecto lánguido, con vestidos floreados y vaporosos. Llevaba el pelo corto —una melenita oscura y brillante—, lo que acentuaba su mandíbula prominente y sus labios pintados de rojo intenso. Tenía los ojos grandes, de un verde muy pálido, y todavía era hermosa. Mi madre decía que se teñía, porque a su edad debía tener el pelo gris. También decía que las tres se vestían como si pertenecieran a otra época, pero como yo sólo tenía seis años y tres cuartos no sabía de qué época me hablaba. Desde luego, no se parecían a nadie que yo conociera; no tenían nada que ver con Joy Springtoe, en cualquier caso. Debo fumaba mucho. Aspiraba por su boquilla de marfil, y la punta del cigarrillo se encendía como una luciérnaga. Luego expulsaba el humo por un lado de su boca o lo sacaba formando nubecillas como una locomotora. No dejaba salir el humo, sino que jugaba con él como si la divirtiera. Su voz, a diferencia de la de Daphne, era aguda y quebradiza, y su risa parecía un cacareo. Hablaba como si tuviera la boca llena, sin mover las mandíbulas.

—No miréis detrás de la silla, chicas —susurró Daphne—. Aquel niño tan mono se ha escondido otra vez.

—Pero no tiene que esconderse de nosotras —cacareó Debo—. ¿No le han explicado que no mordemos?

—Se esconde de «la señora Danvers» —dijo Daphne—, y la verdad es que lo entiendo.

—Pues parece una señora muy amable —dijo Gertie.

—A ti te lo parece, desde luego —respondió Debo, esbozando una sonrisa de un rojo intenso.

—Nunca te enteras de nada, Gertie. ¡Es una mujer espantosa! —exclamó Daphne.

Cuando las tres desaparecieron de mi vista, aguardé a que llegara Joy Springtoe. Pasaron un par de hombres que no me vieron. Ya empezaba a perder la esperanza cuando Joy salió de su cuarto y se acercó a donde yo estaba. Pero esta vez no caminaba con su habitual paso elástico: estaba llorando. Me sentí tan conmovido que, arriesgándome a que me viera Madame Duval, salí de mi escondite.

—Mischa. ¡Me has asustado! —dijo Joy llevándose una mano al pecho. Se secó los ojos con un pañuelo y consiguió esbozar una sonrisa—. ¿Me estabas esperando? —Me miró con expresión pensativa—. Ven conmigo, quiero enseñarte una cosa. —Me cogió de la mano y me llevó hacia su cuarto. Yo estaba emocionado. Nunca antes me había cogido de la mano.

La habitación olía muy bien. Las ventanas, abiertas de par en par, daban al huerto y a los viñedos, y dejaban entrar un aire cargado de olor a hierba recién cortada. Joy había dejado el camisón de seda rosa extendido sobre la ancha cama, y en la almohada se apreciaba todavía el hueco dejado por su cabeza. Cerró la puerta, cogió una fotografía enmarcada sobre la mesita de noche y me hizo un gesto para que me acercara. Me senté tímidamente en la cama junto a ella, con los pies colgando. Nunca me había sentado en la cama de una mujer que no fuera mi madre, y me asustaba pensar que en cualquier momento se abriría la puerta y alguien me pillaría allí, me sacaría a rastras y me daría una paliza.

Era la fotografía de un hombre en uniforme.

—Era mi amor, mi corazoncito. —Suspiró hondamente y acarició la imagen con la mirada—. Mi sueño era casarme con él y tener un niño igual que tú. —Rió para sí—. Supongo que no entiendes lo que te digo, ¿verdad? Mi francés es un poco limitado, pero no importa. —Me abrazó y me dio un beso en la coronilla. Noté que me ponía rojo como un tomate, y confié en que ella no lo viera—. Murió aquí en Burdeos al final de la guerra. Era un hombre valiente, mi amor. Espero que nunca tengas que ir a la guerra. Es terrible para un hombre tener que luchar por la propia vida, perderlo todo. Mi Billy murió en acto de servicio, en una guerra que no era la suya. Sin embargo, a lo mejor sus esfuerzos te han salvado a ti, y eso me hace sentir un poco mejor. Si Estados Unidos no hubiera entrado en la guerra, podía haber ganado Alemania, ¿y qué habría sido de ti? Un día me gustaría tener un niño como tú, un niño muy guapo, de ojos azules y pelo rubio. —Me despeinó con la mano y sorbió por la nariz. Yo me puse rojo, y esto le pareció divertido, porque sonrió. Aunque no hubiera sido mudo, habría sido incapaz de hablar en aquel momento.

Joy ya no lloraba cuando bajó al comedor, y yo regresé al edificio de las caballerizas. Era domingo, el día libre de mi madre. Siempre la acompañaba a misa los domingos, aunque odiaba ir a la iglesia. Los vecinos del pueblo la detestaban tanto que si la hubiese dejado ir sola, temía que se le echasen encima.

Encontré a mi madre frente al tocador, muy formal con su vestido y su jersey negros, tocada con un elegante sombrero también negro. En cuanto me abrazó, notó el aroma a Joy Springtoe, y me olisqueó el cuello.

—¿Hay otra mujer aparte de mí? —me preguntó divertida—. Me siento celosa.

Le sonreí y volvió a olisquearme, esta vez con mucho aparato.

—Es una mujer hermosa y huele a flores. Gardenias, creo. No es francesa, es… —hizo una pausa— de Estados Unidos, de ojos verdes y pelo rubio, con una risa muy contagiosa. Me parece que estás enamorado, Mischa. —Bajé la mirada, convencido de que, en efecto, había entregado mi corazón, igual que los hombres—. Oh, y me parece que ella lo sabe, porque el lenguaje del amor no necesita palabras. —Apoyó los labios sobre mi frente—. Me parece que tú también le gustas.

Mientras recorríamos el camino que atajaba a través de los campos, me sentía tan henchido de felicidad que mis pies no tocaban el suelo. Pensar en Joy Springtoe me libró de los temores que me inspiraba la iglesia. Recordé su rostro bañado en lágrimas y supe que había conseguido que dejara de llorar. Mi madre tenía razón: yo también le gustaba.

Pequeñas moscas planeaban en el aire cálido, con sus alas diminutas centelleando al sol. La brisa movía suavemente los cipreses, haciendo danzar sus ramas. Yo llevaba un palo en la mano con el que iba golpeando las piedras. Caminábamos en silencio, escuchando el trino de los pájaros y el rumor del viento. El cielo estaba despejado y el sol brillaba, aunque no estaba todavía en lo más alto. Cuando oí el tañido de las campanas de la iglesia y vislumbré las techumbres de tejas rosadas del pueblo, tomé a mi madre de la mano.

La iglesia de Saint-Vincent-de-Paul se yergue dominante sobre el pequeño pueblo de Maurilliac. Se me antojaba idónea para el padre Abel-Louis, cuya mirada severa y acusadora aparecía en mis pesadillas, pero no para Dios. Si aquella era la casa de Dios, hacía mucho tiempo que Él había emigrado, y el padre Abel-Louis se había instalado allí como un cucú. La iglesia estaba hecha de la misma piedra clara que las casas del pueblo, con el mismo tejado de un descolorido rosa pálido y una aguja larga y estrecha. El pueblo se había ido construyendo alrededor de la plaza cuadrada donde se alzaba la iglesia. Allí estaba la *boucherie*, con su toldo rojo y blanco y su pulido suelo de azulejos, con los salchichones colgando del techo, además de las reses muertas, cubiertas de moscas. La *boulangerie-pâtisserie*, en la misma plaza, olía a pan recién hecho y a los apetitosos pasteles que invitaban a entrar desde el escaparate. Si yo hubiera sido un niño como los demás, me habría escapado a menudo al pueblo para gastarme el dinero que me daba mi madre en *chocolatines* y *tourtières*. Pero no lo hacía porque no me querían allí. Luego estaba la *pharmacie*, donde mi madre compraba la crema para mi eccema, así como un pequeño café y algunos restaurantes que disponían sus mesas en la acera bajo los toldos que lucían los tres colores de la bandera francesa. Estaba seguro de que los Tres Faisanes comían aquí pato y foie gras, y bebían buen vino del *château*. Y tal vez Joy Springtoe compraba tarta de manzana en la pastelería; parecía una mujer amante de los dulces.

Caminábamos por la acera, a la sombra de las casas, porque mi madre prefería pasar desapercibida. Cuando llegamos a la plaza, me apretó la mano. Yo mantenía los ojos fijos en el suelo, y seguía con la vista los pasos de mi madre, con sus zapatos negros con hebilla y sus calcetines blancos. Notaba perfectamente que todo el pueblo nos estaba mirando, y ni siquiera la imagen de Joy Springtoe podía evitar que el miedo me oprimiera el pecho. Me acerqué a mi madre y alcé la mirada para comprobar que iba con la barbilla bien alta, desafiante, aunque su respiración era agitada, como si no pudiera llenarse el pecho de aire.

A pesar de lo horrible que resultaba la experiencia, mi madre nunca faltaba a misa; sólo había faltado un domingo en que yo estuve enfermo. Cada domingo iba a la iglesia, como había ido antes y durante la guerra. Decía que se sentía a salvo en la iglesia, y que nada podía privarla de rendirle culto a Dios. ¿Acaso no sabía que Él no estaba allí?

Entramos en la iglesia y avanzamos por el suelo de losetas, por delante de severas estatuas de santos y de los fieles que nos observaban con hostilidad, hasta las primeras filas de sillas donde solíamos sentarnos. Mi madre se arrodilló y apoyó la cabeza en las manos, como hacía siempre. Yo me atreví a mirar alrededor. La gente murmuraba y nos miraba. Las señoras mayores hacían gestos de asentimiento, como si aprobaran que mi madre estuviera de rodillas pidiendo perdón. Mi mirada se encontró con la de una señora y aparté la vista. Tenía ganas de llorar, me picaban los ojos.

El padre Abel-Louis entró —una imagen siniestra con su túnica púrpura— y los murmullos cesaron. No pude evitar una mueca de disgusto. Tarde o temprano, clavaría la mirada en nosotros y nos haría sentir el peso de su reprobación. Mi madre se sentó. Su movimiento habría llamado la atención del sacerdote, de no ser porque cada domingo nos sentábamos en las mismas sillas, frente a una melancólica Virgen María. El padre Abel-Louis volvió hacia nosotros su mirada severa y empezó a hablar. Me estremecí. ¿No se daba cuenta mi madre de que esta iglesia ya no era la casa de Dios?

Saqué del bolsillo mi pelotita de goma y jugueteé con ella, la única forma de superar mi terror. La hacía girar sobre la palma de la mano y me acordaba de mi padre. Si mi padre hubiera estado vivo, no habría permitido que pasáramos miedo. Habría atado al cura en medio de la plaza y le habría hecho pagar sus maldades. Nadie era más importante que mi padre, ni siquiera el padre Abel-Louis, que se creía el mismo Dios. Cómo deseaba que mi padre estuviera allí para protegernos. No me atrevía a alzar la vista por si el cura me leía los pensamientos. Como era imposible resistir el peso de su mirada acusadora, intentaba no mirarle. Si no le miraba, estaría a salvo. Si me tapaba los oídos para no oír su voz, casi podía creer que no estaba. Casi.

Finalmente, el reloj dio las doce y el cura invitó a los fieles a tomar la comunión. Era el momento de marcharnos. Me puse en pie de un salto y seguí a mi madre. Sus tacones resonaban en el suelo de piedra. Siempre deseaba que fuera más discreta a la hora de marcharse. Era como si quisiera que todo el mundo la oyera. Noté la mirada del cura clavada en mi espalda y pude oler su ira como si fuera humo. Pero no miré a mi alrededor y me limité a seguir a mi madre con la mirada fija en sus tobillos, en esos calcetines blancos que le daban un aspecto más de niña que de mujer.

En el camino de vuelta retocé como un perrito al que hubieran tenido encerrado un tiempo en una jaula: perseguía mariposas, pateaba las piedras y saltaba sobre las largas sombras que arrojaban los cipreses sobre el camino. No tendríamos que volver a la iglesia en una semana. Cuando finalmente apareció el *château* en todo su esplendor, sentí un gran alivio. Mi hogar estaba allí, tras las paredes color arena y las altas ventanas de postigos azules. La imponente puerta de hierro guardada por leones de piedra sobre los pedestales representaba un refugio frente a la hostilidad exterior. Aquella casa era todo mi mundo.

3

Yvette se mostraba desagradable con todos. Siempre estaba ceñuda, con una mirada iracunda y los finos labios apretados en una mueca desdeñosa. Era una mujer gruesa, que ejercía en la cocina un control férreo y absoluto, decidida a causar el mayor sufrimiento posible a sus subordinados. Cuando gritaba y golpeaba la mesa con el puño, la rabia la hacía resoplar como a un toro hasta el punto de que parecía salir vapor de sus narices. Sólo se mostraba sumisa y obediente cuando Madame Duval entraba en sus dominios. Ante ella inclinaba la cabeza y se frotaba las manos, pero nunca sonreía.

Yo era su víctima ideal. No me gustaba entrar en la cocina, pero a veces no quedaba más remedio. A Madame Duval no le gustaba que un niño de mi edad correteara por ahí todo el día sin nada que hacer, y le ordenó a Yvette que me encargara tareas en la cocina, así que me pusieron a trabajar. De rodillas, tenía que frotar las losas de piedra hasta que me dolían las rodillas y me escocían las manos. También ayudaba a secar la vajilla, con mucho cuidado de no romper nada, porque los coscorrones que la poderosa mano de Yvette me propinaba en la nuca resultaban más dolorosos que las bofetadas de Madame Duval. Me ponían a lavar las verduras, a pelarlas y a cortarlas, a recoger los huevos en el gallinero y a ordeñar las vacas. Aquel año, por extrañas razones, me convertí en indispensable. De ser un incordio pasé a ser una inesperada bendición.

La cocina era una estancia amplia. Del alto techo y de las paredes colgaban las cazuelas de cobre, las sartenes y otros utensilios, así como ristras de ajos y cebollas y ramitos de hierbas aromáticas. Y a pesar de su terrible carácter, Yvette era bajita, de manera que cada vez que quería algo tenía que subirse a la escalera de mano, que milagrosamente no llegaba a romperse bajo su enorme peso. Además, Yvette era mayor —por lo menos para mí— y tenía vértigo. En cuanto subía un peldaño le crujían las articulaciones y le temblaban los gruesos tobillos. A menudo les pedía ayuda a Armande o a Pierre, hasta que un día tuvo una inspiración.

—Niño, ven aquí —dijo mirándome con ojos brillantes.

Obedecí al instante, suponiendo que el suelo no había quedado lo bastante brillante o que había pelado las zanahorias que no debía. Yvette me agarró por el cuello de la camisa con su manaza y me levantó en vilo, como si fuera un pollo al que iban a sacrificar. Yo pataleaba y me debatía, lleno de miedo.

—¡Estate quieto, bobo! —me gritó—. Quiero que me alcances esa sartén.

En cuanto descolgué la sartén del gancho, volvió a dejarme en el suelo. Sentí alivio, y luego una gran sorpresa cuando ella me tocó la cabeza y me dio unas cariñosas palmaditas de agradecimiento. Fue un gesto inesperado, también para ella, probablemente. Desde aquel instante dejé de ser el niño esclavo que trabaja en la penumbra para convertirme en una herramienta fundamental. A Yvette le gustó el invento y me utilizaba continuamente, más de lo necesario. En cuanto a mí, me aficioné a que me alzaran en el aire y estaba orgulloso de mi nuevo papel. Ahora que me había convertido en su «agarrador» especial, Yvette ya no me pegaba, ni siquiera cuando me dejaba una mancha en el suelo. En ocasiones, cuando estaba ahí en el aire con los pies colgando y los brazos extendidos, tratando de agarrar los objetos más altos, me pareció que Yvette se reía suavemente.

Pero lo que más me gustaba era ayudar a Lucie con las habitaciones. Era un hotel pequeño, de tan sólo quince habitaciones, y algunos huéspedes se quedaban durante semanas, como era el caso de los Tres Faisanes. Yo ignoraba cuánto tiempo pensaba quedarse Joy Springtoe. Según mi madre, venía cada año para recordar a su novio, muerto en acto de servicio un día después de liberar el pueblo, hacia el final de la guerra. A mi madre le parecía especialmente triste que hubiera muerto cuando todo estaba a punto de acabar, cuando los alemanes se retiraban.

Lucie no era tan bonita como Joy. Tenía el pelo negro, que se recogía en trenzas, la cara redonda y pálida como una tarta sin decorar. No hablaba mucho y, como otras muchas personas, dedujo que si yo era mudo, también debía de ser sordo. Yo la ayudaba a hacer las camas y a limpiar los baños. Me daba las tareas que no le gustaban, pero no me importaba porque así tenía la oportunidad de ver a Joy Springtoe.

Una mañana, Monsieur Duval entró en la habitación donde estábamos. Temeroso de que se enfadara si me veía, me escondí en el cuarto de baño y, a través de una rendija en la puerta, fui testigo de una escena sorprendente. Lucie estaba de pie ante la cama. Sin pronunciar palabra, Monsieur Duval la empujó sobre el colchón, se abalanzó sobre ella y, a ciegas, porque tenía el rostro enterrado en el cuello de la joven, se desabrochó los pantalones. Lucie volvió la cara hacia donde yo estaba. Avergonzado, me aparté de la puerta, pero cuando volví a atisbar por la rendija, ella seguía mirando la puerta del baño con los ojos entrecerrados. Sonreía, y el rubor teñía de rosa sus pálidas mejillas. Monsieur Duval daba sacudidas con las caderas como los perros cuando Yvette los separa a patadas, gemía y gruñía palabras ininteligibles. Yvette, con las piernas abiertas, le acariciaba el grueso pelo. No le importó que yo estuviera en el cuarto de baño y que lo viera. Después de todo, yo era mudo y no podía contarlo. No se imaginaba que supiera escribir.

Por la tarde le conté a mi madre lo sucedido durante el día. Mi madre no pareció sorprenderse de lo que le escribí sobre Lucie. Se limitó a enarcar las cejas y a mover la cabeza.

—Hay cosas que un niño pequeño como tú no debería presenciar —dijo revolviéndome el pelo—. Pero, hijo mío, esto no es hacer el amor. Más bien es como cuando un perro orina contra un árbol. Lucie era el árbol más cercano. —Tomó mis manos entre las suyas y me miró con los ojos llenos de lágrimas—. Cuando un hombre y una mujer se aman de verdad, como tu padre y yo, se abrazan y se besan con ternura; no quieren separarse nunca, su anhelo es estar siempre juntos. Cuando haces el amor así, tu corazón está tan repleto de amor que inunda todo tu pecho y te cuesta respirar. —Soltó una risita burlona—. Monsieur Duval es peor que un perro, es un cerdo. —Se puso a gruñir y a arrugar la punta de la nariz imitando a un cerdito, y empezó a hacerme cosquillas en la barriga hasta que me retorcí de risa.

—¿El niño tiene padre? —preguntó Debo. Hacía quince minutos que había dejado el pincel sobre una hoja blanca de papel y fumaba un cigarrillo con su boquilla de marfil. Cada tanto se lo llevaba a los labios, pintados de rojo, para llenarse los pulmones de humo—. Su madre es una auténtica belleza. La he visto.

—Probablemente murió en la guerra, como tantos —dijo Daphne, que pintaba un paisaje con árboles y viñedos.

Tumbado en el suelo junto a *Rex*, el perrito, yo hojeaba el libro ilustrado que me habían dado. Días atrás, las tres salieron de picnic y me encontraron jugando en el puente con Pistou. Me llevaron con ellas y me dieron de su comida. Me gustaba estar con ellas, y me encantaba aquel libro con páginas y páginas con fotografías de Inglaterra. Desde mi puesto alcanzaba a ver los pies de Daphne con sus zapatitos de felpa verde, con campanitas doradas colgando de los cordones.

—Curiosa educación para un niño —comentó Gertie. Alzaba el pincel contra el sol para medir distancias, y la luz la hacía entornar los ojos.

—No puede hablar, así que no podría ir al colegio —dijo Debo—. Y esto no es Inglaterra, ¿no?

—¿Quieres decir que Francia es un país retrasado? —preguntó irritada Daphne—. No creo que un niño mudo fuera a tener mucho mejor trato en Devon, ¿no te parece?

—¡No seas tonta! ¡No irás a comparar Maurilliac con Devon! —exclamó Gertie.

—Es difícil que se convierta en un abogado. Lo más probable es que trabaje toda su vida en los viñedos —dijo Debo—. Y para eso no se necesita una educación.

—Supongo que tú sabes mucho de viñedos —replicó Daphne con un bufido—. No te creas que todo consiste en prensar uva y embotellarla.

—Entiéndeme. Me refería a recoger la uva, no a la técnica de convertirla en vino.

—Pues a mí me parece un lugar estupendo para un niño —continuó Daphne—. Viñedos y más viñedos, un precioso *château* con un riachuelo y un pueblecito encantador. Y, por supuesto, personas como nosotras, unas que llegan y otras que se van. Me parece que su vida es bastante variada.

Hubo un momento de silencio mientras las tres se concentraban de nuevo en sus cuadros. Luego Daphne se recostó en la silla y me miró sonriente por debajo de su sombrero verde.

—Es un niño encantador, pero me inquietan sus ojos —comentó pensativa. Yo aparté la vista y acaricié a *Rex*—. Veo tristeza en ellos.

—Bueno, el pobrecito ha nacido en tiempo de guerra, en plena ocupación —dijo Debo—. Tiene que haber sido espantoso crecer con todos esos horribles alemanes desfilando arriba y abajo y gritando «Heil Hitler».

—Se llevaron lo mejor de todo —continuó Daphne, hablando para sí—. El mejor vino, el mejor arte, lo mejor de cada cosa. Saquearon Francia, y encima los jóvenes tenían que luchar por Alemania. El padre del chico fue probablemente uno de esos pobres diablos.

—¿Sabíais que los viticultores más famosos levantaban paredes para esconder los mejores vinos? —dijo Gertie—. Lo he leído. Recogían arañas y las llevaban a las bodegas para que tejieran telas, y así diera la impresión de que las paredes que habían levantado eran tan antiguas como el resto del *château*. Un truco muy ingenioso.

—Eso no impidió que Hitler se llevara todas esas maravillosas pinturas a su Nido de Águila. Ojalá las hubieran tapiado también.

—Al parecer, cuando llegaron a su casa en los Alpes encontraron medio millón de botellas del mejor vino y champán francés. ¡Y Hitler no bebía! —exclamó Gertie—. Bajaban las botellas en camillas. Ya conocéis a los franceses. Para ellos, el vino siempre es más importante que las personas.

Siguieron pintando y charlando. Luego extendieron en el suelo una mantita de cuadros y abrieron la cesta del picnic, que contenía galletas, pasteles y un termo con té. Aquella merienda me recordó la pastelería del pueblo con sus deliciosos escaparates. Al ver mi mirada golosa, Daphne me pasó el plato.

—Sírvete lo que quieras, cariño —dijo en francés.

Cogí una *brioche* y comí con apetito. Daphne me sonreía con la misma expresión tierna y melancólica con que me miraba mi madre. Yo le devolví la sonrisa con la boca llena de *brioche*.

4

Joy Springtoe fue mi primer amor. Estaba enamorado de ella, y recorría los pasillos del *château* como un perro abandonado con la esperanza de verla, de que otra vez me cogiera de la mano y me llevara a su habitación. Aproveché una tarde en que mi madre había ido al pueblo para deslizarme desde el jardín sin que nadie me viera. Sólo me estaba permitido entrar en la Zona Privada cuando ayudaba a Lucie a hacer las habitaciones, y siempre que desobedecía tenía miedo de que me descubrieran. Instalado en mi escondite habitual tras la butaca, vigilaba el pasillo y escuchaba las voces y los pasos que se acercaban. De tanto en tanto, cuando creía que era ella, mi corazón se hinchaba de gozo, y volvía a desinflarse si no era así.

Cuando la vi aparecer en compañía de su amiga Diane, salí de mi escondite.

—¡Ah, mi querido amigo! —exclamó con alegría. Entregó las bolsas que llevaba a su amiga Diane y me cogió de la mano. La seguí emocionado—. Ven, te enseñaré lo que he comprado. Me conviene conocer la opinión de un hombre.

En su habitación me sentí a salvo de Madame Duval. Allí nunca me encontraría, y en todo caso yo estaba invitado por una clienta, así que no podría castigarme. Lucie había hecho la cama y doblado cuidadosamente el camisón sobre la almohada. Me estremecí al recordar la escena con Monsieur Duval. Confiaba en que no hubiera usado la cama de Joy Springtoe a modo de árbol. Diane dejó las bolsas en el suelo y se sentó en la silla. Yo rondaba alrededor de la cama. Joy palmeó el cobertor.

—Siéntate aquí un momento. Me voy a probar mi nuevo vestido.

Diane me sonreía incómoda sin decir nada. Me pareció que daba por sentado que yo no podía oír.

Joy había dejado entreabierta la puerta del cuarto de baño y la oía moverse de un lado a otro. De vez en cuando veía su sombra proyectarse en la entrada, pero como respetaba su intimidad, mantenía los ojos bajos. Tenía en la mano la pelotita de goma y la hacía girar entre los dedos. Finalmente, se abrió la puerta de par en par y apareció Joy con un vestido de tela azul y rosa, el más bonito que yo había visto en mi vida. Me dirigió una sonrisa radiante.

—¿Qué te parece? —Estaba muy guapa y lo sabía. El vestido se adaptaba perfectamente a su cuerpo, como los pétalos a la flor. Era suelto, con un pronunciado escote en uve, y se ataba a un lado con un lazo que le llegaba a las rodillas. El escote dejaba ver su piel suave y cremosa, y bajo la tela se adivinaban sus pechos redondos como melocotones, y su estrecha cintura que se desplegaba en unas caderas generosas. El pelo rubio y ondulado le llegaba a los hombros. Estaba tan hermosa que no pude soportar la ternura de sus ojos grises y me sonrojé. Con una carcajada, ella se agachó y, tomando mi rostro en sus manos, me dio un beso en cada mejilla. Entonces comprendí lo que quería decir mi madre, porque sentí el corazón tan henchido de amor que me costaba respirar.

—¿Qué te parece, Diane?

—Estás guapísima, de verdad. ¡Los dejarás a todos con la boca abierta!

Joy se volvió hacia mí con las manos en las caderas.

—Me encanta que te haya gustado. Necesitaba la opinión de un hombre —dijo.

Me ruboricé de nuevo y sonreí. Con la emoción, abrí la mano y la pelota de goma cayó al suelo y desapareció bajo la cómoda. Me habría gustado recogerla, pero me avergonzaba haberla dejado caer. Tendría que volver con Lucie al día siguiente para recuperarla. Pero no podría recuperar mi corazón. Se lo había entregado a Joy Springtoe y no quería que me lo devolviera nunca.

Estuve toda la noche preocupado por mi pelota. Al día siguiente ayudé a Lucie con las habitaciones. El cuarto de Joy Springtoe estaba al final del pasillo, y por desgracia empezamos a trabajar por el lado opuesto. Me angustiaba pensar que Yvette me pudiera llamar para alcanzarle cosas en la cocina antes de recuperar la pelota, que era irreemplazable. Lucie estaba especialmente irritada esa mañana y no paraba de regañarme y de chasquear la lengua. Parecía no tener prisa, en tanto que yo estaba impaciente por llegar al final. Cuando por fin llegamos a la habitación de Joy y yo iba a tirarme al suelo en busca de la pelota, entró Monsieur Duval, apestando a sudor y a tabaco.

Su rostro se contrajo en una mueca de incredulidad y espanto. Señalándome con el dedo, le gritó a Lucie:

—¿Qué hace aquí? ¡Fuera! ¡Largo! —Se me acercó con la mano levantada para pegarme, pero yo lo esquivé y salí corriendo como si fuera un conejo, dejando mi pelota bajo la cómoda. Se rieron mucho al verme tan asustado, y su risa resonó en mis oídos. Los odiaba, los odiaba mucho a los dos.

Cuando llegué al edificio de las caballerizas me sentí a salvo. Me tiré sobre la cama y me tapé la cabeza con la almohada para dejar de oírlos, pero en vano. Sus carcajadas burlonas seguían resonando en mi cabeza y en mi recuerdo, y se convirtieron en los abucheos de una multitud, hasta que todas aquellas voces me dieron dolor de cabeza. Mi corazón, hasta hacía un momento rebosante de amor, se había llenado de miedo. Para intentar acallar las voces empecé a balancearme, pero todavía las oía. Y cuando pensé que ya no podía aguantarlo más, mi madre me quitó la almohada de las manos y me contempló con preocupación. Sin saber cómo consolarme, empezó a besarme, a acariciarme el pelo y a darme besos.

—No pasa nada, cariño. *Maman* está contigo y nunca te dejará. Nunca jamás abandonaré a mi pequeño *chevalier*. Te necesito. Ya está, ya está, amor mío. Respira hondo.

Mi cuerpo empezaba a arder. Sentí que mi madre se ponía rígida. Ya nos había pasado otras veces: era un acceso de fiebre.

—¿Qué ha sido esta vez? —me preguntó en voz baja—. ¿Qué ha pasado?

Pero yo no podía responder, aunque me habría gustado decírselo. Me sentía tan frustrado que se me llenaron los ojos de lágrimas.

De la siguiente semana guardo un recuerdo borroso. La fiebre iba y venía, y cuando abría los ojos, la habitación parecía haberse agrandado y el rincón opuesto a la cama se veía pequeño y lejano. Recuerdo que mi madre estaba siempre allí, contándome historias y acariciándome el pelo. Creo recordar que me susurró llorando al oído: «Eres todo lo que tengo en el mundo, Mischa. Nunca me dejes». Pero a lo mejor era un sueño.

Cuando por fin me recuperé lo suficiente para jugar sentado en la cama, mi madre también revivió, y su rostro hasta entonces pálido y tenso adquirió un tono rosado y luminoso.

—Ha venido a verte una persona muy especial —anunció un día.

La miré expectante. Mi madre se apartó y dejó paso a Joy Springtoe con su bonito vestido azul y rosa y una bolsita en la mano.

—Me han dicho que has estado enfermo. —Se sentó en la cama.

Me sentía feliz de verla y de respirar su perfume.

—Te he traído dos cosas. Una que habías perdido, y otra mía que quiero regalarte.

La contemplé con asombro cuando me entregó la bolsa. ¿Me regalaba una cosa suya? Miré dentro de la bolsa y, para mi sorpresa, allí estaba la pelota de goma, mi juguete preferido. La sostuve bien apretada en la mano. Nadie conocía la razón de que aquella pelota fuera tan importante para mí, salvo mi madre. Apreté la pelotita, y sentí que mi mundo que se había roto, se estaba recomponiendo. Volví a mirar dentro de la bolsa. Desde la puerta, mi madre contemplaba la escena con los brazos cruzados sobre el pecho, tan llena de ternura y de orgullo que irradiaba luz.

De la bolsa saqué un cochecito, un Citroën 2CV de un bonito amarillo limón. Las ruedas se movían y se podía abrir el capó, dejando al descubierto un diminuto motor plateado. Lo toqué con dedos temblorosos y deseé vivamente que las losas de piedra del vestíbulo no estuvieran cubiertas con una alfombra, para hacer rodar el cochecito. Lleno de amor y agradecimiento, me abracé a Joy y apoyé la cabeza en su hombro. Ella me abrazó fuerte durante lo que me pareció un largo rato. Yo no quería separarme, y creo que ella tampoco.

—Eres un niño muy especial —me dijo, mientras me acariciaba la mejilla con un dedo. Tenía lágrimas en los ojos—. No te olvidaré, Mischa.

Fue la última vez que vi a Joy Springtoe.

5

La ausencia de Joy Springtoe resonaba con fuerza en el *château*, y yo vagaba como alma en pena por los alrededores. Ya no me importaba si las piedras que arrojaba al río se hundían o rebotaban. Pasaba horas contemplando mi Citroën amarillo, abriendo y cerrando el capó y recordando la cara y el olor de Joy. Ni siquiera Pistou conseguía curarme de mi desconsuelo. La gente cree que un niño tan pequeño —al fin y al cabo sólo tenía seis años y tres cuartos— es incapaz de sentimientos tan profundos, pero Joy Springtoe había tenido mi corazón en sus manos y lo había tratado con bondad, de manera que le pertenecía para siempre.

Monsieur Duval me prohibió ayudar a Lucie, pero no me importó. Ahora que Joy no estaba, no tenía sentido rondar por la Zona Privada, y además Lucie estaba cada día más taciturna. Los Tres Faisanes me caían bien, pero incluso pasar las tardes mirándolas pintar había perdido su atractivo, así que me pasaba el día por ahí con la pelota de goma en las manos. Ahora la pelota tenía todavía más significado que antes, porque Joy me la había devuelto.

Un día me escondí en la fría y húmeda bodega del *château*. Las botellas, dispuestas en hileras, llenaban cajas y más cajas, como los cadáveres de las catacumbas. Las paredes estaban mohosas, y el aire olía a cerrado. Mis pasos resonaban con fuerza en aquel silencio. Recorrí los pasillos hasta llegar a un pequeño cuarto de un aire tan tenebroso que se me erizaron los pelos de la nuca. Sólo había una silla, pero yo notaba un extraño calor, como si alguien hubiera vivido allí. Entré lleno de curiosidad y me senté en la silla. Eché un vistazo alrededor preguntándome para qué serviría aquel lugar. En la pared de piedra había grabados unos nombres: Léon, Marthe, Felix, Benjamin, Oriane. Acaricié las inscripciones con el dedo. Me intrigaba que parecieran recientes. Tal vez eran personas que el malvado Monsieur Duval había retenido prisioneras. La idea me gustó, y grabé mi nombre en una piedra pequeña, escribiendo «Mischa» con letras bien grandes. Yo también era un prisionero del amor y el silencio.

Aunque ya no tenía fiebre, todavía estaba débil. Mi madre me vigilaba preocupada y por la noche me apretaba estrechamente contra su cuerpo, como temerosa de que un demonio viniera amparado en la oscuridad y me llevara consigo. Mis pesadillas se hicieron más frecuentes. Soñaba que el rostro de mi madre se transformaba en el de Joy, y me despertaba sudoroso, confuso y bañado en lágrimas. Cuando descubría que Joy me había dejado pero que mi madre seguía allí, sentía un alivio inmenso.

Una noche me despertó el rugido del viento, un vendaval que quebraba las ramas de los árboles y llegaba acompañado de una lluvia intensa, horizontal. Era un fenómeno muy raro en verano. Mi madre se despertó también y nos sentamos junto a la ventana para ver la tormenta en la oscuridad.

—¿Sabes una cosa, Mischa? Mi madre, tu abuela, decía que los vendavales de verano anuncian un cambio. —Apoyó la cabeza en el brazo doblado y me miró con expresión infantil. Era muy supersticiosa, y por supuesto siempre tenía razón. Tenía razón en todo. Exhaló un hondo suspiro y sus suaves ojos castaños se llenaron de lágrimas—. Me pregunto qué pensaría ahora de mí. ¿Crees que puede verme desde el cielo? Seguro que cruza los brazos sobre el pecho y me mira con desaprobación, chasqueando la lengua. Pero a ti, pequeño *chevalier*, te habría adorado. Estaría muy orgullosa de ti. —Se inclinó hacia mí y me tocó el brazo—. Ya sé que estabas enamorado de Joy Springtoe, Mischa. A mí también me entristece que se haya ido, porque trajo el sol a esta casa. Quiero que sepas que te entiendo. El amor duele, cariño. Duele cuando están contigo y duele cuando se van, y duele todavía más cuando sabes que no volverás a verlos. Pero los momentos de felicidad que has vivido hacen que todo ese sufrimiento valga la pena. Y te prometo que con el tiempo podrás recordarla sin sufrir. Incluso es posible que vuelva el año próximo. Su novio murió cuando liberaba este pueblo, como un héroe, y ella vuelve aquí para recordarlo. Estoy segura de que también te echa de menos.

Conseguí esbozar una sonrisa y seguí contemplando el vendaval. Mi madre me leyó los pensamientos.

—Espero que nos traiga cambios a los dos.

Al día siguiente, sábado, mi madre propuso que fuéramos caminando al pueblo. Yo escondí la cabeza entre los hombros y puse mala cara. Odiaba el pueblo, para mí todavía lleno de malos recuerdos. Pero mi madre quería que afrontara mis miedos y los superara, así que dijo:

—Sólo con la práctica puede un *chevalier* aprender a luchar y a ganar.

A regañadientes, bajé con ella las escaleras de madera que llevaban al patio. Antes de que el *château* se convirtiera en hotel, el edificio de las caballerizas estaba lleno de caballos preciosos, musculosos y de pelo brillante. Cuando yo era muy pequeño, mi padre me subió a uno, y todavía recordaba la emoción que sentí cuando el caballo empezó a andar —clip, clop, clip, clop— sobre las losas de piedra mientras él llevaba las riendas. Ahora sólo quedaban dos caballos, y eran animales de carga, grandes y pesados, que se utilizaban para el trabajo en los viñedos. Jacques Reynard los había entrenado para caminar en línea recta entre los viñedos, y les había enseñado a utilizar la fuerza precisa para clavar el arado en el suelo y arrancar las raíces, pero sin dañar las raíces principales.

Cuando emprendimos el camino al pueblo, el miedo me atenazaba el estómago. Lejos de sentirme un pequeño *chevalier*, sólo tenía ganas de dar media vuelta y salir corriendo, pero la idea de que mi madre tuviera que verse sola en medio de tantos enemigos me dio fuerzas para seguir con ella. La tormenta de la pasada noche había pasado, dejando el suelo mojado y las hojas de los árboles limpias y relucientes, un poco estropeadas por el viento. Ya me había olvidado de lo que decía mi abuela sobre el cambio que traía la tormenta, y creo que mi madre se había olvidado también, porque no lo mencionó.

Recorrimos las calles del pueblo entre la hostilidad de costumbre, seguidos por las miradas que espiaban tras las cortinas de encaje. Al principio era peor: nos gritaban «bastardo alemán», «traidor», «pequeño nazi», «puta». Ahora sus insultos habían quedado reducidos a murmullos y miradas de odio. Siempre me fijaba en los niños. La mayoría imitaban a sus padres y me contemplaban con desprecio, y alguno ponía cara de desconcierto, como si no supiera qué hacer. Por eso me sorprendió que una niña me sonriera con simpatía. Era una niña ligeramente dentona, de pelo castaño y mejillas sonrosadas, y su sonrisa era cautelosa pero sincera. Hubiera querido corresponderle, pero el miedo torció mis labios en una mueca. Mi madre se detuvo delante de la *boulangerie*, un establecimiento que yo detestaba. Me gustaba lo que vendía, los dulces del escaparate, pero me aterraba el panadero, un tipo alto y grueso que solía aparecer en mis pesadillas.

Mi madre me apretó la mano y tomó aliento como si fuera a lanzarse al agua. Y entramos. La campanilla de la puerta anunció nuestra presencia. El panadero, con una amplia bata blanca que apenas le tapaba la inmensa tripa, salió de detrás de una cortina de cuentas de colores. Al vernos frunció el ceño y puso mala cara. Mi madre lo saludó con educación: «Bonjour, monsieur». Monsieur Cézade se limitó a contestar con un gruñido. Mi madre continuó con la farsa de que éramos clientes normales y corrientes.

—¿Qué te apetece, Mischa? —me preguntó con despreocupación.

El panadero me miraba fijamente y su boca se torció en una mueca de repugnancia, como si le disgustara mi sola presencia. Atemorizado, me acerqué a mi madre, sin saber qué contestar. En aquel momento se abrió la puerta, y el sonido de la campanilla me libró de la atención de Monsieur Cézade, que saludó con efusión al nuevo cliente para enfatizar el desprecio que le inspirábamos.

—*Bonjour, monsieur* —dijo con entusiasmo.

—*Bonjour.*

El desconocido tenía un fuerte acento similar al de Joy Springtoe. En cuanto lo vi, me sentí mucho más tranquilo. Era el hombre más rematadamente guapo que había visto jamás. A continuación, se dirigió a mí.

—Eh, hola, Junior —me dijo sonriendo.

Me resultó muy simpático. Desprendía un encanto y una calidez irresistibles. Cuando sonreía, se encendía una chispa de malicia en sus ojos de un azul intenso, y las comisuras de su boca se curvaban tanto que sus mejillas se plegaban como un acordeón.

—¿Qué te apetece? —me preguntó, haciéndose eco de la pregunta de mi madre de hacía poco rato.

—No puede hablar —le explicó el panadero, y su voz sonó despectiva—. Es mudo.

El estadounidense dirigió a mi madre una sonrisa de complicidad.

—Con lo guapo que es, no necesita hablar —dijo.

Mi madre se puso roja como un tomate y bajó la mirada. Noté que su mano estaba sudorosa.

El hombre se presentó.

—Coyote Magellan —dijo, tendiéndole la mano, y mi madre se la estrechó—. Bueno, ahora a lo mejor puede usted ayudarme. ¿Cuál es el mejor pastel de esta pastelería? —preguntó en inglés.

Mi abuelo materno era irlandés, de manera que mi madre entendía y hablaba bien el inglés. Yo deseé que Monsieur Cézade no entendiera nada.

—A mi hijo le gustan las *chocolatines* —dijo mi madre, señalando el escaparate.

—Qué buena elección. A mí también me gustan —dijo, satisfecho de que mi madre hablara su idioma—. *J'en prendrais trois, s'il vous plaît* —dijo, dirigiéndose a Monsieur Cézade, que asistía asombrado a la escena.

El panadero suspiró hondamente y metió los tres pastelillos en una bolsa de papel marrón. Al parecer había entendido por qué el norteamericano pedía tres.

Coyote se volvió hacia mi madre.

—Los invito a acompañarme al café de al lado. No podría comerme estos tres pasteles yo solo ni aunque lo intentara.

Y de no ser por Monsieur Cézade, estoy seguro de que mi madre habría declinado la invitación, pero le halagó que aquel desconocido atractivo y lleno de encanto la invitara delante del hombre que la había humillado. Y la atrajo también el desafío, porque no estaba bien visto aceptar la invitación de un hombre que acababa de conocer y del que nada sabía. Así que respondió con la cabeza bien alta.

—Nos encantaría.

Yo me sentí orgulloso de ella. Coyote le dio las gracias a Monsieur Cézade y salimos juntos de la panadería. De haber tenido yo una espada en aquel momento, le habría demostrado a mi madre que sabía usarla.

Mi madre y yo no frecuentábamos el café del pueblo, y todos se quedaron muy sorprendidos al vernos entrar. Se hizo un silencio total en el local, y hasta los camareros se quedaron mirándonos con la boca abierta. Todo el mundo conocía a mi madre de vista. No teníamos dónde escondernos. A algunos les podía parecer raro que no saliéramos nunca del *château*, pero mi madre se había casado allí con mi padre, y además era nuestro hogar. ¿A dónde podíamos ir, si además nadie nos quería?

Coyote se comportó como si no pasara nada. Sonrió a todos con aquella sonrisa encantadora y nos condujo a la mesa redonda del rincón. Mi madre apretaba los labios con resolución, decidida a no mostrar incomodidad por ser el centro de las miradas. Y era tanta la admiración que me inspiraba aquel hombre lleno de encanto, que por primera vez soporté la situación sin temor.

—¿Qué desea tomar, Miss Anouk? —le preguntó en cuanto tomamos asiento—. Espero que no le moleste que la llame Miss Anouk.

Mi madre estaba desconcertada. No se había presentado.

—Debo confesarle —dijo él, bajando la voz— que un día la vi con su hijo por la calle y pregunté su nombre. Entiéndalo, usted es una mujer hermosa, y yo soy un hombre. —Se encogió de hombros y metió la mano en el bolsillo de su camisa en busca de un cigarrillo—. ¿Quiere fumar? —Mi madre contestó que no y le dirigió una mirada recelosa—. Hoy he visto que ese gordo patán estaba mostrándose insolente y por eso he intervenido. Espero que no le importe. —Lo dijo con tal sinceridad que mi madre fue incapaz de enfadarse—. Y a su hijo no le irá mal comer un poco más —añadió guiñándome un ojo.

—Mischa ha estado enfermo —dijo mi madre—. Él tomará una limonada y yo un café.

—¿Qué edad tiene?

—Seis años.

«Y tres cuartos», añadí yo en silencio.

—Eres un chico muy guapo —dijo, mirándome.

—Se parece a su padre. —Mi madre lo miró a los ojos, poniéndolo a prueba. Me deprimí al comprender que mi limonada y mi chocolatina peligraban.

Coyote movió la cabeza comprensivo.

—Así que, a ojos de los franceses, es usted una traidora. Esto es lo trágico de las guerras.

—El amor no conoce fronteras. —La expresión de mi madre se dulcificó y mis posibilidades de una buena merienda aumentaron.

Coyote encendió un Gauloise y escrutó el local con los ojos entrecerrados.

—No es más que un niño —dijo con dulzura—. Vale, su padre es alemán, pero la guerra ha terminado. Ha llegado el momento de perdonar.

—*Era* alemán —corrigió mi madre—. Mi esposo murió en la guerra.

Cuando el camarero trajo las bebidas, Coyote abrió la bolsa de papel y me dio mi chocolatina.

—Tenemos que alimentarte para que seas un chico alto y fuerte —dijo riendo—. ¿Sabe escribir? —le preguntó a mi madre.

—Sí que sabe. —Mi madre me miró con ternura. No le gustaba que la gente hablara delante de mí como si yo no entendiera nada. «Que no tenga voz no significa que no tenga entendimiento», replicaba siempre enfadada.

Coyote pidió al camarero lápiz y papel y dio un mordisco a su chocolatina.

—Está muy buena, ¿no te parece? —Yo asentí enérgicamente con la boca llena de chocolate—. La comida sabe mucho mejor en Francia.

Mi madre dio un sorbito a su café.

—¿De dónde es usted?

—Del sur. Virginia. Me alojo en el *château*.

Mi madre asintió.

—Trabajo allí.

—Un sitio precioso, es una pena que lo hayan transformado en hotel. Seguro que era una casa muy bonita.

—No se la imagina. Una mansión preciosa, decorada con un gusto exquisito. Era una familia muy distinguida. Fue un honor trabajar para ellos.

El camarero trajo lápiz y papel y Coyote me los pasó.

—No me gusta dejar a nadie fuera de la conversación, sobre todo si se trata de un niño tan despierto como tú. Si tienes algo que decir, Junior, escríbelo, porque quiero leerlo.

Empecé a escribir al momento, lleno de emoción. Quería demostrarle que sabía.

«Gracias por mi *chocolatine*», escribí en francés. Coyote esbozó una amplia sonrisa.

—Gracias a ti por acompañarme. Esto no resulta muy divertido para ti —dijo, alborotándome el pelo.

Volví a garabatear.

«Vivimos en el edificio de las caballerizas.»

—¿Y hay caballos?

Levanté dos dedos y me encogí de hombros. Son de tiro, escribí, y añadí: «¿Cuánto tiempo piensa quedarse?»

—El que haga falta —contestó. Se apoyó en el respaldo y miró directamente a mi madre—. Me gusta esto —dijo sonriendo—. Por el momento, Junior, no pienso irme a ninguna parte.

6

Volvimos juntos al *château* a través de los campos. El sol brillaba en lo alto de un cielo totalmente azul, los pájaros saltaban de rama en rama, y las cigarras dejaban oír su monótono canto entre la maleza. En el aire flotaba una fragancia de tomillo. Era como estar en el paraíso. Me sentía tan ligero que caminaba dando brincos, y de vez en cuando echaba a correr detrás de una mariposa. Era consciente de que él me estaba mirando y quería impresionarle.

Mi madre, con las mejillas sonrosadas y los ojos brillantes, caminaba junto a él despaciosamente, como si quisiera alargar el momento. Llevaba en la mano una florecilla y la hacía girar entre los dedos, luego arrancó los pétalos de uno en uno y los fue tirando al suelo. Hablaba en voz baja y lánguida y de vez en cuando se reía con suavidad. No recordaba haberla visto nunca tan guapa y tan feliz. Al caminar, balanceaba las caderas de forma que la falda ondeaba y se ceñía alrededor de su cuerpo como si tuviera vida propia.

Cuando llegamos al edificio de las caballerizas, mi madre y Coyote se quedaron hablando. Los caballos habían salido con Jacques Reynard, pero el lugar olía a sudor, a heno y a estiércol. Años más tarde, cuando crucé el Atlántico para establecerme en un país extraño, el recuerdo de aquel olor me llenaba de insoportable nostalgia.

Trepé a la cerca y los observé con la curiosidad con que un mono enjaulado contempla a otras especies. Siempre estaba observando a los demás. Como no podía hablar, casi nunca se daban por enterados. Nunca había conocido a un hombre como Coyote, que me incluía en la conversación y me miraba con simpatía, como si la mudez fuera un rasgo curioso de mi personalidad. No me consideraba un bicho raro, como Madame Duval, ni un engendro del demonio, como la gente del pueblo. Para él, era sólo un chico que no podía hablar, tan normal como un pingüino, un ave que no puede volar. Me encantó que me entregara lápiz y papel y que «conversara» conmigo. Me sentía feliz. Sólo me había comunicado así con mi madre, pero Coyote no lo sabía; o tal vez sí, pero en cualquier caso se había ganado mi eterna amistad.

Cuando Coyote emprendió el regreso al *château* con paso elástico y decidido, mi madre se quedó mirándolo pensativa, con una sonrisa de incredulidad, y se acarició los labios con los dedos. Luego exhaló un profundo suspiro y aterrizó con desgana en la realidad.

—Vamos, Mischa, a casa.

No pude evitar que en mi rostro se dibujara una amplia sonrisa.

—A casa ahora mismo, Mischa. ¡Vaya, tengo suerte de que no puedas hablar! —Bromeó cuando avanzábamos en la oscuridad. Me acerqué a ella y la tiré del brazo para que me mirara otra vez—. Sí, me gusta. Es muy simpático —respondió mi madre—. Ha sido amable con nosotros y nada más.

Pero yo sabía que había sido más que amable. Le gustábamos, le gustábamos los dos.

Aquella noche mi madre se quedó largo rato sentada frente al tocador, mirándose en el espejo. Se había apartado el pelo de la cara, una cascada de rizos color chocolate se derramaba sobre sus hombros y su espalda, dejando ver el pico de viuda en lo alto de la frente. El sol había bronceado su piel, y tenía las mejillas suaves y sonrosadas. Me senté en la cama para contemplarla. A mis ojos no era vieja ni joven, siempre había sido mi madre, pero ahora intenté verla como una mujer, una mujer joven, porque sólo tenía treinta y un años. Intenté verla como la veía Coyote. A lo mejor se casaban y yo volvía a tener un padre. Y nadie hablaría mal de él porque era norteamericano.

Mi madre vio mi reflejo en el espejo.

—Nunca dejaré de querer a tu padre, Mischa. —A la mortecina luz de la bombilla que colgaba desnuda del techo, vi su expresión solemne y sus ojos brillantes—. A lo mejor estuvo mal enamorarse del enemigo, pero para mí él no era el enemigo. Era siempre amable y caballeroso, y no creo que le hiciera daño a nadie. No importa de dónde venga una persona, ni el color de su piel, el uniforme que lleve o el bando en el que luche. En el fondo sólo es un ser humano, y todos somos iguales. Lo que importa en una persona es el corazón. Tu padre era un buen hombre, Mischa, no lo olvides. No te creas a nadie que diga lo contrario. Era un hombre de honor. Si los demás pudieran verle como era de verdad, como yo lo vi, me entenderían.

Sacó su fotografía enmarcada del cajón del tocador.

—Era muy guapo —dijo con dulzura, acariciando el cristal con los dedos.

Yo había visto la fotografía muchas veces. A menudo la sacaba y la estudiaba cuidadosamente, intentando rescatar recuerdos del fondo de mi memoria, entonces demasiado joven para recordar. Tenía pocos recuerdos y los atesoraba como objetos de gran valor, tan preciosos como la pelota de goma que me había regalado.

—Te pareces a él, Mischa —continuó mi madre—. Cada vez que te miro pienso en él. Tienes el mismo color de pelo, los mismos ojos azules y la misma boca bien dibujada. Él estaba muy orgulloso de ti, su hijo. Cuando pienso que nunca te verá crecer, se me parte el corazón. —Se detuvo para controlar el temblor de su voz—. Te convertirás en un hombre tan guapo y honorable como él, Mischa. Él ha muerto, pero sigue viviendo en ti.

Guardó la fotografía y empezó a cepillarse el pelo. Cuando volvió a la cama yo ya estaba adormilado. Noté su cuerpo frío y deduje que había estado sentada frente a la ventana abierta, contemplando las estrellas para ver si distinguía a mi padre, o reflexionando sobre el cambio que había traído la tormenta. Coyote Magellan había llegado con el vendaval, y yo confiaba en que se quedara. Tenía miedo de que se marchara y me abandonara, igual que Joy Springtoe. Entonces volveríamos a quedarnos solos, mi madre y yo, siempre solos los dos.

Aquella noche tuve la misma pesadilla de siempre. Estoy en brazos de mi madre, en la plaza del pueblo. La gente nos grita. Tengo miedo y me agarro con fuerza a ella. Unos vecinos cantan a voz en grito canciones triunfales, y otros, con los rostros congestionados de furia, aúllan como perros salvajes. En los ojos saltones de Monsieur Cézade leo una locura que nunca había visto. Veo el rostro impasible del padre Abel-Louis, que se comporta como si no nos conociera y deja que los demás se nos echen encima. No hace nada por evitar que ocurra lo peor; se limita a toquetear el crucifijo que le cuelga sobre el pecho. Aunque es un hombre de Dios, no siente compasión por nadie.

Intentan arrancarme de los brazos de mi madre, a los que me aferro como una lapa. Aterrorizado, grito y extiendo los brazos, abro las manos cuanto puedo. No entiendo lo que ocurre ni por qué nos hacen esto, sólo tengo dos años y medio. Soy demasiado pequeño para luchar, y por más que me debato y pataleo, alguien me pasa un fuerte brazo alrededor del vientre y me separa de mi madre, a la que gritan «traidora» y «puta». Todos se abalanzan sobre ella, y le hacen jirones la ropa hasta dejarla desnuda como un conejo despellejado. Entre tres mujeres la obligan a arrodillarse y le cortan el pelo a golpes de cuchillo. Mi madre no llora. Silenciosa y desafiante, me mira todo el rato, intentando tranquilizarme, pero yo intuyo su propio miedo. Aquel día, el mundo seguro y tranquilo que conocía desapareció para siempre. *Maman!* grito, pero mi voz se pierde entre los aullidos de los que quieren castigarla. Tengo que mirar cómo le cortan el pelo, un mechón tras otro, hasta que aparece la cabeza desnuda y sangrante. Ella repite, una y otra vez: «No hagáis daño a mi hijo», con una voz firme y decidida que no me resulta familiar. Pero la multitud está borracha de odio y es capaz de cualquier cosa.

Gritan: «¡Un niño alemán!», y me alzan en brazos para que todos me vean.

—Sólo es un niño. Por favor, no le hagáis daño —pide entre sollozos. Está temblando y tiene los ojos llenos de lágrimas—. No le hagáis daño a mi hijo, os lo ruego. Llevadme a mí, pero dejad al niño.

Los brazos que me sujetaban me dejan en el suelo. Gateo asustado hacia mi madre, convencido de que mi vida depende de que la alcance, pero está lejos y las piedras me hacen daño en las rodillas. Por fin me siento a salvo. Mi madre me coge en brazos y me mece, con el cuerpo sacudido por los sollozos. Me besa en la sien y me susurra al oído con voz quebrada por el llanto: «No te dejaré nunca. Nunca te abandonaré, hijo mío, mi pequeño *chevalier*».

De repente aparece un hombre y la multitud se dispersa. Viste un uniforme verde oliva que no había visto nunca. Se quita la camisa y se la echa a mi madre sobre los hombros.

—¡Debería daros vergüenza atacar así a vuestra propia gente! —grita, pero nadie le oye. Me pone una mano en la cabeza—. Ya ha pasado todo, hijo.

Quiero responder y abro la boca, pero no sale ningún sonido. Me han quitado la voz.

Me desperté porque mi madre me estaba acariciando la cabeza y besándome en la frente.

—¿Otra vez la pesadilla? —Asentí y enterré la cara en su cuello—. Ya nadie te puede hacer daño, cariño. Ahora estás a salvo.

Cuando estaba a punto de quedarme dormido, mi madre volvió a hablar.

—Mañana no iremos a misa, Mischa. Es hora de que nos enfrentemos al *cureton*.

Cureton era el término infantil para referirse al cura. Casi no podía creerlo. Olvidándome de mi pesadilla, me acurruqué junto a ella y le planté un beso en el cuello para demostrarle mi agradecimiento. Mi madre apoyó los labios en mi frente y me susurró:

—Es un hombre débil y asustado, cariño, un lobo desdentado, créeme.

A la mañana siguiente, me desperté lleno de ilusión. Coyote Magellan estaba en el hotel y todo iba a cambiar. Estaba seguro, tenía fe en el poder de las tormentas. Y supongo que mi madre también porque canturreaba mientras se vestía. Era la primera vez que la oía canturrear. Sentada ante el espejo, jugaba a ponerse el pelo de mil maneras, y luego iba distraída a un lado y a otro, como si su alma estuviera muy lejos de allí. Se maquilló y se salpicó el escote con agua de colonia. Cuando se agachó y me dio un beso en la nariz, me envolvió en una nube de aroma a limón.

—Pórtate bien, Mischa y no corras por ahí. Todavía te estás recuperando.

Yo le pasé la mano por el cabello y le dije con la mirada: «Estás guapa». Ella sonrió, me tocó la nariz con el dedo y se marchó.

Con la pelota de goma y el Citroën amarillo en el bolsillo salí al patio, donde encontré a Pistou. Por primera vez desde la partida de Joy Springtoe, me sentía feliz. Fuimos corriendo al jardín, donde había muchos lugares para esconderse: arbustos recortados, olorosas gardenias, macizos de magnolias y espesas matas de clavel moro. También eucaliptos, sauces llorones, y altos lirios de agua en tiestos de terracota. En la parte sur del *château* había una terraza con mesitas redondas, donde los huéspedes del hotel podían sentarse a tomar café o a leer bajo una pérgola cubierta de rosas blancas.

A Pistou no le hacía falta esconderse porque nadie lo veía, pero yo me agaché entre la hierba húmeda y me dediqué a mirar, oculto entre las sombras. Me complació ver que Coyote estaba sentado leyendo el periódico; en la silla que quedaba libre había una guitarra. Llevaba una camisa de manga corta, pantalones de tela clara y mocasines marrones, y se tocaba con un sombrero de paja. Recostado en la silla, con una pierna doblada y el tobillo apoyado sobre la rodilla, fumaba un Gauloise. No hablaba con nadie, pero aun así lucía una sonrisa de satisfacción, como si se divirtiera muchísimo. En la mesa de al lado, los Tres Faisanes tomaban el té y discutían acaloradamente mientras *Rex*, el perrito de Daphne, mordisqueaba una galleta a sus pies. Pistou tenía un día revoltoso, y cuando Gertie no miraba vertió una cucharada de azúcar en su taza de té. Cuando tomó un sorbo, la pobre hizo una mueca de asco y miró asombrada su taza, porque detestaba el dulce. Pero ¿qué podía decir? Daphne y Debo no tenían la culpa. Pistou y yo ahogamos nuestras risas.

Al cabo de un rato, Coyote se levantó, dobló el periódico y saludó tocándose el ala del sombrero a los Tres Faisanes, que respondieron con movimientos de cabeza y risitas contenidas. Estaban tan encantadas que olvidaron su edad y pestañearon con juvenil coquetería. El saludo de Coyote las dotó de vivacidad, tornó sus risas cantarinas y burbujeantes. El vendaval también les había traído cambios a ellas. La nube de tristeza que envolvía el *château* se disipó por arte de magia, dando paso a una hermosa luz que parecía brotar de su interior.

En cuanto Coyote entró en el edificio (lo que me llenó de pena), los Faisanes empezaron a hacer comentarios.

—Qué hombre tan encantador —observó Gertie. Olvidando que su té estaba demasiado dulce, dio un sorbito a su taza.

—Ah, si tuviera diez años menos —suspiró Daphne.

—Más bien cincuenta años menos, querida —replicó Gertie.

—Nunca caigo en lo vieja que soy. Ya sabes que me siento joven por dentro.

—*Vecchio pollo fa buon brodo.* —Debo se colocó la boquilla entre los rojos labios y encendió el cigarrillo—. Quiere decir que la gallina vieja hace un buen caldo —aclaró, y las tres estallaron en risas.

Salí de entre las sombras y me acerqué a su mesa.

—¡Mischa! —Daphne me recibió con una carcajada de alegría—. ¡Qué pálido estás!

Me agaché para acariciar a *Rex*, que me dio la bienvenida moviendo la colita. Así supe dónde tenía la cabeza.

—Te ha echado de menos —dijo Daphne—, y nosotras también. Hace días que no te vemos.

—Supongo que la señora Danvers lo ha encerrado en los sótanos. Por eso está tan pálido —dijo Debo.

—Ha estado enfermo —explicó Gertie, colocando su taza de té a medio acabar en el centro de la mesa—. Me tomé la libertad de preguntarle a su madre, que estaba muy preocupada, la pobre. Es triste tener que criar a un hijo sola, y todavía más si es deforme.

Daphne salió al momento en mi defensa.

—¡No es deforme! —exclamó furiosa. Torció la boca en una fea mueca—. No digas tonterías. El niño no puede hablar, pero esto no es una deformidad. No se trata de una joroba o un pie zambo, no es… tuerto ni tiene una pierna torcida. Está muy bien formado, ¿entiendes?, por lo tanto no puede ser *de*-forme. Es un chico muy listo, además, y me parece vergonzoso que no te hayas dado cuenta.

Gertie se quedó callada un buen rato, con aspecto compungido. Asombrado, porque nunca había visto a Daphne tan furiosa, dejé a *Rex* y la miré. Daphne me acarició la cabeza.

—Es un niño precioso —dijo en voz baja.

Tras intercambiar una mirada con Gertie, Debo le tocó la mano a Daphne y ésta le sonrió con gratitud. Entre las dos se estableció una comunicación que no supe interpretar. Me pregunté si Daphne tenía hijos o nietos, o si las lágrimas que brillaban en sus ojos eran síntoma de un anhelo que quedaba lejos de la comprensión de un niño.

De pronto Coyote apareció por la puerta que daba a la terraza, seguido muy de cerca por Madame Duval, y Daphne me empujó rápidamente bajo la mesa. Cogí a *Rex* y me quedé quieto, medio oculto por las tres mujeres y el mantel azul pálido. Desde mi escondite veía a Coyote y Madame Duval pasear por el jardín señalando las plantas y pararse a cada momento para charlar. Él se mostraba interesado y miraba a su alrededor con los brazos en jarras. No era la primera vez que veía esa reacción. El *château* era muy bonito, desde luego, pero Coyote le había prestado algo más, un encanto del que antes carecía. Incluso Madame Duval parecía tocada por la magia y caminaba a saltitos, como si estuviera llena de burbujas.

Los Tres Faisanes volvieron a hablar de él, de sus andares casi militares, con la espalda recta, de su manera de pasarse los dedos por el abundante pelo de color arena. Pero sobre todo hablaron de sus ojos.

—Son del color de los nomeolvides —dijo Daphne, y por una vez estuvieron las tres de acuerdo.

Oculto bajo la mesa, yo compartía con *Rex* las galletas que me daba Daphne. De repente ocurrió algo extraordinario. Pistou apareció sonriente en medio del jardín, jugando con una pelota. Consciente de que no podían verlo, se dejó llevar por su espíritu travieso y al pasar corriendo junto a Madame Duval, le pellizcó el culo. La mujer se detuvo sorprendida, se llevó la mano a la nalga y, sin saber qué decir, le dedicó a Coyote una sonrisa coquetona que en mi opinión no la favorecía. Volví la mirada a Coyote y comprobé estupefacto que miraba a Pistou. No me cabía ninguna duda de que veía al niño correr tras la pelota y de que lo seguía con la mirada. Pistou se detuvo en seco. Miró fijamente a Coyote y éste le devolvió la mirada y le guiñó un ojo, ajeno a la cháchara de Madame Duval. Pistou se llevó tal susto que no le sonrió, como normalmente habría hecho, sino que siguió corriendo tras la pelota hasta un lugar donde ni siquiera yo podría encontrarlo. Coyote volvió a contemplar el jardín como si Pistou no hubiera existido, y yo me quedé preguntándome si todo habían sido imaginaciones mías, o si Coyote y yo compartíamos algo especial, una capacidad que no tenía nadie más que nosotros.

7

Madame Duval y Coyote bajaron por los escalones que llevaban a los estanques y a los viñedos, y yo salí con *Rex* de debajo de la mesa.

—Monsieur Duval debería vigilar a su mujer. —Gertie los miró alejarse con los ojos entornados a causa del sol.

—Por Dios, Gertie, esta mujer tiene edad suficiente para ser su madre —protestó Debo.

—¿Por qué habrá venido? —dijo Daphne, y se colocó a *Rex* sobre las rodillas—. Quiero decir que es joven y está soltero, por lo que sabemos. Y no parece que tenga asuntos de negocios. Ha venido desde muy lejos…

—Probablemente esté de vacaciones —interrumpió Gertie—. ¿Es indispensable que cumpla una misión?

—Puede que haya venido atraído por el vino. Ya conocéis la canción. ¿Cómo era? —Debo entrecerró los ojos, intentando recordar—. «Dios creó al hombre frágil como una burbuja; Dios creó el amor, el amor creó el problema, y Dios creó las viñas. ¿Acaso es pecado que el hombre creara el vino para ahogar las penas?» —Soltó una alegre carcajada—. Creo que ha venido atraído por el vino.

—Pues claro que ha venido por el vino. ¿Por qué, si no, iba a venir alguien aquí si no está interesado en el vino? —Gertie estaba indignada.

—Me parece curioso, eso es todo.

—No es curioso en absoluto, Daphne —dijo Gertie—. Lo que pasa es que eres demasiado romántica, por eso ves problemas. Lees muchas novelas. ¿Acaso un hombre no puede disfrutar de unas vacaciones sin que se le atribuyan todo tipo de intrigas?

—A lo mejor ha venido huyendo de alguien. —Debo bebía pensativa su té. De repente, sus labios se curvaron y una sonrisa iluminó su rostro—. Puede que haya venido también buscando a alguien —añadió en tono misterioso—. Un amor perdido.

—Seguro que sí. —Daphne le dio otra galleta a *Rex*—. ¿Y tú qué piensas, Mischa?

Me encogí de hombros. No tenía ni idea de por qué había venido Coyote, ni me interesaba. Sólo me interesaba saber cuánto tiempo se quedaría.

—¿Por qué no lo invitamos a cenar con nosotras? —sugirió Debo—. Así averiguaremos algo.

—Buena idea, Debo —asintió Daphne—. Gertie, te aseguro que hay algo raro. ¿De vacaciones? No parece el tipo de hombre que se toma unas vacaciones. Es demasiado… —entrecerró pensativa los ojos—, está demasiado ocupado.

Las dejé hablando de su próxima excursión pictórica y me fui en busca de Pistou. Lo encontré sentado a la orilla del río, perdido en la contemplación de una mariposa que se le había posado en el dorso de la mano. Me senté junto a él sin hacer ruido para no asustarla y me quedé mirando hasta que la mariposa extendió sus alas de colores y salió volando haciendo eses, como si hubiese bebido vino y estuviera ligeramente borracha. Pasamos toda la mañana juntos, tirando piedras al río para asustar a los peces, metiendo los pies en el agua helada y tumbados al sol. Entonces le hablé de Coyote.

—Sin duda te ha visto —le dije muy serio—. A lo mejor le dejo entrar en nuestro mundo secreto… a lo mejor. Primero tengo que pensarlo —añadí.

En realidad tenía muchas ganas de concederle el honor. Ni siquiera mi madre conocía a Pistou.

Supongo que me quedé dormido, porque me despertó un canto acompañado por una guitarra. Aturdido por haberme dormido al sol, me senté y me rasqué la cabeza. Pistou se había ido. Me quedé un rato en la orilla del río, escuchando la canción. Era la primera vez que la oía, una canción triste y melancólica, suave como un zumbido. Guiado por la música, llegué a un claro en un bosquecillo. Allí estaba Coyote, a la sombra de un plátano.

Al verme, no dejó de cantar, sino que me indicó con la mirada que tomara asiento. Me senté en la hierba frente a él, con las piernas cruzadas como un indio, y observé cómo movía los dedos sobre las cuerdas de la guitarra. Con la espalda recostada en el tronco y la guitarra apoyada sobre la pierna doblada, Coyote mantenía el rostro semioculto bajo el sombrero de paja, pero yo veía sus largas pestañas, la incipiente barba que le cubría las mejillas y la barbilla, y dos dientes que sobresalían un poco y le conferían un aspecto lobuno. Jacques Reynard aseguraba que antes de la guerra había lobos en Burdeos, pero nadie le creía. Coyote cantaba para mí, sin dejar de mirarme, envolviéndome con su cálido afecto. Sentí una expansión en el pecho, mi caja torácica se abrió para acoger aquel afecto, y sonreí. Coyote formaba parte de mi mundo aunque no le hubiera invitado a entrar en él. Su canción había penetrado hasta lo más profundo de mi corazón, frío e inanimado hasta entonces, y lo había inundado de calor y de vida.

● ● ●

Oh, tocad lentamente los tambores
y soplad suavemente las flautas,
oh, interpretad la marcha fúnebre
mientras me llevan hasta la tumba
y arrojan tierra sobre mi ataúd.
Porque soy un pobre vaquero
y sé que he actuado mal.

Nos quedamos allí mucho rato. Él cantaba una canción detrás de otra, y yo me balanceaba al ritmo de la música, batía palmas si las canciones eran alegres, y escuchaba inmóvil cuando eran tristes. Quería cantar con él, y cantaba mentalmente. Tal vez él pudiera oírme, porque interiormente mi voz sonaba clara y alegre como la plata. Finalmente, Coyote dejó de tocar.

—Me siento hambriento. ¿Tienes hambre, Junior?

Asentí, pero en realidad me habría gustado seguir cantando. No tenía ganas de volver a casa. En aquel claro del bosque, el mundo exterior había desaparecido, sólo estábamos nosotros dos en mi mundo secreto.

—¿Me acompañas a comer algo?

Asentí de nuevo, sin imaginar que me iba a llevar al pueblo.

Me sentí asustado cuando llegamos, incluso junto a Coyote. Era la primera vez que iba al pueblo sin mi madre, y ella siempre me cogía de la mano. Tenía ganas de darle la mano a Coyote, pero no quería mostrar debilidad. Coyote me dio unas palmadas en la cabeza, como si percibiera mi inquietud.

—¿Estás bien, Junior?

Me esforcé en sonreír, y él me dedicó una sonrisa tranquila y confiada que me infundió valor. Era mediodía cuando recorrimos la calle. Yo miraba de reojo las casas, con los postigos cerrados para evitar que entrara el calor, y me imaginaba cientos de ojos observándome. Imaginé el odio que se escondía tras las ventanas, y me pareció ver cómo se escapaba entre las grietas cual si fuera humo.

De pronto Coyote empezó a hablar largo y tendido. Hablaba y hablaba sin parar.

—Virginia está al sur, pero no totalmente al sur, ¿entiendes, Junior? —Sus descripciones me transportaron muy lejos, a un campo de maíz rodeado por un viejo muro—. Allí solía acampar un viejo que hablaba con los animales. Y te juro que le entendían porque comían de su mano como si fueran viejos amigos. Había ardillas y conejos, y esos curiosos perros de la pradera, y desde luego montones de pájaros. Y yo era un niño como tú, correteando todo el día como un animalito salvaje. Me acercaba al muro para ver al anciano, y me sentaba con él para oír sus historias. Aquel hombre había corrido mundo, había estado en todas partes. Apuesto a que había estado aquí, en este mismo *château*. Seguro que probó el vino de aquí, porque no era de los que dejan pasar las cosas buenas.

Tan absorto estaba en su relato que llegué sin darme cuenta a la plaza del pueblo. Coyote se dirigió al bar, y yo le seguí tímidamente, intentando confundirme con las sombras.

—Nos sentaremos en una mesa fuera. ¿Qué te parece, Junior?

Coyote apoyó en mi hombro una mano protectora. El camarero nos miró asombrado, una y otra vez, y nos indicó una mesa bajo una sombrilla azul. Casi todas las mesas estaban ocupadas. Por primera vez me fijé en las grandes jardineras de piedra con geranios rojos; delimitaban un espacio cuadrado alrededor de las mesas para evitar que éstas se esparcieran por toda la plaza. A poco llegó el camarero con una libreta y un lápiz. Coyote había dejado la guitarra sobre la silla que quedaba libre, y se quitó el sombrero en honor de las damas de una mesa cercana que le saludaban con la mano. La sonrisa que les dedicó provocó que las señoras se ruborizaran y se pusieran a hablar entre ellas animadamente. El camarero no tardó en llegar con un menú. Coyote le dio las gracias y le pidió otro «pour mon petit ami». Yo me puse tan rojo como antes las señoras: me había llamado «amigo».

Leí el menú cuidadosamente, sintiéndome muy mayor. Entendía casi todas las palabras, pero no los números.

—Escoge lo que te apetezca, Junior. Nos vamos a dar un banquete.

Señalé el filete. Mi madre había bajado al pueblo para comprarme uno cuando estuve convaleciente; dijo que me daría fuerzas para recuperarme. Yo estaba harto de recuperaciones, harto de tener cuidado y no poder corretear por ahí. Quería ponerme lo más fuerte posible.

Mientras esperábamos la comida, escribí en el bloc: «Cuéntame más cosas sobre el anciano». Así fue cómo Coyote me contó la historia más fascinante que había oído jamás, mientras yo me bebía la limonada y él saboreaba un vaso de vino. Me explicó que el anciano tenía un abrigo hecho de retales, tan largo que le llegaba al suelo, y cada retal venía de un país distinto. El de China era de tela roja con un dragón de escamas doradas que escupía fuego. El de África era anaranjado, con un feroz león y unos niños de caritas alegres y negras. Había un pedazo de tela azul procedente de Argentina, con hombres cabalgando, y otro amarillo que procedía de Brasil. Cada retal tenía su historia, y cada una era más fascinante que la anterior. Nos trajeron los platos, y cuando acabamos nos los retiraron. Cuando miré a nuestro alrededor, el bar se había quedado casi vacío. Parecía que llevábamos horas allí.

Después de comer nos sentamos junto a la fuente en la *Place de l'Église*. Miré con recelo la puerta cerrada y la oscura ventana de la iglesia, que me pareció fría y hostil, como si el propio padre Abel-Louis me estuviera reprochando que hubiera faltado a misa esa mañana. ¿Cómo nos habíamos atrevido a desafiarle? Unos niños jugaban a la gallinita ciega, se perseguían dando gritos entre los árboles, y estallaban en risas cada vez que uno de ellos perdía. Vi a la niña de pelo oscuro que me había sonreído el día anterior.

Coyote empezó a cantar «Cuando paseaba por las calles de Laredo», acompañándose de la guitarra, y me olvidé al momento de la iglesia, del padre Abel-Louis y de los niños que me excluían de sus juegos. El alma se me llenó de dicha, y sentí en el pecho la cálida emoción de ser capaz de cualquier cosa. Los niños habían parado de jugar y se acercaban a escuchar. En semicírculo frente a nosotros, como un rebaño de terneros curiosos, cuchicheaban entre sí con los ojos fijos en Coyote, aunque de vez en cuando me miraban a mí.

La niña me sonreía con simpatía. Mi incapacidad para hablar me había convertido en un experto a la hora de hacerme entender mediante la expresión y de leer la expresión de los demás. Lo que ella me decía con la mirada era: «No me tengas miedo, quiero ser tu amiga». Yo le sonreí tímidamente, agradecido por su generosidad.

Coyote cantaba y los niños se habían sentado en el suelo. Nos apretujábamos para escucharle, como amigos de toda la vida. La música nos había unido. Yo estaba muy pegado a un niño, y nuestros hombros se tocaban, pero él no se apartó, de modo que me quedé allí, consciente de nuestros cuerpos. Me parecía que mi hombro estaba ardiendo. Coyote nos hizo reír con una canción muy graciosa, se quitó el sombrero de paja y me lo encasquetó en la cabeza. Me sonrojé al ver que me había convertido en el centro de atención. El niño que estaba a mi lado me quitó el sombrero y se lo puso, y sus amigos se rieron. Pronto aquello se convirtió en un juego: Coyote cantaba sin dejar de mirarme y sonreír, y los demás se pasaban el sombrero una y otra vez.

Entonces la niña de pelo castaño se abrió paso hasta los niños de atrás, recuperó el sombrero de Coyote y me lo colocó en la cabeza, pero antes de que yo tuviera tiempo de reaccionar me lo volvió a quitar y gritó: «¡A ver si me pillas!» Me levanté y corrí tras ella, y pronto todos corríamos por la plaza. Ahora yo era uno más entre los otros, y nuestros pasos resonaban contra el muro de la iglesia. Coyote seguía cantando, pero no me quitaba los ojos de encima, y yo me sentía feliz de tener tantos amigos.

Yo corría muy rápido, tan rápido como cuando jugaba con Pistou entre los viñedos, y descubrí con deleite que era más veloz que los demás niños. Era más bajito y más ligero, y corría en zigzag entre los árboles como un monito que saltara de rama en rama. No tardé en alcanzar a la niña y en quitarle el sombrero. Los otros gritaron «¡A por él!» y me persiguieron como una jauría de perros. Me asaltó el recuerdo de cómo tuve que huir de la multitud sedienta de sangre para llegar hasta mi madre, pero los niños sonreían y gritaban de placer, y me lanzaban pullas como si fuera uno más.

Estuvimos jugando toda la tarde mientras Coyote rasgueaba su guitarra, ora cantando, ora sólo tocando, y su música reverberaba contra las paredes de la iglesia mientras el sol se ponía. Las sombras se fueron alargando, y cuando por fin la formidable sombra de la iglesia acabó de tragarse las últimas luces, los niños se dispersaron. Era hora de volver a casa. Uno o dos se despidieron de mí con una palmadita en la espalda y un admirado «¡Eres muy rápido!» Había sido una tarde maravillosa, pero ¿volverían a dejarme jugar cuando Coyote no estuviera allí para encantarlos con su música? Me daba pena que se marcharan. Coyote dejó la guitarra y se puso de pie. La niña se acercó para devolverle el sombrero.

—Gracias, *monsieur* —le dijo, y luego me miró sonriente—. Me llamo Claudine Lamont. Sé que te llamas Mischa Fontaine y que no puedes hablar, pero no me importa.

Me embargó la emoción. La niña inclinó tímidamente la cabeza y se miró los pies.

—Corres muy rápido —dijo, lanzándome una mirada entre las largas pestañas. Tenía los ojos verdes como las hojas de los viñedos en otoño. —Gracias por la música, *monsieur* —añadió, y salió corriendo por las calles del pueblo—. ¡Laurent! Espérame.

Coyote se colocó el sombrero.

—Me parece que le gustas, Junior. El lenguaje del amor no necesita palabras. —Soltó una breve carcajada—. Venga, vamos a casa. Tu madre se estará preguntando dónde te has metido.

Volvimos al *château* en silencio, a través de los campos envueltos en la suave luz ambarina de la tarde. Los pájaros gorjeaban en las copas de los árboles, preparándose para la noche, y los grillos habían empezado su serenata entre las altas hierbas. Una liebre cruzó el camino de un salto. Coyote no pronunció palabra, pero no me importaba. Estaba acostumbrado al silencio. Lo disfrutaba. Me gustaba escuchar los sonidos de la naturaleza y mis propios pensamientos.

Me sentía profundamente feliz. Había estado jugando con los niños que hasta entonces me atemorizaban, y Claudine quería ser mi amiga. Miré a Coyote, que parecía pensativo. Lo que decía mi abuela era cierto: el vendaval había traído cambios. Ardía en deseos de contárselo todo a mi madre.

Cuando llegamos al edificio de las caballerizas, mi madre salió a recibirnos muy nerviosa.

—¿Dónde te habías metido, Mischa? —dijo, abrazándome—. No te he visto en todo el día. ¡No tienes que desaparecer así!

—Lo lamento, señora. Hemos comido en el pueblo, y Mischa se ha pasado toda la tarde jugando con los niños en la plaza.

Mi madre miró con incredulidad.

—¿Jugando con los otros niños? —repitió mientras me sacudía el polvo de la camisa.

—Se lo han pasado en grande, ¿verdad, Junior?

—¿En serio? —Yo asentí, y mi madre me estampó un beso en la mejilla—. ¡Cómo me alegro, Mischa!

Se incorporó y contempló a Coyote mientras se recogía un rizo tras la oreja—. Esto es obra suya. Muchas gracias.

Se quedaron mirándose un largo rato, hasta que la mirada de Coyote se hizo demasiado intensa y mi madre bajó los ojos. Pero antes de partir, Coyote me dio unas palmaditas en la cabeza.

—Es un valiente *chevalier* —dijo finalmente.

Mi madre le sonrió agradecida y se quedó contemplándole mientras se alejaba.

8

A la mañana siguiente mi madre canturreaba y movía las caderas al caminar, igual que el día en que volvimos a casa con Coyote. Se había dejado el pelo suelto y tenía los ojos brillantes. No me hacía falta nada más para comprender que los dos se gustaban. En realidad lo había sabido desde el principio.

Yo quería ir cuanto antes al *château* a cumplir mi misión con Yvette porque a lo mejor podría ver a Coyote. Me escondería en el pasillo y le esperaría, igual que solía hacer con Joy Springtoe. Así que me vestí a toda prisa y engullí el desayuno mientras mi madre tomaba su taza de café y hablaba sin parar. Estaba tan contenta de que yo hubiera hecho amigos que no me había dejado acostarme sin poner por escrito los acontecimientos del día. Aguardó pacientemente mientras yo escribía a mi manera lenta y dificultosa, y me insistió en que recordara todos los detalles.

—Es un mago, no hay otra explicación —dijo.

Tuve entonces deseos de hablarle de Pistou y de decirle que Coyote lo veía también, pero mi escritura era tan lenta que lo dejé correr.

Era temprano cuando atravesamos el patio enlosado que llevaba a las cocinas del *château*. Los primeros rayos del sol daban en las altas chimeneas, pero el edificio estaba todavía sacudiéndose el torpor de la noche. Mi madre llevaba el pelo suelto y su uniforme de trabajo, un vestido negro con florecillas blancas y amarillas. Estaba muy guapa y olía a limones. Me di cuenta de que tenía tantas ganas como yo de ver a Coyote.

Yvette ya estaba en la cocina y, para nuestra sorpresa, sonreía con una sonrisa beatífica, como transportada. Y no sólo eso, además cantaba. Cantaba horriblemente mal, con una voz torpe e insegura, como un pollo incapaz de volar, pero no parecía importarle; al contrario, cantaba a pleno pulmón. Su voluminoso pecho subía y bajaba mientras ella se esforzaba por alcanzar las notas más altas.

—*Bonjour*, Anouk; *bonjour*, Mischa —nos cantó, a modo de saludo.

Nos quedamos petrificados de asombro. No nos hubiéramos sorprendido más si la hubiésemos visto con barba y bigote. Resultaba extraordinario que Yvette saludara. Nunca saludaba a nadie, tampoco a mi madre, y por supuesto que no a mí. A mí nunca me llamaba por mi nombre. Para ella yo era simplemente «chico», aunque desde que le ayudaba en la cocina me lo decía con cierto afecto. Y ahora danzaba por toda la cocina con su delantal blanco, y sus anchas caderas casi golpearon contra la esquina de la mesa central, donde había media res dispuesta para la comida.

Mi madre me hizo una mueca. Yvette parecía estar borracha. A lo mejor había bajado a la bodega y se había bebido una botella ella sola, era la única explicación posible. La vimos entrar danzando en la despensa y saludar con una amplia sonrisa a Pierre y a Armande, que se quedaron tan asombrados como nosotros. Pero, a pesar de las miradas de asombro, sólo dejaba de cantar para tomar aliento. Pierre movió la cabeza con aire de resignación, como quien se encuentra ante algo inexplicable, y salió al pasillo con una bandeja cargada de cafeteras de plata. El calvo Armande fue tras él con las cestas del pan.

Hacía calor en la cocina y olía a tostadas y a leche caliente. En la cazuela borboteaban alegremente unos cuantos huevos, y en la mesa donde yo solía cortar hortalizas había un jarrón con flores frescas. Nunca había visto flores en aquella cocina, y adiviné que todo tenía que ver con el viento, con Coyote: el buen humor de Yvette, las flores, el cambio de ambiente, ahora agradable y alegre. Yvette me alzó en el aire dejando oír un gorgorito largo y sostenido de cantante de ópera. Yo adiviné lo que necesitaba y se lo alcancé. Cuando me depositó en el suelo, me dio unas palmaditas en la cabeza, al ritmo de su canción.

Mi madre se dirigió a la antecocina, donde hacía su trabajo sin meterse con nadie. Le habían dado las tareas más insignificantes porque era, junto con Jacques Reynard, la persona que más tiempo llevaba trabajando en el *château*, y eso molestaba al resto del servicio, así que la habían puesto a lavar y planchar sábanas, a zurcir y a limpiar la plata. Mi madre era una excelente modista, pero nunca le encargaban esos trabajos, por despecho, me parece, lo que le producía frustración, pues le gustaba coser. Los vestidos que tenía se los había hecho ella misma con viejas cortinas y sábanas, y en una ocasión, durante la guerra, se hizo una camisa con la tela de un paracaídas roto que encontró cerca del pueblo. Durante la ocupación, cuando era imposible encontrar vestidos en Francia, mi padre le regaló algunos preciosos, pero ella no los llevaba porque habrían sido un recordatorio del colaboracionismo que tan caro le costó. Los tenía guardados en un baúl en el edificio de las caballerizas, donde nadie podía encontrarlos, y en ocasiones, cuando me creía dormido, los sacaba del baúl y se los llevaba a la nariz para aspirar el olor. Supongo que intentaba recordar el olor de mi padre, o tal vez suspiraba por tiempos mejores, cuando los zapatos que recorrían los pasillos del *château* eran botas negras y relucientes.

Yvette no paró de cantar en toda la mañana. Pierre y Armande lavaban y secaban los platos del desayuno y me los iban pasando para que los guardara en el aparador. Yo tenía que ir corriendo de un lado a otro con la loza, pero ellos apenas me veían; yo no era más que un mozo mudo.

—Está enamorada —rió Pierre.

Al parecer no consideraba adecuado que una mala pécora como Yvette pudiera enamorarse. Tanto él como Armande eran hombres fríos y desapasionados, que sólo veían lo negativo. Yo dudaba de que hubieran sentido verdadero amor por alguien, como lo sintieron mi padre y mi madre. Ellos buscaban el fallo hasta en la mariposa más bonita, y seguro que lo encontraban.

—Para mí, que ha perdido la cabeza —dijo Armande con voz inexpresiva—. Al final tendrán que encerrarla, ya lo verás.

—Alguien debería pedirle que dejara de cantar.

—Es su canto del cisne, Pierre, que se dé el gusto. —Armande soltó una carcajada y me pasó un plato.

—Te digo que está enamorada. Ahí tienes el jarrón con las flores.

—Se están marchitando.

—Mira cómo baila por la cocina. ¿No te parece extraño?

—En la Edad Media, la gente pagaba mucho dinero por ver a los locos. —Armande dejó de secar los platos y entornó los ojos—. Además, ¿de quién se iba a enamorar? ¿De Jacques Reynard?

—Del norteamericano, que parece haber encandilado a todas las mujeres del *château*. —Pierre apretó los labios con mal disimulada envidia. Ya resultaba suficientemente irritante que un hombre tuviera tanto éxito con las mujeres sin esforzarse, pero que además fuera de Estados Unidos le ponía furioso. Armande inclinó su calva cabeza.

—Monsieur Magellan. Todo el mundo habla de él.

Pierre sacó los brazos del agua jabonosa y procedió a secárselos con un trapo.

—Todo ha cambiado desde su llegada. Mira a Yvette y a Lucie. Me gustaba más cuando se sentían desgraciadas, por lo menos uno sabía a qué atenerse.

Armande se encogió de hombros.

—Ahora Lucie sonríe y Monsieur Duval vaga como un buey enfurecido al que le han negado su desayuno. Ella lo evita y él se está volviendo loco. Y esto tenemos que agradecérselo a Monsieur Magellan.

—Yo le agradecería que se marchara. No me gustan los cambios, sobre todo en las mujeres. No hay nada más inquietante que una mujer enamorada.

Armande se frotó la frente, pensativo.

—Es una plaga, Pierre. Madame Duval se ha pintarrajeado como una muñeca. Las muy tontas se creen que no nos damos cuenta, pero hacen el ridículo tonteando con un hombre que podría ser su hijo.

—Y ni siquiera es especialmente guapo.

—Su francés es lamentable.

—Es simple gratitud, Armande. Si los estadounidenses no hubieran entrado en la guerra, estaríamos todos hablando alemán. —Diciendo esto, me miró, y yo me oculté rápidamente entre las sombras.

En el rostro de Armande se dibujó una sonrisa cruel.

—Si el chico pudiera hablar, hablaría alemán —dijo con inmenso despecho.

—Entonces tiene que dar las gracias por ser mudo.

—Su silencio es un regalo —añadió burlón Armande—. Porque si lo oyera hablar, le lavaría la boca con jabón.

Dirigiéndome una mirada maliciosa, movió el brazo en dirección al jabón y yo salí corriendo por el pasillo, con sus carcajadas resonándome en los oídos. No encontré a mi madre en la antecocina ni en la lavandería, y la busqué por todas partes con desespero. Cuando estaba asustado, ella era mi único refugio. Y mientras la buscaba, por dos veces tuve que esconderme. La primera vez, cuando vi a Madame Duval taloneando decidida por el pasillo en dirección a la cocina, mientras ladraba órdenes a Étiennette, su secretaria, y jugueteaba con las gafas que llevaba siempre colgando sobre el pecho. Y la segunda cuando Yvette entró como una tromba en la lavandería, seguramente en busca de mi madre. Se detuvo, escrutó la habitación con sus ojillos negros y, antes de marcharse, se lanzó a cantar. Yo no me atreví a salir por la misma puerta que ella y lo hice trepando por la ventana.

Finalmente encontré a mi madre en el huerto, hablando con Coyote. Me deslicé a través de un hueco en la cerca y me acuclillé junto al muro, donde quedaba oculto por los altos tallos de las judías y podía verlos. Mi madre, arrodillada en el suelo, arrancaba zanahorias, les sacudía las raíces y les quitaba la tierra con las manos. Pensé que era una lástima que se cubriera la cabeza con un pañuelo, porque estaba muy guapa con el pelo suelto y quería que Coyote la viera así. Además, llevaba un sucio delantal encima del vestido, pero no parecía importarle. Coyote fumaba sentado en la hierba. Se había quitado el sombrero y tenía el pelo alborotado como el de un cachorro. Desde mi escondite distinguía incluso sus ojos azules, tan brillantes como si tuviera dentro el mismo sol. Como se reía a carcajadas, sus mejillas se arrugaban y las patas de gallo se le hacían más profundas. Un calor inundó mi pecho y ensanchó mi corazón hasta que se me hizo difícil respirar. Me acerqué un poco más para oír lo que decían. Estaba acostumbrado a esconderme y lo hacía muy bien.

—Trabajo aquí desde los veintiún años —dijo mi madre. Se limpió el sudor de la frente con el dorso de la mano—, pero antes de la guerra las cosas eran distintas.

—¿Qué le pasó a la familia que vivía aquí? —preguntó Coyote, aspirando su cigarro. Ni por un momento le quitaba a mi madre los ojos de encima.

—No lo sé. Cuando llegaron los alemanes, los obligaron a marcharse. Hablaron de ir a Inglaterra, donde tenían familia, pero lo aplazaron. Estaban muy apegados al *château*, a los viñedos, a Maurilliac… esto era su hogar. Además, nunca se imaginaron que el mariscal Pétain llegara a firmar un armisticio con Alemania. Fue un golpe terrible para ellos, que estaban acostumbrados a luchar, no a huir. Se quedaron destrozados, y no les quedó más remedio que marcharse. Nos pidieron que nos quedáramos para cuidar del lugar, y no volví a saber de ellos, así que no sé si consiguieron llegar a Inglaterra.

—Es posible que hayan muerto.

—Cómo les dolería ver lo que los Duval han hecho con su hogar.

—Pero usted se ha quedado.

—A pesar de todo lo ocurrido, yo me he quedado. —Bajó la mirada y continuó arrancando zanahorias.

—Porque es el hogar de Junior…

—Y también es mi hogar. —Puso el último manojo de zanahorias en el cesto y se levantó—. Además, no tengo a dónde ir.

De repente me acometió un deseo de estornudar tan grande que no pude evitarlo. Mi madre se sobresaltó, pero Coyote se limitó a esbozar una sonrisa.

—Hola, Junior —dijo simplemente—. No nos habría ido mal un espía como tú en la guerra.

Mi madre estaba un poco enfadada.

—¡Mischa! No está bien que vayas por ahí espiando. —Pero cuando me vio aparecer entre las matas de judías me sonrió—. ¿Estás bien? —Yo asentí—. ¿Yvette sigue cantando? —Yo volví a asentir, y mi madre se volvió hacia Coyote—. Dios mío, está todo revolucionado.

—El hotel está lleno de gente excéntrica —dijo Coyote—. Ahí tenemos, por ejemplo, a las tres damas inglesas. Son unos personajes. Me han invitado a cenar con ellas esta noche, y seguro que no me aburriré.

Apagó la colilla en el suelo y la aplastó con el zapato. Luego se acercó a mí y me revolvió el pelo.

—¿Y tú qué vas a hacer, Junior?

Mi madre indicó con la barbilla el capazo lleno de zanahorias.

—Puede ayudarme con esto.

—Pero ¡esto es un trabajo de esclavos! —bromeó Coyote—. ¿No prefieres venir conmigo a explorar?

—No creo que sea lo más… —empezó a decir mi madre, y se me notó la desilusión en la cara, porque se detuvo a media frase y se encogió de hombros, incapaz de negarme nada—. Está bien, a lo mejor esta tarde.

—Cogeré la guitarra y nos iremos a cantar por ahí. ¿Qué te parece, Junior? —Se volvió hacia mi madre y se quedó mirándola con ternura, como si sus ojos inquietos hubieran encontrado por fin un lugar donde reposar—. ¿No querrá acompañarnos?

Mi madre se ruborizó y ladeó la cabeza como solía hacer cuando se sentía incómoda.

—No sé si…

—Vamos, soy un huésped del hotel y le pido que me haga compañía. Dios mío, estoy pagando una fortuna por quedarme aquí, y sólo les pido que prescindan de usted por unas horas.

—Bueno, tal vez —dijo mi madre. Pero yo sabía por su expresión que estaba diciendo que sí, sólo que no quería ceder tan fácilmente. Y Coyote se dio cuenta también porque sonrió con la alegría de un chiquillo.

—Nos encontraremos en el puente de piedra —dijo, guiñándome un ojo—. Es nuestro lugar especial, ¿verdad, Junior?

Me senté en la cocina a pelar y cortar zanahorias con renovada energía, con el pensamiento puesto en Coyote y en lo bien que lo pasaríamos por la tarde. Yvette seguía cantando y contoneándose por la cocina, y de vez en cuando golpeaba suavemente las ollas con la cuchara de madera. Pierre y Armande ponían los ojos en blanco ante sus canciones desafinadas y, cuando ella no podía oírles, intercambiaban comentarios mordaces. En un par de ocasiones, Yvette se acercó a mí y, apoyando en mi hombro su mano enharinada, miró con aprobación lo que estaba haciendo, como si mi especial entusiasmo de aquel día tuviera relación con la magia que la había puesto de tan buen humor. Incluso llegó a dar las gracias a mi madre —a la que siempre había tratado con desdén— por haber ido al huerto a arrancar zanahorias, y le preguntó, como un favor, si no le importaría recoger unas cuantas frambuesas para el postre.

Mi madre no sabía cómo reaccionar ante la extraña actitud de Yvette. No acababa de fiarse de ella, sospechando que en cualquier momento podía volver a transformarse en un ogro, así que simulaba que todo era normal. Si Yvette tenía conciencia del escándalo que había causado, no lo demostraba, pero a mí me pareció que en el fondo lo sabía, porque a veces, entre una canción y otra, sonreía con picardía.

Cuando acabé de cortar las zanahorias, me encontré solo en la cocina. Yvette se había ido a otra parte con sus cantos, Pierre y Armande estaban sirviendo en el comedor, y mi madre debía de estar en la lavandería. Decidí entrar a escondidas en la Zona Privada para ver si encontraba a Coyote. Era un reto. Coyote me había dado confianza en mí mismo, y pensé que, en efecto, podía convertirme en un excelente espía, así que me interné por los pasillos con el sigilo de un gato, y cuando alguien se acercaba me escondía rápidamente detrás de un mueble.

En el comedor —amplio, de techos altos, con altas ventanas de guillotina— había una confusión de voces y un chinchín de cubiertos contra la vajilla de porcelana. Era una estancia magnífica, y la luz que entraba a raudales del jardín hacía brillar los suelos de madera. Mi madre me contó que había sido el salón de su señora, que entonces daba a un invernadero, y desde allí al jardín. Más tarde los alemanes lo convirtieron en sala de reuniones.

Me deslicé sin que nadie me viera hasta las ventanas y vi a Coyote sentado con una pareja que no conocía. Charlaban y reían con gran animación. En la mesa contigua estaban los Faisanes, y *Rex* comía un pedazo de pan sobre el regazo de Daphne. En los últimos tiempos, tanto el perro como su ama habían engordado bastante. Daphne llevaba un vestido de encendido color púrpura y lucía un escote en forma de uve con festón dorado. Se había puesto unos gruesos pendientes de pedrería a juego con el collar que le caía entre los pechos, y calzaba unos zapatos de terciopelo púrpura decorados con plumas blancas y perlitas. Las tres parecían seguir la conversación que tenía lugar en la mesa de Coyote.

De repente Yvette irrumpió en el comedor luciendo un bonito traje azul cielo con margaritas blancas y una radiante sonrisa en el rostro. Iba saludando amablemente a los clientes y deteniéndose de vez en cuando para charlar, un comportamiento increíble, casi impropio en una mujer que raramente sonreía, que se alegraba de las desgracias de los demás y que sufría arranques de cólera ante el más mínimo contratiempo. Deseé que mi madre hubiera estado allí para presenciar el desconcierto en el pálido rostro de Madame Duval.

Yvette permaneció un buen rato en la mesa de Coyote, con la mano apoyada en el respaldo de su asiento. No paraba de reírse, y sus grandes pechos se bamboleaban a cada carcajada. Pensé que a Coyote le molestaría la intrusión, pero en lugar de poner cara de fastidio o resoplar, como hubieran hecho Pierre y Armande, le sonrió abiertamente, mostrando su blanca dentadura y los colmillos torcidos que le daban un aire lobuno, y la miró con ojos brillantes. Incluyó a sus nuevos amigos en la conversación: hizo unos gestos para explicarles una broma y, volviéndose a Yvette, echó la cabeza hacia atrás y rompió a reír. Yo intenté vislumbrar falta de sinceridad en sus gestos y en sus expresiones, cualquier detalle que viniera a indicar que aquella mujer le desagradaba tanto como a mí. Pero por más que lo intenté, no descubrí más que un sincero deseo de mostrarse agradable.

Entonces recordé lo educado que había sido con Monsieur Cézade, y cómo había saludado a los demás clientes cuando entramos en el bar a comer, lo amable que era con todo el mundo, incluso, me imaginé, con las personas que no le gustaban. Me pregunté por qué. ¿Cómo era posible ser amable con todo el mundo?

9

El aire cálido de la tarde estaba repleto de moscas pequeñitas y del chirriar de las cigarras cuando mi madre y yo bajamos por el camino que atravesaba los campos en dirección al río. Mi madre se había quitado el pañuelo de la cabeza y el delantal de trabajo, y se abanicaba con el sombrero de paja. La brisa agitaba alegremente su fino vestido veraniego. Se recogió el pelo detrás de las orejas, pero una ráfaga de viento se lo alborotó enseguida. Caminaba con gracia, moviendo las caderas, y de tanto en tanto se detenía a mirarme para leer mis pensamientos.

Yo quería decirle que sabía que le gustaba Coyote, que lo había sabido desde el primer momento. Había visto cómo se ruborizaba, había notado su mano sudorosa contra la mía. Quería preguntarle qué había pasado entre ellos aquella mañana en el huerto, pero sobre todo quería explicarle el comportamiento de Yvette en el comedor. El viento nos había traído grandes cambios; se había llevado a Joy Springtoe y me había traído a Coyote en su lugar. En el fondo, sabía que Coyote acabaría marchándose, pero no quería pensar en ello. Aunque mi madre también debía de saberlo, intentaba centrarse en el presente al igual que yo, ya que el futuro se presentaba demasiado incierto y desalentador.

—¿En qué piensas, Mischa? —me preguntó, con una tierna sonrisa. Alcé la mirada y le sonreí—. Ah, así que ahora que eres un espía piensas que puedes leerme el pensamiento, ¿no? —Miró sonriente a lo lejos—. La verdad es que es un buen hombre. Aparte de Jacques, es el único que ha sido amable con nosotros en mucho tiempo. A lo mejor soy una tonta, no sé, pero hemos sufrido mucho… La gente ha sido cruel con nosotros. ¿No nos merecemos un poco de felicidad? Quiero decir que se equivocan con respecto a tu padre, porque era un buen hombre, pero ya no está aquí para protegernos. Ahora tenemos que cuidar de nosotros mismos. Nunca pensé que volvería a enamorarme. Cuando tu padre murió, se me congeló el corazón, se me quedó frío como una bola de nieve. Sólo me funcionaba una parte, y es la que te pertenece a ti, cariño. —Me tomó por el hombro y me acercó a ella—. Estoy asustada, mi pequeño *chevalier* —susurró—. Me asusta amar de nuevo.

Supimos que estábamos cerca de Coyote antes de verlo, cuando una ráfaga de aire con aroma a pino nos trajo su voz y el rasgueo de su guitarra. Mi madre se puso el sombrero y yo salí disparado como un perro tras un conejo. Lo encontré en el mismo claro que la primera vez, apoyado contra el tronco de un árbol y el sombrero ladeado en la cabeza. Me dirigió una sonrisa tan torcida como su sombrero, pero no dejó de cantar, ni siquiera cuando llegó mi madre y se sentó en la hierba.

«Cuando paseaba por las calles de Laredo», cantaba. Tenía una voz profunda y melodiosa, un poco áspera, igual que el toffee antes de que el azúcar se funda completamente: pastoso, oscuro, granuloso, y se sentía a sus anchas; cantar con su guitarra le resultaba tan natural como al pájaro trinar en la rama. Se quedó mirando a mi madre y ella le devolvió la mirada. Era la mirada íntima e intemporal de dos amantes que llevaran años separados, con un silencio cargado de significado. Yo entonces no era consciente, pero mi madre llevaba los sentimientos pintados en la cara y en el cuerpo. El rubor de sus mejillas, el balanceo de sus caderas, la dulzura de su expresión, antes endurecida por la tragedia, todo en ella gritaba que estaba enamorada, pero nada resultaba tan elocuente como aquella mirada con la que expuso su corazón desnudo.

Me pregunté cuántas veces se habrían visto en los últimos días. Mientras yo alcanzaba cosas para Yvette o correteaba por los campos con Pistou, ¿se habrían estado viendo en secreto, como aquella vez en el huerto? Tal como se miraban, parecía que sí, pero yo no me sentía excluido. Estaba encantado. Quería que se casaran, que fuéramos felices para siempre. Coyote era el príncipe de un cuento de hadas en el que yo podía creer.

Mientras Coyote cantaba, mi madre arrancó una florecilla azul y la hizo girar entre los dedos. Coyote sólo apartaba los ojos de ella para mirarme a mí. Fue como una flor cuando recibe los rayos del sol. Mi cara se encendió de placer y le devolví la sonrisa, en una abierta expresión de confianza. Por mi cuerpo se esparció un calor que me penetró hasta lo más íntimo y deshizo el frío de mi alma. Mi corazón suspiraba con nostalgia por ese hombre que una vez me había mirado con tanto afecto, y se me llenaron los ojos con lágrimas de emoción. Avergonzado, miré al suelo, y cuando alcé la cabeza Coyote seguía cantando para mí.

Mi madre estaba tan encandilada que por una vez se desentendió de mí. En aquel momento la vi a través de los ojos de Coyote, tierna y vulnerable como una fruta madura, con su larga cabellera suelta sobre los hombros, suavemente agitada por la brisa, mientras jugaba con una florecilla entre los dedos. No parecía mi madre, sino una joven tímida y ruborizada.

Cuando Coyote paró de tocar, mi madre aplaudió entusiasmada.

—¡Ha sido precioso!

—No hay nada más inspirador para un hombre que la presencia de una mujer hermosa —dijo Coyote, y mi madre soltó una ronca carcajada—. ¿No te gustaría aprender a cantar, Junior?

Por un momento, pensé que había olvidado que no podía hablar.

—Siéntate a mi lado y te enseñaré.

Colocó la guitarra sobre mi regazo, me pasó un brazo por la cintura y llevó mi mano izquierda bajo el mástil para enseñarme a pulsar el acorde de sol mayor. Mis manos eran demasiado pequeñas para aquella guitarra, pero Coyote me colocó cada dedo en la posición correcta y rasgueamos juntos. Aquella tarde aprendí a tocar tres acordes: do, sol y fa. Es sorprendente la cantidad de canciones que se pueden tocar con sólo estos acordes, y Coyote las cantó todas.

Yo tenía inmensos deseos de cantar. La voz me brotaba del pecho como lava ardiente, y en la nariz se me formaban gotitas de sudor por el calor que sentía, pero la salida estaba bloqueada. Por más que estaba a punto de estallar, no me salía la voz. Seguía siendo un pingüino, un pájaro incapaz de volar.

El sol se puso tras los árboles y nos quedamos envueltos en sombra. Coyote charlaba y rasgueaba su guitarra. Yo observaba con atención sus dedos sobre los trastes y reconocía los acordes que acababa de aprender. Nos habló de su infancia en Virginia y del anciano que conoció en el campo de maíz.

—Él me enseñó a tocar la guitarra. —Dio unas suaves palmadas al instrumento—. Decía que la música es un remedio para el alma. Nos sentábamos en lo alto de la colina, con la espalda apoyada en el muro, y mientras el sol se ponía en el horizonte, él cantaba. Tenía una voz grave, de contrabajo. Era muy triste. Tenía una grieta en su persona, una hendidura, como si su alma clamara desde el interior. Movía sus oscuras manos sobre el mástil de la guitarra y curaba poco a poco su pena. Me emocionaba tanto que me hacía llorar.

Mi madre lo observaba con atención. Ella podía ver lo que yo no veía: a un niño que correteaba descalzo en busca de cariño, como un perrillo abandonado. Había muchas cosas de Coyote que yo no entendía, pero mi madre percibió su soledad y su nostalgia con la misma claridad que si hubiera oído el lloro de un niño.

Para mí, Coyote era un mago, un hombre irresistible que se ganaba a todo el mundo con su sonrisa. Había venido a rescatarnos a mi madre y a mí y nos estaba sacando de la oscuridad para llevarnos a la luz. Con su música y su voz había hechizado a Yvette y a Madame Duval, y hasta los niños del pueblo habían olvidado su desprecio y me habían incluido en sus juegos. Había llegado de repente con un corazón lleno de compasión por todos, y nadie había podido resistirse. No me pregunté por qué había venido, no necesitaba saberlo. Estaba convencido de que nos lo había traído el viento.

Mi madre y Coyote empezaron a hablar, y yo me puse a pensar en mis cosas, en el puente sobre el río y en Pistou, que estaría esperándome con las manos llenas de piedras. Empezaba a aburrirme y me moría de ganas de correr y jugar con mi pelota. Miré a mi madre, que contemplaba a Coyote con embeleso, iluminada por una luz interior que la hacía más hermosa que nunca. Sólo tenían ojos el uno para el otro, y había largos momentos de silencio en que Coyote rasgueaba la guitarra y clavaba en mi madre una mirada llena de deseo. Me sentí incómodo y decidí marcharme sin decir nada, pensando que estarían mejor solos.

Al llegar al puente no encontré a Pistou, sino a Claudine contemplando el agua. Llevaba un sombrero de paja, y el pelo suelto le caía sobre la cara como una cortina. En un primer momento no supe qué hacer, pero recordé su sonrisa y reuní valor para acercarme. Una ramita se quebró con un crujido bajo mis pies y Claudine se volvió sobresaltada como si la hubieran pillado haciendo algo indebido. Al verme, su expresión se suavizó y me sonrió con dulzura.

—Ah, eres tú.

Me acerqué con expresión interrogativa.

—No debería estar aquí —me respondió. Y añadió, con el rostro encendido de admiración—: No estabas en misa.

Me incliné sobre el pretil y me estremecí de temor al vislumbrar en las aguas el rostro del padre Abel-Louis. Para alejar estos pensamientos tan sombríos, me volví rápidamente y le quité el sombrero a Claudine. Ella chilló asombrada y corrió tras de mí para recuperarlo, pero yo la esquivaba con facilidad y la llevé hasta la orilla, donde se puso a perseguirme entre protestas y carcajadas.

—¡Mischa! ¡Vuelve aquí!

Cuando finalmente dejé que me alcanzara y le devolví el sombrero, Claudine tenía los ojos brillantes y las mejillas encendidas. Se puso el sombrero, se recogió el pelo en una cola de caballo y me sonrió mostrando sus dientes saltones. Tenía las comisuras de los ojos un poco caídas, lo que le daba una expresión triste.

—¡Qué bestia eres! —dijo.

Pero yo sabía que no lo decía en serio. Con gestos, le indiqué que fuéramos a sentarnos en la orilla, donde todavía daba el sol, que ya estaba bajo y colgaba en el cielo como una inmensa naranja. Escribí en mi bloc: «El norteamericano me está enseñando a tocar la guitarra». Me gustaba poder comunicarme con ella.

Claudine pareció impresionada.

—Todo el mundo habla de él —dijo. Enarqué las cejas con aire interrogativo—. Siempre está en el bar del pueblo, leyendo los periódicos. Es guapo.

«Es un mago.»

—Canta muy bien. El otro día, en la plaza, hasta los chicos se pararon a escucharle. Puede que sea un mago. En realidad, nadie sabe nada de él, es un hombre muy misterioso.

«Todas las chicas están enamoradas de él.»

—Ah, sí. Madame Bonchance, la del quiosco, ha empezado a pintarse los labios de un color rojo brillante que queda fatal con su pelo. El norteamericano siempre es amable con todo el mundo, incluso con Monsieur Cézade.

«No me gusta Monsieur Cézade.»

—No le gusta a nadie —rió Claudine—. Es gordo y colorado como un cerdo.

«¿Cuántos años tienes?»

—Siete. ¿Y tú?

«Seis y tres cuartos. Cumpliré siete en octubre.»

—Y no vas al colegio —dijo Claudine, mirándome con ojos llenos de compasión.

Sentí un nudo en el estómago. Nunca había hablado con nadie de mi condición de paria. Pero a Claudine podría contarle cualquier cosa, porque me apreciaba de verdad.

«No me quieren allí. Mi padre…»

Claudine me detuvo poniendo su mano sobre la mía.

—Ya lo sé. Tu padre era alemán. A mí no me importa lo que fuera. Seguro que era un buen alemán, ¿no? O tu madre no se habría enamorado de él.

Me escocían bastante los ojos y tuve que tragarme las lágrimas. ¡Con qué sencillez había resumido la situación! Me quedé contemplando la frase que había empezado a escribir.

—¿Por eso no puedes hablar? —preguntó Claudine.

Su mano seguía sobre la mía, pero ¿cómo podía explicarle que me habían quitado la voz?

—Un día volverás a hablar —me dijo ella con aplomo.

Eso no se me había ocurrido nunca. Estaba tan acostumbrado a hablar sólo mentalmente, a no tener voz, que no podía imaginarme su sonido.

—La gente es muy cruel. Han sido injustos con tu madre y contigo. El *cureton* habla siempre de perdonar, pero su corazón no perdona. Lo que dice no vale nada —dijo, apartando su mano de la mía. Sólo tenía siete años, pero en aquel momento parecía una mujer adulta.

«Tú eres distinta a los demás. ¿Por qué?»

Claudine rió suavemente.

—Porque tengo corazón y no sigo a los otros. No tengo miedo del *cureton* como todos los demás. Y te contaré un secreto, porque tú no se lo dirás a nadie. El *cureton* bebe, bebe mucho y se emborracha. Le he visto haciendo eses. Lo vi con Laurent un día que mirábamos por la ventana, y se lo conté a mi madre pero no me creyó. Incluso me castigó por decirlo, me encerró en mi habitación hasta que pidiera perdón, pero no lo hice porque había dicho la verdad. Al final mi madre me levantó el castigo y dijo que Dios me castigaría. Y todavía estoy esperando el castigo —añadió con una risita.

«Eres valiente.»

—No, Mischa. Tú sí que eres valiente. Cada domingo, tú y tu madre vais a misa y el cura encuentra una nueva forma de humillaros. La gente... ya sabes, pero vosotros seguís en Maurilliac. Eso es ser valiente.

«Es nuestro hogar», escribí. Se lo había oído decir a mi madre muchas veces.

—No serías tan guapo si tu padre no fuera alemán —dijo Claudine con una sonrisa.

La miré asombrado. Siempre me había avergonzado de mi aspecto. Mis ojos azules y mi pelo rubio eran un constante recordatorio de mis orígenes, de la razón por la que todo el mundo me rechazaba. Nunca me había considerado guapo.

—Eres el único chico rubio de Maurilliac, Mischa. Un día esto será una ventaja para ti.

Seguimos sentados en silencio. El sol se había puesto tras el horizonte y el cielo se había teñido de gris. A través de la bruma se veía el centelleo de la primera estrella de la tarde. Me sentía bien junto a Claudine. En aquellas dos horas nos habíamos hecho amigos de verdad, como si nos conociéramos desde siempre. Ella me entendía mejor que nadie. A pesar de mi padre alemán, del colaboracionismo de mi madre, de nuestra condición de parias, yo le gustaba, y eso me hacía inmensamente feliz. Y como para completar mi felicidad, oí la voz de Coyote rompiendo el silencio y la quietud de la tarde.

«Cuando paseaba por las calles de Laredo.»

Mi madre me llamaba, pero yo no quería irme, no quería dejar a Claudine. Ella me sonrió.

—Me lo he pasado muy bien —dijo.

«¿Puedo ser tu amigo secreto?», garabateé apresuradamente, deseoso de sellar nuestra amistad.

Claudine me miró muy seria.

—¿Secreto? Pero yo no me avergüenzo de ser tu amiga —dijo con aplomo.

Se oyó otra vez la voz de mi madre llamándome.

—Será mejor que vayas —dijo Claudine. Cogió mi bloc y mi lápiz y tachó la palabra «secreto». Y debajo de la pregunta escribió con letras mayúsculas: SÍ.

Ya era casi de noche cuando me reuní en el claro con Coyote y con mi madre. No le habían dado importancia a mi desaparición, pensando que había estado jugando solo, como de costumbre. Mi madre estaba demasiado ocupada sacudiéndose las hierbas de la falda y peinándose con los dedos. Coyote esperaba con la guitarra colgando a la espalda, con una mano en el bolsillo y un Gauloise en la otra.

—¿Lo has pasado bien esta tarde, Junior? —me preguntó.

Yo asentí con convicción, esperando que percibieran el aura de felicidad que Claudine había encendido en mi pecho.

—Estarás hambriento, Mischa. Vamos a casa —dijo mi madre.

Emprendimos el camino a través del bosque.

—Hoy ceno con las damas inglesas —dijo Coyote, ahogando una carcajada.

—Yo las llamo *les Faisans*.

—Me parece que Daphne Halifax es más bien un ave del paraíso, ¿no crees? ¿Te has fijado en que lleva cada día un par de zapatos distintos, cada par más extraordinario que el anterior? ¡Esos zapatos parecen tener vida propia!

Siguieron charlando todo el camino, pero yo sólo escuchaba a medias, perdido en mis propios pensamientos. Pensaba en Claudine, en la tierna expresión de su rostro, y seguía pensando en ella cuando me metí en la cama.

10

Mi madre había cambiado. Ahora tenía un aspecto más joven, se pasaba el día tarareando con aire ausente, iba y venía sin prisas, y su voz subía y bajaba al ritmo de una música lenta y melodiosa. Las líneas de su rostro se habían suavizado como si hubiera utilizado el método de Daphne, que frotaba con el dedo las líneas de carboncillo de sus dibujos. Tenía las mejillas rojas como las manzanas del huerto y fijaba los ojos en la distancia, hipnotizada por una visión que yo no era capaz de vislumbrar. El mundo que nos rodeaba estaba patas arriba, pero no parecía importarle. Ni siquiera tenía conciencia de que el viento la había cambiado a ella también.

Habíamos sufrido un mes de agosto largo y caluroso, y ahora, a comienzos de septiembre, la temperatura se había suavizado, la luz era más dorada y los días se estaban acortando poco a poco, como la marea. Dejé a mi madre perdida en sus pensamientos y fui hacia el *château* en busca de Pistou, que me esperaba en el patio con las manos en los bolsillos y el flequillo alborotado sobre los ojos, como un pony retozón, pegando patadas a las piedras. Fuimos corriendo hasta el puente, lanzándonos la pelota el uno al otro.

Cada vez que me sacaba la pelota del bolsillo me acordaba de Joy Springtoe, y a veces entraba a escondidas en la Zona Privada del *château* y me parecía reconocer su olor, un inconfundible aroma a gardenia que no desaparecía a pesar de las ventanas abiertas, que impregnó mi ropa cuando me abrazó. Hacía tiempo que no tenía pesadillas, sólo sueños agradables. Ya no me tenía que abrazar a mi madre para dormirme, y me solía despertar en mi propio lado de la cama, a veces con el brazo de mi madre sobre mi cintura.

Estuve jugando con Pistou en la orilla del río, construyendo un campamento en el bosque cerca del claro donde Coyote solía tocar la guitarra. Apilamos palos y rellenamos los huecos con hierbas para levantar el campamento, mientras yo canturreaba interiormente «Cuando paseaba por las calles de Laredo». Me sabía toda la letra de memoria, y sentía unas ganas inmensas de cantar a voz en grito. Pistou, que oía mi voz interior, estaba impresionado. Dijo que mi voz sonaba clara y melodiosa como una flauta, y me miró con admiración cuando le conté que estaba aprendiendo a tocar la guitarra. Dirigí la mirada hacia el claro, casi esperando ver a Coyote con su sombrero y su sonrisa torcida, rasgueando su guitarra, y me sentí feliz de saberle cerca.

Luego jugamos a perseguirnos entre los viñedos. Ya faltaba poco para la vendimia, cuando decenas de vecinos venían con grandes cestas a recoger la uva. Nunca me incluyeron. Yo me dedicaba a mirar con Pistou, y entre los dos contábamos la cantidad de veces que se llevaban las uvas a la boca en lugar de ponerlas en el cesto.

Poco antes del mediodía nos acercamos al viejo y olvidado pabellón, semioculto entre las enredaderas de hiedra, tan frágil y quebradizo como la casita de chocolate de Hansel y Gretel. Llevaba mucho tiempo abandonado y a menudo lo usábamos para nuestros juegos. Mi madre me contó que antes de la guerra era el lugar de las meriendas, porque estaba situado sobre la colina y permitía una bonita panorámica de los viñedos hasta el río. Ahora era un lugar triste y umbrío a la sombra de los nogales y se utilizaba para guardar maquinaria oxidada y sacos de tierra, pero guardaba el recuerdo del esplendor de antaño, como las brasas que quedan entre las cenizas y que se avivan al menor golpe de viento. A mí me gustaba imaginar a las personas que se habían sentado entre las columnas del porche y habían tomado el café con vajilla de porcelana y cucharitas de plata mientras el sol se ponía en el horizonte y teñía el río de rojo. Los veía bailando entre las alargadas sombras de los nogales, y me parecía encantador que alguien hubiera construido un edificio tan bonito y caprichoso por el simple placer de comer en el campo.

Recorrimos el camino persiguiéndonos y lanzándonos la pelota, sin que nunca se nos cayera al suelo, y llegamos al pabellón sin aliento. Nada más llegar, me di cuenta de que no estábamos solos, y Pistou también lo percibió, porque dejó de reírse, se metió las manos en los bolsillos y olfateó el aire como un perrito. Me guardé la pelota en el bolsillo y me acurruqué en el porche, junto al muro. Oí ruidos que venían de dentro: gruñidos, gemidos, y de repente una carcajada de mujer tan aguda que más parecía el chillido de un cerdo. Reconocí la risa al instante y le hice una mueca a Pistou. Mi amigo enarcó las cejas y nos acercamos a la ventana.

A través de los sucios cristales vimos una escena sorprendente que me llevó a recordar la conversación que había oído entre Pierre y Armande: «Además, ¿de quién se iba a enamorar? ¿De Jacques Reynard?» La idea les había hecho mucha gracia, pero allí estaba Yvette con el moño deshecho y el pelo revuelto cayéndole sobre el rostro, con su cuerpo rechoncho y carnoso totalmente liberado de los cierres y botones que habitualmente lo mantenían sujeto dentro del vestido y el delantal, sentada a horcajadas sobre Jacques Reynard, nada menos. Estaban demasiado ocupados para percibir nuestra presencia. Jacques no se había quitado las botas polvorientas. Tumbado boca arriba, con los pantalones bajados hasta los tobillos, se dejaba montar por Yvette, y sus peludas piernas temblaban con cada embate.

Apreté la nariz contra el cristal para verlos mejor. No era el primer apareamiento que veía. Después de todo, vivía en el campo, donde había cerdos, vacas y cabras. Sabía perfectamente lo que estaban haciendo, y no me parecía tan diferente de otros apareamientos: la misma entrega, el mismo deseo primitivo y bestial, la misma capacidad de olvidarse del entorno. Sólo una cosa los diferenciaba de los animales: el placer, la sonrisa beatífica que se dibujaba en el rostro regordete de Yvette, y la mueca, casi de dolor, que aparecía en la cara de Jacques. Me recordaron a Monsieur Duval y a Lucie. Siguieron unos minutos más en la misma posición, como unidos por un imán, Yvette cabalgando arriba y abajo, y Jacques agarrándole el trasero como si quisiera guiarla, una tarea imposible debido a su enormidad. Pistou y yo nos hicimos un guiño y sofocamos unas risitas. De repente, todo acabó. Yvette se desplomó sobre Jacques como si fuera un suflé, y él la tomó amorosamente entre sus brazos. Me pareció una escena sorprendentemente tierna para una pareja que, momentos antes, se había comportado de una forma animal.

Para que no nos pillaran espiando, nos alejamos y nos tumbamos entre las hierbas a esperar. Sabíamos algo que nadie más sabía. Tardaban tanto en salir que me entretuve arrancando hierbas, observando las diminutas criaturas que encontraba en ellas. Me pregunté si se habrían quedado dormidos, y qué pensaría Madame Duval si los viera. Yvette nunca me había gustado. Conmigo siempre había sido antipática, aunque desde que me convertí en su «agarrador» se mostraba un poco más amable, y ya no le tenía tanto miedo.

Ahora entendía por qué se había puesto a sonreír, y comprendí que ya no la odiaba. Al fin y al cabo, tendría algo bueno si Jacques la quería. Algo así había dicho Claudine sobre mi padre. Tal vez Yvette se había estado mostrando antipática porque se sentía desgraciada. Y ahora Jacques la había hecho feliz. ¿Era la vida tan sencilla? ¿Las personas infelices eran desagradables, y las felices eran simpáticas?

Finalmente los vimos salir del pabellón. Yvette se había recogido el pelo en un moño, como siempre, y se había abrochado el vestido hasta arriba. Jacques se había subido los pantalones y abrochado el cinturón. Tenían un aspecto radiante como si hubieran estado nadando en las frescas aguas del río o como si volvieran de un paseo por la montaña. Iban de la mano y se despidieron con un beso. A Yvette no parecía importarle que Jacques le hiciera cosquillas con el bigote. Él la miró con ternura y le acarició la mejilla con un dedo. Me gustaba mucho Jacques, tenía una expresión honesta y comprensiva.

—Eres deliciosa, como una uva tierna y jugosa —le dijo a Yvette.

Se separaron y tomaron direcciones opuestas. Él se dirigió hacia los viñedos y ella hacia el *château*.

Yvette empezó a cantar de nuevo con su voz desafinada, y después de oír lo bien que cantaba Coyote me pareció más horrible todavía, pero como sabía el motivo ya no me importaba.

Aquella misma tarde encontré a los Faisanes pintando en los jardines. El inimitable Monsieur Autruche les estaba dando clase. Al parecer, los Duval se habían ido a pasar el día a París y habían dejado a Étiennette a cargo del hotel, y por eso Yvette había podido escaparse un momento al pabellón. Me dije que si me quedaba con los Faisanes nadie me molestaría. Sólo tenía que procurar no llamar la atención.

Daphne se mostró muy encantada de verme.

—Mi querido Mischa, no te veíamos desde el domingo. ¿Dónde te habías metido?

Sonreí y me encogí de hombros. ¡Si supiera todo lo que me había ocurrido!

—*Rex* también te ha echado de menos. —Cogió al perrito, que descansaba en su regazo, y me lo puso en los brazos—. Hemos tenido la inmensa suerte de conocer a Monsieur Autruche. Dicen que es el mejor profesor de París, y aquí está, con nosotras. ¿Te imaginas qué privilegio?

Autruche (que quiere decir «avestruz» en francés) me pareció un apellido ridículo. Y no se parecía en nada a un avestruz. Tenía el pelo negro y brillante, y un rostro melancólico y bien proporcionado. Me miraba tan intensamente con sus ojos oscuros que aparté la mirada. Como acababa de llegar de París, no tenía ni idea de quién era yo. Yo podría ser nieto de Daphne, de modo que no me miraba con desdén, sino con algo más que no supe descifrar. Con sus pómulos muy marcados que reflejaban la luz y su nariz aquilina semejaba un halcón. Llevaba unos pantalones de pinza y un pañuelo de seda del mismo color amarillo que su chaleco de cuello en uve. Supuse que estaría pasando bastante calor así vestido.

—*Bonjour* —me dijo, saludándome con una anticuada inclinación de cabeza. No sonreía, pero parecía más pomposo que antipático.

Daphne se apresuró a presentarnos.

—Se llama Mischa. No puede hablar, pero es muy inteligente.

—Ah, Mischa. ¿Te gusta pintar? —Tenía una voz un poco nasal.

Me encogí de hombros. No recordaba haber pintado nunca.

—*Bon*. Ya tengo un nuevo alumno —anunció complacido.

Me puso delante una hoja de papel y una caja de pinturas, y me pasó un pincel. Saqué a *Rex* de mis rodillas y Monsieur Autruche se sentó junto a mí, tan cerca que pude oler su perfume dulce y penetrante, similar al que llevaría una mujer. Pensé que Coyote nunca se pondría un perfume así.

—Quiero que experimentes con el color, no importa lo que pintes ni cómo te salga. Limítate a usar los colores que te apetezcan.

—Monsieur Autruche —dijo Debo—. Este maldito cielo es tremendamente aburrido. No consigo que parezca interesante. Es tan azul como un aburrido lago suizo.

Monsieur Autruche resopló con impaciencia. Debo y Gertie podían ponerse muy pesadas. Parecían enfurruñadas, como les sucedía a menudo, y apenas se hablaban. Debo fumaba sentada ante su caballete. Un pañuelo de seda de vivos colores le caía sobre el hombro izquierdo. Monsieur Autruche se acercó a ella sin levantar los pies, patinando sobre la hierba como si tuviera minúsculas ruedas en las suelas de los zapatos.

—Lo que te pasa es que ayer noche bebiste demasiado —le dijo Gertie a Debo—. Si no tuvieras tanta resaca, podrías pintar el cielo con más gracia.

—Tonterías. Sólo tomé un par de copas. ¿Qué cree que debería hacer, señor avestruz? —Gertie la miró horrorizada y Debo musitó entre dientes—: La verdad es que no me acostumbro a llamarlo Monsieur Autruche.

Gertie chasqueó la lengua y movió la cabeza con impaciencia. Daphne continuó hablando sin hacer caso de sus discusiones.

—Jack me ha parecido encantador, un caballero como los de antes. No hay más que ver cómo se dirige al servicio —dijo pensativa.

—La verdad es que se mostró muy amable con el pueblo bajo —dijo Debo, mientras contemplaba cómo Monsieur Autruche pintaba de nuevo su cielo.

—¡No son enanos! —exclamó indignada Gertie, pero Debo no le hizo ningún caso.

—Tiene que distinguir los colores que hay dentro de los colores —dijo Monsieur Autruche. Debo arrugó la nariz con fastidio—. Hay rosa y amarillo en el azul, ¿no le parece?

—Por supuesto —aseguró Debo, aunque estaba claro que no veía nada—. Pero ¿no te das cuenta de que casi no nos contó nada de sí mismo?

—Tienes razón —respondió Daphne—. Cada vez que le preguntábamos algo personal nos contestaba con otra pregunta.

—¿Qué estará ocultando? —Debo se recostó en la silla y dio una calada a su cigarrillo.

Monsieur Autruche, consciente de que su alumna había perdido el interés en la pintura, dejó el pincel y se apartó del cuadro.

—¡Por todos los santos! Tiene derecho a su intimidad, digo yo —soltó Gertie.

—¡Y nosotras tenemos derecho a querer saber! —replicó con igual energía Debo.

—Es un hombre fascinante. Debería unirse a nosotras. Al fin y al cabo, es casi un experto —dijo Daphne.

—Un experto en todo —asintió Gertie.

—O simplemente sabe un poco más que nosotras —intervino Debo—. No es difícil, en realidad. No me atrevería a decir que mi conocimiento de las pinturas de los grandes maestros sea muy profundo.

—Y yo sé muy poco de los manuscritos del Mar Muerto —admitió Daphne.

—O sobre Pedro el Grande, la medicina china o el hecho de que la mariquita nace primero como una oruga —rió Debo—. Parece que sabía lo suficiente de todo como para impresionarnos.

Gertie estaba indignada.

—Pero ¡de antigüedades sabe más que nadie! Ha demostrado un conocimiento muy detallado.

—Bueno, al fin y al cabo vive de eso. De antigüedades tiene que saber —observó juiciosamente Debo.

—Venga, confiésalo —le espetó Gertie volviéndose hacia ella—. Admite que no te fías de él.

Debo se encogió de hombros.

—Demasiado perfecto para ser real. Sólo los personajes de las novelas pueden ser tan encantadores.

—¡Eres de un escepticismo tremendo! —Gertie chasqueó la lengua, exasperada.

—Es posible, pero tengo buen olfato para la gente. Claro que me gusta, me parece encantador, me gusta mucho. Es inteligente, divertido, amable y agudo, pero es… —se detuvo, buscando la palabra exacta— es impenetrable. Parece que estuviera actuando. Ves su sonrisa, pero no sabes quién es realmente Jack Magellan.

—Te llevarías un chasco si lo supieras, Debo —dijo Daphne. Sus labios pintados de granate esbozaron una sonrisita.

—Oh, no lo creo, todo lo contrario. El verdadero Jack Magellan debe de ser fascinante.

Me lo estaba pasando bien con las pinturas, arrastrando el pincel sobre el papel a derecha e izquierda. Utilizaba el rojo, el azul, el amarillo, el verde. Me gustaba dibujar, pero en casa no teníamos pinturas. Cuando vivíamos en el *château* solía pintar con lápices de colores. Le pedía a mi padre que me dibujara aviones y tanques, y él accedía con infinita paciencia. Un día construyó bombarderos alemanes con papel y me enseñó a hacerlos volar a través de la habitación. Me encantaba verlos planear y posarse suavemente sobre la alfombra del salón. Mi padre llevaba siempre en el bolsillo del uniforme un dibujo que había hecho yo; eso me lo contó mi madre. Entonces yo era muy pequeño, le dije, así que debía de ser un dibujo bastante malo. Eso no tenía importancia, dijo mi madre. Le gustaba porque lo había hecho yo. Me pregunté qué pensaría ahora mi padre de mis creaciones.

Dibujé una barca en medio del mar, con un sol amarillo y redondo como un balón y pececillos en el agua. Me pareció que me había quedado muy bien. Monsieur Autruche se inclinó a mirar mi dibujo y se sorbió la nariz.

—Para ser tan pequeño, tienes un estupendo sentido del color —comentó.

Me molestaba que se inclinara por encima de mi hombro para mirar lo que hacía, pero tenía que aguantarme, porque Monsieur Autruche no parecía dispuesto a marcharse. *Rex* se había vuelto a acomodar en el regazo de Daphne, y ella lo acariciaba distraída mientras pintaba.

—¿No os pareció mágico cuando se puso a tocar la guitarra? —preguntó.

—Canta muy bien —asintió Gertie, y añadió, más animada—: Qué romántico estar cantando ahí fuera, bajo las estrellas. —Se quedó pensativa un momento, inclinando a un lado su largo y blanco cuello.

—No te pongas romántica, querida —dijo Daphne con ternura—. Somos demasiado viejas.

—¡Tonterías! —exclamó Debo—. Tienes la edad que sientes en el corazón.

—Pues yo me siento vieja —dijo Daphne.

—¡O la edad del *hombre* que sientes! —dijo Debo con una carcajada.

—Debo, en serio, eres demasiado mayor para este tipo de comentarios —la regañó Daphne, pero sin ocultar una sonrisa.

—Hace tantos años que Harold murió, que ya no recuerdo lo que es tener a un hombre cerca —dijo Gertie con tristeza.

Debo señaló con la barbilla a Monsieur Autruche y enarcó las cejas con intención.

—¡Por Dios, Debo! —exclamó Daphne—. Yo diría que le interesa más nuestro joven amigo que nuestra hermana pequeña.

Gertie se tapó la boca con la mano y Debo sonrió con picardía mientras sacudía la ceniza del cigarrillo sobre la hierba.

—Dios mío, Daphne. Vigílalo, porque es sólo un niño, y es muy mono —dijo, dando una calada.

Monsieur Autruche se había olvidado por completo de las tres mujeres y sólo prestaba atención a mi talento incipiente. Me disgustaba su presencia y su olor a perfume. Había algo en su mirada que me resultaba repulsivo. No podía reconocerlo porque no lo había visto nunca, pero no me gustaba, así que al cabo de un rato dejé el pincel.

—¿Nos dejas tan pronto? —preguntó extrañado Monsieur Autruche.

Asentí en silencio. Por una vez, me sentía aliviado de no poder hablar.

11

A Joy Springtoe la había querido con toda mi alma, con un amor donde se mezclaba la admiración y la emoción, un sentimiento parecido al que nos inspira una hermosa puesta de sol o el milagro de un arco iris, el que se siente por algo inalcanzable, idealizado. Y la verdad es que la echaba mucho de menos. Pero con Claudine descubrí que existía otra clase de amor: el que nacía de la gratitud y del entendimiento sin necesidad de palabras. Aunque éramos muy niños, el amor por Claudine vino a suplir el hueco que había dejado Joy. Pensaba en ella a todas horas, y pasaba largos ratos en el puente con la esperanza de que ella vendría a buscarme en cuanto pudiera. Cuando yo no estaba con Coyote o con mi madre, estaba con Claudine. Gracias a ella, ya no tenía pesadillas por la noche, porque cuando me iba a la cama pensaba en su risa contagiosa y en su imbatible optimismo.

Al principio no podía creer que me hubiera elegido a mí entre todos los niños de Maurilliac. Desde que la vi jugando en la plaza con el sombrero de Coyote me di cuenta de que Claudine era una niña muy popular, y aunque no fuera guapa resultaba atractiva, porque no le tenía miedo a nada. Mientras yo luchaba a diario con mis demonios personales, ella no parecía tener preocupaciones. Y tal vez lo que la atrajo de mí fue el reto de lo prohibido, porque estaba mal visto hacer amistad con el pequeño alemán. Su madre le había advertido que no jugara conmigo, y a ella le divertía desobedecer sus numerosas prohibiciones.

—A *maman* le preocupa más la apariencia de las cosas que lo que son en realidad —me dijo un día—. Delante de los demás tenemos que estar sonrientes, con las manos limpias, y no podemos cuchichear entre nosotros. No le gusta que cuchicheemos porque no sabe lo que decimos. Le daría un ataque si supiera que tú y yo somos amigos.

Más adelante, cuando la conocí mejor, entendí que yo le gustaba por mí mismo. Lo veía en su mirada y en lo que no me decía con palabras. En realidad, Claudine nunca llegó a sospechar lo mucho que me ayudó. Por las tardes nos veíamos a escondidas para jugar. Por su cumpleaños, su padre le regaló una caja preciosa, hecha a mano, con todo tipo de juegos de mesa: ajedrez, Ludo, la Oca, dominó, cartas… Nos gustaba mucho jugar a la Oca, y teníamos feroces discusiones. Estar con ella me animaba, me llenaba de luz, me daba tanta energía que me sentía capaz de volar. Nos pasábamos largo rato charlando, yo con mi bloc y mi lápiz, y ella discurriendo sobre cualquier cosa, saltando de un tema a otro sin previo aviso y riéndonos a carcajadas por la menor tontería. Otras veces nos sentábamos en silencio y mirábamos el río y las mosquitas que revoloteaban sobre el agua y nos sonreíamos sin decir nada, conscientes de que disfrutábamos de la escena. A veces escarbábamos en la tierra en busca de lombrices y descubríamos un curioso hormiguero, o perseguíamos conejos, o intentábamos cazar grillos, pero lo que más nos gustaba era contemplarlo todo en silencio mientras la naturaleza zumbaba y bullía a nuestro alrededor, ajena a nuestra presencia.

Yo le estaba muy agradecido a Claudine por su amistad, y nunca pensé que sería capaz de mostrarle cuánto, pero un día me llegó la oportunidad de hacerlo. Nunca me había considerado valiente, nunca me había sentido capaz de desenvainar la espada y usarla de verdad, pero aquel día hice algo más, tuve un pequeño gesto que dejaría en Claudine un recuerdo imborrable.

Empezó todo como un juego en un cobertizo abandonado. Habíamos encontrado unas viejas redes de pesca y decidimos usarlas para pescar, pero no conseguíamos pescar nada. Éramos buenos para encontrar gusanos, pero malísimos para engañar a un pez. Los peces se escurrían rápidamente, saltaban fuera del agua un instante, dejándonos ver el brillo de sus cuerpos plateados, y se zambullían de nuevo en las aguas oscuras de la orilla. Nos reíamos de nuestra propia torpeza. En broma, le di un empujón a Claudine y alcancé a sujetarla justo a tiempo, cuando estaba a punto de caer al agua. Habría sido un auténtico desastre, porque ninguno de los dos sabíamos nadar, pero a ella le pareció muy divertido y estalló en carcajadas.

De repente, cortó la risa en seco y se quedó inmóvil con la mirada fija en su red. Allí se debatía un pez, no muy grande, pero vivo y coleando. Entre los dos sacamos la red del agua y la dejamos sobre la orilla. El pez siguió debatiéndose un rato hasta quedarse inmóvil, con los ojos bien abiertos y el cuerpo cubierto de limo. Le pasamos los dedos sobre el lomo, para ver qué se sentía. Claudine se llevó los dedos a la nariz y los olfateó.

—¡Puf, qué mal huele! —exclamó—. Lo podría llevar a misa como perfume, así *maman* tendrá algo de qué quejarse.

Saqué mi bloc y garabateé a toda prisa:

«¡Las bragas de Madame Duval!»

A Claudine le encantó la idea.

—¡Qué asco! —dijo con una risita. Pero se le ocurrió una idea mejor—. ¿Por qué no lo escondemos entre los pasteles y los cruasanes de Monsieur Cézade? Con este calor, el pescado no tardará en apestar.

Asentí con entusiasmo y me reí, pero en realidad no pensé que se atreviera a hacerlo.

Cuando volvimos al pueblo, yo llevaba el pescado en el bolsillo; en el otro llevaba la pelota de goma; no quería que se manchara de escamas y limo. Le advertí a Claudine que la gente del pueblo nos vería juntos y avisaría a su madre, pero ella respondió que no le importaba; en realidad disfrutaba metiéndose en líos.

—Detesto al gordo de Cézade —dijo—. Es un antipático y es amigo del *cureton*. ¿Recuerdas que te conté que había visto al *cureton* borracho? Pues también lo he visto bajar por nuestra calle de madrugada haciendo eses y con el gordo de Cézade apoyándose en él. Son una pareja de cerdos, y ahora Cézade apestará como un auténtico cochino.

Yo no las tenía todas conmigo. Monsieur Cézade me daba miedo, pero se mostraba respetuoso con Coyote. Deseé que Coyote estuviera con nosotros. Ahora que mi madre era amiga suya, tal vez Monsieur Cézade me trataría mejor, pensé sin demasiada convicción. Mientras mi madre no lo viera, seguro que se sentía impune para sacarme de su tienda a patadas. Todos pensaban lo mismo: que como yo no hablaba, no podía contar nada.

En el pueblo, al vernos juntos, nos miraban con curiosidad. Los viejos que dormitaban en los bancos abrían los ojos, la gente corría las cortinas a nuestro paso, las señoras que hacían la compra murmuraban entre ellas por encima de sus cestos, seguramente aliviadas de que Claudine no fuera su hija. Yo empecé a sentirme cada vez más inquieto y solo, incluso junto a Claudine. Al fin y al cabo, ella era uno de ellos, por más que desaprobaran su conducta, mientras que yo era un paria.

Claudine estaba pálida pero caminaba con la cabeza bien alta y la mirada desafiante al frente, y su boca esbozaba una media sonrisa. Me apretó la mano con fuerza. Yo forcé una sonrisita.

—Vamos a darle una lección al viejo Cézade. ¿Has visto qué pandilla de idiotas; cómo nos miran? Seguro que si doy un grito salen todos corriendo como conejos.

Cuando llegamos a la *boulangerie-pâtisserie*, le entregué el pescado a Claudine, que se lo metió debajo de la manga. Yo tenía un nudo en el estómago. No lo estaba pasando nada bien. No sabía qué me asustaba más, si entrar en aquel establecimiento o no ser capaz de hacerlo. Supongo que el miedo se me notaba en la cara, porque Claudine me puso la mano en el hombro y me sonrió.

—Quédate aquí, no entres. Si te ven, sabrán que estamos preparando algo.

Casi me desmayo de alivio.

—Vigila la entrada —me dijo Claudine.

Ignoro qué quería que vigilara, y no sabía qué esperaba que hiciera si llegaba alguien, pero no tuve tiempo de sacar el bloc y el lápiz para preguntárselo. Claudine entró en la tienda y cerró la puerta.

Esperé. No se oía nada más que el lejano tañido de las campanas. El plan de Claudine consistía en ocultar el pescado donde nadie pudiera encontrarlo para que se pudriera lentamente. La peste sería tan horrorosa que Monsieur Cézade tendría que vender la tienda y marcharse para siempre del pueblo. Me pareció un buen plan. A lo mejor una persona amable compraría el establecimiento, y yo podría comer tantas chocolatinas como quisiera.

Esperé lo que me pareció mucho tiempo, jugando con la pelota de goma que llevaba en un bolsillo. El otro estaba manchado de limo, y me pregunté si mi madre notaría el olor a pescado cuando lavara la chaqueta. De repente vi que se acercaba un grupo de gente y me asusté. ¿Qué hacía Claudine tanto rato allí dentro? No me había dicho qué hacer si llegaba gente. Entonces se abrió la puerta y Claudine salió corriendo.

—¡Corre!

Monsieur Cézade apareció hecho una furia y corrió tras ella tan velozmente como se lo permitía su inmensa barriga. Me aplasté contra la pared y contemplé atónito la persecución hasta que los dos doblaron la esquina. Claudine no me llamó, era demasiado leal. ¿Qué le haría Monsieur Cézade si la cogía? Me asaltaron recuerdos de los gritos de una multitud enfurecida y me recorrió un escalofrío. Mi amiga corría peligro. Sentí miedo por ella y reaccioné de una forma contraria a mi naturaleza: en lugar de huir, salí tras ellos.

No fue un acto racional sino instintivo. El recuerdo de aquel día espantoso me heló la sangre y me provocó auténtico pánico, pero ahora me veía capaz de luchar, de devolver los golpes, y esto me dio fuerzas. El aire que llenaba mis pulmones parecía arder, pero salí tras ellos. Monsieur Cézade estaba a punto de alcanzar a Claudine. Aquel gordo inmenso persiguiendo a una niña pequeña y flaquita, como un perrazo a la caza de un conejo. Mi amiga volvió la cabeza y vi su mirada aterrorizada. Hubiera querido decirle algo, pero sólo podía correr. Cuando ya me encontraba cerca, Cézade la hizo caer al suelo. Claudine dio un grito y el hombre empezó a gritarle. Cuando alzaba la mano para pegarle, la gente hizo un corro alrededor y no pude ver más. Lleno de furia, me abrí paso entre los mirones y me abalancé sobre Cézade. Claudine intentó advertirme con la mirada que me marchara cuanto antes, pero yo me interpuse entre mi amiga y el gordo, y le obligué a soltarla.

—¿Qué demonios haces aquí? —rugió Monsieur Cézade.

—No tenías que haber venido, Mischa —siseó Claudine.

Quería preguntarle si se encontraba bien, pero no pude. Claudine yacía en el suelo pálida y jadeante, y nadie la ayudó. Se limitaban a mirarla con la boca abierta. Se parecía tanto a la escena de mis pesadillas que me sentí mareado. ¿Serían capaces de hacerle daño? La gente se apartó para dejar pasar a la madre de Claudine, que se arrodilló junto a su hija y la abrazó.

—¿Qué pasa aquí? —preguntó furiosa.

Claudine se había hecho daño en la rodilla. Empezó a llorar.

—¡Esta gamberra ha intentado esconder un pescado en un pastel, y la he pillado! —replicó Cézade, hinchado y sudoroso por el esfuerzo.

Claudine no respondió.

—Claudine, ¿has hecho eso? Dime la verdad.

No me gustó nada el tono que empleaba la madre de mi amiga. Saqué rápidamente mi bloc y escribí. Antes de que Claudine pudiera responder, le pasé la hoja escrita a su madre. Madame Lamont me miró con espanto, como si no pudiera soportar mi presencia. Se apresuró a leer la nota que absolvería a su hija.

—Así que la idea fue tuya. Debería haberlo imaginado —dijo en tono de absoluto desprecio—. ¿Cómo iba mi hija a poner las manos sobre un pescado?

—¡No es cierto! Mischa no ha tenido nada que ver —exclamó Claudine, pero nadie la escuchaba. Habían encontrado al criminal y estaban encantados.

Cézade movió la cabeza pensativo.

—Así que era el pequeño bastardo alemán. Eres una espina clavada en este pueblo. —Me miraba a los ojos, pero yo le sostuve la mirada—. ¿Sabes lo que se hace con las espinas?

—Me sentía el blanco de todas las miradas, pero por una vez en mi vida devolví la mirada desafiante. Nunca me había defendido, pero aquel día defendía a otra persona y me sentía orgulloso—. Se arrancan —dijo. Unas gotas de su saliva me salpicaron la cara—. Se arrancan y se tiran lejos.

—¡Cómo te atreves a intentar corromper a mi hija! —Madame Lamont ayudó a Claudine a levantarse.

—¡No es cierto!

Mi amiga intentó defenderme, pero fue inútil. Su madre había descubierto la razón de la rebeldía de su hija y se sentía muy aliviada.

—No te acerques a ella —me dijo—. Vamos, Claudine.

Los mirones deshicieron el corro y se marcharon tras ellas. Claudine volvió la cabeza y me dirigió una mirada cargada de pesar y de agradecimiento. Me consideró valiente y leal, y tal vez aquel día lo *fui*, pero en el fondo sabía que había cargado con la culpa porque era un chivo expiatorio natural. Yo era un paria, siempre lo había sido. ¿Qué tenía que perder? Yo volvería al *château*, mientras que ella siempre estaría con los vecinos y tenía que llevarse bien con ellos. Sin embargo, aquel juego que había empezado como una tontería acabó por costarnos la amistad, y yo estaba destrozado.

Cézade me gritó insultos, pero no lo oí, y cuando me dio un bofetón en la cabeza con el dorso de su mano, casi no lo sentí, sino que me marché con la cabeza bien alta. No quería que me viera llorar.

¡Oh! ¡Cuánto hubiera dado aquel día por tener voz! Todo habría sido muy distinto.

12

En mitad de la noche me levanté y me senté en la butaca junto a la ventana, donde solía sentarse mi madre para mirar las estrellas. Siempre me decía que cuando viera una estrella fugaz tenía que pedir un deseo. Pues bien, aquella noche vi una que pasó veloz como un cohete. Dibujó un arco de luz en el oscuro firmamento y se perdió rápidamente en el espacio. Cerré fuerte los ojos y formulé un deseo que me llegó de lo más profundo del corazón. No pedí que volviera mi padre, ya era mayor para saber que ese tipo de deseos no se podían cumplir; pedí que me devolvieran la voz.

La llegada de Coyote había cambiado tanto las cosas que ya no me bastaba con mi bloc y mi lápiz, y enloquecía de frustración al ser incapaz de expresar los pensamientos que llenaban mi cabeza. A veces tenía el corazón tan repleto de emociones que sentía dolor en el pecho. Había tantas cosas que quería decir y no podía…

Me quedé mirando el firmamento y deseé que a la mañana siguiente mi voz hubiera vuelto sin más, tal como había desaparecido. De repente abriría la boca y podría hacerme oír, y pronto sería incapaz de recordar cómo era ser mudo.

Mi madre seguía durmiendo, ajena a mi deseo. Parecía contenta, transportada a un sitio mejor en brazos de un sueño agradable. Yo pensé en Claudine, en sus ojos tristes y en su sonrisa dentona, y sentí el dolor de haberla perdido. Era la primera vez que tenía una amiga a la que todos podían ver. Y la había perdido.

Cuando me desperté por la mañana, me decepcionó comprobar que mi deseo no se había cumplido. Intenté hablar, pero de mi boca sólo salió aire. Ajena a mi desesperación, mi madre canturreaba como todas las mañanas mientras se cepillaba el pelo sonriente delante del espejo y se ponía carmín cuidadosamente, sin notar mi desesperación.

Para colmo de males, era domingo. La semana anterior no habíamos ido a misa, pero mi madre no iba a estar dos semanas sin pisar la iglesia, pasara lo que pasara. Me encerré en el cuarto de baño, me senté en el inodoro y apoyé la cabeza entre las manos. Un pingüino no podía volar, pero tenía su lugar en el mundo. Yo no. Coyote y Claudine habían hecho un esfuerzo por comunicarse conmigo, pero ellos eran especiales. Los demás no se esforzarían, y yo me pasaría la vida detrás de una pared de cristal, contemplándolo todo desde mi burbuja de silencio, excluido para siempre.

Antes del vendaval yo aceptaba sin quejarme el hecho de no poder hablar. Para sentirme feliz me bastaba jugar con Pistou entre los viñedos. Me había acostumbrado a la situación, y además no tenía más compañía que la de Pistou y mi madre. Ahora, en cambio, Coyote me había abierto nuevos horizontes, y Claudine me había hecho un lugar en su corazón. Yo quería romper con canciones el muro de cristal que me separaba de ellos, hablarles con palabras que pudieran oír. Quería dejar de ser un paria.

Los ojos se me llenaron de lágrimas y me las sequé con el dorso de la mano. Estaba furioso. Mi madre llamó a la puerta.

—¿Mischa? ¿Estás bien?

La ira me había formado un nudo en la garganta y se me hacía difícil respirar. Como no podía gritar, arrojé la pastilla de jabón contra la bañera. El ruido alarmó a mi madre.

—¡Mischa! ¿Qué haces? Déjame entrar, por favor.

Forcejeó con la manija de la puerta, pero no le abrí, sino que me puse a dar patadas a la bañera. Los jadeos se convirtieron en sollozos, y mi madre debió oírme porque empezó a golpear la puerta para romper la cerradura. Yo cogía todo lo que encontraba y lo arrojaba contra la pared. Estaba tan fuera de mí que no me reconocí cuando me vi en el espejo.

Inmerso en mi afán de destrucción, no me di cuenta de que mi madre se había marchado hasta que la puerta se abrió de golpe y apareció Coyote, con mi madre tras él, llorosa y asustada. Coyote no me preguntó lo que ocurría, simplemente me estrechó entre sus brazos.

—Ya está, Junior, ya está —dijo con ternura.

Noté el picor de su barba contra mi frente y el calor de su cuerpo me envolvió como una manta. Mi ira se desvaneció como si se hubiera escapado por el desagüe. Rompí a llorar como un niño pequeño, sin vergüenza alguna. No me importaba llorar delante de Coyote. Me sentía bien en brazos de un hombre, en familia, en casa.

Nos sentamos los tres en la cocina y mi madre me puso delante el bloc y el lápiz con una mirada suplicante.

—¿Qué te ocurre, Mischa?

«No quiero seguir siendo diferente», escribí. No podía hablarles del deseo que había formulado, un acto infantil y absurdo. Mi madre miró a Coyote y éste le sostuvo la mirada largamente antes de dirigirse a mí.

—Todos somos diferentes, hijo —dijo suavemente—. Cada uno de nosotros es un ser único.

No era eso lo que yo quería decir. ¿No entendían que yo era más diferente que cualquiera? Exasperado, golpeé mi escrito con la punta del lápiz. Mi madre me miraba apenada, intentando encontrar las palabras adecuadas. Se sentía culpable, y ese sentimiento prestaba a su rostro la marca de un cansancio profundo. Me agarró la muñeca para detener mi movimiento compulsivo.

—Lo siento mucho —dijo.

Coyote me sonrió, pero en sus ojos leí la pena y la compasión.

—Eres un *chevalier*, Junior, y los *chevaliers* no abandonan el campo de batalla. Se quedan hasta vencer.

«¡Quiero que vuelva mi voz!», escribí. Estaba tan exasperado que mi letra resultaba ilegible. Se la quedó mirando un momento antes de contestar.

—Volverá —me dijo con una seguridad que me sorprendió. ¿En serio lo creía?—. Un día podrás hablar. Debes tener paciencia.

Me cayó un lagrimón sobre el papel y las palabras quedaron borrosas. Coyote no podía saber que yo había formulado un deseo y que no se había cumplido.

«No quiero ir a misa», escribí.

Coyote me miró sonriente.

—Iremos los tres juntos. ¿Estás de acuerdo, Anouk?

Mi madre fijó en Coyote una mirada que yo no conseguí descifrar. Al cabo de un momento, en su rostro se encendió una sonrisa tan dulce y maravillosa que me hizo olvidar mi dolor.

—Sí, iremos los tres juntos. Esto causará una gran sorpresa en el pueblo, ¿no?

Dejé el lápiz y el papel con aire abatido. Ya no creía en los deseos.

Cuando bajamos al pueblo por el polvoriento sendero, el cielo estaba oscurecido por pesados nubarrones y caía una llovizna tan ligera que parecía una calina marina. Yo caminaba delante, aislado en mi propio silencio, sumido en negros pensamientos. Llevaba las manos en los bolsillos y hacía rodar la pelota de goma entre los dedos. Di una patada a una piedra. Mi madre y Coyote conversaban en voz baja. Cuando no me interesaba, su inglés era como si hablasen en japonés. Me sentí muy incomprendido y seguí concentrado en la piedra. De repente, capté unas palabras sueltas y agucé el oído. Tal vez fue un cambio en el tono de la conversación lo que me despertó, como un pescador adormilado que se despabila al oír un chapoteo. Ellos debían de pensar que no les oía y que hablaban en un tono íntimo.

—Os llevaré a los dos muy lejos de aquí —dijo Coyote.

Sentí una descarga de emoción, y mis negros pensamientos se llenaron súbitamente de luz. Acababa de salir de la triste ciénaga donde había estado hundiéndome. Seguí pateando la piedra con las manos en los bolsillos, simulando no haber oído nada, pero ahora estaba lleno de esperanza.

Cuando llegamos a Maurilliac, dejé la piedra en medio del camino para la vuelta y me puse a andar junto a mi madre. La gente salía de su casa ataviada con sus mejores galas: las mujeres con vestido y sombrero, los hombres con traje y boina, los niños bien lavados y cepillados hasta que el pelo les relucía. Percibí un cambio en su manera de mirarnos: la curiosidad había sustituido al desdén. Miraban ora a mi madre, ora a Coyote, y éste saludaba a todo el mundo con una sonrisa, llevándose la mano al sombrero. Derrochaba tal encanto y simpatía que resultaba irresistible. Las mujeres bajaban la cabeza un poco sonrojadas, con una sonrisita aleteando en los labios, los hombres devolvían el saludo para no parecer maleducados. Los niños con los que había jugado en la plaza me saludaron alegremente con la mano. Coyote los tenía impresionados. El hecho de acompañarle me daba prestigio, así que erguí los hombros, cambié mi andar desganado por un paso vivo y elegante como el de Coyote y empecé a sonreír a los vecinos con los que nos cruzábamos. No sospechaban lo mucho que sus saludos y atenciones suponían para mí, aunque en realidad sólo había una persona a la que quería ver. Me pregunté si vendría a misa.

Coyote conocía personalmente a algunos vecinos, y a todos les decía algo en su francés imperfecto: comentaba lo bien que le sentaba el vestido, preguntaba cómo había ido la semana, se interesaba por el estado de un niño enfermo, por la salud de una madre anciana. Su escaso conocimiento del idioma no le impedía en absoluto hacer amigos. Incluso le alabó a Monsieur Cézade la calidad de las chocolatinas, y éste, para mi sorpresa, respondió con una sonrisa. Pero nadie saludó a mi madre.

Vi a Claudine en la *Place de l'Église*. El corazón me dio un vuelco y aceleré el paso. Sabía que su madre no permitiría que me acercara a ella, pero no me podía impedir entrar en la iglesia. Claudine llevaba una tirita en la rodilla y un codo vendado. Presintió que estaba detrás de ella y se volvió. En su rostro se pintó la vacilación entre el deseo de hablarme y la necesidad de obedecer a su madre. Y una vez más, decidió desobedecer, porque entre nosotros dos existía un vínculo muy estrecho, como sólo se forja en la infancia. Claudine abandonó a sus padres y a sus hermanos y corrió a mi encuentro. Fue una demostración pública de afecto que me dejó atónito. Nadie había hecho algo así por mí. Claudine se me acercó con una tierna sonrisa que dejaba ver sus dientes saltones.

—Gracias, Mischa. Nunca olvidaré lo que hiciste.

Me sentí más frustrado que nunca por no poder responder.

—*Bonjour, madame* —Claudine saludó a mi madre con inocencia, y la dejó tan atónita como a mí, porque ni siquiera se acordó de sonreír. Haciendo caso omiso de su familia, que la llamaba, me guiñó un ojo como diciendo «¿Recuerdas lo que te prometí?» Yo hubiera querido decirle que había guardado el papel donde ella tachó la palabra «secreto» y escribió «SÍ» en letras mayúsculas.

—¡Claudine! Ven aquí inmediatamente. —Su madre estaba furiosa y miraba con nerviosismo a su alrededor, temerosa de lo que pensarían los vecinos sobre la amistad entre su hija y el bastardo alemán.

—Nos veremos más tarde —me susurró Claudine. Su madre la recibió con una seria reprimenda en voz baja, pero ella seguía mirando al frente y sonriendo.

La iglesia era un hervidero de murmuraciones. Todos miraban a mi madre y a Coyote y se susurraban cosas de un banco a otro, con la cara oculta bajo el velo negro, tapándose la boca con la mano. Yo entonces no me daba cuenta, pero aquel día mi madre y Coyote formalizaron su relación. Coyote había decidido hacerla oficial. Quería a mi madre y deseaba que todo el mundo la quisiera.

Sentado entre mi madre y Coyote yo me sentía a punto de estallar de emoción, de orgullo, de amor, y notaba la tensión entre ellos dos tan claramente como si fuera algo físico. Formábamos un trío magnífico. Mi madre, nerviosa y desafiante, estaba muy erguida y con la barbilla bien alta, y aquel día no se arrodilló para rezar. Coyote, por su parte, parecía no ser consciente de los cuchicheos, sino que respondía a las miradas con una sonrisa y una inclinación de cabeza. Cuando el padre Abel-Louis recorrió el pasillo con la sotana revoloteando en torno a su cuerpo como un grupo de diablillos danzarines, me encogí de miedo. Me aterrorizaba pensar lo que haría cuando viera a mi madre y a Coyote.

El padre Abel-Louis era para mí un ser oscuro y aterrador, mucho más poderoso que cualquier otra persona que yo conociera. Nunca olvidaría su expresión impasible cuando la muchedumbre nos atacó a mi madre y a mí. No hizo nada por detener a la gente, cuando hubiera bastado con unas palabras. Cuando mi madre me habló de Dios y del demonio, yo identifiqué al padre Abel-Louis con el demonio, y así se había quedado. Él había expulsado a Dios de Su propia casa y había azuzado a la gente contra nosotros. Me aterraba que fuera capaz de expulsar al propio Dios del cielo, de manera que yo no pudiera ir allí cuando muriera.

Intenté encogerme todo lo posible para que no me viera, pero sus ojos fríos nos localizaron al momento, probablemente porque habíamos faltado un domingo a misa. Sorprendentemente, no parecía enfadado, sólo desconcertado. Nos contempló a los tres y los finos labios le temblaron. Se quedó mirando a Coyote y éste le sostuvo la mirada largo rato. El padre Abel-Louis parecía hipnotizado como una rata ante una serpiente. Yo no veía a Coyote, pero conocía perfectamente su expresión: miraba al sacerdote con respeto y atención, pero con total seguridad en sí mismo. El *cureton* había sido vencido sin que yo entendiera por qué. Sólo sé que aquel día obtuvimos una pequeña victoria.

Finalmente, el padre Abel-Louis salió de su estupor y saludó a la congregación. No volvió a dirigirnos la mirada, actuó como si no estuviéramos, pero parecía empequeñecido, como si Coyote hubiera adivinado que en realidad era un usurpador en la Casa de Dios, y como si este conocimiento le hubiera arrebatado el poder. Entonces comprendí que el cielo estaba a salvo, que cuando yo muriera tendría un sitio adonde ir, y que allí estaría mi padre esperándome.

Aquella mañana pensé en Dios más que ningún otro día. Por primera vez, sentí su presencia en la iglesia. Su luz era más grande que la oscuridad que el padre Abel-Louis traía consigo, y Su amor absorbió mi miedo hasta dejarme libre de temores. Recordé a mi padre, su rostro, sus bonitos ojos azules y su amable sonrisa. Recordé con ternura el día en que me cogió en brazos y bailó conmigo por la habitación. Notaba cómo me abrazaba y me apoyaba la cara contra su mejilla mientras en el gramófono sonaba una música de violines. Casi sentía la vibración de su risa, y hubiera querido reírme como me reí entonces, con una risa alta y clara como una campana.

No me hundí en el asiento, sino que miré al padre Abel-Louis a los ojos, sin miedo, igual que el día que encontré el valor de enfrentarme a Monsieur Cézade y a los mirones. Con Coyote a mi lado, me sentía capaz de cualquier cosa. Miré a Claudine, a mi derecha, y vi que me miraba llena de orgullo. Ella detestaba al *cureton* tanto como yo y entendió nuestra victoria. Mi pecho se expandió todavía más, se llenó de calor, el nudo interior se deshizo, llenándome y haciendo que me costara respirar.

Los fieles recitaron el padrenuestro y el sacerdote canturreó las preces con voz débil y vacilante. «Pax Domini sit semper vobiscum». De pronto noté un hormigueo en todo el cuerpo y una nueva ligereza, como si me hubiera desprendido de una pesada capa. Sin razón aparente, me sentía inmensamente feliz. Supongo que el cielo se había despejado mientras tanto, porque la iglesia se iluminó de repente con una luz gloriosa, y en medio de esa luz radiante oí una voz hermosa y pura como una flauta. Y también los fieles la oyeron, porque se fueron callando para escuchar aquel canto que se elevaba bellísimo por encima de sus voces: «Et cum spiritu tuo».

Transcurrieron unos segundos antes de que me diera cuenta de que esa voz angélica era la mía.

13

Dejé de cantar al ver la expresión horrorizada del padre Abel-Louis. Se había hecho un silencio absoluto. Nadie se atrevía a moverse en medio de aquel suceso milagroso. Todas las miradas estaban puestas en mí, y casi me derrumbo bajo su peso. Incluso mi madre y Coyote se habían quedado sin habla.

El padre Abel-Louis, en medio del rayo de luz que entraba por la ventana de la iglesia, se había quedado pálido y sin sangre, como los cerdos que cuelgan de un gancho en la *boucherie*. Movía los labios nerviosamente, pero no sabía qué hacer ni qué decir. Dios había hablado, y su voz era infinitamente más poderosa que la suya, nadie podía negarlo. El padre Abel-Louis deseaba atribuirse el milagro, y se acercó a mí con expresión expectante. Yo me había quedado tan perplejo al oír mi voz que permanecí inmóvil, sin parpadear siquiera. No me atrevía a hablar, por si me había quedado mudo otra vez, pero cuando el sacerdote estuvo tan cerca que me llegaba el olor de su ropa, mezcla de sudor y de alcohol, retrocedí. Él me tendió la mano y yo dudé, porque mi odio por él estaba tan arraigado que me daba miedo tocarlo. Pero sus ojos negros se clavaron en mí, y finalmente me vencieron. Para mi vergüenza, algo en el fondo de mi alma, pequeño y secreto, deseaba su aceptación. Le tendí una mano vacilante, esperando recibir un poderoso apretón, pero sólo noté su palma blanda y sudorosa.

—Hoy Dios ha bendecido esta casa con un milagro. El chico habla. Encontremos en nuestros corazones la fuerza para perdonar, siguiendo el ejemplo de Nuestro Señor.

Habló con voz fuerte y autoritaria. Había recuperado el control de su iglesia y de su gente, y esbozaba una sonrisita de suficiencia que venía a decir: «Yo soy el puente entre vosotros, gente sencilla, y el Señor. Que no piense nadie que puede llegar a Dios sin mí». De nuevo me vino a la mente la muchedumbre airada y estuve a punto de llorar de miedo. Me ardían las mejillas y el corazón me galopaba en el pecho, pero Claudine me miraba con ojos grandes como platos y una sonrisa de ánimo.

—¡Mischa! —Haciendo caso omiso del sacerdote, mi madre me habló en susurros—. ¡Mischa! —Me tomó por los brazos y me miró intensamente. Leí en sus ojos la duda y, en el fondo de ellos, que tenía miedo por mí. No acababa de creer en el milagro, por si hubiera sido un extraño fenómeno o una ilusión—. ¿Es cierto, Mischa? ¿Puedes hablar?

Tragué saliva. Tenía la boca seca de angustia. Todos esperaban la confirmación del milagro. Yo estaba tan asombrado como ellos, pero si fallaba ahora, sufriría un ostracismo todavía mayor y me acusarían de fraude. Recordé la estrella fugaz y el deseo que formulé. Me pregunté si habría sido un regalo, o —según me inclinaba a creer— más bien obra de Coyote, que vino con el vendaval. Respiré hondo.

—*Maman* —grazné.

Mi madre estaba tan aliviada que casi se desmaya. Yo carraspeé antes de hablar.

—¿Podemos marcharnos a casa?

Mi madre me estrechó entre sus brazos.

—Hijo mío, hijo mío —me susurró con el rostro contra mi cuello.

Coyote me revolvió el pelo, y el gesto me llenó de gratitud. Mi madre se puso de pie.

—Claro que nos podemos ir a casa.

—Los invito a tomar la comunión con nosotros. —El sacerdote tendió los brazos, pero mi madre no era tan débil como yo. No deseaba que el cura la aceptase. No tenía conciencia de haber hecho nada malo, y nunca podría perdonar ni olvidar.

Coyote iba el primero, mi madre y yo lo seguíamos. Tan grande es el poder de la religión, que la gente de Maurilliac estaba convencida de que Dios había hablado, y alargaban los brazos para tocarme, esperando que Su gracia, que había descendido sobre mí, les trajera suerte. Me sonreían, se santiguaban y bajaban la cabeza mientras el padre Abel-Louis alzaba las manos para bendecirnos. Pese al rechazo de mi madre, estaba decidido a formar parte del milagro. Claudine me dirigió una sonrisa triunfal. ¿Acaso no me había dicho ella que volvería a hablar?

Cuando salimos a la plaza, las campanas de la iglesia tañían alegremente. Mi madre, que no quería ningún trato con el cura, me hizo apresurarme.

—Después de todo lo que nos ha hecho, ahora pretende secuestrarnos —murmuró con rabia—. Pues no pienso permitirlo. Pongo a Dios por testigo que no lo permitiré.

Coyote caminaba tranquilamente junto a nosotros, con las manos en los bolsillos y el sombrero ladeado. Mi madre iba murmurando, pero él y yo no decíamos nada. Yo llevaba tantos años sin hablar, con la mente llena de pensamientos sin formular, que no era capaz de decir palabra. Finalmente, Coyote rompió el silencio.

—Ahora podemos cantar juntos.

Su tono desenfadado fue para mí la confirmación de que el milagro era obra suya. No parecía impresionado. Mientras que el resto de la comunidad se había quedado sin habla, él se había limitado a encogerse de hombros, como si lo estuviera esperando.

—Me alegra comprobar que no te has olvidado de cantar —dijo.

Esto me animó a hablar.

—Pero es que nunca he dejado de cantar. Lo que pasa es que nadie podía oírme. —Oír mi propia voz me resultaba extraño. Me había acostumbrado al sonido de mis pensamientos—. Los hemos dejado con la boca abierta, ¿verdad? —Solté una carcajada—. Claudine me dijo que un día recuperaría la voz, y tenía razón.

—¿Claudine? —Mi discurso había hecho que mi madre olvidara su enfado.

—Es amiga mía —le dije con orgullo.

—Es la niña con los dientes saltones —le aclaró Coyote.

Mi madre sonrió.

—¿Qué habéis estado tramando vosotros dos?

—¿Junior y yo? Tenemos una vida secreta. ¿No es cierto, Junior? —bromeó Coyote.

Yo acababa de encontrar la piedra en medio del camino y procedí a darle patadas.

—¿Me enseñarás a cantar canciones de vaqueros? También quiero aprender a tocar la guitarra.

—Con mucho gusto —respondió.

Mientras me alejaba dando patadas a la piedra, oí que le decía a mi madre:

—Este chico tiene carácter. Mucho más de lo que te imaginas.

Muy pronto corrió la voz y el milagro estuvo en boca de todos. En el *château* la noticia se extendió con mucha rapidez, y el chismorreo provocaba un zumbido como el de una colmena. Y la que más intrigada estaba era la Abeja

Reina, que aquella mañana no había ido a la iglesia. Cuando llegamos al edificio de las caballerizas, Lucie nos estaba esperando.

—Madame Duval quiere veros a los dos —dijo, sin dejar de mirarme—. ¿Es cierto que puedes hablar, Mischa?

Estaba muy nerviosa, y dadas las relaciones ilícitas con Monsieur Duval que yo había presenciado, no me extrañó lo más mínimo. De repente comprendí el poder que me daba haber recuperado el habla.

—Es cierto —dije despacio. Alcé la cabeza y miré a Lucie a los ojos. Ella pareció empequeñecerse, aunque lo cierto es que no era muy alta.

—Los espera en la biblioteca —informó Lucie. Acto seguido dio media vuelta y se fue corriendo a la cocina.

Sonreí para mis adentros y me pregunté cuántas personas me tendrían miedo ahora que había sido tocado por Dios. Coyote acarició el brazo de mi madre.

—Será mejor que vayáis a verla —dijo tocando tiernamente su brazo.

Mi madre no titubeó y se apoyó contra él. En su rostro apareció una sonrisa tímida que tenía un significado más allá de mi comprensión de niño. Aunque me había pasado los últimos años interpretando y emitiendo mensajes no verbales, era incapaz de comprender las miradas y las sonrisas que intercambiaban mi madre y Coyote.

—Vamos a la playa esta tarde —sugirió Coyote.

—Buena idea —dijo mi madre—. Te apetece ir a la playa, ¿verdad, cariño? —me preguntó.

—Tendrás que esconderte de los peregrinos —dijo Coyote con una sonrisita—. Pronto vendrán de toda Francia para tocarte. Los enfermos, los moribundos, los solitarios, los pobres… Dios mío —dijo soltando una carcajada—, será mejor que os saque de aquí a los dos antes de que levanten un altar en el edificio de las caballerizas.

Mi madre rió con él, pero porque lo encontraba divertido, no porque dudara del milagro. Ella ignoraba que la recuperación de mi voz era cosa de Coyote. Al igual que el resto de los fieles, estaba convencida de que había sido obra de Dios. Pero Coyote y yo sabíamos la verdad. De todas formas, decidí guardar el secreto y no decirle nada a mi madre. Era lo que Coyote esperaba de mí.

—Le pediré a Yvette que nos prepare algo para comer —dijo Coyote, y añadió en tono jocoso, dándome una palmadita en el hombro—: ahora que eres un santo, nos hará una comida excelente.

Esperamos largo rato en la biblioteca. Supongo que a Madame Duval le gustaba hacernos esperar; era su manera de dominar la situación. Mi madre no tomó asiento, y cuando yo me dejé caer en una silla me riñó. Pero yo quería probar hasta dónde podía salirme con la mía. Después de todo, era un santo, podía hacer lo que quisiera. Sin embargo, mi madre se apenaba tanto si le desobedecía que finalmente me puse de pie.

Madame Duval entró seguida por Étiennette.

—*Bonjour* —le dijo secamente a mi madre—. Siéntese.

No esperé a que me diera permiso, sino que tomé asiento junto a mi madre.

—¿Es cierto lo que me han dicho, que el chico puede hablar? —Me dirigió una mirada severa, como si no le gustara mi olor.

—Es cierto —dije con aplomo.

Madame Duval se quedó con la boca abierta.

—Dios mío —dijo, santiguándose—. Así que es un auténtico milagro.

—Dios se ha mostrado muy compasivo con nosotros, *madame* —dijo mi madre.

Me irritó su tono respetuoso, y decidí divertirme un rato.

—Vi una luz, Madame Duval, una luz más brillante que el sol —dije—. Empecé a oír la voz del *cureton* cada vez más distante, muy lejos.

La mirada de mi madre me advertía que parara de hacer el tonto, pero no le hice caso. Más bien al contrario, su temor me empujó a seguir. ¿Cómo nos habíamos dejado asustar por esa horrible mujer?

Madame Duval se mostró muy interesada.

— Continúa —dijo.

Étiennette, sentada en una butaca, parpadeaba como si me viera envuelto en una luz brillante.

—Oí voces.

—¿Qué voces?

Adopté una expresión piadosa.

—Sólo podían ser las voces de los ángeles. Eran muy hermosos… Me vi envuelto en sus voces y… lo vi a él.

—¿A quién?

—A Jesús —dije en un susurro, para acentuar el efecto.

Sentada en el borde de la silla, inclinada hacia mí para no perderse ni una palabra, Madame Duval me escuchaba sobrecogida.

—¿Jesús? ¿Tuviste una visión?

—Lo vi de pie en medio de esa luz brillante, con los brazos extendidos y el rostro lleno de amor. —Parpadeé y dejé escapar unas lagrimitas de cocodrilo.

—¿Y qué te dijo?

—Dijo… —inspiré profundamente— dijo: «Habla, hijo mío, para que pueda hablar a través de ti a las gentes de Maurilliac. Canta, para que tu voz lleve mi mensaje muy lejos. Da a conocer el mensaje de Cristo y te sentarás a mi derecha por toda la eternidad». De modo que abrí la boca y canté para Él.

—¡Dios santo! ¡Es realmente un milagro! —exclamó Madame Duval. Se le llenaron los ojos de lágrimas. Me tomó la mano y me la apretó con sus dedos fríos y huesudos—. Perdóname, Mischa. He sido una estúpida, que Dios me perdone. Sólo hice lo que creía correcto, pero no debí... —Su voz se fue apagando.

Avergonzada por mi brillante interpretación, mi madre intentó consolarla.

—Ha sido usted amable con nosotros, *madame*. No llore, se lo ruego. Nos permitió seguir viviendo aquí cuando nadie más nos habría abierto la puerta; me contrató cuando nadie más lo habría hecho. Ha sido usted amable y buena. Sólo podemos darle las gracias, *madame*.

Madame Duval me soltó la mano y cogió un pañuelo para secarse los ojos. En su boca había aparecido una mueca que le desfiguraba el rostro.

—Le pediré a Madame Balmain que acepte a Mischa en clase. Ahora que puede hablar, debe ir a la escuela.

—Muchas gracias, *madame* —exclamó mi madre, pero yo sólo podía sentir odio por aquella mujer que me había tratado con tanto desprecio.

—Dios te ha bendecido, Mischa —me dijo Madame Duval. Noté que le temblaban las manos, y me dije que tenía motivos, porque se iría derecha al infierno—. Ahora dejadme, por favor. Tú también, Étiennette, necesito estar sola.

No volvió a mirarme. Me tenía miedo, lo vi en sus ojos. Salí de la biblioteca muy contento conmigo mismo. Cuando estuvimos en el pasillo, mi madre se inclinó hacia mí y me susurró al oído:

—A la derecha de Cristo por toda la eternidad: ¡por Dios bendito! Ten cuidado con lo que dices o irás derecho al infierno con ella.

Alcé los ojos y vi que no podía ocultar del todo su regocijo y su orgullo. Una sonrisita le bailaba en los labios.

—Era mejor cuando no podías hablar.

Salimos por la cocina. Yvette, Armande y Pierre dejaron de cuchichear entre ellos y nos miraron fascinados. Mi madre levantó la barbilla y los saludó con educación. Yo estaba tan emocionado con el poder que acababa de descubrir que me acerqué tranquilamente a Yvette.

—¿Es cierto lo que dicen? —me preguntó—. ¿Es verdad que mi pequeño agarrador puede hablar? —Tenía el moño deshecho y las mejillas coloradas como manzanas. Estaba claro que venía de revolcarse en el cobertizo con Jacques Reynard.

—Es cierto —dije, y no pude resistirme a seguir—. Tiene usted muy buen aspecto, *madame*, como una uva jugosa.

Yvette se quedó pálida y me miró con asombro. Yo le devolví una mirada inocente.

—Me siento débil —balbució—. Armande, acércame una silla.

Armande se apresuró a poner una silla bajo su trasero. Yvette se sentó. Armande y Pierre vieron en la súbita debilidad de Yvette la confirmación del milagro y me contemplaron temerosos.

—Ya veis que puedo hablar francés —anuncié—. Y si alguien necesita que le laven la boca con jabón eres tú. —Armande abrió la boca, pero de sus labios sólo salió aire—. Mi padre era un buen hombre, y se sienta a la derecha del Padre. Lo sé porque lo he visto allí, en mi visión.

Estaba yendo demasiado lejos, pero me sentía incapaz de parar, y ellos eran tan devotos que no dudaron de mis palabras. Salí de la cocina triunfante en busca de mi madre, que me esperaba en el jardín.

Coyote sacó su reluciente descapotable del edificio de las caballerizas. Tal como prometió, le había pedido a Yvette que nos preparara un picnic a base de carne fría y queso, bocadillos, ciruelas y una botella de vino blanco. Me revolvió el pelo y me dirigió una sonrisa de complicidad, como si entendiera mi juego y lo encontrara divertido. Recorrimos en coche la avenida arbolada y en sombra salvo por los escasos rayos de sol que se colaban entre las ramas de los plátanos y que dibujaban sobre el asfalto trémulas islas de luz. Cuando salimos a la carretera y noté en el rostro el viento cargado de aromas a pino y a tierra mojada, me sentí más feliz de lo que me había sentido en mucho tiempo. Me recosté sobre el asiento y cerré los ojos para disfrutar del calor del sol, aunque el aire ya tenía un frescor otoñal. Ya casi no podía recordar lo que era ser mudo, tan natural sonaba mi voz. El viento me había traído a Coyote. ¿Cómo podría agradecérselo?

Cuando abrí los ojos vi que la mano de Coyote reposaba sobre la pierna de mi madre, y ella no la apartó, sino que colocó su mano encima y la estrechó. Estaban hablando, pero el viento me impedía oír lo que decían. De vez en cuando, mi madre echaba la cabeza hacia atrás y se reía, sujetándose el sombrero para que no volara. Parecían una pareja de enamorados. Me pregunté si mi madre había hecho eso mismo con mi padre, si había viajado en coche cogiéndole de la mano y riendo con una risa alegre como un cascabel. Si mi padre nos estuviera viendo desde el cielo, ¿qué pensaría? ¿Le apenaría que su mujer quisiera a otro o se alegraría de verla feliz? Yo sabía que mi madre había tenido esa misma duda; por la noche, cuando me creía dormido, se pasaba largo rato mirando la foto de mi padre. En una ocasión me confesó que tenía miedo de volver a enamorarse, tal vez porque no quería traicionar la memoria de mi padre. Pero yo entendía que podía haber distintas clases de amor. No me parecía mal que mi madre amara a otro hombre, y estaba seguro de que a mi padre no le importaría. Al fin y al cabo, él ya no podía cuidar de ella.

Extendimos el mantel sobre la arena, al abrigo del viento. Ante nuestros ojos se extendía el océano Atlántico hasta el lejano horizonte. El mar estaba picado, las olas subían y bajaban como cuchillos y el viento se notaba más frío, aunque al sol se estaba bien todavía. Tantas emociones nos habían abierto el apetito, y devoramos nuestros bocadillos. Luego Coyote tocó la guitarra y cantamos canciones de vaqueros. Mi voz sonaba clara como una flauta, tal como me la había descrito Pistou. Mi madre, que ya se sabía las letras de memoria, cantó con nosotros. Luego Coyote me entregó la guitarra y me recordó las posiciones de los acordes. Empecé a tocar, primero vacilante y luego más seguro.

—Creo que conseguiremos convertirte en un vaquero, Junior —dijo riendo, y luego se tomó un trago de vino.

Después de comer nos tumbamos al sol con los ojos cerrados y Coyote empezó a contar historias del anciano de Virginia. Supongo que me quedé dormido, y cuando me desperté los vi paseando de la mano por la playa. Mi madre se sujetaba el sombrero con la otra mano, y el viento le azotaba la falda contra las piernas. Cuando me cansé de observarlos decidí ir en busca de conchas. Me pregunté dónde se habría metido Pistou. Hacía tiempo que no lo veía y quería explicárselo todo: la recuperación de mi voz, Madame Duval, Yvette… pero no lo vi por ninguna parte.

Me quité los zapatos y dejé que las frías olas me lamieran los pies. Encontré montañas de conchas, y vi en la orilla medusas muertas cuyos cuerpos transparentes la marea arrastraba y empujaba a su antojo. Buscando tesoros me fui alejando de mi madre y de Coyote y empecé a cantar, feliz de notar cómo vibraba la voz en mi pecho. Estaba borracho de contento, ya no tenía miedo. El pequeño *chevalier* había aprendido a manejar la espada. Absorto en mis juegos, no me di cuenta de que el sol se ponía y teñía el mar de un color anaranjado.

Cuando finalmente regresé a nuestro campamento, me encontré con una escena sorprendente y me escondí detrás de las rocas para observar. Coyote estaba besando a mi madre. Tumbados en el suelo, se abrazaban y juntaban los rostros con ternura. No tenía nada que ver con lo que presencié entre Yvette y Jacques Reynard, no había nada animal en lo que hacían, ni jadeos ni movimientos bruscos; sólo se besaban y se acariciaban entre risas y susurros.

Sentí el corazón henchido de gozo. Ahora que se habían besado, tendrían que casarse. Recordé lo que había dicho Coyote de llevarnos lejos. Tal vez, cuando cambiara el viento.

14

Siempre me había gustado la vendimia, y aquel año la esperaba con más ilusión que nunca. Pistou y yo solíamos escondernos para observar a los vendimiadores. Los veíamos recorrer los senderos entre los viñedos y llenar sus cestos de uvas. Cuando los cestos estaban llenos, los llevaban en carros tirados por bueyes hasta unos enormes cobertizos donde la uva quedaba a salvo de la lluvia y los fríos vientos otoñales. Nos gustaba espiar a las muchachas que se levantaban las faldas hasta las caderas para pisar la uva con los pies descalzos, dejando ver sus piernas suaves y bronceadas. Y nos fascinaba el banquete que se celebraba en el granero, la mesa cubierta de un mantel a cuadros rojos y blancos: los patés, las enormes soperas, las jarras de vino. Monsieur y Madame Duval presidían la mesa como un rey y una reina, y los demás cantaban, bailaban, charlaban y reían. Sólo Jacques Reynard parecía triste y solitario como una hoja otoñal. Lo tachaban de gruñón, pero se equivocaban. Él formaba parte del *château*, amaba las viñas y los campos de aquella tierra, donde su familia había echado raíces mucho tiempo atrás. Cuando le pregunté a mi madre por qué Jacques Reynard estaba siempre tan triste, me acarició la cabeza y me dijo con ternura:

—Algunas personas no han conseguido superar la guerra, cariño. Eres demasiado pequeño para entenderlo.

Jacques Reynard siempre se mostraba amable con noso-tros. Nos unía un lazo invisible y silencioso. Mi madre nun-ca se quejaba ante él de la arrogancia de Madame Duval, o de lo mal que trataban a su hijo. Tampoco hablaban de la guerra, ni de mi padre ni de cuando los alemanes ocuparon el *châ-teau*, ni siquiera de la familia que había vivido allí. Eran re-cuerdos demasiado dolorosos. Pero yo veía en sus ojos una mirada tierna y comprensiva, y si le pedía ayuda, nunca me la negaba. Me encargaba tareas y yo las llevaba a cabo con absoluta responsabilidad, porque me enorgullecía trabajar para él, en tanto que los encargos que cumplía en la cocina, bajo la mirada suspicaz de Pierre y Armande, me dejaban va-cío y triste.

Pero casi no había visto a Jacques desde la llegada de Co-yote, tan ocupado estaba cantando *Laredo*. Él, por su parte, estaba inmerso en la preparación de la vendimia. Un día lo fui a buscar al taller, y lo encontré reparando una rueda, sen-tado sobre un tronco. Para disimular su calvicie se había pues-to una boina, y sólo le asomaban algunos mechones —antes rojizos y ahora ya casi grises— de las sienes y del cogote. Es-taba clavando un clavo con un martillo, y por los movimien-tos del bigote comprendí que apretaba los dientes con furia. Iba vestido como siempre, con pantalones marrones, chaleco de cuero y camisa blanca arremangada hasta los codos, de-jando ver sus brazos morenos y sus manos fuertes y habili-dosas. Cuando me vio en el umbral, una sonrisa iluminó su rostro melancólico.

—*Bonjour*, Monsieur Reynard —le saludé sonriente.

Reynard dejó el martillo sobre su rodilla.

—Así que es cierto. —Yo asentí, y en sus ojos asomó un brillo malicioso—. Así que eres un santo, San Mischa. —Se encogió de hombros—. Suena bien.

Me paseé por el taller con las manos en los bolsillos. A él no podía mentirle.

—Pero no es un milagro —dije con timidez. Agaché la cabeza y el flequillo me tapó los ojos.

—Si no es un milagro, ¿qué es?

—Coyote.

—¿Quién?

Lo miré sorprendido. Me parecía asombroso que no hubiera oído hablar de Coyote, todo el mundo hablaba de él.

—El norteamericano.

—¿Así es como llaman ahora a Dios? —Soltó una carcajada y cogió un tornillo—. Supongo que es mejor que Abel-Louis.

—Coyote no es Dios, pero es mágico.

—¿En serio?

—Lo trajo el viento, y desde que llegó todo ha cambiado para mejor. —A pesar de mis explicaciones, vi que no me creía. ¿Acaso no había visto la transformación de Yvette?

—Estupendo, seguro que tendremos una buena cosecha.

—Le dije a Madame Duval que había visto a Jesús.

Monsieur Reynard me miró divertido, haciendo girar el tornillo entre sus dedos manchados de aceite.

—¿Y qué dijo ella?

—Se echó a llorar y me pidió que la perdonara —respondí con una sonrisa de orgullo.

—El perdón no la salvará del infierno —murmuró él—. A veces el perdón no es suficiente.

—El padre Abel-Louis invitó a *maman* a comulgar.

Monsieur Reynard asintió con la cabeza.

—Por supuesto. Y supongo que tu madre se negó.

—Así es.

—¿Por qué tendría que aceptar algo de ese malvado? Debería sentirse avergonzado por todo lo que ha hecho. —Se enjugó el sudor con el dorso de la mano y se manchó la frente de grasa—. Apuesto a que te abrazó como si fueras el hijo pródigo. Sería muy propio de él aprovechar este milagro para aumentar su poder sobre ese rebaño de ignorantes. Tu madre haría mejor en no acudir a la iglesia, hace años que se lo digo, después de, después de… —Inhaló profundamente y se le puso la cara como una antigua magulladura—. Pero es muy testaruda. Me parece que va a misa sólo para atormentarle. Tu madre no le tiene miedo a nadie. —Se quedó mirándome un rato y añadió—: Tu padre era un buen hombre, Mischa. No dejes que nadie te diga lo contrario.

Con la mano que tenía en el bolsillo, yo hacía girar la pelota entre los dedos.

—¿Cree que es un milagro? —le pregunté.

—Tal vez. —Se encogió de hombros y movió el mostacho—. El amor es un milagro, y el retorno de tu voz es también un milagro debido al amor de tu madre. No habías perdido la voz del todo, Mischa, sólo se heló como las semillas en invierno, que brotan cuando les das suficiente sol y agua.

—Todos quieren tocarme para que les dé suerte.

—Son una pandilla de ignorantes y primitivos. En tu lugar, yo intentaría sacar tajada de la ocasión. Te lo mereces. ¡Que se cubran de vergüenza!

—¿Ha estado alguna vez enamorado? —le pregunté de repente. Me puse rojo. Todavía no sabía controlar mis palabras. Se lo pregunté pensando en Yvette, pero Jacques Reynard no pensaba en ella.

—Una vez me enamoré de una chica, pero ella no me correspondía. Yo pensé que no importaba, que yo tenía suficiente amor para los dos, y que ella acabaría por quererme.

Y supongo que me quería, a su manera, pero no fue suficiente.

—¿Y qué pasó?

—Se enamoró de otro. Lo malo del amor es que no puedes pararlo como si cerraras un grifo. —Se quedó con la mirada perdida—. Yo siempre la amaré. A pesar de todo, no he dejado de quererla. Me resulta imposible —añadió encogiéndose de hombros, como si fuera consciente de que eso era una tontería.

—¿Dónde está ahora?

—Eso fue hace muchísimo tiempo —dijo con un suspiro—. Ahora no es más que un recuerdo. Además, hay muchas formas de amor, eso es algo que he aprendido con los años.

Hubiera querido preguntarle por Yvette, pero me pareció que era ir demasiado lejos. Jaques Reynard se puso de pie con la rueda entre las manos.

—Y ahora, basta de charla, perezoso. Ayúdame a colocar esta rueda en el carro, o tendremos que cargar nosotros mismos con los toneles.

Me pasé el resto de la mañana con él, ayudándole. Me gustaba su compañía, era acogedor y familiar. Con él no tenía necesidad de hablar, aunque pudiera.

Comí con mi madre y con Coyote a la orilla del río, y luego los dejé solos y fui en busca de los Faisanes. Encontré a Daphne sentada con *Rex* en la terraza. Parecía triste.

—Hola, missis Halifax.

Me acerqué a ella cruzando por el césped, y su rostro se abrió como un girasol al recibir los rayos del sol.

—Hola, cariño. Así que es verdad lo que me han dicho, eres un milagro andante. Alabado sea el Señor.

—¿Por qué está usted sola?

—Cielo santo, resulta que hablas inglés, y nosotras pensábamos que no nos entendías. ¿Qué habremos estado diciendo? —Se ruborizó sin dejar de sonreírme—. Ven, siéntate conmigo y con *Rex*. Ahora podemos tener una auténtica conversación. ¿Cómo es que hablas inglés, jovencito?

—Mi abuelo era irlandés, y mis padres hablaban inglés entre ellos. —Me encogí de hombros—. Supongo que lo aprendí oyéndolos.

—Eres un chico muy listo, siempre lo he sabido. ¿No te lo había dicho? Y veo que ya no te escondes.

—Madame Duval cree que soy un elegido de Dios. Ahora le doy miedo.

Daphne dejó escapar una carcajada.

—Nunca me gustó esa mujer —susurró—. No es amable, es fría y calculadora.

—¿Por qué no está pintando?

—Hoy no me sentía con ánimos. —Suspiró profundamente.

—¿Está triste?

—Un poco. ¿Cómo lo sabes?

—Ahora ya no parece triste.

—Ahora estoy mejor, Mischa, puedo hablar contigo. Siempre me has gustado. Ya lo sabías, ¿verdad?

Asentí con la cabeza.

—A mí también me gusta usted, y *Rex*. Me gustan sus zapatos.

Daphne estiró un pie y lo movió haciendo círculos. Llevaba unos zapatos de terciopelo carmesí con una gran rosa de color rosa en la punta.

—Éstos me encantan. Me gusta la mezcla de rojo y rosa, es muy poco frecuente.

—No puede estar triste con unos zapatos así.

—Así parece, ¿no? Pero en realidad… —se quedó pensativa— nos vamos mañana, y yo no me quiero ir —dijo bajito, con la mirada perdida entre los viñedos más allá del jardín.

La noticia me dejó desolado.

—No quiero que se vayan —dije con total sinceridad—. ¿Tienen que irse?

—No podemos quedarnos aquí para siempre, cariño. Llevamos semanas, y nos cuesta mucho dinero. Inglaterra es triste y monótona ahora. Todavía hay racionamiento y Londres está medio en ruinas, siempre gris. Resulta muy duro. Yo no vivo en la ciudad, desde luego, pero me parten el corazón tanto dolor, tantas muertes. Aquí, en cambio, todo es verde, fragante y soleado. En este lugar tan encantador podrías olvidarte de todo.

—¿Tiene hijos? —le pregunté de repente, sin saber por qué.

Daphne se volvió hacia mí. Aquella simple pregunta la había envejecido muchos años, y ahora tenía las mejillas caídas y bolsas bajo los ojos.

—Tenía un niño como tú, Mischa —respondió.

—¿Qué le ocurrió? —susurré, presintiendo una tragedia.

—El pobre tuvo la polio. Era muy cojito. Sólo lo tuve conmigo un tiempo, luego se murió. Era tan especial que Dios lo llamó enseguida a su lado. Le pedí que me lo dejara un tiempo más, pero no me concedió ese deseo. Lo llevo aquí. —Se llevó la mano al pecho y esbozó una sonrisa, aunque sus ojos seguían llenos de tristeza—. Siempre está conmigo.

Me incliné hacia ella y le tomé una mano temblorosa.

—Eres un niño muy especial, Mischa, no eres como los demás —dijo apretándome la mano—. Pareces mayor de lo que eres, y sólo tienes seis años. George era un hijo único, igual que tú. Bill y yo intentamos tener más, pero no pudo ser. Una se imagina que el tiempo lo cura todo. Han pasado muchos años, y yo ya soy vieja. No tengo hijos ni nietos, pero sigo siendo una madre. No pasa un día sin que piense en él.

Todavía tenía su mano entre las mías.

—¿Cómo era? —le pregunté.

—Era rubio y guapo, igual que tú. —El recuerdo pareció animarla y rejuvenecerla—. Tenía los ojos del color del jerez, dorados. Era muy travieso. Le gustaba jugar a la pelota. Bill y él se pasaban muchas horas jugando a fútbol en el jardín. Se llevaban muy bien. Claro que él era cojo, y no podía jugar con otros niños, pero Bill jugaba con él. Era su amigo. En una ocasión le pregunté si le dolía no tener amigos, y él me sonrió y me dijo: «Papá es mi amigo». Fue muy tierno.

—¿La está esperando Bill en Inglaterra? ¿Por eso tiene que volver a casa? —le pregunté. No quería que se marchara.

—No, cariño. Bill murió hace unos años. Ahora está con George, y esto es un gran consuelo para mí. Están jugando al fútbol, y George está sano y no cojea. —Sacó su mano de entre las mías y me acarició la cara—. No estoy sola, tengo a *Rex* y a mis amigas. Gracias a Dios, no estoy sola, pero te echaré de menos, Mischa. Te echaré mucho de menos.

—Yo también la echaré de menos, missis Halifax.

—Dios mío, cariño, llámame Daphne. Me hace sentir muy vieja que me llames missis Halifax.

15

Al día siguiente fui al colegio con mi madre. Iba muy orgulloso con mi bata azul, y el corazón me latía a toda prisa, como los domingos cuando íbamos a misa. No le daba la mano a mi madre, sino que caminaba junto a ella con las manos en los bolsillos. Como siempre, para tranquilizarme jugueteaba con la pelotita de goma de la que nunca me desprendía.

Ahora provocábamos más curiosidad que nunca en el pueblo. El milagro me había convertido en una prueba viviente de la existencia de Dios. El milagro de Jesús les había enseñado a perdonar de una forma más efectiva que cualquier sermón del padre Abel-Louis, y los ojos que atisbaban entre las cortinas de encaje no estaban cargados de malicia, sino de gratitud. Un anciano que fumaba su pipa sentado en un banco al pálido sol de la mañana me saludó con la cabeza, y una pareja de ancianas vestidas de negro se apresuraron a santiguarse antes de desaparecer entre las sombras, cojeando como los cuervos. Ahora estaban más convencidas que nunca de que la muerte, cuando llegara, se las llevaría a un lugar mejor.

Sin embargo, con los niños del colegio las cosas fueron muy distintas. Los niños no piensan en la muerte, no necesitan que un milagro los convenza de que existe un poder superior, lo saben por instinto. No siguen las pautas del sacerdote, y a menudo ignoran los consejos de sus padres. Los niños se imitan unos a otros, y el más fuerte del grupo impone las pautas. Por instinto se rigen por la brutalidad, por la ley de la selva, y desprecian la debilidad. Los más fuertes sobreviven, y los que son diferentes, como yo, se ven apartados del grupo y vilipendiados. Pero yo había jugado con ellos en la plaza, y confiaba en que mi relación con Coyote me protegiera de su crueldad.

Me di cuenta de que mi madre estaba nerviosa. Llevaba toda la mañana con el ceño fruncido, como si estuviera malhumorada, pero no era así. El milagro que me había devuelto la voz la sumió a ella en un estado de confusión. Era religiosa, y al igual que el resto de los fieles estaba convencida de que mi recuperación era obra de Dios. La vi rezar arrodillada junto a la cama, dando gracias a Dios una y otra vez en un susurro apenas audible, con las mejillas mojadas de lágrimas. Pero ése no era el problema; lo que la confundía era el cambio de actitud de la gente. Estaba más contenta antes, cuando sabía a qué atenerse. Ahora se mostraba indignada. No olvidaba lo sucedido en el verano de 1944, y desde luego no iba a perdonar. Según ella, no debían habernos maltratado.

Nos detuvimos frente a la puerta del colegio. Mi madre se agachó para alisarme las arrugas de la bata y me dio un beso en la mejilla.

—Te lo pasarás bien —dijo para tranquilizarme—. Aprenderás mucho, y en realidad les llevas bastante ventaja porque sabes inglés.

—No te preocupes de mí, *maman*. Sé cuidarme.

Una sonrisa de orgullo iluminó la seriedad de su semblante.

—Ya lo sé. Eres mi *chevalier* —dijo. Me di cuenta de que esta vez había omitido la palabra «pequeño».

Tuve que armarme de valor para reunirme con los otros niños. No me dijeron nada, se me quedaron mirando abiertamente, como hacen los niños. Me sentí un bicho raro, como un pez que abandona la seguridad del arrecife de coral y se encuentra en mar abierto, sin un lugar donde esconderse. De pronto una profesora se me acercó corriendo.

—Mischa, ven conmigo —me dijo con amabilidad. Tenía el pelo liso y castaño, bonitos ojos dorados y una sonrisa amplia y sincera—. Es tu primer día. Seguro que estás un poco nervioso, pero no tienes por qué. Me llamo Mademoiselle Rosnay y soy tu profesora.

Apoyó una mano en mi hombro y me condujo hasta la clase a través del ruidoso enjambre de niños. El aula olía a desinfectante. Había varias hileras de mesas de madera, una pizarra, y dibujos de los alumnos clavados con chinchetas en las paredes. Un grupo de niños jugaban con un yoyó, pero pararon el juego para observarme. En el aula se hizo el silencio.

—¡Mischa!

Sentí un inmenso alivio al reconocer la voz.

—¡Claudine!

—Ah, qué bien que seáis amigos —dijo Mademoiselle Rosnay.

—¡Estás en mi clase! —exclamó alegremente Claudine—. Yo puedo cuidar de él, ¿verdad que puedo, Mademoiselle Rosnay?

—Por supuesto. —Mademoiselle Rosnay me señaló mi pupitre—. Tú te sientas aquí.

Contemplé mi pupitre con orgullo. La superficie estaba rayada, cubierta de manchas de tinta y de mensajes grabados en la madera por anteriores generaciones de niños, pero era mío. Tenía mi lugar en la escuela, igual que los demás niños.

Levanté la tapa y guardé dentro del pupitre el plumier que me había dado mi madre.

—Estoy muy contenta de que hayas recuperado la voz, Mischa. —Claudine me tocó el brazo—. Sabía que la recuperarías.

—Me resulta un poco extraño —dije.

No era cierto, pero la situación me resultaba abrumadora. No sabía qué decir.

—Desde luego. El *cureton* se quedó muy parado. Se puso blanco, luego azul, luego gris, y finalmente rosa, de ese rosa sudoroso y horrible que apesta a alcohol. Eres un santo, Mischa. Mi madre dice que si te toco me darás buena suerte... ha cambiado de opinión.

—¿Quieres decir que no le importa que seamos amigos?

—De ninguna manera. En realidad quiere que lo seamos, y que yo te toque todas las veces que pueda para que sucedan cosas maravillosas.

Le dirigí una mirada de complicidad.

—No creo que pase nada, porque en realidad no soy un santo.

Claudine sonrió.

—No importa, prefiero que seas normal. Los santos son muy aburridos. Te voy a presentar a los otros —dijo, haciendo un gesto de saludo al grupo de niños.

Los chicos se nos acercaron con desgana y me miraron recelosos, con las manos en los bolsillos.

—¿Así que eres un milagro? —dijo uno.

—Dios le devolvió su voz —explicó Claudine— y él tuvo una visión. ¿No es cierto, Mischa?

—¿Una visión? —preguntó otro.

—¿En serio? —exclamaron varios a la vez.

—¿Y qué viste?

Sacaron las manos de los bolsillos, se apartaron el flequillo que les tapaba los ojos y me contemplaron con admiración. Yo me senté en el pupitre, apoyé los pies en una silla y les conté lo mismo que le había explicado a Madame Duval, un poco más exagerado porque me fui animando al ver sus ojos como platos y sus bocas abiertas de asombro. Claudine, como buena cómplice, me ayudó con preguntas y sugerencias. Fue una representación de dos actores, y nos salió francamente bien. Actuamos como auténticos amigos, y la sensación de camaradería y complicidad me envolvió en una cálida emoción.

Las niñas se acercaron atraídas por la historia. Querían oírla de primera mano, porque en sus casas no se hablaba de otra cosa desde la misa del día anterior. Se la repetí. Para entonces ya casi me la creía. Me acribillaron a preguntas. ¿Cómo era Jesús? ¿Había visto a Dios? ¿Llevaba mi padre uniforme en el cielo? ¿Cómo era el cielo? Respondí lo mejor que pude, inspirándome en lo que me había explicado mi madre y en las imágenes religiosas que había visto en la iglesia. Supongo que se quedaron satisfechas, porque cuando Mademoiselle Rosnay dio unas palmadas llamándonos a volver a los pupitres, se despidieron de mí palmeándome la espalda.

—*Bonjour, tout le monde* —dijo Mademoiselle Rosnay, de pie frente a su mesa.

—*Bonjour*, Mademoiselle Rosnay —cantamos todos a la vez.

Imité al resto de los niños y me senté. Claudine, que ocupaba el pupitre vecino, me dedicó una sonrisa dentona. Al otro lado de Claudine había un pupitre vacío.

—Quiero que deis la bienvenida al miembro más joven de la clase, Mischa Fontaine, y os pido que le ayudéis para que se sienta cuanto antes integrado y a gusto con nosotros.

Me sentía inmensamente feliz. Claudine estaba orgullosa de ser amiga mía, y yo me había ganado al resto de la clase. El asunto del milagro me había resultado de gran ayuda, y no me sentía en absoluto culpable por inventarme una visión. Después de todo, ¿quién podía asegurar que el milagro no era obra divina? Tal vez Dios había provocado el viento que había traído a Coyote. Además, le hacía un gran favor reforzando la fe del pueblo. Estaba haciendo algo bueno.

Por otra parte, estaba deseoso de aprender. Mi madre había hecho lo posible por darme una educación, pero no podía compararse con la del colegio. Era emocionante tener auténticos libros de texto y a una profesora escribiendo en la pizarra. Acabábamos de empezar la lección cuando se abrió la puerta y entró en clase un niño desaliñado, de pelo negro y ojos vivos. Mademoiselle Rosnay, disgustada, lo recibió con una mirada severa y los brazos en jarras.

—Laurent, estoy cansada de que llegues tarde. O vienes puntual, o recibirás un castigo.

El niño se encogió de hombros.

—Lo siento, problemas en casa.

Mademoiselle movió la cabeza y suspiró.

—Esto no es una excusa, ya lo sabes. Bueno, ahora siéntate.

Pareció sorprendido al verme. Entonces lo reconocí. Era uno de los chicos que jugaron conmigo en la plaza: fue el que me dio una palmada en la espalda y me dijo: «Eres muy rápido». Vi que se sentaba junto a Claudine y le susurraba algo. A partir de ese momento lo miré por el rabillo del ojo. Notaba que me observaba, y también que no le caía bien.

A la hora del recreo, la clase se dispersó por el patio. Claudine se quedó a mi lado, como leal conspiradora, y me susurraba ideas al oído para adornar mi historia. Laurent nos observaba con mirada hosca. Pronto me vi rodeado por todos los que todavía no habían oído mi historia y por los que la querían escuchar otra vez, y volví a interpretar mi papel como un actor consumado. Me sabía el discurso de memoria, y además ya sabía dónde hacer pausas para enfatizar mis palabras.

Claudine se había convertido en mi representante. Cuando se daba cuenta de que la actuación empezaba a cansarme, pedía una pausa. Después de la actuación, nos sentamos en los escalones que llevaban a una de las aulas, contentos de nuestro éxito.

—¡Lo has hecho muy bien! —exclamó entusiasmada—. Se lo han tragado todo.

—Pero no *todo* es mentira —protesté. No quería que me considerara un completo mentiroso.

—Ya lo sé. No pasa nada si lo adornas un poco. Yo siempre digo que no hay que dejar que la verdad te estropee una buena historia.

—Pero es cierto que *sentí* algo —dije, en tono serio—. No vi a Dios o a Jesús, pero los sentí, y también sentí a mi padre. La iglesia estaba inundada de luz, y noté un hormigueo en todo el cuerpo. Es la verdad. No se la he explicado a nadie más que a ti.

Claudine me sonrió con ternura.

—Te creo, Mischa. Podemos reírnos cuanto queramos, pero lo cierto es que has recuperado la voz. Hayas tenido o no una visión, estos milagros sólo vienen de Dios. Lo único que importa es que puedes hablar. —Se encogió de hombros—. No importa cómo.

Me acordé de Laurent y de la mirada hosca que me lanzó al entrar en clase.

—Me parece que no le caigo bien a Laurent.

—Está celoso. Él y yo siempre estábamos juntos, por eso se ha enfadado. Sus padres viven peleándose porque él tiene una amiguita.

—¿Una amiguita? —A sus siete años, Claudine tenía mucho mundo.

—Está enamorado de Madame Bonchance, la señora del quiosco.

—¿La pelirroja?

Caludine soltó una risita.

—Desde que es la amante del padre de Laurent, se cuida mucho. Se pinta los labios de rojo, se riza el pelo y se pone sombra verde en los párpados. ¡Está horrible! Pero, claro, lo cierto es que al padre de Laurent le gusta.

Pensé en Yvette y en Jacques Reynard, otra pareja curiosa. Al volver a clase vi que Laurent estaba muy sombrío, como si se hubiera pasado todo el rato pensando en el nuevo amigo de Claudine. No le hice caso, y contesté a las preguntas que me hacían sobre Dios y el cielo. De repente, lo vi delante de mí.

—Puede que Dios haya hecho un milagro contigo —me dijo con desdén—, pero tu padre sigue siendo un cerdo nazi.

Se hizo el silencio. Claudine estaba a punto de intervenir, pero verla blanca como el papel me dio el ánimo necesario para desenvainar la espada. Aunque no era tan alto como Laurent, me cuadré delante de él, bien erguido.

—¿Sabes por qué mi padre no era un auténtico nazi? Porque ser nazi no es una nacionalidad, es un estado mental —dije, con toda la arrogancia que conseguí reunir—. Puede que tú seas francés, Laurent, pero eres más nazi de lo que mi padre fue jamás.

Estaba tan orgulloso de mi réplica que me ruboricé. Ignoraba de dónde había sacado esas palabras, ni conocía su significado, pero sonaban bien. Y al parecer a él también se lo había parecido, porque me lanzó una mirada de odio y retrocedió.

Claudine se volvió hacia él.

—¿Cómo te atreves a hablarle así a Mischa? Creía que eras una buena persona, pero veo que estás tan lleno de prejuicios como tus padres.

Cuando entró Mademoiselle Rosnay, todos volvimos a nuestros asientos. Yo con un sentimiento de victoria, Laurent con la cabeza gacha.

Aquella tarde se levantó una ventolera que arrancaba las hojas de los árboles, las levantaba en el aire y las dejaba caer al suelo, donde eran barridas de un lado a otro. Yo no volví a dirigirle la palabra a Laurent y Claudine tampoco, lo que debió de costarle un esfuerzo porque se quedó callada y triste. Al caer la tarde volví a casa victorioso, pero con un sabor amargo. Le hablé a mi madre de Mademoiselle Rosnay y de Claudine, pero no le dije nada acerca de mis historias ni de mi pelea con Laurent.

Por la noche, el viento se había convertido en tormenta. Caía una lluvia torrencial que rebotaba en el suelo y formaba grandes charcos en el barro. Mi madre pensaba en Jacques Reynard y en la vendimia que tendría lugar en una semana. Yo pensaba en Coyote. ¿Acaso no lo había traído una tormenta al Château Lecrusse? Si mi abuela estaba en lo cierto, ¿no volvería a llevárselo la tormenta? No quería creer en supersticiones, pero por otra parte me daba miedo que fueran verdad. Me quedé despierto en la cama, escuchando la respiración pausada de mi madre y el golpeteo de la lluvia contra la ventana. El viento aullaba como los lobos de los que hablaba Jacques Reynard. Me tapé con las mantas y me sumergí en un sueño intranquilo, atormentado por imágenes de Laurent, de Claudine, Yvette y Madame Duval. Luego las imágenes desaparecieron y volví a tener mi pesadilla de siempre. Me resultaba tan familiar que incluso dormido sabía que no era real, pero no por eso me resultaba menos aterradora. Soñé otra vez con las mismas caras llenas de odio, sentí el mismo miedo, pero esta vez el desenlace fue distinto...

De repente aparece un hombre y la muchedumbre se dispersa. Lleva un uniforme que yo no conozco, de color verde oliva. Se quita la chaqueta y se la echa a mi madre por los hombros. «¡Debería daros vergüenza atacar a vuestra propia gente!», grita, pero los demás no le oyen. El hombre me coloca la mano sobre la cabeza. «Ya ha pasado todo, hijo.» Yo alzo la mirada y él me sonríe y me revuelve el pelo. Veo sus ojos turquesa y su piel morena. «Ya ha pasado todo, Junior», repite, «no tengas miedo».

Me desperté ahogando un grito de asombro. Mi madre seguía durmiendo junto a mí con una sonrisa y un rubor en las mejillas que delataban la naturaleza de sus sueños. Me levanté sigilosamente de la cama y busqué mi ropa, pero no encontré nada para ponerme, a pesar de que en el recibidor había una luz encendida. Abrí un cajón y me quedé boquiabierto al verlo vacío. Me rasqué la cabeza, intentando pensar. No podía estar todavía soñando, no entendía nada. Finalmente, no me quedó más opción que ponerme el abrigo sobre el pijama y calzarme las botas. Todavía adormilado y desorientado, bajé al jardín y me dirigí al *château* en medio de la tormenta. No sabía cómo encontrar a Coyote, pero quería decirle que no se marchara sin nosotros. A pesar de que me tapaba la cabeza con el abrigo, la lluvia me empapó y se me coló espalda abajo, tocándome con sus dedos helados. Me estremecí de frío, me sacudí el agua de la cara y seguí corriendo. No podía pensar con claridad. ¿Qué había pasado con mi ropa? No estaba completamente seguro de que aquello no fuera un sueño.

Al llegar al *château*, me puse de espaldas al viento y me apoyé un momento contra los muros de piedra. ¿Estuvo aquí Coyote en 1944, cuando los norteamericanos liberaron Maurilliac? ¿Había sido él quien nos rescató de la multitud? ¿Era él nuestro salvador? ¿Era ése el vínculo que tenía con mi madre? Tal vez por eso era capaz de ver a Pistou cuando nadie más lo veía, porque era mágico. Un riachuelo de agua me caía por la espalda. Me estremecí y entré en el hotel. Tenía que encontrar a Coyote. No podía irse sin nosotros.

Estaba muy oscuro. De tanto en tanto, las nubes se apartaban lo suficiente para permitir un atisbo de la luna llena que brillaba en lo alto, más allá de la tormenta y de los vientos. Las puertas estaban cerradas y los postigos también, pero yo sabía que había una forma de entrar a través del invernadero. Aproveché que las nubes se apartaban momentáneamente para correr a la parte trasera, al huerto que había contemplado Joy Springtoe desde su ventana. Llegué al invernadero calado hasta los huesos y congelado. Totalmente despabilado a causa del frío, me acurruqué ante la pared de cristal con el rostro entre las manos, sin saber qué hacer, y entonces oí unos golpes continuados que parecían de una pala cavando en la tierra. Al principio me dije que sería un postigo mal cerrado, pero tras prestar atención deduje que había alguien cavando en el jardín. La oscuridad era total, y por mucho que me esforzaba no conseguía ver nada más que la lluvia. Contuve la respiración para escuchar. Oía los fuertes latidos de mi corazón, y de repente percibí claramente los golpes. Las nubes se apartaron un instante y un rayo de luna cayó sobre un extremo del jardín, junto al muro. Un hombre arrodillado estaba cavando un agujero. Me quedé aterrado. Sólo podía pensar en un motivo para cavar un hoyo en plena noche de tormenta: esconder un cadáver después de haber cometido un asesinato. En cuanto el cielo volvió a taparse, salí corriendo. Sentía tanto pánico que me temblaban las piernas y olvidé mi obsesión por impedir que Coyote desapareciera en mitad de la noche. Sólo pensaba en alejarme cuanto antes del *château*, no fuera que el asesino me descubriera y decidiera acabar también conmigo.

Regresé a la seguridad del edificio de las caballerizas. Dentro la temperatura era cálida y en el aire flotaba el olor a limón de la colonia de mi madre mezclado con aroma de pino. Me desvestí y colgué el pijama mojado en el cuarto de baño para que se secara. Me metí desnudo en la cama, tan cerca de mi madre como me fue posible sin tocarla. Ayudado por el agradable calor y demasiado cansado para preocuparme por el asesino del jardín, no tardé en dormirme. Cuando mi madre me despertó, todavía era de noche y ya no llovía.

—Chitón —me dijo. Estaba vestida y se había recogido el pelo. Me miró con ojos brillantes. Si vio mi pijama en el cuarto de baño, se guardó mucho de hacer comentarios—. Tus ropas están sobre la silla. Vístete.

—¿A dónde vamos?

—A América —respondió sonriente.

—¿América? —No me lo podía creer. Todo era muy extraño.

—Coyote nos espera en el coche. Ahora no te lo puedo explicar, cariño, no tenemos tiempo.

Se guardó en el bolsillo del abrigo un sobre donde había escrito con su florida caligrafía: «Jacques Reynard».

Ésa era la razón de que los cajones estuvieran vacíos. La habitación había quedado desnuda como si nunca hubiéramos vivido allí. De repente me sentí muy triste. Toda mi vida había vivido en Maurilliac. El espíritu de mi padre seguía vagando por el Château Lecrusse, y a veces me parecía oír sus botas sobre el suelo de madera, la música de orquesta que provenía del gramófono y la risa cantarina de mi madre cuando él la hacía bailar por la habitación. Se me rompía el corazón al pensar en abandonar todo aquello que me gustaba: las verdes hileras de viñedos, la vendimia, las puestas de sol que teñían de oro las aguas del río, el panorama que se divisaba desde el pabellón, Daphne Halifax, Jacques Reynard… Claudine. Un lagrimón me bajó por la mejilla.

—Es normal que estés triste, cariño —dijo mi madre, también llorosa—. Pero vamos a embarcarnos en una aventura —añadió para animarme—. Nos vamos a otro país, tenemos la oportunidad de empezar una nueva vida.

—¿Y qué pasará con papá? —grazné. No hacía falta que dijera más. Mi madre me entendió y me abrazó con fuerza.

—Papá no está aquí, Mischa. Está en el cielo. —Me colocó ante ella para que le viera la cara—. Lo llevamos en el corazón, siempre estará con nosotros. No he dejado de quererle. A Coyote lo quiero de otra manera. Hay muchas maneras de amar, Mischa. Nuestros corazones tienen una inmensa capacidad para amar, algún día hablaremos de eso. Pero si nos quedamos aquí, nunca nos veremos libres del pasado. —Dejó oír una carcajada triste—. Ahora eres un santo, Mischa, y es difícil estar a la altura de la santidad. No creo que debas cargar con ese peso. Venga, tenemos que darnos prisa. Créeme, es mejor que nos vayamos. El *chevalier* ha luchado y ha salido vencedor. Ya no tenemos nada que hacer en este lugar.

SEGUNDA PARTE

Mi familia y mis amigos
viven en el país
y no saben dónde está
su chico.
Primero vine a Texas
y trabajé en un rancho.
Sólo soy un pobre vaquero
y sé que he hecho mal.

Alguien escribió por mí una carta
a mi madre de cabellos grises,
y otra a mi hermana
a la que tanto quiero.
Pero hay una mujer
a la que quiero mucho más,
y que lloraría amargamente
si supiera que estoy aquí.

16

Nueva York, 1985

Me detuve en la nieve sintiéndome tan indefenso y perdido como si volviera a ser un niño. Me rasqué la barbilla, áspera a falta de un afeitado, y contemplé con tristeza las aceras atestadas de personas con abrigo oscuro corriendo de un lado a otro. Había vuelto a perder a Coyote y me sentía fatal. ¿Con qué propósito había vuelto? ¿Dónde se había metido los últimos treinta años? Me irritaba haberle despachado sin darle la oportunidad de explicarse. Llevaba tanto tiempo malhumorado que hasta Stanley estaba harto de mí. Esther, en cambio, no se asustaba de nadie. La sensación de desespero amenazó con sofocarme. Sacudí la cabeza, metí las manos en los bolsillos y regresé lentamente a la oficina, llorando lágrimas atrasadas.

La ciudad ya había despertado. Los taxis negros y amarillos traqueteaban por las calles haciendo sonar las bocinas y salpicando de barro a los apresurados transeúntes que se dirigían al trabajo. Los vagabundos dormían todavía en sus cajas de cartón, ateridos y hambrientos, intentando apartarse de la vida todo lo posible. Me pregunté si Coyote sería uno de ellos. ¿Cómo había caído tan bajo? Por más que quisiera aferrarme al pasado, el tiempo me había arrastrado hasta obligarme a soltar el asidero. Mi infancia en Burdeos quedaba muy atrás, un lugar río arriba al que nunca podría regresar. Y el Coyote que amé también se había perdido para siempre.

Llegué a la tienda de un humor de perros. Mi metro noventa y tres tenía un aspecto horroroso: el pelo tieso y cubierto de nieve, los ojos ardiendo de furia, la boca convertida en una línea de tristeza en medio del rostro sin afeitar, los hombros caídos. Cuando entré sonó la campanilla. Stanley ya había abierto la tienda. Al verme dio un respingo.

—Buenas —dijo.

Respondí con un gruñido y subí a mi despacho. Me había dejado llevar por el mal humor y me sentía como un canalla, pero no podía evitarlo. Me quedé sentado, mirando con amargura el lugar que una hora antes había ocupado Coyote. El aroma dulzón de su Gauloise me sumió en un torbellino de recuerdos y me llevó a un lugar donde crecían pinos y eucaliptos, donde se respiraba el olor húmedo de la tierra después de la lluvia.

No había querido revisar las cosas de mi madre. Tenía miedo de lo que pudiera encontrar, de los recuerdos que me traerían. Su apartamento seguía tal como ella lo había dejado, no se había tocado nada. Pero el regreso de Coyote había arrancado la venda que tapaba la herida de mi corazón, y lo cierto es que, lejos de estar curada, escocía como un demonio. Decidí tomarme el día libre y hacer limpieza de las cosas de mi madre. Era preferible hacerlo cuanto antes; cuanto más tiempo transcurriera, más me costaría superar su muerte.

La súbita reaparición de Coyote había despertado mi curiosidad. Mi madre no solía mencionarlo, salvo para decir que algún día regresaría. «Y entonces, querido, yo le estaré esperando.» Yo le creía al principio, pero a medida que fueron pasando los años perdí la esperanza, y el dolor dio paso a la rabia. Sin embargo, ella siempre ponía un plato más en la mesa, como si esperara al hijo pródigo. Únicamente al final de su vida empezó a sentarse sola. Percibió que se acercaba la muerte, igual que se percibe en el túnel la llegada del tren por el aire que desplaza. Mi madre oyó el silbido del tren que se acercaba para llevarla a aquel cielo en el que tan firmemente creía. Mientras el tumor crecía en su interior, llevándose su vida y su esperanza, ella comía sola.

Cogí el abrigo y bajé por la escalera. Stanley hablaba con un cliente acerca de un mueble inglés de nogal que databa del siglo diecisiete. Me dirigió una mirada cautelosa sobre sus gafas. Sentada frente a su desordenado escritorio, rodeada de montañas de libros y papeles, Esther hablaba por teléfono. El auricular quedaba oculto tras su mata de pelo rizado. Al verme, colgó y me saludó con la simpatía de cada mañana.

—¡Qué día más hermoso! —dijo, sin reparar en mi mal humor—. Me encanta la nieve. Siempre me ha gustado, desde que era niña.

Su fuerte acento de Jersey me recordó mis años en Jupiter, el pueblito donde nos instalamos mi madre, Coyote y yo cuando salimos de Francia.

—¿Quieres un café, Mischa? Pareces cansado. Supongo que no duermes bien. Cuando mi madre murió, me pasé un mes sin pegar ojo. Para aguantar, me ponía ginebra en el café.

—Me tomo el día libre —dije, poniéndome el abrigo.

—Buena idea. Pasea, disfruta de la nieve, observa a tu alrededor, respira hondo, llama a un amigo. Te sentirás mejor.

—Gracias.

—No me des las gracias, es un placer. Nada como una caminata a paso ligero para levantar el ánimo.

—Qué bien me conoces —dije, para seguirle la corriente. Me parecía feo mostrarme malhumorado con una persona tan llena de entusiasmo.

Esther asintió.

—Sí que te conozco. Mi padre nunca sonreía, era un auténtico *Schliemiel*. Parecía que cargaba con todas las penas del mundo sobre sus hombros. Siempre estaba malhumorado y triste, contestaba con malos modos a todos los que querían animarlo. Estoy acostumbrada a estas cosas.

—Gracias, Esther. Eso me hace sentir mucho mejor.

—Estupendo, me alegro. Por eso me levanto todas las mañanas, para hacer que el mundo sea un lugar mejor.

Sonreí, pero no había ninguna ironía en todas sus palabras.

La campanita de la puerta sonó cuando salí a la calle nevada. Me pregunté si yo era tan horrible como el padre de Esther. Por el rabillo del ojo vi a Zebedee, el relojero, charlando en la calle con el cartero. Me saludó con la mano, y yo le respondí con un gesto para no parecer un cascarrabias. Zebedee soltó una carcajada.

—¡Que día más bonito! Lástima de nieve.

Me miraba por encima de las pequeñas gafas, posadas en la punta de la nariz. Cuando se reía parecía uno de esos gnomos de jardín. Tenía un pelo gris y lanoso a los lados y en la parte de atrás de la cabeza, una coronilla calva como una bola de billar, y unas orejas grandes y carnosas. Me quedé observando cómo se deshacían los copos que se depositaban sobre su calva como suaves plumas.

—Esta mañana ha venido a visitarte un auténtico personaje —dijo.

—¿Lo has visto?

—Oh, sí. Hay demasiados vagabundos por aquí. Habría que hacer algo al respecto, sobre todo en esta época del año. Los pobres se morirán de frío.

—¿Lo habías visto antes?

—Todos me parecen iguales. —Le dio las gracias al cartero, que continuó su camino.

—¿Lo viste entrar?

—Supuse que tenía llave, porque entró por su cuenta. Pensé que era un aristócrata inglés. He oído que todos parecen vagabundos.

—Forzó la cerradura, Zeb, aunque no tengo pruebas.

—Maldita sea. ¿Se llevó algo?

Negué con la cabeza.

—Bueno, es un milagro.

Hacía muchos años que no oía esa palabra.

El apartamento de mi madre estaba en Upper West Side. Marcello, el portero, salió de detrás de su mesa y me dio un abrazo.

—Lo siento muchísimo —me dijo con el rostro pegado a mi pecho, porque era mucho más bajo que yo—. Su madre era una buena mujer, señor Fontaine.

—Gracias, Marcello. —Volvía a tener un nudo en la garganta. Mi madre se había convertido en una mujer que imponía respeto, pero siempre había tenido una sonrisa para Marcello. A lo mejor le recordaba a Jacques Reynard, pues también era pelirrojo y tenía un rostro amable.

Marcello volvió a su mesa.

—Le he recogido el correo. Hay un montón de cartas, y alguna para usted, me parece. Supongo que son cartas de condolencia. Hoy es el primer día en que su madre no ha recibido nada. Las noticias corren, ¿no le parece?

—Muchas gracias. —Cogí el montón de cartas y entré en el ascensor.

No tuve fuerzas para mirar el correo. Me dije que era pronto para eso, y dejé las cartas en la entrada. En el apartamento flotaba todavía el olor a mi madre y a las velas aromáticas que le gustaba encender. Con las cortinas echadas, el piso estaba triste y en penumbra, silencioso como una cripta. No había movimiento, ni música, ni vida de ningún tipo, ni flores siquiera. Tal vez para ella había sido un alivio marcharse. No me parecía que siguiera allí en espíritu. Ella se había ido y yo estaba solo. Era un hombre maduro y echaba de menos a mi madre. Siempre habíamos estado juntos, *maman* y su pequeño *chevalier*. Ahora sólo estaba yo. Recorrí las habitaciones en estado de aturdimiento, con los hombros hundidos bajo el peso de mi pena.

A mi madre siempre le había gustado la sobriedad, detestaba las puntillas y los volantes. Era muy francesa, de un estilo elegante y sencillo. Los suelos eran de madera oscura y pulida, la mayor parte de los muebles provenían de anticuarios ingleses y franceses, y la tapicería era de colores pálidos, neutros. En un rincón del salón había un piano de media cola sobre el que se apilaban ordenadamente gruesos libros de arte y decoración bellamente encuadernados. Mi madre tocaba el piano, pero ignoro cuándo tomó lecciones. Mientras ella vivió, las cortinas no estaban echadas y el apartamento era luminoso y bien ventilado, y altos floreros con lirios y jarrones con gardenias constituían su jardín. Ahora todo estaba oscuro y ya no había jardín, aunque en el ambiente cerrado flotaba todavía su aroma.

Cada rincón me recordaba a ella, pero el piso me parecía mucho más grande y extraño en su ausencia. Me fijaba en cosas que no había visto antes, como un adorno curioso, y también en aquello que me recordaba nuestra vida en Francia, como el escabel tapizado que mi abuela le había hecho cuando era una niña. Pensaba que nos habíamos traído muy pocas cosas de Francia, hasta que me encontré con el baúl que mi madre guardaba en su dormitorio, sobre la cómoda.

De niño me parecía muy grande, pero en realidad no era un baúl de gran tamaño. Lo recordaba repleto de los vestidos, las medias y los sombreros que le compraba mi padre durante la guerra. Mi madre guardaba esas prendas en el edificio de las caballerizas, y sólo se las ponía dentro de casa. En Estados

Unidos las siguió guardando en el baúl como reliquias sagradas. Se las hubiera podido poner, pero nunca quiso hacerlo; formaban parte de su vida con mi padre, un capítulo que sólo visitaba en sueños, porque se había entregado por completo a Coyote y había empezado de cero con él. Aquel capítulo estaba cerrado para siempre, y me daba miedo abrirlo.

Deposité el baúl en el suelo pero no lo abrí; primero quería servirme un trago. Mi madre tenía un pequeño armario de bebidas detrás del salón. Las botellas de cristal seguían tal como ella las dejó, llenas de líquidos dorados y plateados, como el laboratorio de un alquimista. Me serví un vaso de ginebra y cogí un puñado de cacahuetes del bol pintado con una escena de caza muy inglesa: perros corriendo a través de un prado. El alcohol me animó. Me senté en la alfombra y levanté la tapa del baúl.

Me asaltó un olor mezcla de limón y del aroma inconfundible de mi madre que me transportó a la infancia. Sentí una intensa nostalgia; aquel olor significaba hogar, seguridad y refugio, era el aroma que aspiraba en sus brazos y que me indicaba que todo estaba bien. Saqué un vestido de paño verde y me lo acerqué a la nariz para oler. Todavía recordaba a mi madre como una mujer joven con una larga melena que le caía sobre los hombros hasta la mitad de la espalda, con la piel suave como el pétalo de una flor. La veía dirigirse al *château* por el camino de tierra, moviendo las caderas y haciendo ondear graciosamente la falda. Al morir no pasaba de los sesenta y cinco años, pero la enfermedad la había dejado en los huesos. Los pómulos sobresalían en sus mejillas hundidas y la hacían parecer mayor de lo que era. Sólo los ojos, aunque hundidos en las órbitas, seguían siendo los mismos. Eran los ojos de una muchacha atrapada en un cuerpo que se desmoronaba.

Dejé el vestido en el suelo. Había otros cinco más, en perfecto estado. Saqué un par de sombreros que nunca había visto, así como guantes y medias, todo cuidadosamente envuelto en papel de seda. Debajo de la ropa había algunos viejos libros: *El conde de Montecristo*, de Alexandre Dumas, *Nana*, de Zola, un par de libros para niños en inglés y una enciclopedia, todos bellamente encuadernados. Me pregunté si eran libros de cuando mi madre era pequeña o regalos de mi padre. Sólo había dedicatorias en los libros infantiles: «Para Anouk, sobre hadas y otros seres mágicos, Papá». Los coloqué en el suelo sobre los demás libros y seguí rebuscando.

Mi ilusión al encontrar un álbum de fotos superó a la tristeza. Era un álbum de tapas de cuero, y las páginas eran de papel negro. Las esquinas de las pequeñas fotografías, en blanco y negro, estaban cuidadosamente introducidas en unas cuñas adheridas con pegamento a la página. Debajo de cada fotografía mi madre había escrito los nombres con su letra florida de niña, pero la mayoría no tenían ningún significado para mí. Examiné con atención las fotos de mis abuelos, intentando descubrir en sus rostros las facciones de mi madre y las mías. Era muy poco lo que me había contado de su infancia, sólo que vivía cerca de Burdeos. Su madre, francesa, conoció allí a su padre, un irlandés que estaba en Burdeos para aprender sobre vinos. Apenas sabía yo nada más de ellos, aparte de la supersticiosa creencia de mi abuela en el poder del viento.

A medida que pasaba las páginas, el nombre de Michel aparecía con mayor frecuencia. Estaba en todos los grupos familiares, normalmente junto a mi madre, y cuanto más lo miraba, más claro me resultaba su parecido con ella. Pero ella nunca me dijo que tuviera un hermano, nunca había pronunciado el nombre de Michel. Aunque tampoco hablaba de sus padres. Me había contado que su madre había muerto. ¿Y su padre? Si tenía un hermano, ¿qué había sido de él? Tal vez murió en la guerra, aunque lo más probable era que la familia repudiara a mi madre tras su matrimonio. Sin embargo, en las fotografías se los veía unidos. No cabía duda de que era una familia bien avenida. A la vista del álbum, no entendía que no hubieran formado parte de mi infancia, aunque teniendo en cuenta que mi padre era alemán, tal vez no resultaba tan extraño.

Coloqué el álbum en el suelo, con la idea de estudiarlo con tranquilidad en casa, y seguí mirando dentro del baúl. Saqué una caja con un par de cartas en sus sobres, un pequeño joyero con una pulsera de diamantes y unos pendientes a juego que no había visto jamás, así como viejas medallas, y una foto en blanco y negro de mi padre, no enmarcada. Aquí aparecía más alegre y espontáneo que en la foto que mi madre tenía sobre la mesilla de noche en Francia. Se le veía relajado, con el pelo alborotado por el viento, la cabeza inclinada y una sonrisa abierta. Llevaba un jersey oscuro de cuello abierto y pantalones anchos, y tenía las manos en los bolsillos. Noté un nudo en el estómago al ver lo mucho que nos parecíamos. Me quedé largo rato mirándola, hipnotizado de verme reflejado allí, aunque hacía tiempo que yo no estaba tan sonriente y relajado. El baúl estaba casi vacío, pero algo me llamó la atención: en el fondo, la pelotita de goma que llevaba tantos años perdida.

Tomé un largo trago de ginebra que me abrasó el estómago pero me hizo sentir mejor. Tomé la pelotita de goma y la hice rodar en mi mano como cuando era niño. El gesto me trajo a la mente imágenes de Pistou, del puente sobre el río, de los viñedos, de Jacques Reynard, Daphne Halifax, Claudine y Joy Springtoe. Vi con toda claridad las paredes color arena del *château*, los postigos azul celeste, abiertos de par en par para que entrara el sol, las cortinas blancas de lino agitándose al viento, el canto de los pájaros, el cric-cric de los grillos, los grandes plátanos del jardín, las verjas de hierro de la entrada, los leones de piedra y el camino que llevaba a lo alto de la colina. No recordaba el momento preciso en que perdí la pelota, pero sabía lo importante que había sido para mí. Era el único vínculo que me unía con mi padre, y me daba seguridad. ¿Cuándo y por qué se había roto ese vínculo? Lo ignoraba.

Las medallas debieron de pertenecer a mi padre, y las joyas fueron seguramente un regalo que le hizo a mi madre. Nunca vi que se las pusiera. Imaginé que se habían convertido en reliquias, al igual que los vestidos. Mi madre las guardó en el baúl cuando cerró aquel capítulo de su vida. No me sentí capaz de leer las cartas, que presumía eran de amor. Las coloqué junto al álbum de fotos y la pelota para llevármelo todo a casa. Cogí una caja de zapatos atada con un cordel. En la tapa, mi madre había escrito con bolígrafo negro: «Jupiter». Me puse la caja en las rodillas, desaté el cordel y levanté la tapa. Dentro había recuerdos: el billete de Burdeos a Nueva York, a bordo del Phoenix, menús, jaboncillos todavía envueltos y sin usar, tiques de autobús y flores secas y prensadas. Nunca me imaginé que mi madre guardara tantas cosas. Cuando Coyote se fue, asumió la dirección del negocio con gran eficacia y sentido práctico. Ignoraba que le quedara lugar para el sentimentalismo y que hubiera acumulado todos esos tesoros.

Los revisé todos, uno por uno. Cada uno me recordaba algún momento. Cada momento era más maravilloso que el anterior. Me había olvidado de muchos de esos momentos. Habían sido buenos tiempos, tal vez los más felices de mi vida. Sin embargo, fue una pluma verde aislada lo que corrió la cortina para revelar el escenario con todo su color y esplendor. La hice girar entre mis dedos pulgar e índice, lo que me hizo sonreír: ahora podía ver el letrero, tan claramente como si de nuevo fuera un niño: *Tienda de curiosidades del capitán Crumble*.

17

Jupiter, Nueva Jersey, 1949

—Bueno, ¿y quién es tu joven amigo? —preguntó Matías, mientras toqueteaba una pluma verde con sus dedos gordezuelos.

Coyote me alborotó el pelo.

—Es el *chevalier*, o si prefieres llamarlo por su nombre más popular, San Mischa —dijo sonriendo.

Matías soltó una tremenda risotada que resonó dentro de su tórax grande como un tonel y que hizo temblar su barriga.

—Yo he visto santos, y no se parece en nada a ellos. Dios mío, ¿cuándo perdió el estado de gracia?

—Nos escapamos antes de que lo perdiera, Matías —dijo Coyote, simulando seriedad—. En Maurilliac le están levantado un santuario, y de toda Europa acudirán peregrinos con sus moribundos y enfermos. Pero nosotros somos demasiado listos para dejarnos atrapar, ¿verdad, Junior?

Me sentí culpable al recordar los elaborados cuentos que me inventaba en el patio del colegio y respondí con una tímida sonrisa.

—Y bien, San Mischa, ¿te gusta nuestra tienda? —preguntó Matías, haciéndome cosquillas con la pluma.

La tienda me parecía estupenda, y Matías me gustó desde el primer momento. Era un hombre inmenso, de pelo negro y rizado como la espuma y rostro gordo y amable. Tenía los ojos brillantes como caramelos y hablaba con un extraño acento que más tarde supe que era chileno. Me mostró su país en un mapamundi que había colgado en la pared de la oficina.

—En este país estrecho y alargado —dijo— está lo mejor del continente: montañas, cañones, lagos, mar, desiertos y llanuras. El desierto de Atacama es el lugar más seco de la Tierra. Sólo se llena de flores una vez cada diez años. Mi corazón pertenece a Chile y algún día, cuando sea mayor y ya no resulte atractivo, volveré a Valparaíso y criaré pájaros.

Era difícil tomarlo en serio, porque tenía una forma muy divertida de hablar aunque no bromeara. En una ocasión me dijo que la gente esperaba que fuera chistoso sólo porque tenía una gran barriga.

—Los gordos estamos aquí para divertir. Si adelgazara, dejaría de resultar gracioso.

Saltaba a la vista que Coyote y Matías se tenían cariño. Continuamente se daban palmadas en la espalda, se hacían bromas que yo no entendía, estaban siempre conspirando como una pareja de bandidos y se repartían las ganancias. Celebraban los triunfos descorchando una botella de champán, y abrían otra botella cuando fracasaban. La única diferencia era el precio de cada una.

La Tienda de curiosidades del capitán Crumble era un almacén en las afueras de Jupiter, Nueva Jersey. Por fuera no era nada espectacular, un edificio hecho con listones blancos de madera y rodeado de árboles inmensos. Sólo el letrero sobre la puerta indicaba que se podía comprar algo allí. Pero por dentro era como la cueva de Alí Babá, repleta de objetos extraordinarios, desde muebles hasta abalorios, que Coyote y Matías habían conseguido. Había jaulas con pájaros disecados, monos de juguete que aporreaban el tambor, antiguos escritorios de madera de nogal venidos de Inglaterra, con exquisita marquetería, y con cajones secretos y estanterías. Espejos repujados en plata traídos de Italia, cerdos de cuero con relleno de paja provenientes de Alemania, preciosos tapices franceses, farolillos de seda chinos, alfombras de Turquía, inmensas puertas de madera tallada en Marruecos, cristal de Bohemia, juguetes de madera hechos en Bulgaria, artículos de cuero y gamuza de Argentina, lapislázuli chileno y plata de Perú. La luz que penetraba por las altas ventanas hacía que todo brillara como las piedras preciosas. Para un niño, aquello era el país de las maravillas. Nunca había visto algo así en Maurilliac. El primer día me quedé hipnotizado, con los ojos como platos. Luego, cuando me acostumbré a aquel lugar encantador, me pasaba horas encaramándome por las mesas y los muebles, subiéndome a las sillas, jugando con los ratoncitos que tocaban los timbales, abriendo cajones secretos y buscando en los rincones, donde siempre encontraba nuevos tesoros.

La Tienda de curiosidades del capitán Crumble era muy conocida en toda la comarca, y venía mucha gente a verla. Como pueblo costero, Jupiter tenía muchos visitantes en verano, pero estaba muy tranquilo en invierno. Sin embargo, la tienda de Coyote siempre rebosaba de actividad, hasta el punto de que a veces los empleados no daban abasto para atender a los clientes. Cuando salía del cole, iba al almacén para ayudar a Matías y a Coyote. Estaba encantado de formar parte de su gente de confianza, y además descubrí, para mi sorpresa, que tenía dotes de vendedor.

Con Coyote llevábamos una vida muy normal, como cualquier otra familia. Mi madre y yo llegamos como una pareja de mariposas recién salidas de la crisálida. El equipaje emocional que llevábamos en Maurilliac lo abandonamos en el muelle de Burdeos. Los vecinos de Jupiter nos recibieron con los brazos abiertos. Nadie sabía que mi padre era alemán, no les interesaba mi parentesco sino mi cara bonita y mis travesuras. Me animaron a demostrar lo que sabía hacer, y yo lo hice encantado. Mis éxitos en el patio del colegio me habían convertido en un actor, y después de tantos años de soledad estaba sediento de simpatía y admiración, tan sediento como el desierto de Atacama del que me hablara Matías. Pronto se me olvidó la hostilidad de Maurilliac y sólo hablaba del pasado para referirme a anécdotas divertidas, cosas de Pierre y Armande, de Yvette y Madame Duval, y de nuestro viejo amigo Jacques Reynard.

Cuando Coyote regresó de Francia como un *chevalier* conquistador, se organizaron multitud de fiestas para recibirlo. Todos los vecinos de Jupiter querían conocernos, y no se cansaban de oír una y otra vez cómo Coyote había conquistado a mi madre con su voz y su guitarra. Aunque estábamos a finales de otoño y los árboles lucían sus maravillosos colores rojos y dorados, amarillos y grises, el sol calentaba todavía, y pudimos disfrutar de barbacoas en la playa y de meriendas en el jardín, entre manzanos cargados de frutos. Allí trataban a los perros como a seres humanos y a nosotros como a miembros de la realeza. Cuando bajábamos por Main Street, la Calle Mayor, la gente nos saludaba sonriente, orgullosa de conocernos. Poco a poco empecé a pensar menos en Jacques Reynard y en Daphne Halifax. Le escribí a Claudine una carta que mi madre echó al correo, pero pronto incluso a ella la relegué a un rincón de la memoria, y sólo la recordaba cuando estaba triste. Me acordaba pocas veces de Maurilliac y del *château*, y volví a enamorarme, esta vez de Estados Unidos, la tierra de la leche y la miel, la patria de Joy Springtoe.

En esos primeros tiempos en Jupiter me hice mayor. En nuestra casita blanca de Beachcomber Drive tenía mi propia habitación y ya no compartía la cama con mi madre. En Francia no poseía casi nada, excepto la pelota de goma y el Citroën que Joy me regaló, y unos pocos juguetes de madera que me habían regalado de niño. Mi madre no disponía de mucho dinero, y casi todo lo empleaba en comida y ropa. Acostumbrado a tener poco, me asombró ver la cantidad de objetos de lujo que tenían en Estados Unidos. No habían sufrido por la guerra como nosotros, no conocían el racionamiento. Disponían de todos los huevos y el azúcar que necesitaban, y los escaparates de la Calle Mayor estaban a reventar: comida, juguetes, artículos para el hogar…; pasear por allí era un regalo para la vista. Coyote no tardó en comprarme cosas, y pronto tuve la habitación llega de coches de juguete, trenes eléctricos, una bonita colcha azul y roja, una mesa de estudio provista de papel, útiles de escritorio y mi propia caja de pinturas. Por las noches no echaba de menos a mi madre, porque disfrutaba de mi nueva independencia, y mis pesadillas se quedaron abandonadas en el muelle de Burdeos, con mi vieja piel. También abandoné a Pistou sin ni siquiera decirle adiós.

Aunque no éramos ricos, Coyote mimaba a mi madre como si le sobrara el dinero. El día en que huimos del *château* y nos embarcamos rumbo a Estados Unidos en el Phoenix oí cómo comentaban entre risas que Coyote no había pagado la cuenta del hotel. Se morían de risa al imaginar la furia de Madame Duval. Mi madre sentía pena por los otros, que sufrirían por nuestra ausencia, pero Coyote se limitó a carcajearse y a sacar anillos de humo por la boca. En el barco no viajábamos en primera clase, estaba muy por encima de nuestras posibilidades, y nuestra casa en Beachcomber Drive era sencilla, pero Coyote no tenía límite a la hora de comprarle a mi madre vestidos, guantes y medias de seda.

—Quiero que mi chica sea la más elegante de Jupiter —decía. Y desde luego que lo era.

En Francia mi madre se lavaba el pelo en casa y se lo secaba enérgicamente con una toalla, pero ahora iba cada semana al salón Priscilla's para lavarse y peinarse. Priscilla Rubie era una mujer de baja estatura, pelo colorín, siempre envuelta en una nube rosada de perfume y sueños, y hablaba como una cotorra, de manera que uno tenía que elegir el momento preciso en que tomaba aliento para intervenir y hablar con gran seguridad y precisión. Era como decidirse a cruzar una calle con mucho tráfico. Cuando mi madre tenía la cabeza llena de rulos debajo del secador, Margaret, la guapa esteticista, le pintaba las uñas. Ahora mi madre bajaba por la Calle Mayor moviendo las caderas más que nunca y admirando su reflejo en los escaparates. Estaba siempre sonriente y con una expresión de amor y gratitud.

Nunca había visto a mi madre tan feliz, y su felicidad resultaba contagiosa. Por más que yo había recuperado la voz, seguía siendo un espía, y muy bueno. Nunca me libré totalmente de esa costumbre. Sentía curiosidad por la gente, me intrigaba la diferencia entre cómo se comportaban en mi presencia, y cómo lo hacían después, cuando pensaban que me había ido. Mi madre y Coyote eran un ejemplo perfecto. En mi presencia apenas se tocaban. Cantaban acompañados por la guitarra, bromeaban y se reían, y se besaban muy raramente, pero cuando yo los espiaba desde detrás de la puerta, mirando entre las grietas, o escuchaba al otro lado de la pared, se mostraban mucho más táctiles. Los veía bailar en el salón al son de una música tranquila que salía del gramófono y besarse en el pasillo. Un día vi cómo Coyote deslizaba la mano bajo la blusa de mi madre, y me apresuré a regresar asustado a mi habitación. En momentos así, mi madre parecía más una niña que una mujer. Reía y se despeinaba el pelo, lo miraba con picardía con ojos entrecerrados y le mordisqueaba el lóbulo de la oreja. Bromeaban y se reían como niños de las cosas más tontas, y tenían su propio lenguaje, incomprensible para mí.

Entonces yo tenía sólo siete años, pero también quería enamorarme. Como en el colegio nadie conocía mi pasado, podía inventarme lo que quisiera; era como una hoja en blanco esperando a ser escrita. Así que les conté a mis compañeros que había vivido en el *château*, lo que casi era cierto. Les describí los viñedos, la vendimia, el río y el viejo puente de piedra. Hice ver que había vivido a lo grande en Maurilliac, que me sentaba en los cafés a comer *brioches*, y que charlaba con todos los vecinos, todos amigos míos. Daphne Halifax era mi abuela y Jacques Reynard mi abuelo. ¿Y mi padre? Les conté que había muerto en la guerra. Con esto les bastaba.

No tardé en hacer amigos. No había ningún Laurent que me intimidara con sus ojos oscuros y su pelo negro, pero tampoco había ninguna Claudine. Las niñas eran monas y sonrientes, y parecían más lanzadas que las francesas, más maduras e independientes, pero yo echaba de menos a Claudine con su sonrisa dentona y su mirada pícara. Me hubiera gustado despedirme de ella, poder explicarle por qué me iba. En ocasiones me preguntaba si la volvería a ver algún día.

En Burdeos estaba marcado desde mi nacimiento, pero en Jupiter todo el mundo me aceptaba como era. No me tomaban por santo, pero tampoco por un engendro del diablo. No era un discapacitado ni un milagro, sólo era Mischa. Por primera vez en mi vida la gente me veía tal como era. Y me convertí en el chico más popular del colegio. Venía de Francia y hablaba inglés con acento extranjero, era exótico y guapo. Pronto me di cuenta de la ventaja que representaba.

El primer domingo en Jupiter fuimos a la iglesia. No era una iglesia católica, pero no importaba. Coyote dijo que se trataba del mismo Dios, pero en una casa distinta. El día antes, yo estaba tan nervioso que tenía el estómago revuelto. Recordaba demasiado bien las caminatas dominicales a la iglesia, cuando estaba tan asustado que me temblaba la mano y me acercaba todo lo posible a las piernas de mi madre. El odioso rostro del padre Abel-Louis se me apareció de repente, preguntando por qué me había marchado sin avisar, por qué había contado tantas mentiras. Dijo con voz implacable: «Te encontraré allá donde estés». Me subí la sábana hasta el cuello y me obligué a mantenerme despierto por miedo a seguir con la pesadilla si me dormía. Aquella noche no soñé más, pero me desperté con una fuerte diarrea.

Coyote estaba muy elegante con traje y sombrero, y mi madre se había puesto un vestido azul pálido con estampado de pequeñas flores. Iba maquillada y se había peinado con las puntas encrespadas, como las estrellas de cine. Llevaba sombrero y unos guantes que le llegaban casi hasta los codos. Al verme, su cara adquirió esa expresión de ansiedad que nunca la abandonaría totalmente. Hasta aquel momento no se le había ocurrido que yo pudiera estar nervioso.

—¿Estás bien, cariño?

—No quiero ir a misa —le dije.

—No es misa, cariño. —Se arrodilló y me acarició los brazos con sus manos enguantadas—. Aquí es diferente. —Como no me vio convencido, continuó—: El pastor es un hombre muy amable. Te prometo que no se parece en nada al padre Abel-Louis.

—Aquí no podrá encontrarnos, ¿verdad? —le pregunté. En el semblante de mi madre se dibujó una sonrisa.

—No podrá. No lo veremos nunca más, cariño.

—En realidad no vi el cielo, ni a papá, ni a Jesús ni a un ángel. No tuve ninguna visión. Dios no tuvo nada que ver con que recuperara la voz. Fue Coyote —confesé, quitándome un terrible peso de encima.

Mi madre frunció el ceño.

—¿Coyote? —Él parecía tan sorprendido como ella—. ¿Y cómo crees que lo hizo?

—Porque es mágico. Pudo ver a Pistou...

Mi madre interrumpió mi explicación, que debió de sonarle a chiquillada.

—Y por eso no quieres ir a misa, ¿no? Porque temes que Dios te castigue por mentir.

—Sí —confesé, aliviado de poder compartir mi preocupación.

—Bueno, mentir no está bien, en general. Pero en este caso no creo que a Dios le importara. Al fin y al cabo, te devolvió la voz, con o sin la ayuda de Coyote. Este tipo de milagro es obra de Dios, lo mires como lo mires.

—Entonces, ¿no pasará nada?

—Ahora todo es diferente. —Me tocó la punta de la nariz con el dedo, como hacía cuando yo era muy pequeño—. Tú eres mi *chevalier*, ¿recuerdas? Y los *chevaliers* no le tienen miedo a nada.

Esperaba encontrarme con un severo edificio de piedra rematado por una aguja que se perdía entre las nubes, pero la iglesia resultó ser una casa de listones blancos situada en primera línea de mar, junto a los cafés y hotelitos que en verano bullían de gente. Ahora que las vacaciones se habían acabado y los veraneantes habían regresado a sus hogares, el pueblo estaba tranquilo. Todos se conocían y se saludaban en la calle, vestidos con sus ropas de domingo. El vicario, reverendo Cole, esperaba a la puerta de la iglesia con su túnica blanca y negra y saludaba a todo el mundo con un apretón de manos y un comentario.

Priscilla Rubie se nos acercó corriendo, deseosa de comentar el traje nuevo y el sombrero de mi madre. Mientras su marido nos miraba con resignación, ella hablaba sin parar, como esos ratones mecánicos que vendía Coyote.

—Es un vestido precioso, en serio, muy bien elegido, y le sienta maravillosamente a tu preciosa piel morena, esa piel que tenéis las francesas y que tanto envidiamos las norteamericanas. Fíjate, a tu lado parezco paliducha, y en realidad no hace tanto tiempo que tomábamos el sol en el jardín, ¿no es cierto, Paul? —Su marido la tomó del brazo y la alejó de allí antes de que pudiera empezar otra frase.

El reverendo nos saludó levantando las cejas y con una sonrisa que dejó ver su impecable dentadura. Cogió la mano de mi madre y la estrechó entre las suyas.

—Bienvenida a Jupiter.

Tenía un rostro alargado, los ojos azules, demasiado juntos, y una nariz aguileña. Su pelo gris era tan brillante como las plumas de un pato. Me dije que sin duda también sería impermeable.

—Muchas gracias —respondió amablemente mi madre—. Estamos muy contentos de instalarnos aquí.

—Coyote ha hecho una buena boda —continuó el reverendo. Mi madre se quedó sin habla, absolutamente perpleja—. Tengo entendido que os comprometisteis en París. Muy romántico —dijo, volviéndose a Coyote.

—Bueno, no me gusta hacer las cosas a medias —dijo Coyote sin inmutarse—. Junior, te presento al reverendo Cole.

—Es Mischa, mi hijo —balbuceó mi madre.

Le tendí la mano. Sabía que Coyote había dicho una mentira, pero no me parecía mal. Después de todo, había aprendido a mentir en Burdeos, y me encantaba. Me parecía emocionante compartir el juego de las mentiras con Coyote, y sabía que a él le gustaría.

—Me encantó París —dije con entusiasmo—. Fue una boda preciosa, con un montón de amigos. Se hubieran casado en Maurilliac de no ser por el padre Abel-Louis, que es un auténtico demonio. *Maman* quería una boda donde estuviera Dios, y Dios no está en Maurilliac.

El reverendo Cole arrugó la frente y me contempló con curiosidad, como si fuera un objeto de la tienda de Coyote. Éste soltó una carcajada y me revolvió el pelo.

—Ya sabe cómo son los críos —dijo. Cuando nos alejamos se agachó y me sususrró al oído—: Estás diciendo bobadas, Junior, pero eres mi aliado.

Seguí caminando con la cabeza muy alta. Detrás de mí, mi madre discutía airadamente con Coyote, chillándole casi.

Me gustó el servicio del reverendo Cole. Empezó con cantos. Una mujer de cara redonda y gafas tocaba el piano con energía, y los demás cantábamos a pleno pulmón. Mi madre no cantó y no miró a Coyote ni una sola vez. Él cantaba sin inmutarse, con voz grave y profunda, pero ni siquiera entonces se suavizó la expresión de enfado de mi madre.

Luego fuimos a un refrigerio en casa de la señora Slade. Habíamos aceptado la invitación y no podíamos echarnos atrás, aunque mi madre dejó bien claro que quería volver a casa.

—Está un poco cansada —dijo Coyote cuando llegamos a casa de la señora Slade.

La anfitriona corrió a buscarle una taza de café.

—Estás un poco pálida, querida. Pero esto te devolverá el color. —Se rió y, para mi asombro, soltó un gruñido similar al de un cerdito. Me pareció tan gracioso que decidí hacerla reír de nuevo.

—Yo prefiero una copa de vino —anuncié.

—Pero ¡eres demasiado joven para beber alcohol! —exclamó.

—Me han criado con vino —aseguré, y me quedé a la escucha.

—Menudo diablillo… *Oink!* —Me reí con ella y miré de reojo a Coyote, pero él no se reía, sino que miraba preocupado a mi madre.

—Levantemos nuestras tazas de café para brindar por los recién casados —dijo la señora Slade, y le apretó el brazo a mi madre—. ¿Estás muy emocionada?

—No tanto —dijo fríamente mi madre—. No es la primera vez que me caso.

—Oh, claro que no. —La señora Slade me sonrió.

—Después de todo, Mischa no es hijo de alguna inmaculada concepción —dijo secamente mi madre. Pero su interlocutora lo tomó a broma.

—Inmaculada concepción, qué gracia… *Oink!* ¿Te sientes bien en tu nueva casa?

—Muy bien, gracias.

—Imagino que el traslado ha sido un poco cansado. Hay tanta gente nueva, y todos demandan tu atención. Hoy mismo, en casa de Priscilla, he oído que Gray Thistlewaite quiere llevaros a la radio. Coyote no os habrá explicado aún que Gray dirige la radio local desde su salón en la Calle Mayor, y tiene un programa dedicado a historias personales. No hay nada exótico, desde luego; aquí no ocurre nada excepcional en esta época del año. Nos encantaría escuchar vuestra historia. Le dije que me parecía una idea espléndida, todo el pueblo habla de vosotros. Ten en cuenta —dijo, acercándose a mi madre— que no hemos visto a ninguna mujer tan guapa como tú fuera de las pantallas. —Mi madre se sintió halagada, y sonrió a su pesar—. Ahora ve a hablar con la gente. No tengas miedo, todos son amigos.

En el coche, cuando volvíamos a casa, mi madre y Coyote tuvieron su primera pelea. Mi madre estaba furiosa.

—¿Por qué les has dicho a todos que nos hemos casado? Todo el mundo me pregunta por nuestra boda en París. ¿Qué boda en París?

—Cálmate, querida.

—No pienso calmarme. ¿Como te atreves a contar una cosa así sin decirme nada? Me siento utilizada.

Cuando estaba tan enfadada se notaba mucho más su acento francés.

—¿Tan poco respeto me tienes? ¡Dime!

—Siento un enorme respeto por ti, Anouk. Te quiero.

En el asiento trasero, yo hacía lo posible por que no se me notara.

—¿Me quieres?

—Te quiero.

Mi madre bajó la voz. Cuando volvió a hablar, parecía una niña pequeña.

—Entonces, ¿por qué no te casas conmigo de verdad?

18

Mi madre se pasó tres días encerrada en el dormitorio, sin dejar entrar a Coyote. Le gritaba en francés si intentaba abrir la puerta y le arrojaba objetos que chocaban con estruendo contra la puerta cerrada. A mí me habría dejado entrar, pero no quise verla. Ahora que estaba empezando a sentirme a gusto en Jupiter, tenía miedo de que mi madre decidiera regresar a Maurilliac, de manera que simulé que no pasaba nada. Desayunaba con Coyote, me vestía y tomaba el autobús amarillo que me llevaba al colegio. Después de clase, charlaba un rato con los amigos y luego volvía a casa paseando bajo los árboles de hojas otoñales. Con Coyote no hablábamos del retiro voluntario de mi madre, sino que cantábamos canciones acompañados de la guitarra y jugábamos a las cartas. Sin embargo, Coyote estaba nervioso; parecía cansado, con los ojos hundidos y una cara larga, y las comisuras de sus labios se esforzaban por no tirar hacia abajo como las de un triste payaso.

Yo no entendí por qué se habían peleado. No me importaba que no estuvieran casados. Al fin y al cabo, nadie sabía la verdad, y la idea de una boda en París resultaba muy romántica. Nunca había estado en París, pero había visto fotos y sabía que era la capital cultural de Europa y una de las ciudades más bonitas del mundo. ¿Por qué le preocupaba tanto a mi madre que la gente pensara que se había casado allí?

La mañana en la que se cumplían tres días de encierro mi madre salió del dormitorio pálida y delgada, con mirada de resignación. Coyote se levantó para correr a su encuentro, pero ella levantó la mano para que no se acercara.

—Seguiré con la farsa, que Dios me perdone —dijo—. Soy una tonta, pero ¿qué otra cosa puedo hacer? —Se inclinó y me dio un beso en la sien—. Sólo pongo una condición.

—Lo que tú quieras. —Coyote se había puesto rojo como un tomate.

—Quiero un anillo.

—Te compraré el anillo que quieras.

—Es una cuestión moral, Coyote. No es por mí, sino por mi hijo. ¿Lo entiendes?

—Lo entiendo.

—Pues no hablemos más del asunto. Quiero que volvamos al punto en el que estábamos.

Coyote le acercó una silla. Mi madre se sentó y tomó mi mano entre las suyas.

—¿Cómo estás, cariño?

—Muy bien —dije, mientras masticaba mi tostada.

—¿Te lo has pasado bien en el colegio?

—Sí.

—Estupendo.

Coyote le sirvió una copa de café. Mi madre se la bebió con los ojos cerrados para saborearlo mejor, y exhaló un suspiro de satisfacción.

Yo estaba encantado de que hubieran hecho las paces, y no sólo porque Coyote parecía feliz de nuevo. En realidad, sentía un gran alivio por no tener que volver con Madame Duval y el padre Abel-Louis. Me encaminé con paso ligero a la parada del autobús, tarareando las canciones de Coyote. Los árboles estaban perdiendo sus hojas y dejaban pasar los rayos del sol entre las ramas. Sentí que el mundo se abría ante mí repleto de infinitas oportunidades. Me gustaba vivir en Jupiter, tenía amigos en el colegio y me caían bien los vecinos de aquella pequeña localidad costera, pero sobre todo me gustaba mi nueva identidad. Por primera vez en mi vida, me sentía a gusto en mi propia piel.

Aquel día, después del colegio, mi madre me llevó en coche a la Tienda de curiosidades del capitán Crumble. En el dedo anular de la mano izquierda lucía un anillo de oro con un pequeño diamante, y en sus ojos asomaba una mirada distinta, más dura que antes. Con todo lo que le había ocurrido después de la guerra, mi madre no había perdido su candor, pero ahora la inocencia había desaparecido, reemplazada por un aire pragmático y mundano que resultaba nuevo para mí.

—Es un anillo muy bonito —le dije. Habíamos empezado a hablar en inglés incluso cuando estábamos solos. Mi madre sólo recurría al francés cuando estaba enfadada, dolida o demasiado nerviosa.

—¿Verdad que sí? —Movió la mano para admirar el anillo y exhaló un suspiro.

—¿Irá todo bien ahora?

—Todo irá bien, Mischa.

—Me gusta vivir aquí.

—Ya lo sé.

—Me gusta la Tienda de curiosidades.

—También a mí.

—Podría ayudar allí después del colegio. ¿Me dejarás?

—Claro que te dejo. Yo también les echaré una mano.

—¿En serio?

No sé por qué me extrañaba que mi madre quisiera trabajar. Después de todo, había trabajado en el *château*. Pero ahora, con sus nuevos vestidos, no parecía una trabajadora. O tal vez lo que me chocaba era aquel brillo de determinación que había venido a sustituir a la resignación que dulcificaba sus facciones en Francia. Ahora parecía saber que, aunque Coyote nos había rescatado de Madame Duval, seguíamos siendo *maman* y su pequeño *chevalier*. Seguíamos estando solos, ella y yo, y siempre lo estaríamos.

Cuando llegamos al almacén, Matías nos saludó con su vozarrón.

—¡Dos ayudantes! ¡Coyote, han llegado los refuerzos!

Saqué del bolsillo la pluma verde que me había regalado y me la coloqué detrás de la oreja. Matías me dirigió una radiante sonrisa.

—Ahora pareces un indio de verdad —dijo con una risotada.

Mi madre nos interrumpió.

—¿Dónde está Coyote?

—En el despacho, como siempre, con el papeleo.

Coyote odiaba el papeleo. Le costaba horrores quedarse sentado ante el escritorio. Era un espíritu libre, y lo que le hacía feliz era ir de un lado a otro. El papeleo era una auténtica tortura para él, pero mi madre iba a liberarle de esa carga. Ella quería trabajar en la tienda, quería participar en el proyecto y necesitaba saber cómo funcionaba todo. Mientras mi madre hablaba con Coyote, yo seguía a Matías como un perrillo faldero por el almacén. Él me explicó dónde habían comprado cada objeto.

—De todo el mundo, Mischa, desde Rusia hasta Chile, y todos los países que hay enmedio.

Cogí un enorme colmillo.

—Viajarás mucho.

—Ya no tanto como antes —dijo, poniéndose las manos sobre la tripa—. Ahora no me resulta tan fácil viajar. Yo era un chiquillo delgado, aunque te parezca increíble. Me llamaban «flaco», delgaducho. El que viaja es Coyote, y vuelve cargado de cosas.

—¿Son objetos valiosos?

—Algunos sí y otros no. —Se inclinó y me susurró al oído—: Pero te aseguro que para el cliente todo es de gran valor, raro, muy difícil de conseguir. ¿Entiendes? —Asentí—. Lo primero que tienes que aprender para trabajar en esta tienda es que todo es precioso. El cliente paga por un objeto único, como esta pata de elefante, algo fuera de serie. La señora Slate no la encontrará en el salón de la señora Gardner ni en ningún otro salón de Nueva Jersey. Solamente existe una

—¿Quieres decir que hay un elefante de tres patas cojeando por ahí?

Matías soltó una carcajada.

—No creo. Primero tuvieron que matar al elefante.

—¿Y para qué sirve?

Se encogió de hombros.

—Como papelera, tal vez, o para dejar los paraguas.

—¿Y esto? —Levanté el colmillo.

Matías lo cogió y lo sostuvo en alto.

—Este diente perteneció a un rinoceronte. Muy afilado, ¿verdad? Como te dije, es único. Nadie más lo tiene.

—¿Y cómo encuentra estas cosas Coyote? —Lo admiraba más que nunca. Me lo imaginaba matando animales en África con un rifle.

—Tiene su propio sistema, pero no hay que hacerle preguntas. Coyote es un misterio, un hombre lleno de secretos. No le gusta que la gente sepa demasiadas cosas acerca de él —bajó la voz—. Es un fantasma, Mischa. No creo que nadie conozca al verdadero Coyote.

Excepto yo, me dije con orgullo. «Yo lo conozco mejor que nadie, mejor incluso que mi madre.»

Matías me llevó por todo el almacén y me fue explicando la historia de cada objeto. Yo quería saberlo todo. Había una alfombra «mágica» de Turquía, y Matías me dijo que anteriormente había tenido el poder de volar, y un juego de sillas en miniatura que venían de Inglaterra, y que se suponía eran las del Sombrerero loco de *Alicia en el País de las Maravillas*. Y también había un equipo de caballero medieval, con su armadura casi tan pequeña como yo.

—En la Edad Media los hombres eran casi de tu estatura, Mischa. Mira, éstos son el escudo y la espada. ¡Vaya, para ser un *chevalier* no pareces muy familiarizado con ellos!

Me dio una palmada en la espalda que estuvo a punto de enviarme volando al otro lado del almacén. Vimos también un bonito tapiz donde aparecía Baco, el dios del vino, rodeado de ninfas, y un unicornio en un bosque de un intenso color verde. Los colores eran preciosos, aunque un poco desvaídos. Matías desenrolló el tapiz y me lo mostró con orgullo.

—Lo encontramos en Francia al principio de la guerra.

—Es muy bonito —dije espontáneamente. En el *château* había uno muy parecido en el recibidor.

Matías lo enrolló de nuevo. Luego me mostró una prenda hecha con retales de colores.

—¿Sabes qué es esto?

Abrí los ojos como platos. No me lo podía creer.

—¡El abrigo del vagabundo de Virginia! —exclamé emocionado.

Matías frunció el entrecejo.

—¡Es un abrigo de muchos colores, y más viejo que este país!

Una mujer y su hijo entraron en la tienda. Matías los recibió con los brazos abiertos, como si fueran de su propia familia.

—¿En qué puedo ayudarles?

—Estoy buscando un regalo para mi nuera —dijo la mujer, sin mucho entusiasmo.

—¿Qué tipo de cosas le gustan?

—Pregúntele a él, se casó con ella —replicó encogiéndose de hombros. El hombre exhaló un suspiro. Era alto y delgado, y la mujer parecía pequeñita a su lado—. El Día de Acción de Gracias celebraremos en mi casa su cumpleaños. —La madre tenía una cara larga, de mejillas flojas, y un poco de papada—. Vamos, Antonio, cuéntale qué cosas le gustan.

—Es muy femenina —dijo él. No hizo caso del resoplido de su madre y continuó—: Le gustan las cosas bonitas para la casa.

—Tengo justo lo que necesitan. —Matías los guió al fondo del almacén. Yo me escondí detrás de la pata de elefante para observar sin ser visto.

La madre la emprendió contra su hijo.

—No llamáis, no escribís nunca, apenas venís a vernos. Cualquiera diría que vivís en otro país, pero estáis en el mismo estado, por el amor de Dios. ¿Qué diría tu abuela si viviera? Te he educado para que respetes a tu familia. —Antonio quiso apaciguarla con un gesto, pero la madre le apartó la mano—. Es igual, moriré sola. No pasa nada.

—Pero…

—¿Tu padre? No está nunca en casa. No me preguntes por tu padre, Antonio. Dice que tiene trabajo, pero lo más probable es que se trata de otra mujer. Puedo aguantarlo, ¿qué otra cosa voy a hacer? —Alzó la barbilla y respiró ruidosamente por la nariz.

Matías regresó con una caja antigua con botellas de cristal tallado con tapones de plata. Eran para el tocador. A Antonio se le iluminó la cara.

—Esto le encantará —dijo.

—¡Es demasiado bueno para ella! —exclamó su madre.

—Mamá...

—¿Qué va a hacer con esto? ¿Acaso no tiene suficientes trastos?

Matías se volvió hacia mí.

—Mischa, ven a echar un vistazo a esto.

Salí de detrás de la pata de elefante con las manos en los bolsillos, fingiendo que había estado ocupado.

—¿Qué es? —Miré dentro de la caja.

—Pertenecía a una dama victoriana. ¿Ves la inicial? Es una uve doble, por Wellington. Esta caja pertenecía a la duquesa de Wellington. Señora, esto es auténtico, una antigüedad de gran valor que viene de Inglaterra.

—Es precioso —dijo Antonio—. ¿Cuánto cuesta?

—Será demasiado caro, Antonio. Perteneció a una duquesa —protestó su madre.

—Si me dedican una sonrisa, se lo dejaré por doce dólares —dijo Matías en un intento por hacer que olvidara su mal humor.

—¿Y por qué iba a sonreír? Ya nunca veo a mi hijo —dijo la mujer con tristeza—. De haber sabido que iba a morirme sola no habría aguantado esas veinticuatro horas de parto.

—Mamá...

—¿Quieres a tu madre? —me preguntó la mujer.

—Sí.

—Cuando te enamores, no la olvides, como ha hecho Antonio. No olvides a tu anciana madre. Te ha entregado su vida. —Antonio me dirigió una sonrisita de disculpa—. ¿Me vende esto por doce dólares? —preguntó, volviéndose a Matías.

—Para usted, doce dólares.

—Entonces, sea. —Una sonrisa iluminó su rostro—. Es lo más parecido a un regalo de duquesa que me puedo permitir —dijo riendo con ganas—. Puedes decirle que pertenecía a la realeza, Antonio, seguro que eso le gustará.

—Y le gustará que se lo regale usted —dijo Matías.

—Si la ve por aquí: es bajita, con una cara afilada y pelo rubio, dígale que yo me llevaría al chico.

Me quedé escandalizado, pero Matías se rió a carcajadas.

—A lo mejor se lo vendo, si me paga bien —dijo. Me dio una palmada en la espalda.

La mujer me pellizcó la mejilla hasta hacerme daño.

—Eres demasiado bueno para mí, y caro, vales tu peso en oro. Además eres guapo. Antonio nunca fue tan guapo. Pero ¿qué puedes hacer? Cada uno tiene que arreglárselas con lo que Dios le ha dado.

Por fin me soltó la mejilla, pero me seguía doliendo una hora más tarde.

—Tus primeros clientes —rió Matías—. Aquí vienen muchos parecidos.

—Su hijo no ha dicho casi nada.

—Siempre se comportan así. Están dominados por la madre, los pobrecitos. Estas matriarcas italianas ven a sus nueras como competidoras. Me gustaría poder espiar su comida del Día de Acción de Gracias por el ojo de la cerradura.

—¿De verdad pertenecieron las botellas a una duquesa inglesa?

—Por supuesto. —En sus ojos brillaba una chispa traviesa.

—¿Y por qué no las has vendido más caras?

—Todo es relativo. Lo que para una persona resulta caro, para otra es una ganga.

—Cuando le dijiste el precio, la mujer sonrió.

—Sí, señor, así es. Seguro que tiene un montón de dinero escondido debajo del colchón. Conozco a esas mujeres.

—¿Crees que su nuera vendrá? —le pregunté asustado.

Matías se rió de mi cara de miedo.

—Tienes que aprender a distinguir una broma, Miguelito. —Él no podía saber que ese tipo de amenazas eran reales en el *château*.

Dejé a Matías y fui en busca de mi madre y de Coyote. Caminé por la tienda como una pantera, sin hacer ruido, y cuando llegué a la oficina no entré, sino que me puse de puntillas y miré por la ventana. Mi madre estaba sentada sobre las rodillas de Coyote. Se estaban besando. Me quedé observándolos, con un intenso sentimiento de *déjà vu*. Me recordaba al día en que Pistou y yo espiamos a Jacques Reynar y a Yvette en el pabellón. Coyote había deslizado una mano bajo la falda de mi madre y la apoyaba en su pierna. Se daban besos y se reían. No cabía duda de que se habían reconciliado. La oficina estaba en penumbra, pero el anillo destellaba en el dedo de mi madre. Todavía llevaba su sombrerito, la chaqueta verde abotonada hasta arriba y el collar de perlas. La mano de Coyote pugnaba por quitarle las medias. Mi madre parecía una niña allí sentada, aunque no había nada inocente en la escena. Me quedé un buen rato mirándolos, fascinado por los secretos del mundo adulto, hasta que por miedo a que me descubriera Matías —o, peor aún, mi madre— volví al almacén para ayudar con un grupo de clientes que acababa de entrar.

Me encantaba la vida que llevaba en Jupiter. Por primera vez, me gustaba lo que era, me sentía feliz. El Día de Acción de Gracias comimos con Matías y su esposa, María Elena. Matías aseguraba que había matado con sus propias manos al inmenso pavo que nos íbamos a comer. Me senté frente a mi plato repleto de comida con la agradable sensación de formar parte de una familia, una familia de verdad.

—¿Quieres que te explique la historia del Día de Acción de Gracias, Junior? —me preguntó Coyote dando un sorbo al vino tinto debidamente *chambré*. Yo estaba deseoso de aprender todo lo posible de aquel país que ya consideraba mío—. El este de América del Norte estaba poblada por indios que vivían de la pesca y la ganadería. En el siglo dieciesiete, los colonos que llegaron de Europa los mataron a casi todos, pobres diablos. Los que no morían en combate caían víctimas de las enfermedades. Muchos de los primeros colonos eran puritanos, y entre ellos estaban los que llegaron a Cape Cod a bordo del famoso *Mayflower*. Eran ingleses, en su mayoría perseguidos por motivos religiosos, que querían fundar un nuevo mundo en América. A la tierra que acababan de descubrir la llamaron Nueva Inglaterra. El Día de Acción de Gracias se celebra en todo el país, y conmemora el final del primer año de los peregrinos del *Mayflower* y el éxito de su cosecha. —Paró de hablar un instante y posó en mi madre una mirada cargada de vino y de amor—. Quiero brindar por los recién llegados a este Nuevo Mundo. Quiero celebrar su huida de Francia y su llegada por mar sanos y salvos, y les deseo un futuro de salud y bienestar, pero también lleno de oportunidades. Porque esto es para mí esta tierra, el país de las infinitas oportunidades.

19

No había forma de librarse de Gray Thistlewaite y su programa «Otra historia auténtica» en la radio local. Mi madre se negó a acudir, convencida de que explicar su vida a un grupo de desconocidos suponía rebajarse. En realidad le encantaba su intimidad, que la gente apenas supiera nada de ella. El anonimato había sido un lujo fuera de su alcance en Maurilliac, y ahora no pensaba renunciar a él. Pero no resultaba fácil decirle que no a Gray Thistlewaite. A primera vista podía parecer una encantadora abuelita, bajita y menuda, con ojos azules del color del cielo de otoño en Jupiter, y pelo gris, recogido en un moño bajo. Tenía los labios llenos y sonrosados y la tez pálida; se empolvaba la cara y se aplicaba un perfume que olía a lirio. Pero lo que delataba la dureza de su voluntad de acero era su mandíbula, demasiado prominente y huesuda para un rostro tan suave. Nos convenía llevarnos bien con ella si no queríamos ver cómo adelantaba la mandíbula y su mirada se tornaba de hielo antes de destrozarnos y reducirnos a papilla. Cuando se le metía una idea en la cabeza, no había quien la parara. Estábamos a principios de diciembre y llevábamos tres meses en Jupiter. No podíamos rechazar su petición sin parecer groseros.

Coyote entendía la postura de mi madre y tuvo la inteligencia de no presionarla, no quería volver a sufrir la experiencia de asistir a una de sus explosiones de furia. Hasta el momento él había conseguido librarse de asistir al programa, de manera que sólo quedaba una posible víctima: yo mismo. Y yo me mostraba encantado. Recordaba que en Francia Yvette siempre estaba escuchando la radio, y me emocionaba la idea de hablar para centenares de personas.

—Sólo quiere que le cuentes qué te parece Jupiter, Mischa. Puedes hablarles del *château*, de la vendimia y el vino; puedes hablarles de Jacques Reynard y de Joy Springtoe si quieres —dijo mi madre mientras me alisaba las arrugas de la camisa.

—¿No deberías decirle lo que no tiene que mencionar? —preguntó Coyote.

—No. Él ya lo sabe. ¿Verdad, Mischa?

Y así era. Yo sabía que había cosas de las que nunca hablábamos, ni siquiera entre nosotros, cosas que queríamos olvidar, que nunca contaríamos a nadie. Mi madre y yo teníamos un pacto secreto.

—¿Seguro que no te importa ir? —me preguntó preocupada. Se sentía culpable porque me enviaba a mí en su lugar.

—No me importa. —Estaba tan emocionado que me costaba quedarme quieto—. Quiero ir —aseguré.

—Entonces irás —dijo Coyote—. Pero recuerda que debes tener tu espada desenvainada, preparada en todo momento, por si acaso.

La casa de Gray Thistlewaite era pequeña, cálida y limpia, exactamente como se espera que sea la casa de una abuelita. En la chimenea ardía un fuego, y sobre las mesas había figuritas, y elaborados marcos de plata con fotografías de sus hijos vestidos de uniforme, y de sus sonrientes nietos. En las paredes colgaban cuadros de escenas marinas y de caza, jaurías de perros corriendo a través de un paisaje inglés persiguiendo a un zorro. No había ni una superficie libre de algún objeto de valor sentimental, ya fuera una cajita de esmalte, un ramillete de flores secas, una muñeca de porcelana o una figurita de cristal. El salón olía a leña y a perfume de lirios. Una librería abarrotada de libros cubría una de las paredes, y en la mesa redonda del rincón, junto a dos ventanas con cortinas de encaje, estaba instalada la emisora de radio con su caja negra y sus micrófonos.

Para evitar que Gray Thistlewaite intentara persuadir a mi madre o a Coyote de participar en el programa, llegué acompañado de María Elena, la mujer de Matías. María Elena se sentó en el sofá con estampado de flores azules y tomó el té en un bonito servicio de porcelana china. Gray me acercó una silla frente a la mesa de la emisora.

—Toma asiento. Ésta es mi modesta estación de radio. No es gran cosa, pero establece comunicación con las buenas gentes de Jupiter y proporciona un inmenso placer a los ancianos que no pueden salir de casa.

Por supuesto, ella no se consideraba anciana. Tomó asiento, se alisó la falda de tweed y la blusa blanca de algodón, y se colocó sobre la nariz unos anteojos de montura plateada que llevaba colgando de una cadena. Luego sorbió por la nariz con aire de estar a punto de hacer algo importante y dio unos golpecitos en el micrófono.

—Antes de empezar, Mischa, te daré un consejo: sé tú mismo. No te pongas nervioso, estás entre amigos. Todos quieren escuchar tu historia, yo incluida. Es una pena que no puedan verte, con lo guapo que eres. Pero no te preocupes, yo ya se lo diré. Ponte esto. —Me dio unos auriculares para que me los colocara en las orejas y acercó un micrófono que había sobre la mesa de manera que me quedara cerca de la boca.

—¿Me oyes bien, Mischa? —Yo asentí—. Entonces, querido, está todo listo.

—La oigo bien —dije obedientemente.

—Estupendo. —Miró el reloj que había sobre la mesa—. Empezaré dentro de unos minutos. Primero tengo que dar algunas noticias, así que habrás de esperar.

El corazón me latía cada vez más deprisa y empecé a temblar. María Elena me sonrió para darme ánimos. Sentados en silencio, observábamos el minutero del reloj, que se movía muy lentamente. Cuando por fin las manecillas marcaron las once en punto, Gray apretó un botón sobre la misteriosa caja negra y empezó a hablar con voz baja y misteriosa.

—Muy buenos días, queridos vecinos de Jupiter. Bienvenidos a mi programa. Para aquellos que no lo sepan, empieza una nueva emisión de «Otra historia verdadera», y yo soy Gray Thistlewaite. A todos los que me estáis escuchando, en vuestros salones y en vuestras cocinas, voy a intentar, dentro de mis pequeñas posibilidades, haceros la vida más alegre y llevadera. Hoy tenemos a un invitado muy interesante. Es tan guapo como agradable, pero antes de presentarlo quiero daros algunas noticias: el próximo jueves a las seis de la tarde, Hilary Winer organiza una pequeña fiesta prenavideña en su tienda, Toad Hall, en la Calle Mayor. Estáis invitados. Santa Claus estará allí para atender a los niños, así que buscad al hombre vestido de rojo y entregadle las listas de peticiones para Navidad. Deborah y John Trichett han tenido un hijo varón que se llamará Huckleberry. Por favor, no enviéis ramos porque Deborah es alérgica a las flores y no nos gustaría verla estornudando encima del bebé, ¿no les parece? Estarán encantados si les lleváis ropa o juguetes. Hilary Winer dice que le acaban de llegar mantitas, gorritos y manoplas a juego para bebé, de color azul. La perra de Margaret Gilligan está en celo, así que por favor mantened a los perros a distancia, porque no quiere otra camada de chuchos. Los abetos de Stanford Johnson ya están a la venta en Maple Farm. Se venden por riguroso orden, así que ya podéis daros prisa en comprar uno antes de que se acaben. No olvidemos la Tienda de curiosidades del capitán Crumble, donde encontraremos regalos para todos. Y esto me lleva a presentaros al nuevo hijastro de Coyote, Mischa Fontaine. Está conmigo ahora mismo, dispuesto a hablar con las buenas gentes de Jupiter. Hola, Mischa.

—Hola, *madame* —dije. No sabía qué trato debía darle.

—Llámame Gray, como todo el mundo —dijo ella con una sonrisa—. ¿Te gusta tu nuevo pueblo?

—Me encanta —dije entusiasmado.

—Me alegro mucho. A nosotros también nos gusta. Diles a los que te están escuchando la edad que tienes.

—He cumplido siete años.

—Vaya, siete años, sí que eres mayor. Hablas muy bien el inglés, para ser un niño francés.

—Mi abuelo era irlandés.

—Yo tengo un antepasado inglés. Fue uno de los primeros colonos, un lord.

—¿Llegó en el *Mayflower*? —pregunté. Grey levantó las cejas, impresionada por mis conocimientos.

—Eso mismo. Así es. A lo mejor estamos emparentados. —Rió suavemente y me dirigió una mirada traviesa a través de los anteojos. Yo me había calmado y estaba totalmente cómodo con ella—. Explícales a los oyentes cómo era tu vida en Francia.

—Vivíamos en un *château*, en un pueblito llamado Maurilliac.

—Y para que lo sepan los oyentes, un *château* es un castillo, ¿no?

—Es una casa grande —le corregí.

—Qué distinguido. Nos sentimos muy orgullosos de tener entre nosotros a un auténtico aristócrata francés. Háblanos del *château*, Mischa.

—Teníamos viñedos y hacíamos vino.

—Seguro que era muy bueno.

—A mí me criaron a base de vino —dije, recordando la risa que mi comentario había provocado a la señora Slade. Gray Thistlewaite rió y movió la cabeza. Yo estaba cada vez más lanzado.

—¿Echas de menos Francia?

—Ahora no pienso mucho en eso. Echo de menos los viñedos y el río, y a mi amiga Claudine. Desde el pabellón se ve el valle. Es muy bonito, sobre todo cuando se pone el sol. Allí vi a Jacques Reynard y a Yvette besándose.

—¿Quiénes son?

—Jacques cuida de los viñedos e Yvette es la cocinera. Están enamorados.

—El amor es muy bonito en Francia. Cuéntanos cómo conoció tu madre a Coyote.

—Cuando él llegó a Maurilliac con su guitarra y su magia, se enamoró de él. —Me puse rojo nada más decirlo. Ojalá mi madre no se enfadara.

—¿Llegó con su magia?

—Oh, sí, él puede hacer magia.

—¿Cómo lo sabes?

—Lo sé, simplemente. —No quería traicionarlo.

—Cuéntanoslo. Coyote es uno de los personajes más queridos de Jupiter, pero ignoraba que fuera capaz de hacer magia.

—Tiene un poder especial.

—¿En serio? ¿Qué tipo de poder?

—Bueno... —dije dubitativo.

—¿Y bien? —Adelantó la mandíbula con gesto decidido—. Estamos deseando saberlo.

—Me devolvió la voz.

—¿La habías perdido? —Me dirigió una mirada de
incredulidad.

—No podía hablar.

Craig arrugó la frente.

—¿Eras mudo?

—Sí. Y cuando llegó Coyote recuperé la voz.

—¡Increíble! ¿Cómo lo hizo?

—Me dijo que podría volver a hablar, y así fue.

Craig no sabía si creerme.

—¿Así, sin más?

—Así sin más. Ya le he dicho que hace magia. —Estuve
tentado de hablarle de Pistou, pero lo deseché. Si no creía en la
magia de Coyote, no creería en Pistou, ni tampoco en el poder
del viento, aunque ella misma fuera una abuela—. En Maurilliac todos pensaron que había sido un milagro, y a lo mejor lo
fue, pero yo no soy un santo. *Maman* dijo que Dios me había
devuelto la voz, pero en realidad fue Coyote con su magia.

Craig decidió cambiar de tema.

—Háblanos de la boda.

—Fue en París. —Habíamos entrado en un terreno pan-
tanoso, así que desenvainé mi espada por si las moscas.

—¡Qué romántico! Y seguro que tú fuiste el padrino
—comentó con una afectuosa sonrisa.

—No lo sé. —Nunca había estado en una boda y no sabía lo que era un padrino—. Supongo que yo estaba en un lugar secundario,* porque Coyote era el protagonista.

---

* Juego de palabras intraducible: ella le pregunta si fue *best man* (padrino;
lit., el mejor hombre), y el niño dice que (sólo) fue *second best*, el segundo mejor. *(N. de la T.)*

Craig rió y yo me reí con ella. Me gustaba hacerla reír.

—Y dinos, ¿qué le pasó a tu padre?

—Murió en la guerra.

—Lo siento mucho. —Se inclinó hacia mí y me acarició la mano.

—Yo también. Seguro que Coyote le habría gustado —dije con toda inocencia.

—Estoy convencida de que sí —dijo ella con una risita—. No sé si me has estado tomando el pelo, Mischa, pero ha sido una charla muy interesante. ¿Volverás otro día al programa?

—Sí, por favor —dije con candor.

—Y a todos los que nos escuchan les diré que seguro que ninguno de nosotros es tan mayor o tan escéptico como para no creer en la magia. Es saludable y divertido tener tanta imaginación. Ahora dejaré que Mischa regrese volando en su alfombra mágica a la Tienda de curiosidades del capitán Crumble para reencontrarse con su padrastro hechicero, Coyote. Si alguien necesita un poco de magia en su casa, ya sabe dónde encontrarla. Se lo hemos contado aquí, en el programa de Gray Thistlewaite. Gracias por oírnos desde sus salones y sus cocinas. Espero haber contribuido a hacer sus vidas más agradables.

María Elena me llevó a tomar un helado. Me gustaba María Elena; era tierna y cariñosa y hablaba con un acento que tenía un timbre exótico.

—Lo has hecho muy bien —me dijo. Estaba orgullosa de mí, y me miraba con ternura casi maternal—. Gray no cree en la magia, pero yo sí. Aunque creo que eres tú el que tiene poderes mágicos, más de lo que te imaginas.

—Pero es cierto que Coyote puede hacer magia —insistí.

—Todos los niños pueden, y él no es más que un niño grande.

—Vio a Pistou, aunque no lo reconoció. —Nunca le había contado esto a nadie.

—¿Quién es Pistou?

Me arrepentí de haberlo mencionado, pero ya no me podía echar atrás.

—Era mi amigo. Nadie más que yo podía verlo. Vive en el *château*, y me fui sin decirle adiós —dije con tristeza.

—¿Y dices que Coyote lo vio?

No se reía, sino que me miraba muy seria.

—Sí, Coyote lo vio, estoy seguro.

—Estoy convencida de que tienes razón. No te preocupes por no haberle dicho adiós, él lo entenderá.

—¿De verdad lo crees?

—Lo sé. —Me acarició suavemente la mejilla con los nudillos—. Los espíritus son más sabios que nosotros. —No entendí lo que quería decir. Pistou no era un espíritu, era un niño mágico.

—Y un día regresaré y lo veré, ¿no?

—Por supuesto, Mischa. Francia está sólo a un viaje en avión, lo mismo que Chile. Yo también echo de menos mi país, igual que tú echas Francia de menos. Pero tu país no desaparecerá. Siempre podrás regresar y ver a Pistou, créeme.

Después de mi entrevista por la radio, todos querían saber más sobre la milagrosa recuperación de mi voz. Cuando le preguntaban a Coyote por sus poderes mágicos, él se encogía de hombros y respondía que todo era producto de la «imaginación del niño». Sin embargo, yo sabía la verdad, sabía que tenía poderes aunque lo negara. Y él lo sabía también, lo veía en su mirada de complicidad cuando me sonreía. Mi madre me dijo que lo había hecho muy bien. Me hizo sentar y me explicó lo que era un padrino de boda. Le preocupaba pensar que yo me viera obligado a mentir.

—No creo que debas hablar de nuestra boda si eso implica que digas mentiras —me dijo.

Pero en realidad ya no importaba porque al poco tiempo nadie volvió a preguntarnos por el tema. Todos dieron por sentado que Coyote y mi madre se habían casado en París y punto. En realidad se interesaban más por mí. No había sido mi intención traerme mis propias mentiras de Francia. De hecho, quería empezar de cero, pero me fue imposible. Las gentes de Jupiter no me consideraban un santo, como en Maurilliac. Se limitaban a mirarme sonrientes y a mover la cabeza con gesto comprensivo. Para ellos no eran más que invenciones de un chiquillo que había quedado huérfano de padre en la guerra y que se había visto arrancado de su hogar y trasladado a un país extraño. Eran amables conmigo, pero no me creían.

—Es un niño tan guapo —decían, como si eso lo excusara todo.

Sin embargo, los niños me creían, y de nuevo me vi hablando sobre mi visión en los recreos.

Aquel primer año en Jupiter fue el más feliz de mi vida, o por lo menos el que mejor recuerdo. Cuando la tienda iba bien, mi madre, Coyote y yo íbamos al cine, veíamos una película, cenábamos en un restaurante o pasábamos el día en la playa, además de brindar con champán de importación. Pero Coyote pasaba en un momento de ser rico a no tener nada.

—Vivo improvisando —me dijo un día alborotándome el pelo—. Lo entenderás cuando seas mayor.

Coyote viajaba mucho. La mayor parte del tiempo no estaba con nosotros. Yo le echaba de menos, pero nuestra casa era tan acogedora y alegre que su ausencia era fácil de soportar. Matías y María Elena se convirtieron en mis segundos padres. Pasaba mucho tiempo en su casa, entre juegos y risas. Con ellos me sentía mimado y comprendido. Me encantaban las historias de magia y de misterio que me leía María Elena, y sus poesías. Me acurrucaba a su lado y respiraba el aroma cálido y especiado de su piel. Era magnífico contar con el cariño de otra mujer.

Ya tocaba bien la guitarra y había empezado a componer mis propias canciones. A la salida del colegio tocaba con un grupo de amigos: Joe Lampton tocaba el saxo, Frank Mullet la batería, y Solly Halpstein el piano. Nos reuníamos en casa de Joe porque su madre tenía un piano en el salón. Lo que tocábamos no sonaba demasiado bien, en realidad era horrible, pero no nos importaba. Por lo menos hacíamos algo mejor que dar vueltas por la calle pasando frío.

Mi madre llevaba las cuentas de la tienda y María Elena se convirtió en su mejor amiga. Ella y Matías nos visitaban o nosotros íbamos a su casa. Los dos matrimonios estaban siempre juntos y yo iba con ellos. A veces me quedaba dormido en su casa y después Coyote me llevaba en brazos al coche y me metía en la cama sin que yo me enterara de nada.

Matías y María Elena no tenían hijos. Me pregunté si habrían tenido un disgusto como el de Daphne Halifax, pero sabía que no debía mencionarlo.

Con el verano llegaron los turistas, los bañistas que abarrotaban la playa, el alboroto en los bares y cafés, y las tiendas a rebosar de clientes. Las parejas paseaban arriba y abajo por el paseo marítimo, los niños jugaban en la arena, los perros entraban y salían del agua y todo el mundo era feliz. Coyote, con sus idas y venidas, nos llenaba de amor y alegría y nos traía de sus viajes objetos extraordinarios. Siempre regresaba con historias sobre los lugares que había visto y las gentes que había conocido, pero yo prefería sobre todas la historia del anciano de Virginia y se la hacía contar una y otra vez. A veces Coyote volvía con barba, y otras veces limpio y recién afeitado, con un traje nuevo recién planchado y los zapatos lustrosos. En ocasiones aparecía con una barba de varios días, áspera y punzante como los rastrojos de maíz después de la cosecha, y en otras tenía las mejillas suaves y aterciopeladas. Pero ya viniera con aspecto de rico o de pobre, siempre me traía algún regalo, nunca llegaba con las manos vacías. Podía ser una tela para mi madre, que había vuelto a hacerse sus propios vestidos, o un juguete para mí, zapatos, una baratija, una cajita o un libro... siempre traía un regalo y a mi madre siempre le gustaba.

Su relación era cada vez más sólida, como las raíces de un árbol que se hunden en la tierra para que las ramas puedan crecer. Se notaba en las miradas que intercambiaban, en la forma en que se acercaban el uno al otro, y en los gestos de ternura que tenían. Cuando veía aparecer a mi madre, a Coyote se le iluminaba el rostro; la dicha le confería una luz especial, como esos farolillos chinos que se iluminan por dentro, y la seguía con mirada arrobada y una mueca amorosa y sensual en los labios. Y mi madre coqueteaba y adoptaba poses seductoras, consciente de que él no dejaba nunca de mirarla.

Se acostumbró a poner un plato en la mesa para él cuando estaba de viaje, porque Coyote nunca nos decía cuándo llegaría. Para no estar triste, mi madre trabajaba duramente en la tienda, pero por las noches se sentaba junto a la ventana, igual que en Francia, a contemplar las estrellas, como si pudieran traerle a casa. Todo el tiempo hablaba de él con un amor que le arrebolaba las mejillas, y cuando finalmente lo veía llegar, se arrojaba en sus brazos, se colgaba de su cuello y lo cubría de besos, olvidando que yo los miraba. Luego Coyote se me acercaba y me daba un abrazo.

—¿Qué tal, Junior? ¿Me has echado de menos? —preguntaba, dándome un beso.

Solían acostarse pronto y yo oía sus risas a través de la pared. Aunque también se peleaban. A veces mi madre se ponía furiosa con Coyote y le gritaba, despeinada y hecha una fiera. Pero siempre acababan por reconciliarse. Coyote intentaba por todos los medios que ella no volviera a encerrarse y apartarse de él como con el asunto de la boda. Parecían muy felices, y yo también era feliz. Hasta que ocurrió algo inesperado que hundió una daga en el corazón de nuestra pequeña familia.

20

Todo empezó en otoño de 1951. Supongo que el hecho de que sucediera precisamente la noche de mi décimo cumpleaños —el día que marcaba el final de mi niñez— puede considerarse simbólico. Ahora, si miro hacia atrás, puedo señalar ese día y decir: aquella noche cambió mi vida. Por más que los acontecimientos de 1944 me habían afectado profundamente, había conseguido superarlos. Coyote me había ayudado a romper el molde que me constreñía. Aquel día, sin embargo, cuando más lo necesitaba, Coyote no estaba.

Mi madre estaba nerviosa. María Elena nos había invitado a cenar a su casa y había insistido en preparar el pastel ella misma. Mi madre tenía tanto trabajo en la tienda que no le quedaba tiempo para pensar en celebraciones. Aquel verano habíamos tenido muchos veraneantes. En el paseo marítimo no se podía dar un paso, las playas estaban a rebosar de gente tomando el sol, y por la tarde todos iban de compras. Acabadas las vacaciones, la actividad disminuyó, las playas se vaciaron de turistas y sólo quedaban los vecinos. Como había estado ayudando en la tienda todo el verano, me conocía al dedillo los artículos en venta y me había convertido en un vendedor competente. Me gustaba el trabajo, me gustaba bromear con Matías a espaldas de los clientes. No me sentía como un crío al que dejan merodear entre adultos, sino como uno más del equipo, y como tal me trataban. Cuando cerrábamos la tienda por la tarde, Coyote sacaba la guitarra y, sentados sobre la hierba a la sombra de un arce, cantábamos viejas canciones de vaqueros. Si el negocio había ido bien, abría una botella de vino y me daban un vasito. Me encantaba cuando Coyote explicaba historias del anciano de Virginia.

Siempre me había gustado el día de mi cumpleaños, siempre fue un día especial. Si cierro los ojos y me concentro, puedo rememorar perfectamente mi tercer cumpleaños en el *château*. Mi padre no estaba, pero no recuerdo que me importara, porque mi madre no parecía sentirse desgraciada. Yo era entonces demasiado pequeño para darme cuenta de lo que sucedía, pero sí recuerdo que mi madre me había preparado un pastel con forma de aeroplano, que apagué yo mismo las velas y que había más gente. También recuerdo lo importante que me sentí. Desde entonces el olor a vainilla me parece reconfortante.

Entre las paredes del *château* me sentía seguro, y cuando el enemigo conseguía traspasar aquellas paredes, yo me refugiaba en los brazos de mi madre. Pero ni el día de mi tercer cumpleaños ni cuando cumplí los diez tuve conciencia de que un enemigo merodeara entre las sombras.

A Matías le encantaba preparar barbacoas. Nos dijo que en Chile lo llamaban «asado», y aseguraba que allí la carne era mucho más sabrosa. Aquel día había invitado a algunos amigos, y nos sentamos todos en el jardín disfrutando del olor a carne asada y de los suaves aromas de otoño. Matías, con su inmensa tripa, se había puesto el delantal de María Elena y apenas podía atárselo a la espalda, por lo que se veía muy divertido. Así ataviado, bailaba moviendo el trasero al ritmo de la guitarra de Coyote. María Elena lo abrazó por detrás y empezó a bailar con él un baile lento y perezoso. Coyote tocaba con la espalda apoyada contra un árbol y el sombrero ladeado sobre la cabeza, como había hecho en Francia, en el claro junto al río. Mi madre, con pantalones blancos y un turbante en la cabeza que dejaba al descubierto su pico de viuda, miraba a Coyote sonriente. Tenía la piel de color café con leche y las pecas de su nariz eran más visibles que nunca.

Vinieron tres compañeros del colegio —Joe, Frank y Solly—, y también algunas niñas que eran hijas de matrimonios amigos de Matías y María Elena. Sólo cuando estaba con Matías y María Elena y su nutrido grupo de amistades me daba cuenta de que mi madre y Coyote no tenían amigos propios. Coyote caía bien a todo el mundo, pero era un misterio, un rayo de luz que resulta hermoso de ver pero intangible. Todos lo conocían, y en la tienda constantemente querían hablar con él, sobre todo esas mujeres con los labios pintados y máscara en las pestañas, pero él no dejaba que nadie se le acercara demasiado. Sólo mi madre y yo podíamos penetrar más allá de su piel. Yo no entendía lo que había tras su sonrisa, pero mi madre sí, ella podía oír el grito silencioso del niño que pide amor y aceptación, un grito que apelaba a su instinto maternal. Hizo todo lo que pudo, estoy seguro, pero no fue suficiente, no llegó a penetrar en la parte más íntima y secreta de Coyote. Y estaba tan ocupada intentando entender a Coyote que no tuvo tiempo para hacer amistades, aparte de María Elena.

El día de mi décimo cumpleaños estuve en el jardín con mis amigos, pavoneándome delante de las niñas, que se susurraban secretos entre ellas y ahogaban risitas tapándose la boca con las manos. Ya no me sentía extranjero. Aquellos tiempos en que me moría por unirme a los juegos de los críos en la plaza habían caído en el olvido, lo mismo que el recuerdo de Claudine. Ahora tenía amigos, era guapo y sabía muchas cosas. Mi madre, una mujer culta, me había enseñado muchas cosas que ahora me eran de utilidad. Sabía mucha historia, geografía, y temas de actualidad mundial; de hecho sabía mucho más que mis compañeros. Sobre todo, me interesaba por el mundo que había más allá del pueblo. Envidiaba los viajes que hacía Coyote, y tenía muchas ganas de viajar con él a todos los países representados en el abrigo del anciano de Virginia. Coyote me prometió que cuando fuera mayor me llevaría con él para que aprendiera a dirigir el negocio, pero no tuve la ocasión porque él se marchó antes de que yo creciera.

Los adultos se sentaban alrededor de las mesas cubiertas con manteles a cuadros y servilletas a juego que habíamos dispuesto en el jardín, y bebían vino mientras hablaban de sus cosas de adulto, pero los niños nos habíamos sentado en la hierba con los dos bull terriers de Matías, y comíamos hamburguesas y salchichas con el plato sobre las rodillas. Cuando mi madre y María Elena trajeron el pastel, todos guardaron silencio y me cantaron «Cumpleaños feliz». Matías me había dicho que ocupara la cabecera de la mesa que había dejado vacante María Elena, me pusieron el pastel delante con diez velas y me gritaron que soplara. «¡Vamos! ¡Apágalas!» Tomé aire y soplé tan fuerte como me fue posible, apagando todas las velas a la vez.

—¡Sólo habrá una mujer en tu vida! —vaticinó Coyote refiriéndose al único soplido que necesité para apagarlas.

—Espero que así sea —dijo María Elena, mientras me aplaudía.

—¡Una sola mujer! —bramó Matías con su profundo vozarrón—. ¡No sometáis al pobre chico a ese castigo!

—¡Compórtate, mi amor! —rió María Elena—. ¡Sólo tiene diez años!

—Todavía tiene muchos años por delante.— Matías alzó la copa para brindar—. Que el futuro te traiga abundancia de vino, mujeres y pastel de chocolate.

Todos levantaron su copa y mi madre me guiñó un ojo. Estaba orgullosa de mí.

Por la tarde, mientras las sombras se alargaban, estuvimos jugando en el jardín. La gente charlaba y Coyote fumaba con la mirada perdida, absorto en sus pensamientos. Mi madre apoyaba la cabeza en su hombro, y de vez en cuando él le besaba el pelo o frotaba la cara contra la suya. Parecían aislados en su propio mundo en medio de aquella animación. Siempre estábamos en una isla, los tres: Coyote, mi madre y yo.

El sol se había puesto en el horizonte y llegó el momento de marcharse. Sólo quedaban unas horas para decir adiós a mi cumpleaños. Todos los invitados me habían hecho regalos, y algunos estaban todavía sin desenvolver, todavía dentro de un paquete con lazo. María Elena y mi madre los habían metido todos en una bolsa donde ponía «Toad Hall», la tienda que Hilari Winer tenía en la Calle Mayor. Cuando vi la bolsa llena de juguetes, me sentí tan emocionado que empecé a saltar sobre un solo pie, primero con uno, luego con otro.

—Dios mío —dijo mi madre—. No creo que Mischa duerma en toda la noche.

—No pasa nada, es una vez al año.

Mi madre suspiró hondamente.

—Me hace feliz verlo contento —dijo, como si yo no pudiera oírla—. Después de lo que hemos pasado, tú y Matías nos habéis hecho sentir como en casa, nos habéis proporcionado un inmenso sentimiento de seguridad. Era lo que quería para mi hijo, que sintiera que tenía un lugar en el mundo. Si a una persona le das confianza en sí misma, conseguirá todo lo que se proponga. —Por alguna razón, su acento francés era más pronunciado de lo habitual.

María Elena le apretó afectuosamente el brazo.

—Anouk, eres una madre estupenda.

—Hago lo mejor que puedo.

—Me alegro de que Coyote os trajera —dijo María Elena—. Habéis enriquecido nuestras vidas, más de lo que te imaginas, y tú has sido una gran amiga. —Ahora era ella la que se ponía sentimental—. Ya sabes que Matías y yo no podemos tener hijos, y tener a Mischa tan cerca es para nosotros una auténtica bendición.

—Te lo presto siempre que quieras.

Las dos estallaron en carcajadas y me miraron. Mi madre tenía los ojos húmedos y brillantes.

—Venga, Mischa. Hay que ir a la cama.

Volvimos a casa en el coche de Coyote. La noche era clara y despejada, con una luna redonda como una boya flotando en el firmamento. Coyote le daba la mano a mi madre, y sólo la soltaba para cambiar de marcha.

—Ha sido una tarde estupenda —comentó mi madre—. María Elena ha sido muy amable al preparar el pastel y todo lo de la fiesta.

—Junior se lo ha pasado bien. ¿No es cierto, hijo?

—Tengo un montón de regalos —dije, poniendo en fila sobre el asiento los cochecitos de juguete, que harían juego con el Citroën amarillo de Joy Springtoe. Ahora pensaba a menudo en ella y esperaba encontrármela un día. Después de todo, estábamos en Estados Unidos.

—Es tarde, Mischa —dijo mi madre—. Acabarás de desenvolver los regalos mañana a la hora del desayuno.

—También es tarde para nosotros —le dijo Coyote apretándole cariñosamente la mano.

Pero cuando llegamos a casa no pudimos ir a la cama.

Coyote ya notó algo raro en el sendero de entrada, antes de bajarnos del coche. Levantó la nariz y olfateó el aire como un perrito.

—Quedaos en el coche y no hagáis ruido.

Salió silenciosamente del coche, sin cerrar la portezuela para no hacer ruido, y se acercó a la entrada.

Abrió la puerta suavemente y entró.

—*Mon Dieu!* —exclamó mi madre con voz ahogada.

—¿Qué ha pasado? —le pregunté asustado.

—Creo que han entrado ladrones —respondió en francés, señal de que estaba alterada—. Espero que no estén todavía dentro.

Sólo la veía de perfil, pero noté que estaba tensa porque arrugó la frente y apretó con fuerza los labios. Nos quedamos esperando dentro del coche. El aire estaba tan cargado de tensión que parecía imantado.

Estuvimos esperando largo rato, preguntándonos qué hacer, hasta que finalmente Coyote apareció con semblante serio, más serio de lo que yo lo había visto nunca, y subió al coche.

—¿Qué ha pasado? —le preguntó mi madre. Estaba blanca como el papel.

—Han dejado toda la casa patas arriba —dijo con una voz que no parecía la suya.

—¿Qué se han llevado?

—Nada, por lo que he visto.

—Bien, gracias a Dios —dijo mi madre con alivio—. Lo que hayan roto puede arreglarse.

Coyote puso el coche en marcha.

—Quiero ir al almacén a comprobar si han entrado.

—¿Crees que también habrán estado allí?

—No lo sé. Es una intuición.

—¿Han entrado en mi cuarto? —Me preocupaba que hubieran tocado mis juguetes.

—Han entrado en todas partes, Junior. No han dejado ni un cajón sin abrir.

Cuando llegamos a la tienda, Coyote sacó una pistola. Mi madre ahogó un grito.

—No te preocupes, cariño. Sólo la usaré si no queda más remedio.

—¿Por qué no llamamos a la policía?

—No pienso llamar a la policía, no pienso llamar a nadie, ¿entendido? Esto es asunto nuestro. Hacemos las cosas a nuestra manera, no hace falta que intervengan las autoridades —dijo Coyote con un tono de filo acerado que no admitía réplica.

Mi madre estaba asustada.

—No hagas tonterías, Coyote, por favor. Hazlo por Mischa.

Coyote le dio un beso.

—Si los encuentro aquí, ya pueden prepararse. —Salió del coche y nos ordenó que nos agacháramos para que no pudieran vernos.

—¿Estás bien, Mischa? —me preguntó mi madre una vez que él se hubo marchado.

Yo me lo estaba pasando estupendamente.

—Estoy bien.

—¿No tienes miedo?

—No. —Ya no era su pequeño *chevalier*. Era demasiado mayor para niñerías, pero aquella noche mi mano estuvo en la empuñadura de la espada, preparada para desenvainarla si se presentaba el enemigo.

Coyote tardaba en volver. Mi madre y yo esperábamos en la oscuridad, escuchando nuestra propia respiración.

—Espero que no tenga que utilizar la pistola —dijo mi madre.

—¿Sabías que tenía una?

—No.

—¿Crees que alguna vez ha matado a alguien?

—No seas tonto, Mischa. Claro que no ha matado a nadie.

—Pero no lo sabes con seguridad.

—No, pero lo conozco.

—En la guerra habrá matado a gente.

—Eso es otra cosa.

—¿Y qué estaban buscando?

—Cosas valiosas, me imagino. No se habrán llevado nada porque no tenemos objetos de valor.

—Aquí los tenemos.

—No demasiados, Mischa. Aquí hay un montón de chatarra.

—¿En serio? ¿No hay nada valioso?

—Bueno, hay algunas cosas auténticas, y algunas cuestan dinero, pero no hay nada que tenga un gran valor. Si lo hubiera, seríamos ricos.

—Matías dice que valen una fortuna. Coyote las recoge de todas las partes del mundo.

Mi madre se rió con escepticismo.

—No son las joyas de la corona inglesa, Mischa. Son cosas que encuentra en zocos y mercadillos. Lo único que las hace interesantes es que no puedes adquirirlas aquí, como esa estúpida pata de elefante.

—¿Y el tapiz?

—No sé de dónde lo ha sacado —se apresuró a contestar mi madre—. Lo que él encuentre por ahí no es asunto mío.

Oímos que abrían la portezuela del coche. Coyote estaba de vuelta.

—Ya podéis salir —dijo. Su voz volvía a ser la de siempre.

—¿Está todo bien? —le preguntó mi madre.

—Lo han desordenado todo pero no se han llevado nada importante.

—¡Gracias a Dios!

—¿Y qué querían? —le pregunté trepando para salir del coche.

—No lo sé, Junior, pero fuera lo que fuese no lo han encontrado.

Me quedé horrorizado al comprobar el desorden en que habían dejado la tienda. Todo estaba por el suelo, como si hubiera pasado la marabunta. Todo eran cristales rotos y muebles astillados. Habían pasado por encima de los muebles y habían ido arrojando las cosas al suelo. Mi madre estaba desesperada.

—Nos llevará semanas poner esto en orden —dijo—. Estamos en la ruina.

De repente, la tienda ya no era un montón de chatarra sino su medio de vida. Me sentí tentado de hacérselo ver, pero me dije que probablemente no era el momento.

—No te preocupes, cielo, no estamos en la ruina —dijo Coyote rascándose pensativo la barbilla—. Todo esto lo podemos arreglar.

—Pero han destrozado muchas cosas…

—Venga, vamos a casa. Nos pondremos manos a la obra por la mañana.

—Creo que tendríamos que telefonear a la policía —insistió mi madre.

Pero Coyote se mostró inflexible.

—No. De esto, ni una palabra a nadie, ni a la policía. —Mi madre asintió lentamente con expresión sombría—. Recuérdalo tú también, Junior. Ni una palabra.

—Ni una palabra —dije, sintiéndome de nuevo como un espía—. ¿Sabes quién ha sido, Coyote? —Porque aunque él lo negaba, yo tenía la sensación de que sabía algo.

—No, no lo sé.

—¿Crees que volverán? —le preguntó mi madre.

—No si puedo evitarlo.

Cuando entramos en casa nos encontramos con el mismo desastre. Habían puesto todas las habitaciones patas arriba, y hasta habían arrancado algunas tablas del suelo. Mi madre enterró la cara entre las manos y rompió a llorar.

—Nuestra bonita casa. Han destrozado nuestra preciosa casa.

Yo me había quedado mudo de la impresión. Hasta aquel momento no había tenido miedo, pero de repente volví a sentirme inseguro, y me vino a la mente la imagen del padre Abel-Louis. Había que ser muy poderoso para poner nervioso a Coyote y saquear su casa. Los fundamentos de mi seguridad se habían visto fuertemente sacudidos.

Aquella noche dormimos en casa de Matías. Me quedé despierto en la cama rodeado de los juguetes que ya habían perdido toda su magia, atento a la conversación de los mayores en el piso de abajo. No entendía lo que decían, sólo oía el murmullo de la conversación, pero mi imaginación estaba desbocada. ¿Y si era el padre Abel-Louis que me buscaba? Si habían sido los ladrones y no habían encontrado nada de valor, ¿volverían? ¿Y si iban detrás de Coyote? ¿Volverían a por él? Quería respuestas, pero no obtuve ninguna.

Al día siguiente, mientras Matías y Coyote iban a la tienda, mi madre y María Elena emprendieron la pesada tarea de poner nuestra casa en orden.

—No entiendo por qué no llama a la policía —dijo mi madre irritada.

—Coyote es así. Considera que él lo puede arreglar todo solo —respondió su amiga.

—Puede que lo piense, pero está claro que no es así.

—No te preocupes. Sabe lo que hace.

De repente mi madre dejó de limpiar y se puso en cuclillas.

—Tú crees que sabe quién ha sido, ¿verdad?

—¿Por qué dices eso? —Ella también se detuvo en su tarea. Yo seguí guardando cosas en los cajones como me habían ordenado y simulé que no estaba escuchando.

—No lo sé, sólo lo intuyo.

—Un presentimiento.

—Eso es. Creo que sabe lo que buscaban.

—¿Y qué era?

—No lo sé. No me lo dijo, pero ayer noche, cuando salía de la tienda parecía satisfecho. Todo estaba patas arriba, nos habían destrozado la casa y él sonreía.

—Matías lleva años trabajando con él. Si hubiera algo de valor, lo sabría.

—A lo mejor no es algo de valor. —Mi madre negó lentamente con la cabeza—. No lo sé. Supongo que estoy diciendo tonterías, pero no entiendo por qué no quiere llamar a la policía.

—Matías tampoco la habría llamado. —María Elena se había vuelto a poner de rodillas para fregar—. ¡Hombres! Detestan sentirse incapaces. Si no pueden arreglar estas cosas por sí mismos, parece que son menos hombres. En Chile lo llamamos machismo.

—Sólo las mujeres somos lo bastante débiles como para acudir a los representantes de la ley.

—¡Eso mismo!

Se rieron. Pero a mi entender lo que había dicho mi madre era muy interesante. Después de todo, era posible que la tienda no tuviera sólo un montón de baratijas.

Una semana más tarde, Coyote anunció que se iba de viaje. Explicó que los ladrones habían destrozado tantas cosas que no le quedaba más remedio que ir en busca de material. Besó a mi madre en la boca, estrechándola largamente entre sus brazos, y luego me dio un beso.

—Cuida de tu madre por mí, ¿vale, Junior? —me dijo, revolviéndome el pelo. Me sonrió con su amplia sonrisa de siempre, pero mi madre debió presentir que había tomado una decisión, porque le pidió que tuviera cuidado.

—Ten cuidado, cariño. No hagas tonterías.

Lo vimos subir al coche y colocar la maleta y la guitarra en el asiento trasero. Mi madre estaba seria y se mordía las uñas. Coyote nos dijo adiós con la mano y nosotros le dijimos adiós como hacíamos siempre, pero ambos sentimos que esta vez había algo diferente, aunque no supimos qué.

De nuevo nos quedamos solos. Sólo nosotros dos. Mi madre y yo.

21

Aquella fue la última vez que vi a Coyote, hasta que se presentó en mi oficina treinta años más tarde convertido en un vagabundo sucio y maloliente. Mientras hacía girar en la mano la pluma verde, los viejos sentimientos de resentimiento y de odio volvieron a brotar en mi corazón y me hirieron con sus púas, me hicieron sangrar. No fue su marcha lo que nos destrozó —se había ido incontables veces— sino el hecho de que no volviera.

Al principio, mi madre y yo seguimos con nuestras costumbres. Cada noche, ella ponía tres cubiertos en la mesa, por si Coyote regresaba. Recuerdo el mantel blanco con las cerezas rojas y las servilletas a juego. La de mi madre y la mía estaban usadas y arrugadas, pero la de Coyote seguía limpia y planchada. Y así siguió cada noche, en su servilletero de plata, hasta que el lugar de Coyote se convirtió en una suerte de santuario. Recuerdo el olor a limón de mi madre, su pelo brillante, su alegre caminar, sus labios cantarines y sus ojos llenos de luz porque contaba con el amor de Coyote. Nunca dudó de que volvería. Siempre había vuelto.

Pero Coyote no regresó, y pasamos meses sin noticias suyas. Hurgué en el baúl hasta que encontré sus postales, atadas en un pequeño fajo con un cordel. No me sorprendía que mi madre las hubiera guardado: habían sido un arco iris, habían traído un rayo de luz a nuestro hogar para luego dejarnos a oscuras. Ahora me doy cuenta de que ella lo guardaba todo. Las conté. Eran ocho postales en total. Los dos primeros años nos habían dado ánimos, luego solamente nos quedó un rayo de fe y esperanza de tanto en tanto, hasta que finalmente me sumergí en una oscuridad donde no había esperanza ni luz ni arco iris. Odié el mundo, odié a mi madre, pero sobre todo odié a Coyote por lo que me había hecho.

No me gusta pensar en aquellos años tan dolorosos. Prefiero recordar el verano en el *château*, cuando apareció Coyote con su misterio y su magia y nos cambió la vida por completo. Con su cariño, nos ayudó a superar el pasado. Me enseñó a tener confianza en mí mismo, y yo a cambio le entregué mi alma, mi vida, todo mi ser. Los primeros tres años en Jupiter fueron años dorados, porque el sol me había iluminado por una vez, y me había sentido especial, querido y valorado. Después Coyote se marchó, y al parecer yo no era lo suficientemente bueno, o no le importaba demasiado, para que volviera. O eso sentí, porque así como el cariño de mi madre me parecía gratuito, el de Coyote era la medida de mi propia valía. Cuando él me rechazó, empecé a odiarme y entré en una etapa de oscuridad y rebeldía. El *chevalier* tuvo que librar la batalla más importante contra el más feroz enemigo: uno mismo.

La voz tenía que haber sido mi más importante medio de comunicación. Después de todo, era lo que más deseaba de niño: pensaba que la voz lo resolvería todo. Me imaginaba que si volvía a hablar, todo se resolvería y se acabarían mis problemas. Y así sucedió al principio. En Maurilliac me proclamaron santo, y en Jupiter todos me querían. Pero con la marcha de Coyote todo empezó a descomponerse, y yo perdí mi espíritu poco a poco hasta que apenas podía mirarme en el espejo sin sentir asco de mí mismo. Porque a mi padre se lo había llevado la guerra, pero Coyote se había marchado por su propia voluntad. Mi padre no me abandonó, lo mataron, en tanto que Coyote había decidido marcharse porque ya no me quería. Como yo no significaba nada para él, me había abandonado como a una maleta vieja.

Para expresar la angustia no me servía la voz, porque no conocía las palabras adecuadas. De hecho, ahora entiendo que no existen palabras para expresar ese dolor. Y como era incapaz de hablar, empecé a usar la violencia. La primera vez que destrocé una ventana sentí un alivio tan embriagador que por un momento me creí curado. Encantado de mi hazaña, orgulloso de haber dominado la situación, regresé pavoneándome a casa. Me había herido con los cristales, y la sangre que manaba de la herida se llevaba consigo todo el veneno que tenía dentro. Mi madre se asustó muchísimo al verme tan pálido y me llevó corriendo al hospital mientras yo sonreía como un bobo. Por primera vez mi madre me miró con recelo, como si no me conociera.

Durante los dos primeros años me entregué a la violencia sin ton ni son. A la salida del colegio me unía a unos cuantos amigos tan perdidos como yo y hacíamos gamberradas: pintarrajeábamos las paredes, arañábamos coches aparcados y cometíamos pequeños hurtos en las tiendas, pero sobre todo hablábamos. Nos pasábamos el tiempo planeando cosas mientras fumábamos los cigarrillos que habíamos logrado gorrear y compartíamos el alcohol que habíamos birlado; entre risas nos mostrábamos fotos de chicas y hablábamos de sexo, aunque ninguno de nosotros tenía experiencia. Pasé de ser el niño preferido de Jupiter a convertirme en una amenaza. La gente cambiaba de acera para evitarme. Mis ojos azules y mi pelo rubio no podían esconder al criminal en que me había convertido. Y no me importaba que me detestaran, porque también me odiaba a mí mismo.

Cuando empecé el instituto, los problemas aumentaron: sexo, drogas y violencia. Sólo tenía quince años, pero aparentaba más. Aunque había sido un niño menudo, la abundancia de comida en Estados Unidos me convirtió en un chico alto y fornido. Además, la furia que me ardía por dentro me tornaba audaz. Cada día me unía a una banda de chicos mayores que yo y fumábamos marihuana en un edificio abandonado. Se llamaban a sí mismos los Halcones Negros. En el instituto les tenían miedo porque se metían con los débiles y los pequeños y les quitaban el dinero para pagar a los traficantes que merodeaban por allí. A mí eso no me atraía. En Maurilliac había sido el niño más débil y sabía lo que se sentía. Me interesaban el sexo y la violencia, dos maneras de olvidarme de todo.

Yo era el más alto y el más fuerte y podía enfrentarme a cualquiera; gracias a las peleas callejeras adquirí un estatus y me gané el respeto de los demás. Cuando me enfurecía, lo veía todo rojo y me convertía en una máquina de golpear, rugir y dar patadas. Me quedaba con una fantástica sensación de alivio, como si me hubieran sajado un absceso y hubiera salido todo el pus. Como había sido un niño asustadizo, ahora me encantaba comprobar el miedo que me tenían, y cuando me peleaba con un crío, solía ponerle la cara de Monsieur Cézade antes de atizarle un puñetazo en la mandíbula. Con la violencia podía dar salida a la furia y acallar el dolor, y el sexo me permitía olvidar lo que era en realidad: un niño perdido. Creyéndome un hombre podía cerrar la puerta a mi atribulada infancia y esconder la llave.

Tenía trece años cuando follé por primera vez con una chica. Se llamaba May, y se había acostado con prácticamente todos los varones de Jupiter. Era bastante guapa, de pelo castaño y despeinado y ojos color avellana, pero el tabaco y el alcohol le habían dado una tez un poco apagada. Se perfumaba mucho y tenía un cuerpo bien formado, con muchas curvas. Ignoro qué edad tenía, y en aquel momento no me importaba nada, sólo quería perder cuanto antes la virginidad y convertirme en un hombre. La chica era barata, podía pagarle con unas cuantas semanadas y algo más que había ganado trabajando en la tienda. Y ella me hizo un descuento por ser, según me dijo, tan joven y guapo.

No resulté ser el tímido primerizo que ella esperaba, sino que exploré su cuerpo con entusiasmo y sin vergüenza alguna. Acaricié una y otra vez sus redondas nalgas, metí los dedos entre los pliegues de sus muslos y empecé a chuparle los pezones hasta que ella me apartó enfadada y me amenazó con echarme si no la dejaba enseñarme cómo se hacía.

—Eres un sucio chucho —me dijo. Me cogió la mano y la pasó suavemente sobre su cuerpo—. Tienes que acariciarme así, con suavidad. ¡No soy un hueso que haya que chupar!

Yo era un buen alumno y aprendí rápidamente a darle placer. Mientras me dedicaba a su cuerpo, me sentía querido y deseado hasta el punto de olvidar, durante una hora aproximadamente, la persistente sensación de rechazo que me reconcomía.

Una vez que hube desentrañado el misterio del sexo, quería hacerlo a todas horas. Y era fácil obtenerlo como miembro de los Halcones Negros. Podía acostarme con quien quisiera salvo con las pijas que se reservaban para el matrimonio, ésas no se abrían de piernas para nadie. Pero además de pertenecer a los Halcones Negros, tenía la inmensa ventaja de que era guapo y muchas chicas suspiraban por mí.

Podía elegir entre dos categorías de chicas: las que follaban sin ataduras y las que necesitaban la seguridad de una relación. Desde luego, me convenía más la primera categoría, pero yo veía a las mujeres como países que hay que explorar: una vez satisfecha mi curiosidad, iba en busca de otras tierras. Y no volvía al terreno conocido salvo que no me quedara otro remedio. Así fui saltando de relación en relación, lo que suponía un esfuerzo, pero también un reto. Pronto me gané una mala reputación, pero esto no pareció empañar mi encanto. Era un chico solitario y rebelde, y no faltaban chicas que quisieran domarme, porque además a las mujeres siempre les ha atraído el lado oscuro.

Si mi madre se enteró de lo que hacía después de clase, no lo demostró. Supongo que bastante trabajo tenía llevando la Tienda de curiosidades del capitán Crumble para preocuparse por mis malas notas y mi absentismo escolar. Además, se pasaba el día fuera de casa. Entonces no me percaté de lo mucho que nos estábamos alejando el uno del otro. Éramos dos embarcaciones con rumbos opuestos, las olas nos separaban cada vez más y ni siquiera nos dijimos adiós con la mano. Supongo que los dos sufríamos, pero yo sólo pensaba en mi propio dolor, y encontraba un alivio temporal en los brazos de las chicas y entre los Halcones Negros. Eran pocos los sábados que ayudaba en la tienda; pasaba cada vez menos tiempo en casa y más tiempo metiéndome en peleas. El único lugar donde siempre me sentía cómodo era la casa de María Elena. Gracias a ella, seguramente, no llegué a matar a nadie. Gracias a ella, siempre dispuesta a escucharme, tenía un lugar estable y lleno de cordura en el que refugiarme.

—Deberías hablar con tu madre —me dijo un día—. Está muy preocupada contigo.

—No creo que le importe —dije, encogiéndome de hombros.

—No digas tonterías. Te quiere muchísimo.

—¿Y de qué quieres que hable con ella? —gruñí, y volví la cara.

María Elena se sentó a mi lado en el sofá y me quitó de la mano la botella de gaseosa.

—Mischa, tienes problemas. Sólo queremos ayudarte —me dijo muy seria—. Mírame. —Yo la miré con desgana—. No te creas que no estamos al corriente de lo que haces después de clase. No somos tan inocentes. Además, el morado que tienes debajo del ojo no te lo has hecho durmiendo. —Su expresión se dulcificó—. Eras tan cariñoso. ¿Adónde ha ido a parar aquel niño que conocimos? —Había tanto amor en su mirada que no supe qué decir y se me hizo un nudo en la garganta—. Tu madre echa de menos a Coyote tanto como tú.

Al oír su nombre mis hombros se hundieron y me puse a la defensiva.

—Yo no lo echo de menos —respondí con brusquedad.

María Elena sonrió. Era una mentira demasiado evidente para tenerla en cuenta.

—Todos lo echamos de menos. ¿Qué pensaría si te viera ahora?

—No me importa.

—A nosotros nos importas. —Me estrechó la mano con fuerza—. A Matías y a mí nos importas. Eres de la familia. No queremos ver cómo te hundes en un mundo de drogas y delincuencia. Si entras, Mischa, no saldrás jamás. Por ahí hay bandas mucho peores que la tuya. No les importa nada matar. Pero tú eres demasiado bueno para eso; tendrías que concentrarte en tus estudios para hacer algo con tu vida. No es algo que suceda por sí solo. Todos tenemos nuestras penas y frustraciones, pero hacemos lo posible por seguir adelante. No podemos elegir lo que acontece en nuestras vidas, pero podemos elegir cómo reaccionar. Coyote se ha marchado, de acuerdo. Puedes dejarte ir y acabar en una cuneta, o puedes reaccionar.

Sus palabras me dejaron pensativo. Había tocado un punto sensible, doloroso. Estuve a punto de dejarme llevar por la ira y ponerme a destrozarlo todo en aquel agradable saloncito, pero me mordí la mejilla por dentro y me contuve.

—Tu madre se ha quedado sola. No sólo ha perdido a su marido sino que está perdiendo a su hijo. Olvídate de ti por un momento y piensa en ella. No es culpa suya que Coyote se marchara. Os abandonó a los dos.

Me vino a la memoria la imagen de mi madre temblando acurrucada sobre los adoquines de la *Place de l'Église,* totalmente desnuda y con el cráneo afeitado. Se me encogió el corazón y los ojos se me llenaron de lágrimas. Siempre habíamos estado solos los dos, *maman* y su pequeño *chevalier.*

—Tengo que irme —dijo María Elena.

Salió del salón y cerró la puerta. Cuando todo quedó en silencio, apoyé la cabeza entre las manos y rompí a llorar. Nunca me había sentido tan solo.

Aquella noche me metí en un tremendo problema. Habíamos concertado una pelea con una banda rival en un aparcamiento de las afueras del pueblo. Era un parque industrial en medio de ninguna parte, el lugar perfecto para una pelea. La noche era excepcionalmente oscura y la iluminación muy pobre. Un viento gélido soplaba entre los edificios. Yo resoplaba y pateaba el suelo como un toro preparado para la corrida. Estaba deseoso de probar la fuerza de mis puños, pero no imaginé que trajeran cuchillos. Todo sucedió muy rápidamente. Supongo que quisieron darme una lección a mí, el más arrogante y engreído de la banda, el matón de los Halcones Negros. Se me echaron tres encima. A uno le di un puñetazo en la nariz y oí el crujido del cartílago al romperse, al segundo le di una patada en los huevos y lo vi doblarse en dos, sin poder respirar, pero entonces un intenso dolor me atravesó el costado y las piernas dejaron de sostenerme. Al volver la mirada vi el relumbre de una hoja de navaja que salía ensangrentada de mi abrigo. Me puse la mano en el costado y se tiñó de rojo. Caí de rodillas al suelo con un largo gemido y oí los pasos de los que huían perdiéndose en la noche.

—Tío, menudo asunto. —Alguien me apartó la mano del costado, miró y volvió a colocarla en su lugar—. Hay mucha sangre. Mierda, está jodido. ¿Qué hacemos ahora?

No tuvieron que hacer nada. Un vigilante nocturno que lo había visto todo telefoneó a la policía, y cuando los faros de los vehículos policiales iluminaron el aparcamiento, los Halcones Negros me abandonaron. Todos sin excepción. Me quedé solo, tendido sobre el asfalto mojado, y me acordé de mi madre. Ella nunca me habría abandonado, pasara lo que pasara. Mientras yacía moribundo bajo la fina llovizna pensé que tenía que sobrevivir para decirle cuánto lo sentía.

Cuando recuperé la conciencia, estaba en el hospital y mi madre estaba a mi lado. Me cogía la mano y tenía entre los ojos esa arruga que se le formaba cuando estaba preocupada. Al ver que abría los ojos sonrió.

—¡Qué tonto eres! Un *chevalier* sólo pelea por una buena causa. ¿Cómo puedes haberlo olvidado?

—Lo siento —susurré.

—No pasa nada —me dijo muy decidida—. Nos iremos a vivir a Nueva York. Ya me he cansado de Jupiter. Y necesitamos un cambio, ¿no te parece?

Me sentí presa del pánico.

—Pero ¿cómo va a encontrarnos allí? —pregunté con voz ronca.

Mi madre me miró con ojos relucientes, haciendo lo posible para que no se le escapara una sonrisa.

—Si quiere encontrarnos, nos encontrará.

—¿Crees que volverá algún día?

—Estoy segura. Algún día. —Parecía muy segura. Yo hubiera querido estar tan seguro como ella.

—¿Cómo lo sabes?

—Lo sé. Tengo una especie de intuición. El viento nos lo trajo y un día nos lo devolverá. Te lo prometo.

—Pensaba que no creías en la magia.

Mi madre se inclinó y me acarició la frente.

—Debería darte vergüenza, Mischa Fontaine. Yo te enseñé toda la magia que sabes.

Y así fue como hicimos las maletas y nos trasladamos a la Gran Manzana, como llaman aquí a Nueva York.

22

Manhattan me gustó desde el primer momento. Con el dinero que obtuvo por la venta de la tienda y de los cachivaches que había dentro, mi madre compró un apartamento encima de un local en el centro de Nueva York, justo al lado del excéntrico relojero, el señor Halpstein. Era un piso muy sencillo, pero no importaba. Los dos experimentamos un sentimiento de liberación, como si hubiéramos cambiado de piel y renaciéramos limpios del pasado.

El anonimato de la gran ciudad me permitió dejar atrás a los violentos Halcones Negros y emprender un nuevo camino en un lugar donde nadie me conocía ni sabía de mi pasado. Podía caminar por la calle sin que nadie se apresurara a cambiar de acera como si fuera un lobo feroz.

Mi madre y yo abrimos una tienda que se llamaba Fontaine's, y donde se vendían auténticas antigüedades, y no los trastos que ofrecía Coyote en la Tienda de curiosidades del capitán Crumble. Mi madre empezó a acudir a las subastas y a ventas de casas, y como tenía buen gusto, fue creando poco a poco un negocio con objetos de calidad. Al fin y al cabo, era francesa y había pasado buena parte de su vida en un *château*, rodeada de personas cultas y refinadas. Como era inteligente, no tardó mucho en aprender las claves del negocio. Cuando quería, podía resultar irresistible, y en poco tiempo se hizo un nombre por su sentido común y buen olfato para detectar los objetos auténticos. Estaba muy satisfecha de utilizar su inteligencia, tan poco aprovechada en la lavandería del *château* y como contable de Coyote. Ahora, en cambio, era dueña de un negocio y tenía que fiarse de su propio instinto. Llegó a conocer a mucha gente, pero dudo que tuviera amigos de verdad.

Yo echaba de menos a nuestros únicos amigos, María Elena y Matías. Al principio nos visitaron unas pocas veces, pero nosotros nunca volvimos a Jupiter. Desde que tomé la decisión de cambiar, no quería que me recordaran lo que había sido. Finalmente, hasta nuestros amigos dejaron de venir. Mi madre había cambiado en relación a María Elena. Ya no se mostraba cariñosa y confiada con ella, ya no se reían juntas como antes. Algo había cambiado en la relación, al parecer de forma definitiva. Comprendí que mi madre se había ido retirando y encerrándose en sí misma, y por eso también mi relación con ella se había resentido. María Elena y Matías regresaron a Chile, y aunque no fue un abandono voluntario ni una muestra de rechazo, me sentí abandonado una vez más.

Prácticamente todo lo que yo sabía me lo había enseñado mi madre, y también me incluyó en el negocio, de manera que volvimos a estar más unidos.

—Un día este negocio será tuyo —me dijo cuando conseguí distinguir un Luis XV de un Luis XVI. Pero yo no le creí. Mi madre siempre había estado allí; no me imaginaba la vida sin ella.

Fontaine's avivó en mí la emoción que me inspiraban los trastos del almacén de Coyote. Me encariñé con aquellas viejas mesas y butacas, más que con las personas. ¿Cómo iba a confiar en alguien cuando todos me habían abandonado, uno tras otro? Cada vez que había entregado mi corazón, había perdido, y con cada pérdida me había vuelto más escéptico. Las personas habían entrado y salido de mi vida como semillas en primavera. Ninguna de ellas se había quedado ni echado raíces, aunque el terreno estaba en sazón y hambriento. Sólo me quedaba mi madre, y los muebles en los que habíamos puesto nuestro cariño.

Ya no pertenecía a los Halcones Negros, pero todavía estaba rabioso y agresivo, y desesperadamente solo sobre todo. Pero aunque en Nueva York había muchos grupos juveniles, desde los que se reunían para salir hasta las bandas que sólo buscaban pelea, yo no tenía interés en unirme a ellos. Aquel navajazo me había enseñado dos cosas muy importantes: una, que no existe la lealtad entre los miembros de una banda, y segunda, que prefería estar vivo que muerto, así que me olvidé de la violencia y me concentré en mi trabajo, lo único que tenía.

Con los años aprendí a ocultar mi rabia y fui conociendo gente. Era un hombre atractivo y divertido, porque escondía mi tristeza bajo una capa de humor. Hacía chistes de todo y me reía de mí mismo. Mi humor seco y desengañado hacía reír, y la risa es el vínculo más poderoso. Al igual que mi madre, podía mostrarme encantador cuando me lo proponía, pero en el fondo me sentía desgraciado, y tan asustado como un niño.

Cerca de nuestro apartamento había un local llamado Fat Sam's, y allí acudía cada noche para conocer chicas. Me acosté con muchísimas mujeres, buscando algo que era incapaz de formular. Pero sólo eran un refugio temporal, porque por la mañana volvía a sentirme desgraciado. No sabía cómo aliviar mi tristeza.

Una bochornosa tarde de verano —hacía mucho calor— iba paseando por Central Park con las manos en los bolsillos y me puse a mirar a mi alrededor: niños jugando, perros que corrían detrás de una pelota, familias que charlaban y reían tumbadas al sol en la hierba. Los contemplé con envidia, sintiéndome envuelto en sombras. ¿Qué había conseguido con casi treinta años? Mi única relación seria era con mi madre, tenía un negocio próspero que compartía con ella: comprábamos y vendíamos objetos hermosos que no podían devolverme afecto alguno. Mirando a aquellas personas que disfrutaban en compañía de los suyos sentí el anhelo de volver a amar. Me acordé de Joy Springtoe, de Jacques Reynard y de Claudine… Procuré no pensar en Coyote porque su recuerdo siempre me afligía. De repente me fijé en una joven que se acercaba un poco acalorada y con expresión preocupada; tenía el pelo castaño recogido en una cola de caballo y me miraba con ojos brillantes.

—Perdone que le moleste, ¿ha visto un perrito blanco por aquí? —Hablaba con un fuerte acento francés.

—Lo siento, no lo he visto —le respondí en francés. La joven pareció sorprendida y continuó hablando en su propia lengua.

—Estoy muy preocupada. Lo he estado buscando por todas partes. Es tan pequeño. —Ignoro si fue el idioma o la mirada de la joven lo que despertó en mí al *chevalier*, pero el caso es que me ofrecí a ayudarla en su búsqueda—. Oh, se lo agradezco muchísimo —dijo esforzándose en sonreír. Y así empezamos a caminar y a llamar al perro—. Me llamo Isabel.

Yo me presenté.

—Mischa. ¿De dónde eres?

—De París. Soy fotógrafa y llevo aquí unos años. *¡Bandit!* Espero que no lo hayan robado. Es un perro muy bonito.

—Lo encontraremos, ya verás. Sigue llamándolo y seguro que vuelve.

—Espero que tengas razón.

Noté que se le formaba una arruga de preocupación junto a los ojos, y también que era una chica muy bonita, de piel suave y morena y ojos color del café. Era menuda y bien proporcionada, como suelen ser las francesas, con una cintura estrecha y unos bonitos pechos bajo la blusa blanca.

—Lo encontraremos, no te preocupes —le dije.

Esto pareció inspirarle confianza porque la noté más relajada. Ya no se sentía sola ante el problema.

Estuvimos llamando a *Bandit* por todo el parque. Yo estaba convencido de que encontraríamos al perro, y también de que seríamos amantes, ella y yo. Volvía a tener esa intuición que solía tener en Francia. La chica me parecía tan familiar como los viñedos por los que correteaba con Pistou, y podía sentir el sabor de su piel como si ya hubiésemos estado allí antes. Mi tranquilidad le inspiró confianza, y al poco rato charlábamos como amigos.

—¿Cuánto tiempo hace que tienes al perro? —le pregunté, para iniciar la conversación.

—Tiene tres años. Lo tengo desde que era un cachorro. Significa mucho para mí.

—¿Se había escapado otras veces?

—Nunca. No sé qué le ha pasado. ¡*Bandit*!

—¿No habrá ido en busca de una hembra? —le pregunté en broma. La joven me miró sonriente.

—¿Acaso no lo hacen todos los perros?

—A lo mejor ha olido a una perra en celo. Ya sabes cómo son, en cuanto huelen a una hembra no pueden dejarla en paz.

«Como los hombres», me dije. Me gustaba mucho su olor.

—¿Y qué puedo hacer? No existen burdeles para perros, ¿no? ¡*Bandit*!

—Todo el mundo necesita una pareja. Incluso los perros. —Lo dije sin pensar, pero en cuanto las palabras salieron de mi boca sentí que era eso lo que me ocurría: necesitaba querer a alguien, así de sencillo. Todos necesitamos a alguien. Por fin entendía de dónde provenía mi dolor: del corazón, ¿de dónde si no? El simple reconocimiento del problema, aquella soleada tarde de verano, supuso un gran alivio. Miré hacia el sol con ojos entrecerrados y me sentí mejor.

No me sorprendió que *Bandit* apareciera finalmente sucio de polvo y moviendo la cola alegremente. Isabel se arrodilló y lo acogió entre sus brazos.

—¡Qué malo eres! —exclamó, pero no estaba enfadada. Por supuesto, *Bandit* no tenía ni idea de la inquietud que había provocado en su ama y parecía esperar un premio.

Isabel se levantó con el perro en brazos.

—¿Cómo puedo darte las gracias por ayudarme a encontrarlo? —Ya no tenía huellas de preocupación en el rostro. Me miraba con los ojos brillantes y las mejillas arreboladas.

Se me ocurrió cómo podría darme las gracias, pero decidí que se lo pediría con más delicadeza.

—Te invito a tomar el té —dije—. No sé tú, pero yo me muero de hambre.

—Conozco un café francés en la Calle 55 Oeste donde sirven cruasanes recién hechos y *chocolatines*.

—¿*Chocolatines*? —El recuerdo de la *pâtisserie* de Maurilliac fue tan intenso que me produjo un mareo.

—Son mis favoritos.

—Los míos también —dije—. Sería capaz de matar por una *chocolatine*.

El sabor del pastel y del chocolate y el olor de los cigarrillos y el café me transportaron a mi infancia en Francia.

Sentía la caricia de la brisa cargada de aroma a eucaliptos y oía el canto de las cigarras. Nos pusimos a hablar en francés como viejos amigos, y convertimos nuestra pequeña mesa redonda en una isla. Era como si ya conociera a Isabel, como si ya la hubiera olido y oído su voz, como si hubiera pasado mis dedos entre su espeso pelo castaño. Era una vieja conocida, y yo la recibía con los brazos abiertos como a alguien llegado de muy lejos.

Isabel tenía una nube de pecas en la nariz y en las mejillas y una sonrisa luminosa. Me hacía sentir ebrio como si me hubiera bebido todo el vino de Francia, y me acometió un ataque de nostalgia. Nos reímos muchísimo aquel día, sobre nada en particular, pero todo lo que yo decía nos parecía gracioso. *Bandit* estuvo sentado en las rodillas de Isabel y comía galletas de su mano, igual que hacía *Rex* con Dahpne Halifax. Isabel le acariciaba la cabeza y lo besaba como si fuera un bebé.

Me invitó a su apartamento y estuvimos toda la tarde haciendo el amor. Tenía una visión muy francesa del sexo: era simplemente un placer que había que tomar cuando uno lo deseara. Isabel no se reservaba para el matrimonio, como tantas chicas estadounidenses; había tenido otros amantes y era una mujer con experiencia. Además, estaba hecha para el amor, era confiada y audaz al mismo tiempo, y cuanto más la acariciaba yo, más pedía ella.

Llevaba una bonita ropa interior: medias de seda con ligas de encaje y un sujetador a juego. Su piel era suave y olía a nardo. Acostados en el sofá acaricié todo su cuerpo, y la fina capa de sudor de su piel me recordó el rocío de la mañana en el jardín del *château*. Pasé la lengua por su cuerpo y noté su olor a sal. Estaba feliz porque ya no tenía que buscar más. Al abrazar a Isabel recuperaba el país que había perdido; en las suaves curvas de su cuerpo tostado encontré Francia.

Aquella noche soñé con Claudine. Estábamos en el puente, en un cálido día de verano sin una nube en el cielo. Sobre el agua revoloteaban pequeños insectos, y los pájaros trinaban alegres en las ramas. Junto a Claudine me sentía cómodo y en paz. No teníamos necesidad de hablar, nos entendíamos perfectamente sin palabras. Estábamos allí contemplando los insectos sobre el río y los pequeños remolinos de los peces en el agua. Me acordé del pescado que quisimos esconder en la tienda de Monsieur Cézade, y Claudine me miró como si hubiera pensado lo mismo. Me miró con expresión de cariño, sonrió con su boca dentona y me cogió de la mano. No pronunció una sola palabra, pero su mirada era elocuente: «Estoy aquí, Mischa, siempre estaré aquí». Yo le apreté la mano y se me llenaron los ojos de lágrimas. Cuando me desperté, abracé a Isabel y la besé, y aquel beso tenía sabor a Francia.

Pensé que mi madre se alegraría de verme enamorado, que compartiría mi felicidad, pero tal vez mi propio contento dejaba en evidencia el vacío de su corazón, el hueco que Coyote había dejado y que nadie podía llenar. Pensé que acabaría por querer a Isabel, no sólo por mí, sino porque era francesa, hija de un país que los dos amábamos y que nos habíamos visto obligados a abandonar. Francia estaba en nuestra sangre, y Estados Unidos no podría suplantarla jamás. Pero mi madre no se alegró, sino que se cerró a Isabel como una flor cierra sus pétalos a la helada. No se mostró nunca abiertamente antipática, pero su reticencia a aceptarla resultaba ofensiva. Nunca mencionaba su nombre, como si no existiera. Yo hubiera querido compartir con ella mi felicidad, pero cuanto más lo intentaba, más aumentaba su amargura.

Todavía era una mujer hermosa, y la animé para que saliera con hombres que la cortejaban, pero ella insistía en que

Coyote regresaría algún día. Insistió en reservarle un lugar en la mesa como si aquella especie de santuario fuera a traerle de vuelta. Y también rezaba en su cuarto, arrodillada ante la cama y con el rostro entre las manos, igual que aquella vez en la iglesia de Maurilliac. Tal vez pensaba que el poder de la oración actuaría como un imán. A veces se sentaba junto a la ventana como si esperara que el viento que nos trajo a Coyote fuera a soplar de nuevo. Pero por más que ella esperaba y se reservaba para él, Coyote nunca regresó.

Mi madre había amado a dos hombres, primero a mi padre, y luego a Coyote, y los dos la habían abandonado. A veces a medianoche ponía música en el gramófono y bailaba sola en su dormitorio. ¿Se había vuelto loca? ¿Se habían unido en un solo hombre mi padre y Coyote? ¿Fue esa confusión lo que le provocó el tumor que finalmente acabó con su vida? Mi madre me necesitaba, y yo cuidé de ella y descuidé a Isabel. Pensé que la amaba, pero tal vez sólo sentía amor por Francia. Tal vez no estaba preparado para confiar en nadie. Me volví posesivo y receloso, y nuestra relación se convirtió en una serie de riñas y acusaciones. Isabel me decía una y otra vez, hasta hartarme: «No dejas que me acerque a ti, Mischa. No me dejas estar contigo». Yo no le abría mi corazón, no compartía mi pasado con ella. Pensé que podría, pero me resultaba imposible. Me lo guardaba todo, y de nuevo me quedé solo. Otra vez nos quedamos los dos a solas, *maman* y su *chevalier*.

23

Nueva York, 1985

Pero todo eso pertenecía al pasado. Lleno de tristeza, me desperecé y me acerqué a la ventana para mirar a la calle. La nieve seguía blanca y crujiente salvo en la calzada, donde el paso de los coches la había convertido en un lodo gris. El cielo tenía un color invernal con parches azules, y los árboles estaban desnudos y ateridos de frío, pero si cerraba los ojos podía sentir la cálida brisa de Francia.

El timbre del teléfono me sacó de mi ensueño. Pegué un brinco, temiendo que el ruido despertara a la Muerte que dormía en aquel silencioso apartamento.

—¿Hola?

—Stan me ha dicho que estabas aquí. —Era Linda, la mujer con la que había compartido los últimos nueve años de mi vida.

—He decidido que era hora de mirar sus cosas.

—Entiendo. —Se la notaba tensa—. ¿Quieres que te ayude?

—Gracias, prefiero hacerlo solo. —Siguió un silencio cargado de reproches. Me sentí culpable. Últimamente casi no le dirigía la palabra. No debía de ser agradable vivir conmigo—. Bueno, si no tienes nada importante que hacer —dije finalmente.

—En un momento estoy allí —respondió Linda animada.

Colgué el teléfono con un hondo suspiro. No quería compartir esto con ella, no quería compartirlo con nadie. Mi madre había cerrado algunos capítulos, y yo había hecho lo mismo. Metí en una bolsa el álbum de fotos y las cartas, pero me guardé la pelotita de goma en el bolsillo.

Linda llegó con las mejillas rojas y los ojos brillantes. Había venido caminando. Se quitó los guantes de lana y el sombrero y sacudió la rubia melena.

—¡Hace un frío tremendote, narices! —exclamó sorbiendo por la nariz.

—¿Te apetece beber algo?

—Sí. ¿Qué tienes? —Entró conmigo en el salón y se acercó al armario de las bebidas—. Esto está muy oscuro. ¿Por qué no abres las cortinas y dejas que entre la luz? —Yo me encogí de hombros—. Te deprimirás más con esta oscuridad.

Me irritó que se refiriera a mi presunta «depresión». Por supuesto que estaba deprimido. Mi madre acababa de morir. Le serví un agua tónica de limón.

—Es muy extraño —dijo Linda—. Todo está igual, en el mismo sitio, pero se nota realmente distinto, como si no tuviera vida.

—Y así es —dije, sirviéndome otra copa de ginebra.

—He visto que todavía recibe correo. ¿Quieres que mire lo que es?

—No, ya lo haré yo.

—Mischa, quiero ayudarte —dijo en tono de súplica. Me preparé para lo que vendría a continuación—. No te encorves así, como si estuvieras ante el enemigo. —Reprimió un sollozo y abrió las cortinas de par en par, dejando que la luz entrara a raudales y mostrara el polvo de la habitación.

Yo retrocedí al rincón como si fuera un vampiro—. Es mucho mejor así, ¿no te parece? —dijo con alivio.

Atravesó decidida la habitación. Sus botas repiquetearon sobre el suelo de madera. Yo la dejaba hacer.

—Tenemos que organizar esto con precisión militar —dijo—. Conseguiré un par de bolsas grandes de basura.

Oí cómo trasteaba en la cocina, abriendo y cerrando armarios. Me estaba poniendo cada vez más nervioso. Finalmente apareció en el umbral con la camiseta arremangada.

—Me dedicaré a la cocina, porque no creo que allí haya nada sentimental, y tú puedes empezar por su dormitorio.

No pude soportarlo más.

Déjalo, Linda. No hagas nada en la cocina, no quiero que sigas. No tenía que haberte dejado venir.

No parecía dolida, como en otras ocasiones cuando le gritaba, sino enfadada. Explotó como una olla a presión.

—No, Mischa, basta ya. No lo aguanto más. Te cierras como una ostra. Si no te ayudo, esto seguirá así durante meses. Supéralo de una vez. Tienes que revisar las cosas, quedarte con lo que quieras y tirar lo que no te sirva, vender el apartamento. Cierra este capítulo y sigue adelante. —Me asombró verla explotar de esa manera. Normalmente no era así—. Eres odioso y mandón. Estoy harta de aguantar tus arranques de ira como si yo estuviera en un rodeo, de hacer lo posible por alegrarte cuando estás triste y de cuidarte como si fuera tu esclava. Eres la persona más egoísta que he conocido. Sólo piensas en ti mismo. ¿Y sabes qué? Te ahogas en autocompasión. Estás tan ocupado compadeciéndote de ti mismo que no ves nada más. Pero yo también tengo mis necesidades, Mischa. También necesito que alguien cuide de mí. —Me quedé escuchando sin decir nada mientras ella iba arrojándome encima sus quejas, como si se tratara de las hojas de una alcachofa, hasta que llegó al centro de la cuestión—. No puedo llegar a ti, Mischa. Lo he intentado, en serio, pero no dejas que me acerque.

Me senté y apoyé los codos sobre las rodillas para darme un masaje en las sienes. Era un mal momento para discusiones. Linda se desplomó en el sofá y se echó a llorar.

—No sé lo que quieres de mí —le dije, pero claro que lo sabía. Ella esperaba que le dijera que la quería. Pero era imposible. Yo era incapaz de amar. Linda quería compromiso, como todas las mujeres. Quería comunicación, pero yo no la dejaba acercarse. No podía darle lo que necesitaba y, lo que era peor, ni siquiera iba a intentarlo.

—Quiero que me dejes quererte, eso es todo —dijo casi a media voz. Dobló las piernas sobre el sofá, acercando las rodillas a su barbilla, y se secó las lágrimas con el dorso de la mano.

—¿Y por qué razón, si soy un tipo tan despreciable?

—Hace nueve años, cuando te conocí, eras un hombre alto, colérico, con ojos de un azul penetrante, y con tanta personalidad que parecías capaz de cualquier cosa. Y cuando no estabas enfadado eras muy divertido. A medida que te fui conociendo comprendí que en realidad eras muy vulnerable, y que ocultabas tu dolor tras la rabia. Aunque ahora te parezca una tontería, pensé que podría ayudarte. Yo era joven, tenía veintiocho años recién cumplidos, y lo único que deseaba era hacerte feliz. Pensé que con el tiempo me dejarías acercarme, pero no ha sido así…

—Lo siento…

—A veces no basta con el amor. Una persona puede dar y dar, pero si no recibe nada a cambio, el amor se agota. Yo ya no tengo nada para darte, Mischa. Mi amor se ha agotado.

—Eres demasiado buena para mí, Linda.

—Oh, no me lances esto a la cara como si se tratara de un reproche. No es cierto que sea demasiado buena para ti. Sólo que he agotado mi paciencia y mis reservas de amor. Pensé que con la muerte de tu madre las cosas entre nosotros cambiarían. Tu madre no me apreciaba, te quería sólo para ella. Pero la situación no ha mejorado. Ni siquiera muerta te dejará libre, y creo que tú prefieres que sea así. Todavía te aferras a ella, ¿no? No puedo creer que hayamos pasado nueve años juntos y que te conozca tan poco como el primer día.

—No me gusta hablar del pasado, ni siquiera me gusta pensar en ello.

Linda me habló con dureza.

—Pues no podrás avanzar hasta que no te enfrentes a él. Compártelo con alguien y luego olvídalo. Si no puedes hablar conmigo, búscate un psicólogo. —Cuando vio que yo no tenía nada que decir sobre el tema, se puso de pie y, con los brazos en jarras, lanzó su ataque definitivo—: Quédate atascado en este pozo de aguas turbias que es tu vida, pero yo seguiré adelante. Quiero casarme y tener hijos, quiero una familia. Quiero convertirme en una abuela rodeada de sus nietos. Te he dado los mejores años de mi vida, Mischa, pero darte más sería un suicidio. Todavía soy joven y ahí fuera habrá algún hombre que se merezca mi amor.

Se marchó del apartamento y de mi vida, y yo ni siquiera lamenté su partida.

Apuré la copa y cavilé sobre lo que me había dicho Linda. Tenía razón, por supuesto. Estaba atascado, no iba a ninguna parte, quería avanzar pero no sabía cómo. Y la solución no estaba en comprometerme con una mujer para formar una familia, porque el problema estaba en *mi* interior. Era un estado de ánimo, de emoción, o de ausencia de emoción en mi caso. Emocionalmente había regresado al punto en que me encontraba cuando tenía seis años, antes de que Coyote irrumpiera en nuestro mundo y deshiciera el hielo con su cariño. No confiaba en nadie y me había convertido en una pequeña isla como cuando era niño, salvo que ahora no se trataba de *maman* y su pequeño *chevalier*, sino de mí únicamente, en eterna soledad.

Cuando llegué a casa, Linda se había marchado con todas sus cosas. Nueve años de mi vida desaparecidos en un instante. Ya se había marchado una vez, pero ahora era definitivo. Me inundó un aterrador sentimiento de soledad y fui de cuarto en cuarto como un perro abandonado, lamentando mi arranque de furia y deseando que volviera. El apartamento parecía tan vacío y sin alma como el de mi madre. Me di cuenta de que los recuerdos de mis años con Linda se fundían en un solo color neutro y soso, indistinguibles uno de otro. Había invertido mi tiempo con ella, pero no mi corazón. Linda no había dejado huella alguna en mi vida, como la lluvia en el lomo de un ánade, porque no le di la posibilidad de hacerlo.

Dejé el álbum de fotos sobre el escritorio. Había traído conmigo el correo de casa de mi madre, pero no me sentía con fuerzas para leerlo. Sonó el teléfono. Era Harvey Wyatt, mi abogado.

—¿Cómo te encuentras, Mischa?

—Bien. ¿Qué ocurre?

—Tengo por fin la respuesta del Metropolitan.

—¿Y?

—No pueden aceptar el Tiziano como un regalo porque no saben de dónde proviene.

—Pues no puedo ayudarles.

—¿Tu madre no te dijo nada?

—Ni siquiera mencionó el cuadro.

—¡Qué familia! —suspiró Harvey.

—Por Dios, ni siquiera sabía que tenía ese cuadro.

—Pero ella no lo había robado, ¿no?

—No seas ridículo, Harvey. Mi madre ni siquiera era capaz de mentir, ¿cómo iba a robar?

—Lo decía en broma.

—¿Y de dónde diablos quieres que lo robara?

—Sé tan poco como tú.

—¿Qué proponen entonces?

—El Metropolitan acepta el cuadro «en préstamo», por si los auténticos dueños lo reclaman un día.

—Pero ¿no han averiguado nada? Un cuadro no aparece así como así. Seguro que alguien lo tiene catalogado, ¿no?

—El gran especialista Robert Champion sospecha que La Virgen Gitana de tu madre era una versión anterior que se perdió o fue robada. Es habitual que los artistas hagan varias versiones de un tema. La versión posterior, la que todos conocemos, pintada en 1511, está expuesta en el Kunsthistorisches Museum de Viena. No son dos cuadros idénticos, pero se parecen mucho. El caso es que no hay datos de la versión de tu madre en ningún archivo, de lo que se deduce que muy posiblemente estuvo durante siglos en manos privadas. Pero con toda la publicidad que se le ha dado a este caso, el dueño, quienquiera que sea, puede aparecer y reclamarlo. ¿Por casualidad no sabrás cuánto tiempo llevaba en poder de tu madre?

—Ya te he dicho que ni siquiera sabía que lo tuviera. ¡Maldita sea!

—Cálmate, Mischa. —Respiré hondo—. Tienes que entender que se trata de algo muy serio. El cuadro de un maestro universal de la pintura aparece de repente después de quinientos años. Todos los especialistas están como locos con este tema.

—¿No es una copia?

—No, es auténtico.

—¿Y por qué demonios lo escondía? ¿Por qué no lo vendió? —Solté una carcajada amarga—. ¡Hubiéramos sido ricos!

—Resulta muy difícil vender una obra de arte como ésta. No tiene precio.

—Es un misterio, y ahora que ella ha muerto, no sabré nunca la verdad. —Entonces se me ocurrió una idea. Había un hombre que podía saber algo. ¿Cómo no lo había pensado antes?— Escucha, tengo que irme. Llámame si hay alguna novedad.

Después de colgar, me puse a buscar un número de teléfono que no estaba seguro de conservar. Matías se había marchado a Chile con su mujer en 1960. Ni siquiera tenía la certeza de que siguiera con vida.

Aquella noche salí a tomar una copa. Solía ir a Jimmy's, un bar cerca de casa, pero allí todos me conocían y conocían a Linda, así que decidí buscar otro local. Ni siquiera miré el nombre. Me senté en un taburete y me quedé contemplando mi copa. No fumaba, pero en aquel momento no me hubieran ido mal un par de caladas. El olor de los Gauloises de Coyote se me había metido en la nariz y me arrastraba al pasado, donde tantas preguntas habían quedado sin respuesta. No podía pensar en ellas porque no sabía cómo resolverlas, de manera que prefería enterrar la cabeza en la arena, como decía Linda. En realidad no quería saber por qué Coyote no había regresado. El niño pequeño que había en mi interior seguía dolido por el abandono.

Al cabo de un rato, el alcohol me aflojó la tensión del cuello y los hombros y empecé a respirar con tranquilidad. Miré a mi alrededor. Un hombre tocaba la guitarra y una bella mujer cantaba tristes canciones. Aquella penumbra, en aquel ambiente cargado de humo y de olor a perfume me sentaron bien. Tal vez había sido mejor que Linda se marchara. Ahora tendría que hacer yo mismo la colada, ¿y qué?

Descubrí que me gustaba la idea de mi nueva soltería. Lo que necesitaba era viajar, salir de Nueva York, marcharme al extranjero. Hacía años que no viajaba. Me había puesto unas anteojeras y me había dejado arrastrar por la rutina como un caballo de tiro. Ahora podría tomarme unas vacaciones y partir en busca de Matías. Más animado, pedí otra copa.

—Hola.

Una mujer se sentó en un taburete junto a mí.

—Hola —respondí.

—¿Estás solo?

Asentí y evalué con la mirada su cara redonda y la larga melena cobriza que le caía sobre los blancos hombros desnudos. Bajo el vestido negro y ajustado se adivinaban unos pechos llenos.

—¿Tú también estás sola? —le pregunté, mirándola a los ojos, unos bonitos ojos color avellana.

—No, estoy con mis amigos —respondió. Cuando enarqué las cejas se echó a reír y me puso la mano en el brazo—. Soy la dueña del bar. Me llamo Lulú. Es la primera vez que vienes, ¿no?

—Así es.

—Desde luego, te habría visto —dijo con mirada acariciadora—. ¿Tienes nombre o prefieres que te llame Guapo?

Me reí de aquel chiste tan malo y comprendí que el alcohol me estaba haciendo efecto.

—Soy Mischa, Mischa Fontaine. —Extendí la mano. La suya era suave y húmeda.

—Bien, Mischa, bienvenido a mi bar. Eres bastante alto, ¿verdad? Me gustan los hombres altos. Y no eres de por aquí, eres extranjero. Tienes un acento curioso.

Yo negué con la cabeza.

—Pues te equivocas. Soy de por aquí. —Me reí al ver la cara que ponía, como si no se tomara las cosas en serio y sobre todo le gustara coquetear.

—Ahora, tal vez, pero no has nacido aquí.

—¿Por qué lo dices?

—Por tus ojos. Veo en ellos un mundo distinto. Por eso me gustas: tienes un aire de ser de otro mundo.

Me reí y alcé la copa a su salud.

—Debe de ser el alcohol.

—Oh, la bebida les hace otras cosas a los hombres. —Me puso la mano sobre la bragueta—. Mejor que no bebas demasiado, ¿no? No, tú eres un río de aguas profundas, muy profundas. Si lanzo mi anzuelo puede que encuentre un mundo allí abajo. —Se me acercó y me susurró al oído—. ¿Qué tal si te llevo a mi apartamento? —Pasó una larga uña roja entre los botones de la camisa—. Quiero follar contigo, Mischa. Estás en mi bar, eres mi invitado, es justo que te enseñe *todo* lo que puedo ofrecerte.

Subimos a su apartamento, que era pequeño pero coqueto, con un olor a flores y a perfume barato. No perdí el tiempo. La cogí en brazos y la llevé al dormitorio, aunque estuve a punto de entrar primero en el armario, lo que la hizo reírse con ganas. Era una mujer deliciosa en la cama, suave y juguetona, tremendamente sensual y desinhibida. Abría las piernas sin pudor y ronroneaba como un gatito cuando la acariciaba, giraba las caderas para que metiera la cabeza entre sus muslos y lamiera su sexo. Hacía muchos años que no disfrutaba tanto de una noche con una mujer. Ella tenía experiencia y aprovechaba golosa todo lo que hacíamos. Acabamos abrazados, con el corazón todavía acelerado por la adrenalina. Ella enterró el rostro en mi pecho y murmuró:

—Sabía que serías un buen amante.

—¿Cómo lo sabías?

—Los franceses saben hacer el amor.

—¿Cómo sabes que soy francés?

—Por tu acento. Hay un rastro de acento francés.

—Era francés hace mucho tiempo. —De repente sentí añoranza de aquellos viñedos y del cálido aroma a pino del *château*.

—Ya te lo dije, te dije que en tus ojos había otro mundo.

—Acertaste, pero es un mundo perdido.

—Nada se pierde por completo, Mischa —sentenció—. Puedes recuperarlo si quieres.

—Yo no creo que se pueda.

—Esto, mi guapo amigo, es precisamente lo que te impide llegar a él.

24

A la mañana siguiente llegué a la tienda con un aire tan alegre y animoso que Stanley se me quedó mirando. No se habría sorprendido más si me hubiera crecido una segunda cabeza.

—¿Te pasa algo? —me preguntó.

Esther levantó un momento la vista del escritorio.

—Ya sé que Linda se ha marchado —dijo, cruzando los brazos y moviendo la cabeza con pesar—. Lo siento mucho.

Stanley la quiso hacer callar con la mirada pero yo les dirigí una sonrisa.

—Me voy de vacaciones —anuncié.

Stanley se quitó los lentes.

—¿De vacaciones?

—Sí, eso que hacen las personas cuando necesitan un cambio de aires.

—Pero tú nunca te vas de vacaciones.

—Harás muy bien —interrumpió Esther con expresión comprensiva—. Tu madre se ha muerto y tu novia te ha dejado. Además, hace frío y nieva, está todo gris y deprimente. ¿A dónde piensas ir?

—Adonde haga buen tiempo —dije, encogiéndome de hombros—. A Chile.

—¿Eso es un país? —bromeó Esther—. No suena como un país serio.

—Me voy mañana, y quiero que vosotros dos os ocupéis de todo mientras estoy fuera.

—Hoy tienes mejor aspecto que ayer. Pareces encantado de la vida —señaló Esther—. O estás enamorado o ayer ligaste. Pero sea lo que fuere, deberías hacerlo más a menudo.

—Lo que pasa es que me he dado cuenta de que necesito un cambio de aires.

—Y si ves algo interesante en Chile, tráetelo. —Stanley se limpió las gafas con la corbata—. ¿Por qué no te vas a Europa? En Chile es difícil que encuentres algo que valga la pena.

—¡Europa! —exclamó Esther—. Oh, me encantaría ir a Europa. ¿Seguro que no quieres que te acompañe? Soy una excelente compañera de viaje. Puedo hablar mucho, pero nunca soy aburrida.

—Deja que lo piense antes de responderte. —Hice como que reflexionaba—. No, muchas gracias, pero prefiero ir solo —le dije con una amplia sonrisa.

Esther se rió.

—¡Eres un *meshuggah*, un chalado! Me alegro mucho de ver de vuelta al Mischa de siempre, ya estaba empezando a cansarme del *schliemiel* gruñón que había ocupado su lugar. La verdad es que necesitas un descanso. ¡Te rejuvenecerá! Nadie diría que sólo tienes cuarenta y pocos años.

El resto del día estuve ordenando mis papeles para facilitarles el trabajo a Esther y a Stanley en mi ausencia. El negocio iba bien. Mi madre vendió todos los trastos que Coyote había ido acumulando y se dedicó a las antigüedades en serio. A base de preguntar y de escuchar a los expertos, había acabado por aprender y se había hecho un hueco en el mercado. Así como me enseñó a leer y a escribir de niño, más tarde me enseñó lo que sabía sobre el oficio, de manera que cuando cayó enferma, yo me pude hacer cargo de todo. Su paciente dedicación me traía a la mente las tranquilas tardes en el edificio de las caballerizas en Francia, cuando yo aprendía poco a poco las letras y ella me animaba cariñosamente a seguir. Empecé a trabajar con ella porque era un joven problemático y no sabía a qué dedicarme, y también porque el trabajo me gustaba. Era un solitario. Siempre lo había sido, y me sentía muy perdido. La tienda de mi madre, repleta de objetos inanimados que no podían juzgarme, ni amarme ni abandonarme, constituía un refugio. Y con el correr de los años, cuando mi rebeldía juvenil no era más que un doloroso recuerdo, aprendí a apreciar las antigüedades lo mismo que había apreciado los cachivaches de la Tienda de curiosidades del capitán Crumble: allí no había decepción posible.

Al mirar por la ventana vi a Zebedee en la acera nevada charlando con una joven mamá y sus dos niños, uno en la sillita y otro que llevaba de la mano. Tenían las mejillas coloradas como manzanas y los ojos brillantes, y en el aire frío su aliento se convertía en nubecillas de vapor. Pensé en Linda, y en lo buena madre que sería. ¿Había sido un estúpido al dejar que un futuro más que aceptable se me escurriera de entre los dedos como el cordel de un globo inflado de aire? ¿Tendría una segunda oportunidad de fundar una familia? Zebedee agitaba los brazos y hacía reír a los niños. La madre los contemplaba con indulgencia, feliz de verlos contentos. Era una escena de puro amor.

Localizar a Matías no resultó tan difícil como pensaba. El número de teléfono que me había dado no me sirvió, como era de esperar, veinte años más tarde, pero recordé que quería criar pájaros cuando se jubilara, y se lo mencioné a la señora que me contestó al teléfono. Ella me dio la idea de llamar al aviario de Valparaíso. El encargado del aviario soltó una carcajada al oír el nombre de Matías.

—¿Ese gordo loco? —preguntó, y me dio su teléfono y dirección sin dudarlo.

Y es que Matías, con su inmensa figura, era un personaje peculiar, un tipo reconocible en cualquier lugar del mundo. Pensar en él me hacía sonreír.

—¿Hola? —Cuando respondió al teléfono con su voz gruesa y poderosa me sentí en casa. No había cambiado en lo más mínimo.

—Matías, soy yo, Mischa. —No le costó reconocerme. Me saludó con la misma alegría que si nos hubiéramos despedido el día anterior.

—¡Mischa! Ahora serás un hombre.

Me reí.

—Soy un viejo, Matías.

—Si tú eres un viejo, yo tendría que estar bajo tierra. ¿Cómo está tu madre?

Deseé haberle llamado antes.

—Ha fallecido.

—Lo siento, Mischa.

Se me hizo un nudo en la garganta. Mi madre y yo siempre habíamos sido barquitas a la deriva en un mar agitado. Coyote fue la roca a la que nos amarramos durante un tiempo, y Matías la cueva donde nos refugiamos cuando la roca nos falló. Tenía un inmenso deseo de refugiarme en sus poderosos brazos como había hecho de niño y de llorar la pérdida de mi madre hasta aliviar mi corazón herido.

—Me gustaría ir a veros —gemí.

—Puedes venir cuando quieras, Mischa, ya lo sabes. Eres el hijo que nunca tuve. —Debió de notar mi pena porque me habló con ternura—. Ven mañana. Te iré a buscar al aeropuerto de Santiago.

No perdí ni un minuto. De repente me ahogaba y tenía prisa por salir de la ciudad. Metí cuatro cosas en una maleta y dejé el apartamento tal como estaba, con el correo todavía sin leer y la bolsa de recuerdos sobre mi cama. Sólo me llevé la pelotita de goma, que me metí en el bolsillo, como siempre.

Una vez a bordo del avión me sentí más tranquilo. No sabía que había iniciado un viaje que me obligaría a enfrentarme a mis demonios. Esta vez no me había limitado a esconder la cabeza debajo de la almohada, sino que había seguido mi instinto.

Cuando el avión se elevó por encima de las nubes, dejando atrás las luces de Nueva York, me sentí más optimista. Era posible que Matías tuviera alguna pista sobre la desaparición de Coyote. En realidad, nunca hablamos del tema. Ignoraba si lo había hablado con mi madre, porque ella no me dijo nada. Cuando Coyote desapareció yo era sólo un niño, y en la adolescencia no quise saber nada del tema, seguramente como autodefensa, pero no me enfrenté a la realidad. Lo que no sabía no podía herirme, o eso creía. Sin embargo, la herida era demasiado profunda, y por más que exteriormente parecía haber cicatrizado, por dentro sangraba aún. Partí con la idea de encontrar a Coyote, pero en realidad quería volver a casa.

No me importó que el vuelo fuera largo; me dediqué a pensar. Me sentía suspendido entre dos mundos: el presente, que dejaba atrás en Nueva York, y el futuro, que era en realidad un retorno al pasado. Amanecía cuando el avión sobrevoló la cordillera de los Andes. El sol se elevaba en un cielo azul cobalto iluminando unos áridos pliegues de color tostado que anunciaban el calor del verano. Cuando empezamos a descender sobre Santiago vi por primera vez el famoso *smog* que se formaba en aquel valle entre montañas, una sopa espesa esperando a que el viento la disipara. Me olvidé de Linda, de mi fría oficina en el centro de Nueva York y del silencioso apartamento de mi madre. Cuando vi a Matías esperándome en la zona de Llegadas, tomé conciencia de lo perdido que me encontraba.

El pelo rizado de Matías se había vuelto gris, pero por lo demás los años le habían dejado poca huella. Su rostro rubicundo se iluminó con una sonrisa al verme y nos fundimos en un abrazo. Ahora yo era más alto que él, pero aparte de eso me sentía de vuelta al hogar. Matías se rió con ganas y me dio una palmada tan fuerte en la espalda que no pude evitar una mueca de dolor.

—*Dios*, cómo has crecido. ¿Qué has estado comiendo?

—No te imaginas cuánto me alegro de verte. —Apoyé las manos sobre sus gruesos hombros y clavé la mirada en esos ojos color café con leche que tan bien conocía.

—Claro que lo sé, porque yo también me alegro. —Sacudió la cabeza con fastidio—. No teníamos que haber dejado que pasara tanto tiempo. Le echaré la culpa a María Elena. ¡Es más fácil culpar a una mujer! —Cogió mi maleta y, asombrado de lo poco que pesaba, me condujo al aparcamiento.

Miré agradecido a mi alrededor. Después del frío y la nieve de Nueva York, resultaba agradable sentir en la piel el calor del verano y aspirar el aire cargado de olor a flores. Todavía era temprano, pero había mucha humedad y el ambiente era pesado. Los pájaros cantaban en las altas y correosas palmeras y las abejas zumbaban en los arriates. Matías se detuvo frente a una vieja camioneta pintada de blanco que olía a cuero y a polvo. En la parte trasera se apilaban las pajareras, los sacos de semillas y otros trastos; lanzó allí de cualquier manera mi equipaje, se puso unas gafas de sol y subió al vehículo. El asiento junto al conductor tenía un agujero, y un calcetín rojo hacía las veces de pomo en la palanca del cambio de marchas. Me acomodé y estiré las piernas cuanto pude.

—¿Para qué son todas estas cajas? —le pregunté.

Matías se encogió de hombros.

—Compro pájaros en el aviario de Valparaíso y los suelto en mi jardín.

—¿Y se van?

—Algunos se van y otros se quedan. Les pongo la comida que les gusta, y muchos son tan golosos como yo, así que se quedan.

—En el aviario me dieron tu teléfono.

—Pensaba que María Elena le había enviado a tu madre nuestra nueva dirección. Hace ya quince años que nos mudamos.

—Siempre decías que cuando te jubilaras te dedicarías a la cría de pájaros.

—¡Todavía te acuerdas! —Me dio una palmada en la rodilla. Aunque conservaba un aspecto juvenil, tenía manchas de edad en las manos—. Me alegro de que te tomaras la molestia de encontrarme, hijo.

Matías solía sembrar su conversación de expresiones en castellano. No recuerdo cuándo empezó exactamente, pero poco después de que Coyote desapareciera empezó a llamarme así, «hijo». Saliendo de Santiago, en dirección a la costa, los blancos edificios iban dejando paso al desierto y hacía mucho calor, incluso con las ventanillas abiertas. El aire cálido me daba en la cara y me alborotaba el pelo, renovándome por dentro.

—No has cambiado nada —le dije.

Matías se encogió de hombros.

—Estoy un poco más gordo, pero por lo demás soy el mismo, lo que es una suerte. No me gustaría ser otra persona. —Cuando se reía con su risa profunda, alzaba la barbilla e inflaba el pecho—. Tú, en cambio, pareces un hombre, hijo. —Me dio una palmada en el muslo—. ¡Aquel guapo chiquillo se ha convertido en un hombre, por fin!

Al cabo de una hora, Matías detuvo la camioneta frente a una caseta rodeada de macetas con flores de vivos colores y bajó del coche. Una anciana vestida de negro se abanicaba con una revista, unos sucios chiquillos jugaban bajo la ancha sombra de un árbol, y un burrito dormía de pie, atado al tronco con una cuerda.

—Vamos a beber un zumo —dijo. Saludó con la mano a la anciana, que le devolvió el saludo.

Los chiquillos me observaron. Supongo que les resultaba extraño, tan pálido y rubio. Uno de los críos le dio una patada a una lata de coca-cola y me la envió rodando hasta los pies. Todos se quedaron mirando a ver qué hacía, y cuando les devolví la lata de una patada estallaron en gritos de júbilo. Matías les dijo algo en castellano y se echaron a reír.

—Creen que eres un gigante —dijo—, y tienen miedo de que te los comas.

Nos dirigimos a la cabaña.

—¿Y qué les has dicho? —pregunté con curiosidad, porque me parecía que los había dejado muy nerviosos.

—Les he dicho que sólo comes perros, y ya no queda ninguno en tu país. ¡Por eso estás aquí!

Levanté la vista al cielo.

Dentro de la cabaña se estaba más fresco, pero me costó habituarme a la oscuridad. Detrás del mostrador, un joven oía la radio. Había una nevera con bebidas frías y un expositor lleno de bocadillos que me despertaron un hambre feroz.

—Te recomiendo los bocadillos de aguacate —dijo Matías—. Y los zumos que preparan son los mejores de Chile.

Una joven muy bonita, de piel morena y una larga trenza que casi le llegaba al trasero, salió de detrás de la cortina de cintas. Al verme sonrió y se ruborizó. Matías la saludó en castellano y conversaron un rato. Pero aunque hablara con Matías, la joven me iba lanzando miradas, incapaz de apartar los ojos de mí. Me sentí halagado, pero también sorprendido, porque no debía de tener muy buen aspecto, recién llegado del aeropuerto, sin duchar y sin afeitar.

Matías pidió dos zumos de frambuesas y dos bocadillos de palta, aguacate, y nos sentamos en una mesa a la sombra.

—Sigues teniendo éxito con las mujeres —bromeó Matías dándome un codazo—. Cuando eras un crío ya te comían en la mano, y ahora apareces aquí sucio y con barba de tres días como si acabaras de salvarte de un naufragio, y te encuentran irresistible.

—No me merezco tantas atenciones —dije sonriendo.

—¿Tienes una chica esperándote en casa?

—Ya no.

—Qué pena. Un hombre tan guapo como tú, pero en realidad no me sorprende. Me detengo aquí cada vez que voy a Santiago —añadió, cuando estuvimos sentados—. El sitio es encantador, y también la pareja que lo lleva. La anciana es la madre de José.

—Así vestida, tendrá calor —comenté.

Matías dio un mordisco a su bocadillo.

—Está de luto —aclaró.

—¿Cuándo murió su marido?

—Hace unos cuarenta años. —Se rió al ver mi cara de sorpresa—. No me preguntes cómo murió porque lo ignoro, pero ella llevará luto hasta que muera. Y no creo que tarde demasiado. —De repente se puso serio y dejó el bocadillo sobre la mesa—. No he tenido valor para preguntártelo, pero ha llegado el momento. ¿Cómo murió tu madre, Mischa?

—Tenía cáncer.

Matías meneó la cabeza y suspiró profundamente.

—Siempre se van los mejores.

—Ella sabía que iba a morir. Me traspasó el negocio y arregló sus asuntos. Sólo hay una cosa que me tomó de sorpresa, y pensé que a lo mejor sabías algo.

—Dime.

—Tenía un Tiziano.

—¿Un Tiziano?

—Sí, *La Virgen Gitana*.

—¿Un auténtico Tiziano?

—Es auténtico, y lo donó al Metropolitan.

—Tuvo que ser una mujer de negocios muy perspicaz para invertir en semejantes obras de arte.

—De eso se trata, Matías. Yo ignoraba que tuviera ese cuadro, y desde luego ella no tenía medios para comprarlo.

Se incorporó y me miró ceñudo.

—¿No tienes ni idea de cómo llegó el cuadro a sus manos?

—No sé nada de nada.

—¿Se lo preguntaste?

—Se negaba a hablar del tema. Sólo me dijo que tenía que devolverlo, y lo dijo llena de determinación, absolutamente decidida. Joder, Matías, al final estaba tan triste, tan tremendamente triste… como si al entregar el cuadro estuviera entregando su propia alma. Te parecerá raro, pero le costó un gran esfuerzo decidirse. Le dije que se quedara con el cuadro, pero ella movió la cabeza con resignación, como solía hacer, y me aseguró que tenía que devolverlo, pero que no me podía explicar por qué.

—¿Se lo regaló alguien? ¿Había un hombre en su vida, un amante?

Me sentía decepcionado. Esperaba que Matías supiera algo.

—No había nadie. Precisamente quería preguntarte si esto podía tener relación con Jupiter.

Matías dio un mordisco a su bocadillo.

—En Jupiter no hubo nada de eso. Dios mío, de haber tenido ese tipo de mercancía en el almacén me habría comprado un palacio, y no una humilde casita junto al mar. Lo siento, hijo, no puedo ayudarte. Pero este misterio me intriga. A lo mejor María Elena sabe algo. Hubo una época en que eran íntimas, tu madre y ella. Aunque me extrañaría que me hubiera ocultado algo tan importante. María Elena es estupenda, pero no sabe guardar un secreto, por lo menos no uno tan grande.

Seguimos nuestro viaje a través del desierto. De vez en cuando veíamos carros tirados por caballos y pasábamos junto a grupos de chabolas cubiertas con planchas de cinc acanaladas, niños que jugaban entre los árboles y chuchos famélicos correteando en busca de comida, con el morro pegado al suelo reseco. En medio de aquel desierto implacable, enormes letreros anunciaban pañales y detergentes. Finalmente, desde lo alto de las montañas divisamos el Pacífico, un azul intenso que destellaba al sol. La carretera iniciaba una serie de curvas para entrar en Valparaíso, una ciudad portuaria de altos edificios de oficinas y parques con exuberantes palmeras que parecían tocar el cielo. Había una parte elegante y decadente que para mí reunía mucho encanto, casas que fueron señoriales, con sus grandes verjas, sus porches y sus avenidas, y que ahora se caían a pedazos entre las callejuelas atestadas de tráfico. Por todas partes se veían las cicatrices de los continuos terremotos de Chile: grietas en los muros, en el estuco de las casas, en el firme de las calles.

Seguimos por una carretera con muchas curvas junto a la costa, donde el aire era más fresco. Vimos focas que tomaban el sol sobre las rocas y mamás con sus niños jugando en las pequeñas calas que se abrían de vez en cuando entre la piedra negra. Finalmente, la camioneta subió por una empinada colina y entró en un jardín lleno de macizos de gardenia. Matías hizo sonar la bocina.

—¡Bienvenido a casa! —exclamó—. Hacía mucho que te esperábamos.

Cuando vi aparecer a María Elena con un vestido azul pálido y el pelo gris recogido en una trenza, mi alegría se mezcló con un punto de tristeza. Bajé de la camioneta y corrí a abrazarla, y a pesar de que era una mujer de huesos grandes, me pareció pequeña y frágil entre mis brazos. Enterró el rostro en mi pecho y me apretó con fuerza, demasiado emocionada para hablar. Oí sus hipidos, y cuando apartó la cara me dejó la camisa mojada de lágrimas. Me volví a Matías y lo vi tan desesperado como su mujer. Sacó mi maleta del vehículo y me dio una palmada en la espalda, otra vez con tanta fuerza que casi me tira al suelo.

—Nos sentimos felices de que hayas venido —dijo. María Elena asintió temblorosa.

—Por fin —susurró—. He esperado veinticinco años este momento, veinticinco años. Pero tú no lo entiendes, no entiendes nada. —Vino junto a mí y me tomó la cara entre las manos, haciendo que me inclinara para besarme. Noté sobre la mejilla sus labios húmedos. María Elena tenía razón, yo no entendía nada, pero no me importaba.

25

Nos sentamos en el porche, desde donde se veía el jardín y el mar más abajo. La brisa traía aromas de gardenia mezcladas con el olor húmedo y ligeramente cenagoso que venía del océano. Entre los árboles revoloteaban pájaros de un sinfín de tamaños y colores, llenando el aire con sus gritos como si quisieran competir en estruendo con los niños que jugaban en el jardín vecino. Un loro verde se posó en el respaldo de la silla de Matías, y cuando él tomó asiento pasó a ocupar su hombro, estirando las patas con la habilidad de un danzarín. Matías charlaba con nosotros mientras le daba nueces al loro, quien las cogía con el pico y las giraba con la garra hasta que conseguía partirlas, sin dejar de mirarnos con ojillos negros llenos de interés.

La casa, blanca, con un tejado de tejas rojas y postigos verdes, me gustó desde el primer momento. Necesitaba una capa de pintura, y una ancha grieta corría irregularmente por una de las paredes, pero las flores que se adherían al estuco eran tantas y tan brillantes que no te fijabas en los defectos de éste. En cuanto llegué me gustó el ambiente que creaban. Las palmeras y los macizos de gardenias que la rodeaban contribuían a crear una sensación de refugio.

Se presentó una criada mayor, menuda, con uniforme azul pálido, portando una bandeja de bebidas.

—Tienes que probar el pisco sauer, sour —dijo María Elena—. Es un cóctel tradicional chileno que se prepara con limón y pisco, te gustará. —La criada dejó los vasos y la jarra sobre la mesa y desapareció dentro de la casa—. Estoy tan contenta de que hayas venido. —Me sirvió una copa.

—¡Joder, qué bueno está! —exclamé, mientras la ácida bebida me hacía arder la garganta.

—Cuando te marchaste eras todavía un crío alto y desgarbado, con unas piernas y unos brazos interminables —dijo María Elena—. Ahora te has convertido en ti mismo.

—Vosotros no habéis cambiado —comenté, después de tomar otro trago—. Estáis tal y como os recordaba.

—Bastante más viejos, me temo —suspiró ella.

—El tiempo te hace envejecer —gruñó Matías. Le dio al loro otra nuez.

—¿Cómo se llama el loro? —le pregunté.

—*Alfredo*. Lo rescaté de una tienda de animales.

—Aquí vivirán muy bien.

Matías soltó una carcajada.

—Están tan gordos y felices como sus amos.

—Lo llenan todo de porquería —dijo María Elena exasperada—. Pero ¿qué quieres que haga?

—Calla, mujer. Tú también les tienes cariño. Lo sé porque veo tu rostro lleno de amor cuando les das de comer.

María Elena rió y movió la cabeza con resignación.

—¡Eres un viejo tontorrón!

Seguimos charlando y bebiendo. El calor me soltó la lengua y me ablandó el corazón. Me sentía feliz de estar allí, lejos de la nieve y de Nueva York, lejos de Linda y del apartamento vacío de mi madre. Le pregunté a María Elena si sabía algo del cuadro, pero ella estaba tan sorprendida como yo.

—¿Un Tiziano? ¿Un Tiziano auténtico?

—Sí, y no me dijo nada hasta el final, poco antes de morir, cuando aseguró que tenía que devolverlo a la ciudad.

—¿A la ciudad? —María Elena levantó las cejas con perplejidad.

—Bueno, no dijo exactamente eso, sino que «tenía que devolverlo». Se lo regaló al Metropolitan.

María Elena arrugó el ceño.

—¿A quién tendría que devolvérselo?

—No lo sé, porque ignoro quién se lo dio. Confiaba en que Matías y tú supierais algo.

—Si el cuadro pertenecía a una persona o a una familia, tu madre se lo hubiera devuelto, pero si era robado, bueno, eso es otro tema…

—Pero no crees que lo robara mi madre, ¿no?

—No, tu madre era una mujer honrada. Además, ¿cómo podría haber hecho algo así? Es imposible. ¿Qué sentido tiene robar un cuadro tan famoso? ¿Quién iba a comprarlo? —Le dirigió a Matías una mirada furtiva que despertó mi curiosidad—. Lamento mucho que sufriera —añadió, bajando la mirada—. Aunque al final nos distanciamos, yo la quería mucho.

Estaba claro que me ocultaban algo, pero no tenía ni idea de qué podía ser.

—He visto a Coyote —dije, dejando la copa sobre la mesa. Los dos me miraron perplejos—. Hace unos días se presentó en mi oficina.

—¿Cómo está? —preguntó María Elena.

—Prácticamente irreconocible. Más parecido a un vagabundo que al hombre atractivo que conocíamos.

—¡Dios mío! —acertó a decir Matías. *Alfredo* trepó por su pecho y empezó a picotearle los botones, pero Matías no se inmutó—. ¿Qué le ha ocurrido?

—No lo sé. No me lo explicó.

—¿No se lo preguntaste?

—Yo estaba demasiado enfadado.

—Por supuesto, lo entiendo. —María Elena volvió a llenarme la copa—. Además, ¿cuántos años han transcurrido? ¿Más de treinta?

—En cuanto se marchó, me vinieron a la cabeza todas las preguntas que quería hacerle y salí corriendo a la calle, pero ya no lo encontré. Supongo que lo he vuelto a perder.

—¿Por qué volvió?

—Había leído algo sobre el Tiziano, el tema salió en todos los diarios, como os podéis imaginar. Era una obra sin catalogar de un maestro de la pintura... todo el mundo se preguntaba de dónde había salido, incluso Coyote. No sabía nada del fallecimiento de mi madre. Se quedó muy impresionado.

—¿Tu madre no dio ninguna pista?

—Absolutamente nada.

—Y Coyote va y aparece de repente. —Matías movió la cabeza con ademán desdeñoso—. Podemos eliminarlo de la lista de sospechosos. Si tuviera algo que ver con el cuadro, hubiera dado señales de vida. ¡Aunque lo veo muy capaz de robar un Tiziano!

—¡Como si fuera tan hábil para eso! —exclamó burlona María Elena.

—Pero ¿a dónde se marchó? —volví a preguntar. En mi rostro debía de reflejarse la angustia porque mis amigos volvieron a intercambiar una mirada misteriosa—. Vosotros sabéis algo, ¿verdad? Ahora ya me lo podéis contar. Lo he superado hace mucho tiempo.

Matías cogió a *Alfredo* y lo dejó con cuidado en el suelo. Acarició la cabecita del loro con su dedo grueso como una salchicha, se acomodó y se sirvió otra copa. Los tres estábamos ya un poco bebidos. La mezcla de copas y calor había actuado como un lubricante emocional, y sentíamos que no podía haber secretos entre nosotros.

—Coyote estaba casado —dijo por fin Matías. La noticia me sentó como un mazazo. Ahora entendía por qué mi madre se había encerrado durante tres días en su dormitorio.

—Mierda, yo no entendía nada. Me preguntaba por qué mi madre se ponía tan furiosa cuando él iba diciendo por ahí que se habían casado en París. ¡Me parecía un lugar tan romántico para casarse! Ahora entiendo que no podía casarse con ella.

—Su familia vivía en Virginia, a las afueras de Richmond.

Moví la cabeza con incredulidad.

—Mi madre estaba destrozada. Se encerró en su dormitorio y estuvo tres días sin querer salir, pero finalmente apareció y dijo que no quería hablar del tema nunca más. Le obligó a comprar un anillo para ella. Decía que era por mí.

—No quería que la gente pensara que tenían una relación indecorosa. La gente puede mostrarse muy cruel en estos temas.

—A mí me lo vas a decir —contesté. Pero no estaba seguro de que ellos supieran lo que había ocurrido en Francia. A mi madre nunca le gustó hablar de eso—. Así que cuando se iba de viaje de negocios, en realidad estaba con su familia, en Richmond.

—Supongo que sí —dijo Matías muy serio—. Aunque puedo afirmar con total seguridad que a tu madre la quería como nunca había querido a nadie.

Eché un vistazo a mi alrededor, al pequeño paraíso que nos rodeaba, y me pregunté si alguien podía saber de verdad lo que había en el corazón de Coyote.

—¿Por qué la abandonó, si la quería tanto?

—Coyote era un enigma, incluso para los que mejor le conocíamos. No sé mucho sobre su infancia y juventud en Virginia, pero puedo decirte que lo tuvo bastante crudo. Su padre era un borracho y le pegaba, su madre tenía dos empleos y estaba siempre fuera de casa, así que él correteaba por ahí como un perro callejero. No sé si tenía hermanos. No le dieron mucha educación. Vivía... ¿cómo te diría?

—Improvisando —dije, recordando las palabras exactas de Coyote y su tono irónico al pronunciarlas.

—Improvisando —repitió Matías riendo. Seguramente él también lo había oído de sus labios.

—Se casó joven, pero no soportó que lo amarraran a un sitio, era un espíritu libre. Se dedicó a viajar por el país con su guitarra y su magnetismo personal. Lo conocí en México. Entonces se llamaba Jack Magellan y tenía a todas las mujeres a sus pies. Éramos jóvenes, poco más de veinte años, y nos llevábamos bien. Montamos un negocio en Nueva Jersey y él se hizo llamar Coyote, porque así era como le llamaba de niño un viejo fugitivo negro.

—El anciano de Virginia —dije, contento de encajar una nueva pieza del rompecabezas—. El que le enseñó a tocar la guitarra. ¿Y por qué en Nueva Jersey?

La mirada de Matías se tiñó de nostalgia.

—Coyote no hacía nada de una manera convencional. Tomó un mapa de Estados Unidos y cerró los ojos, y yo le hice dar varias vueltas sobre sí mismo. Luego puso su dedo sobre el mapa, era Nueva Jersey, y ya está.

Recordé el rostro de Coyote que aparecía en mi sueño.

—Pero estuvo en la guerra, ¿no?

—Sí. Cuando Estados Unidos entró en la guerra, Coyote se alistó. Le gustaba la aventura.

—¿Y su familia?

—Dios sabe si su esposa lo aguantó. Nunca hablaba de ella, y yo no hice preguntas.

—Coyote siempre estaba huyendo, Mischa —dijo María Elena con ternura—. Abandonó a su esposa y a sus hijos, fue a la guerra para huir, y a su regreso no estaba nunca quieto. Su trabajo consistía en viajar por todo el mundo comprando objetos. Creo que huía de sí mismo.

—Y era una persona distinta en cada Estado, hijo. Apuesto a que ni siquiera se llamaba Jack Magellan. Coyote era un apodo que le iba muy bien. ¡Realmente era un perro salvaje!

—Ni siquiera él sabía quién era en realidad —añadió María Elena.

—Así que volvió a huir, esta vez de nosotros —resumí.

—Ésta es la parte de la historia que no acabo de entender, hijo —dijo Matías, sacudiendo su testa llena de rizos—. El negocio marchaba bien, ganábamos dinero. Era feliz con tu madre y a ti te quería.

—Oh, Mischa, te adoraba, y estaba muy orgulloso de ti —dijo María Elena.

—Y entonces, ¿por qué no regresó?

—Yo estaba convencido de que había muerto —dijo Matías muy serio.

—Por lo menos eso habría tenido sentido —coincidió María Elena—. Pero ahora que sabemos que no está muerto, el misterio se vuelve más denso.

—No tiene lógica. ¿Creéis que su desaparición puede estar relacionada con los ladrones que entraron en casa y también en la tienda? —sugerí.

—Tal vez —dijo Matías—. Coyote era un hombre muy misterioso, aunque te diera la impresión de que lo conocías bien. Tenía tantas capas como una cebolla, y nadie sabía lo que guardaba en su interior. Supongo que si supiéramos toda la verdad nos quedaríamos de piedra, porque nunca hacía las cosas de una manera convencional.

—Ni honesta —intervino María Elena—. Era tan imposible de apresar como un fantasma. Y debo añadir que buena parte de lo que vendía en la tienda era falso o robado.

—Pero no había ningún Tiziano —dije.

—Ninguno. Créeme, de haber tenido un Tiziano guardado en la tienda, no se habría marchado.

Aquella noche cenamos en Viña del Mar, en un restaurante de pescado desde donde se veía el océano. Las mujeres me parecieron muy guapas, de piel dorada y largo pelo negro. A la trémula luz de las velas tenían los ojos brillantes y llenos de misterio. Yo las contemplaba descaradamente, deteniéndome en cada una con mirada apreciativa, y ellas bajaban rápidamente los ojos como pajarillos asustados, con una timidez que nunca había visto en Estados Unidos. Linda ya no era más que un recuerdo lejano, a miles de kilómetros de distancia.

—Me alegra que hayas encontrado tu camino y hayas tenido éxito con tu negocio —dijo María Elena con afecto maternal.

—Fue mi madre la que convirtió la tienda en un negocio próspero, yo sólo he tenido que continuarlo.

—Pero seguro que tienes ojo para estas cosas, ¿no?

—Me gustan las antigüedades, me gusta sentir el pulso del pasado en su interior, los ecos de las personas que tuvieron el objeto en sus manos, de los lugares por donde pasaron. Me gusta imaginar lo que sucedió en los castillos ingleses, en los *châteaux* franceses, en los *palazzi* italianos o los grandes *Schlösse* alemanes, a las grandes familias que vivieron en ellos durante siglos y coleccionaron tesoros llegados de lejanos lugares del planeta, a veces haciendo viajes larguísimos para regresar con preciosos objetos. Me gusta tocar la madera y sentir su latido, porque os aseguro que la madera tiene corazón y puedes oírlo.

Me estaba mostrando más abierto de lo que nunca había sido con nadie. Jamás había sido capaz de hablar sobre amor y sentimientos.

—Había un viejo escritorio de nogal que te encantaba cuando eras pequeño —dijo Matías.

—Ya me acuerdo —exclamé con entusiasmo—. ¡Era precioso! Tenía cajones secretos, y debajo del tablero había un segundo nivel que normalmente quedaba oculto.

—Siempre preguntabas de dónde venían las cosas. Había un tapiz que te fascinaba. —Matías bebió un sorbo de vino.

—Ya me acuerdo, Baco y sus ninfas, todos borrachos. Me recordaba el *château* donde viví de niño.

—Tu madre nunca hablaba de Francia —musitó María Elena.

—Porque en realidad no vivíamos en el *château*, que pertenecía a una familia antes de la guerra. Mi madre trabajaba allí como criada, y cuando los alemanes lo ocuparon, se enamoró de uno de los oficiales.

—Nunca nos habló de eso —dijo María Elena—. Pensaba que tu padre era francés.

—No, mi padre era alemán, y al acabar la guerra mi madre fue duramente castigada por su traición. Por eso perdí la voz, por la humillación que sufrió, y porque casi me matan.

—¡Mischa, no sabía nada! —Con los ojos llenos de lágrimas, María Elena apoyó la mano sobre mi brazo. Sin pensarlo, apoyé la mano sobre la suya y la dejé allí.

—Nunca había hablado de esto con nadie —confesé—. Ni siquiera con Linda, mi novia durante nueve años.

—¿Te lo has guardado todo este tiempo?

—Nunca tuve necesidad de compartirlo. Mi madre me entendía, era mi mejor amiga.

—Ya lo sé. Te quería con toda su alma.

—Dijiste que Coyote te había devuelto la voz —dijo Matías—. Recuerdo que lo dijiste por la radio.

—¡Gray Thistlewaite! —reí—. «A todos los que me estáis escuchando, en vuestros salones y en vuestras cocinas, voy a intentar, dentro de mis pequeñas posibilidades, haceros la vida más alegre y llevadera» —recité, imitando su voz a la perfección. Matías estalló en carcajadas que parecían los rugidos de un león—. Cuando dije que Coyote era mágico lo decía en serio. En cuanto llegó él, todo cambió. No os hacéis una idea de cómo nos trataban en el pueblo antes de su llegada. Éramos unos parias, nos trataban peor que a las ratas que cazaban con trampas en la bodega. Coyote se puso a tocar su guitarra y a cantar viejas canciones de vaqueros y ablandó el corazón de la gente. Primero los niños me dejaron jugar con ellos, y luego los adultos empezaron a perdonar. Coyote conseguía encandilarlos o hacer que se avergonzaran de sus actos. Tengo un vago recuerdo que no sé si es totalmente cierto: recuerdo que fue Coyote quien nos rescató de las garras de una muchedumbre enfurecida. A mi madre la habían desnudado, la habían rapado. Estaba asustada y pálida como una muerta. Me alzaron por encima de la multitud y recuerdo sus gritos de odio. Luego alguien me puso en brazos de mi madre y un norteamericano le puso su chaqueta sobre los hombros, y juraría que era Coyote.

—Es muy posible —dijo María Elena—. Y tal vez por eso volvió, porque estuvo presente en la liberación del pueblo.

—Podría ser —dije, encogiéndome de hombros—. Yo sólo tenía tres años.

María Elena me pidió que continuara.

—Quiero saberlo todo —dijo.

—Un domingo Coyote nos acompañó a la iglesia. Yo detestaba ir a misa, porque era someterse a una humillación. Allí estaban los que nos habían maltratado y habían pedido nuestras cabezas, los que vinieron armados de hoces y martillos con la intención de matarnos a golpes. Incluso el cura presenció aquello sin hacer nada. Y mi madre insistía todos los domingos en que fuéramos a misa y nos sentáramos en medio de aquellas gentes a rezar. No sé por qué lo hacía, supongo que para demostrarles que no les tenía miedo, que no la habían derrotado. Pero yo estaba muy asustado. Sin embargo, todo cambió en cuanto Coyote vino con nosotros. Ya no nos miraban con odio, sino con admiración. Y de repente, en mitad del servicio, creí oír la voz de un ángel, pero no era un ángel, sino mi propia voz, que por fin me había sido devuelta.

María Elena se secó las lágrimas con mano temblorosa.

—Mischa, mi amor, no sabíamos que habías sufrido tanto.

—Coyote lo arregló todo. De no ser por él, habríamos vivido siempre ocultos y con miedo, y yo hubiera sido incapaz de comunicarme con nadie.

—Entonces se marchó —dijo Matías.

—Y yo perdí el rumbo.

—Es comprensible.

—Pero tú tienes buena parte del mérito —dijo María Elena—. Coyote te ayudó a abrir tu corazón, pero todo el resto lo has hecho tú solo.

Aquella misma noche, María Elena y yo fuimos a pasear solos por la playa. Bajo aquel cielo despejado y cristalino, me pareció que las estrellas eran los ojos de un mundo más allá de nuestros sentidos, un mundo donde esperaba que mi madre se hubiera reunido por fin con mi padre y hubiera encontrado la paz, ahora que yo empezaba a desvelar los secretos que ella guardó durante tanto tiempo.

—Ahora entiendo por qué tu madre se mostraba tan protectora contigo —dijo María Elena cogiéndome la mano.

—Siempre estuvimos los dos solos, los dos contra el mundo.

—Porque no había sitio para nadie más. —Fruncí el ceño. María Elena alzó la mirada hacia mí. A la luz de la luna, sus arrugas parecían ríos en un mapa—. Sabes que tengo razón. ¿No te parece que Linda debía de sentirse como una extraña?

—Tal vez. Nunca le di una oportunidad.

—Tú fuiste el hijo que no habíamos tenido, Mischa, y tu madre lo sabía. ¿Por qué te imaginas que os marchasteis de Nueva Jersey?

—Porque Coyote ya no estaba y mi madre no tenía nada que hacer allí.

—No, porque no podía soportar que quisieras a otra persona.

—¡No es cierto! —exclamé, pero mi voz no sonó muy convincente.

—Es así, te quería sólo para ella. Cuando os trasladasteis a Nueva York, intenté quedar con ella muchas veces porque quería verte. Pero ella siempre estaba ocupada con una cosa u otra. Desaparecisteis.

—Yo pasaba por una etapa difícil —dije con una carcajada amarga.

—Y yo quería ayudarte. Eras muy inestable. Cuando Coyote se fue, te deslizaste por una pendiente terrible. Quería ayudarte, pero tu madre se opuso. Ahora lamento no haberlo intentado con más energía. Nos quedamos destrozados cuando os fuisteis de la ciudad. Al final, la única manera de seguir adelante era volver a Chile.

—Recuerdo que jugaba con los perros en vuestro jardín —dije, lleno de pesar.

—*Gringo* y *Billy*.

—*Gringo* y *Billy*. ¿Qué fue de ellos?

—Siguieron el camino de todas las criaturas. —María Elena alzó los ojos al cielo—. Tu madre era una buena mujer. Ahora que conozco vuestro pasado entiendo por qué se aferraba a ti. Eras lo único que tenía.

—Y ella era lo único que yo tenía —añadí.

Algo se rompió de repente en mi interior. Oí el chasquido, pero era demasiado tarde para evitar el desbordamiento. Nos sentamos sobre la arena y María Elena me rodeó con sus brazos, una frágil mujer abrazando a un gigante. Me puse a sollozar como un niño. Dejé escapar toda la pena que había ido reteniendo a lo largo de los años, y así empecé a curarme.

26

Me quedé quince días con Matías y María Elena, quince largos días de verano dedicados a conocernos otra vez. Bebimos demasiado pisco sour, reímos hasta que nos dolieron las mandíbulas y, sobre todo, rememoramos. Ya no tenía secretos para ellos. Me ocurrió como a las ostras, que una vez que se abre la concha, ya no se vuelve a cerrar. Al atardecer, cuando la luz ambarina lo inundaba todo de un resplandor casi sobrenatural, caminábamos descalzos por la playa, y las olas que me lamían los pies se llevaban toda mi tristeza. Observé cómo acariciaba y alimentaba Matías a sus pájaros, cómo jugaba con ellos y con qué ternura los cuidaba, y me di cuenta de que eran ellos los hijos que nunca tuvo, no yo. Me habría quedado más tiempo ahora que habíamos vuelto a encontrarnos, pero no podía. Matías y María Elena me habían dado el valor necesario para volver a Maurilliac y desenterrar los esqueletos del pasado.

Fue duro partir y ver sus rostros apenados. Matías me dio una palmada demasiado fuerte en la espalda y me abrazó con tanta fuerza que casi me ahoga. María Elena me plantó un beso en la mejilla, y lo seguí notando durante todo el viaje a Francia, suave y ligero como un susurro. Me dijeron que siempre podría contar con ellos, pero no era cierto. Nada en la vida es para siempre. Teníamos tiempo por delante, pero un día se nos acabaría. Un día ellos desaparecerían y yo volvería a quedarme solo, un *chevalier* solitario.

Volver a Francia me resultaba difícil. Sabía que los viejos demonios, como Monsieur Cézade y el padre Abel-Louis, estarían muertos, o tan decrépitos que ya no darían ningún miedo. A pesar de que tenía más de cuarenta años, todavía era aquel crío que se escondía detrás de una butaca del *château* con la esperanza de ver a Joy Springtoe o a Daphne Halifax.

Recordaba perfectamente el paisaje de mi niñez, y temía comprobar los cambios. Deseaba que los viñedos siguieran exactamente igual que cuando corría por allí en compañía de Pistou. Quería que Jacques Reynard continuara en su taller con su gorra ladeada y sus ojillos maliciosos. Pero si Monsieur Cézade y el padre Abel-Louis se habían convertido en unos ancianos, lo mismo le habría ocurrido a Jacques.

Me pregunté si, como adulto, los vería a todos con otros ojos, como me pasó cuando me tropecé en Nueva York con mi vieja profesora de Nueva Jersey y nos fuimos a tomar un café; aunque no me caía bien como profesora, descubrí con asombro que teníamos muchas cosas en común. ¿Sería ahora capaz de bromear con Monsieur Cézade? ¿Podría comprender al padre Abel-Louis?

Me dije que seguramente no reconocería a nadie. Me había marchado de allí a los seis años, y los rostros del pasado habían ido perdiendo color y definición con los años, como sucede con las viejas fotografías si las dejas al sol. Sólo recordaba con nitidez los rostros que aparecían en mis pesadillas, pero los demás los había olvidado. Durante mis años de ausencia habría surgido una nueva generación, se habrían abierto nuevas tiendas en la *Place de l'Église*, y unos niños desconocidos para mí jugarían al escondite entre los árboles hasta que la sombra de la iglesia descendiese sobre ellos y los hiciera volver corriendo a casa como pichones asustados. Tal vez reconocería los rasgos de Claudine en una chiquilla, o vería a Laurent en las facciones de un niño de pelo negro y ojos oscuros. De haberme quedado en el pueblo, mis hijos jugarían ahora con los suyos. ¿Y que habría sido de las gentes de Maurilliac? Tal vez los años habrían apagado sus recuerdos y embotado sus cuchillos. Hacía cuarenta años que había terminado la guerra, ¿sería tiempo suficiente para apagar su odio?

No me sorprendió saber que Coyote se había ido del hotel sin pagar la factura. Entonces parecía un hombre bien situado económicamente, pero eso era parte de su arte: como un buen actor, podía asumir cualquier identidad. Y a pesar de todo lo que me habían contado Matías y María Elena, yo seguía creyendo que el Coyote que admiraba de niño era real, y no una invención. Estaba seguro de que nadie podía fingir el amor. Lo había visto en sus ojos, en el sentimiento de cálida dulzura que dejaba en mi corazón. No, el Coyote que yo conocí me quería de verdad.

Esperaba encontrar a Claudine, confiaba en que no se hubiera marchado de la ciudad, como tanta gente en Francia. Me pregunté si sería capaz de reconocerla. En el avión cerré los ojos y rememoré su sonrisa dentona, su largo pelo castaño y sus ojos verdes. Le gustaba desafiar las normas y desobedecer a su madre. Al hacerse amiga mía había demostrado mucho valor. Me acordé de cuando jugábamos a tirar piedras al río desde el puente de piedra, y de cuando le quité el sombrero y salí corriendo con él, muerto de risa. Recordé cómo me animaba en el patio del colegio y lo mal que acabó el episodio del pez muerto. También recordaba mi enfrentamiento con Laurent. Quería volver a verla y darle las gracias. Había sido mi única amistad de infancia, a excepción de Pistou.

¿Y Pistou? Con su pelo negro, su cara de malo y sus ojos separados, capaces de entenderlo todo, había aparecido para tranquilizarme cuando sufría terribles pesadillas. Lo recordaba con claridad, como si hubiera sido un niño real, aunque sabía que era producto de mi imaginación. No creía en los espíritus. Como estaba tan solo, me había fabricado un compañero de juegos. Como estaba rodeado de enemigos, había creado un aliado: Pistou. No hacía falta que le hablara porque él oía mi voz interior y me comprendía mejor que nadie. Yo me sentía tan solo y tan asustado que había inventado un *alter ego*, un niño que hacía todo lo que yo no me atrevía a hacer, como pellizcarle el culo a Madame Duval o esconderle las gafas, o robarle los cigarros a Monsieur Duval. Imaginé que Coyote podía ver a Pistou porque deseaba con toda mi alma compartir con él eso tan especial. Sin embargo, recordaba a Pistou como un niño de verdad, recordaba su tacto y su olor, el sonido de su voz y de su risa. Mi mente adulta me decía que Pistou no había existido, y que si esperaba verlo de nuevo, sufriría una gran decepción.

Fue un viaje muy largo. Hice escala en muchos países, saltando de aeropuerto en aeropuerto como un saltamontes, hasta que finalmente tomé un vuelo de París a Burdeos, y en cuanto salí del avión, el aroma de Francia me encogió el corazón. Estábamos en febrero y no hacía calor, el cielo estaba nublado y caía una llovizna, pero había algo en el aire que me hizo sentir como en casa. Me quedé de pie sobre la pista, un poco aturdido mientras los años se iban desplegando ante mí, y supongo que había palidecido porque una amable azafata se me acercó.

—¿Se encuentra bien, *monsieur*?

—Estoy bien —le respondí en francés—. Sólo tengo que sentarme un momento.

Me acompañó hasta la recogida de equipajes y me senté.

—¿Le traigo un vaso de agua?

—Sí, muchas gracias. —Notaba la boca seca y pegajosa.

Cuando la azafata me dejó solo, miré a mi alrededor. Todo el mundo tenía compañía: las madres con sus hijos, los maridos con sus mujeres, los abuelos con sus nietos. Había algunos hombres solos en viajes de trabajo, con su americana y su portafolios, pero incluso ellos tenían el aspecto satisfecho de los que saben rodearse de amigos. Yo no era como ellos, yo estaba solo, había levantado un muro a mi alrededor y no había permitido que nadie se me acercara. Ni siquiera Linda había podido entrar, por más que lo había intentado. Nadie había sido capaz de traspasar los gruesos muros que me mantenían prisionero.

La azafata regresó con un vaso de agua. Bebí con avidez.

—¿Tiene un sitio donde alojarse? —me preguntó.

—Alquilaré un coche para ir a Maurilliac —dije, devolviéndole el vaso vacío.

—Conozco el pueblo, es muy bonito. Un tío mío vive allí, aunque como es muy antipático lo visito lo menos posible. Hay un *château* precioso y viñedos.

—Pensaba alojarme en el *château*. Es un hotel, ¿no?

—¿Ha reservado habitación? Siempre tienen mucha gente.

—Pues no, pensaba presentarme allí directamente.

La joven negó con la cabeza.

—Puedo telefonear. Es mejor reservar, por si acaso. —Me miró con curiosidad—. No eres de por aquí, ¿verdad?

—Nací aquí, pero he vivido casi toda mi vida en Estados Unidos.

—Ah, por eso tienes ese acento tan curioso. Me llamo Caroline Merchant y vivo en Burdeos.

—Mischa Fontaine —dije, extendiendo la mano para saludarla.

—Te propongo una cosa: ¿por qué no vienes a mi casa y desde allí telefoneamos y reservamos una habitación en el hotel?

Una propuesta tan directa me dejó sorprendido, pero acepté sin dudar.

—De acuerdo.

Caroline pareció complacida.

—*Bon!* Tengo el coche en el aparcamiento.

Su Citroën dos caballos de color verde lima me recordó el cochecito de juguete que me regalara Joy Springtoe. Coloqué mi maleta en el maletero, con su equipaje. Allí no había jaulas de pájaros, ni polvo, ni asientos agujereados. Caroline se sentó ante el volante y se puso unas gafas.

—No me gustan, pero tengo que llevarlas para poder conducir —dijo, con una risita.

—Te quedan muy bien —le aseguré. Se había recogido el pelo en un sencillo moño en la nuca y parecía una profesora. Pensé en lo que me gustaría soltárselo y dejar que le cayera sobre los hombros. Caroline notó que la observaba y se ruborizó.

—¿De dónde vienes? —me preguntó.

—De Chile.

—Me fijé en ti en el avión.

—¿Te dedicas a recoger a todos los norteamericanos desorientados? —le pregunté sonriendo. Caroline se ruborizó de nuevo.

—No, pero tú parecías más perdido que el resto.

—Tienes razón. Me siento perdido. Hace más de treinta años que me fui.

—¿Estuviste en la guerra?

Suspiré. La pregunta me daba una pista de cuál debía de ser mi aspecto. Eché la cabeza hacia atrás y me reí a carcajadas recordando el brutal comentario de Esther: «¡Nadie diría que sólo tienes cuarenta y pocos años!»

La puerta de entrada del apartamento de Caroline estaba semioculta al fondo de un patio interior. Caroline abrió con las llaves la verja de hierro y subimos al segundo piso por una escalera de piedra. Habíamos comprado leche y cruasanes en una pequeña tienda en la esquina. Al contemplar las antiguas calles empedradas y los edificios de piedra del siglo diecinueve sentí una inmensa tristeza por todo lo que no podía recordar. La llovizna y el día gris prestaban a la ciudad un aire melancólico.

Caroline preparó el café y nos sentamos en la cocina, junto a la ventana, para comernos los cruasanes recién hechos con mantequilla y jamón.

—¿Estás casado?

—No. —El cruasán me traía el auténtico sabor de Francia.

—Yo tampoco, y no sé si me casaré algún día. Tanto mi padre como mi madre se han vuelto a casar. No son un buen ejemplo.

Al pensar en la relación entre mi madre y Coyote, tampoco a mí me atraía el matrimonio.

—Un día tendrás ganas de casarte —le dije con aire burlón—. Siempre llega el día para las mujeres.

—Bueno, pues para mí todavía falta. Sólo tengo veintiséis años.

«¡Joder —pensé—, podría ser su padre!» Caroline levantó la barbilla y me miró sonriente y segura de sí. Era la mirada de una mujer que sabe lo que hace.

—Mientras no esté preparada para el compromiso, tendré amantes. Me casaré y tendré hijos cuando encuentre al hombre adecuado, pero ahora mismo lo que me apetece es darme una ducha.

Salió de la habitación y oí que ponía música bastante alta. Luego apareció en el umbral, con el pelo suelto sobre los hombros, una imagen llena de sensualidad y muy francesa. Nos quitamos la ropa y nos quedamos desnudos sobre el suelo de tablas de madera de su dormitorio. Yo estaba moreno por el sol de Chile, y ella era totalmente blanca salvo por el triángulo oscuro entre las piernas. Yo era mucho más alto, pero eso no parecía intimidarla. Me contempló lentamente de arriba abajo y sonrió.

—Tienes un buen cuerpo para ser tan mayor —dijo burlona—. ¿Cómo te hiciste esto? —preguntó acariciándome la cicatriz en el costado.

—Un accidente —me apresuré a responder. Era lo que les decía a todas, a cuantas me veían sin camisa. No le había explicado la verdad a nadie.

—Debió de dolerte mucho.

—Así es.

—Es muy viril. Me gusta.

—Pues es una suerte, porque no se va con jabón.

Se rió y entró en el cuarto de baño. Yo la seguí. Noté las baldosas frías bajo mis pies. Ella tenía la carne de gallina. Cuando se inclinó para abrir los grifos de la ducha, le vi la marca de una vacuna en un muslo. Entramos en la estrecha ducha y la alcé en brazos para besarla, dando vueltas bajo el chorro de agua que caía como un chaparrón de verano sobre su cara y su pelo, sobre nuestros cuerpos. Era agradable besarla, tenía una boca suave y exploraba con la lengua dentro de mi boca. Me rodeaba la cintura con las piernas y emitía unos ruiditos de satisfacción parecidos a los maullidos de un gatito.

—Tienes una bonita polla —me dijo cuando me estaba enjabonando. Su comentario podía parecer el colmo de la sofisticación, pero en realidad ponía de relieve lo joven que era. Las chicas solían decirme algo así en la adolescencia, pensando que esto me daría más confianza en mí mismo, pero yo prefería que no dijeran nada. La tomé de la mano, la saqué de la ducha y la envolví en una toalla. Ella se rió.

—Llévame a la cama, mi guapo americano —dijo. Pero yo no quería hablar, sólo quería hacer el amor.

Si la charla insustancial enfriaba mi ardor, la confianza durante el sexo lo avivaba. Caroline no sólo maullaba como un gatito, sino que se comportaba como un felino: se estiraba, ronroneaba, movía las caderas y se abría para acogerme hasta que empezaba a jadear y a moverse a un ritmo acelerado. Cuando dejaba de hablar, Caroline era un banquete para los sentidos, un delicioso bocado. Tenía un cuerpo lleno y redondeado, una piel de melocotón y una vulva sonrosada, joven y ávida de placer bajo el triángulo de vello negro.

Acabamos abrazándonos como todos los amantes. Caroline apoyó la cabeza sobre mi pecho y me pasó un dedo desde el pecho hasta el vientre.

—¡Eres fantástico! —suspiró—. Ojalá no tuvieras que ir a Maurilliac. ¿Por qué no te quedas conmigo? No tengo que volver a volar hasta pasado mañana.

—Debo irme —dije.

—Estaré de vuelta dentro de tres semanas —dijo.

—Esto sí que me tienta. —Pero sabía que no volvería a verla.

—¿Has estado enamorado? —me preguntó, mientras me acariciaba con la uña.

—Pues no, y no creo que me enamore nunca.

—Pero no eres demasiado mayor para enamorarte, de eso estoy segura.

—La edad no tiene nada que ver. Simplemente, es que no es mi estilo.

—No puedes pasarte toda la vida solo, ¿no?

—No estoy solo —mentí—. He vivido nueve años con una mujer, pero no he querido casarme con ella.

—¿No sueñas con encontrar a la mujer adecuada?

—No soy un romántico.

—No hace falta ser un romántico. Eres guapo y sexy, y eres fantástico en la cama. —Rió con la boca junto a mi pecho—. No creo haber tenido nunca tantos orgasmos, lo que resulta extraño porque soy muy orgásmica.

—El amor romántico no me interesa demasiado. A lo mejor es que carezco de sentimientos, no lo sé. —Le acaricié el pelo. ¡Qué joven era! Ni siquiera sospechaba los desengaños que le reservaba la vida.

—No creo que carezcas de sentimientos, lo que pasa es que no has encontrado a la mujer adecuada, pero un día la encontrarás y entonces te llenarás de pasión. No estoy hablando de sexo, sino de que otra persona te importe más que tu propia vida.

—Eso me gustaría —dije—. No quisiera envejecer solo. —Y era cierto. Hubiese querido amar con la intensidad con que mi madre amaba a Coyote, pero dudaba que me sucediera algo así. ¿Cómo sabría que había encontrado a la mujer adecuada? ¿Cómo sabría que habría llegado el momento de bajar el puente levadizo para permitirle el paso?

—Bien, pues si no la has encontrado en las próximas tres semanas, llámame y volveremos a pasar juntos un buen rato. Me gustas, Mischa. Es una cuestión de piel. Puedes meterte en mi cama siempre que quieras.

Tal como prometió, telefoneó al *château* y reservó una habitación, luego me dio su teléfono y me llevó a la casa de alquiler de coches en su impecable dos caballos. Al separarnos, nos besamos como dos amantes pero nos dijimos adiós como amigos.

—Antes de volver a Estados Unidos, hazme una visita —me dijo. Pero yo sabía que no volveríamos a vernos.

TERCERA PARTE

Oh, montado en mi caballo
qué gallardo iba,
montado en mi silla
qué feliz cabalgaba.
Pero me di a la bebida
y también al juego.
Un tiro me dispararon
y ahora me estoy muriendo.

Que alguien me traiga
un vaso de agua,
un vaso de agua,
dijo el pobre vaquero.
Pero no pudo beber.
Su alma partió,
su alma partió.
El pobre vaquero murió.

27

Divisé las torres del *château* mucho antes de llegar a Maurilliac. Las agujas gris oscuro rematadas por finos triángulos se
elevaban tentadoras por encima de los árboles, tal como las
recordaba, y parecían encontrarse al alcance de la mano. So-
bresaltadas por un ruido, una bandada de palomas levantó el
vuelo y se desparramó por el cielo gris pálido como una oscura nube de perdigones. Se me aceleró el pulso y empecé a
sentir calor dentro del coche. Abrí la ventanilla para tomar
una bocanada de aire fresco. Estaba en casa por fin.

Al pie de la colina detuve el coche. La carretera subía di-
bujando una suave curva, y a la luz lechosa del invierno, la
hierba junto al arcén parecía relucir. Pensé en todas las veces
que me habrían llevado de niño por esa misma carretera. Parecía que había sucedido en otra vida, y sin embargo lo recordaba como si hubiera sido ayer. Me había convertido en
un hombre, pero en mi pecho latía el corazón de un niño.

Era invierno y la tierra estaba desnuda. El viento que
entraba en el coche estaba cargado de escarcha, y sin embargo yo recordaba aquel día de verano en que Coyote nos llevó
a la playa en su descapotable. Podía revivir la sensación del
viento alborotándome el pelo, el sentimiento de libertad y de
optimismo ante un futuro repleto de posibilidades, el cariño
y el orgullo que me henchían el corazón. Recordaba que Coyote había puesto una mano sobre la rodilla de mi madre y

que ella se la había apartado con suavidad, pero había dejado la mano sobre la de él. Yo lo veía todo y lo oía todo, pero no podía recordar qué se sentía al no poder hablar. Y a pesar del aire frío que me congelaba las narices, podía sentir el calor y oler el aire cargado de aroma a pino, a hierba fresca, a chopo y a dulce jazmín. Podía oír las cigarras, el suave zumbido de las abejas y el canto estridente de los pájaros, y a pesar de que los únicos animales que tenía cerca eran una pareja de cuervos que buscaban gusanos en el frío suelo, notaba en la piel la caricia de unas alas de mariposa. Era como si volviera a ser un niño, pero las manos que agarraban el volante pertenecían a un hombre de mediana edad. Suspiraba por hacer revivir un pasado que estaba muerto y frío como el invierno.

Puse el coche en marcha, y el ruido del motor perturbó mi ensoñación como cuando se arroja una piedra a la superficie quieta de un lago. Fui directamente al lugar que siempre había amado, a pesar del odio que me profesaban sus gentes. Me preguntaba si Yvette seguiría con vida, y qué habría sido de Monsieur y Madame Duval. ¿Me reconocerían, o acaso yo había cambiado tanto que resultaba imposible? Me miré en el retrovisor y pensé que aunque me vieran no sabrían quién era, había pasado demasiado tiempo. Sólo quien me hubiera querido podría reconocer al niño solitario en los ojos de un hombre que aparentaba más edad de la que tenía.

El *château* seguía tal como lo recordaba, no había cambiado en lo más mínimo: las paredes de piedra clara, las altas ventanas de guillotina, los postigos azul pálido abiertos para dejar entrar el sol, el tejado de tejas grises con sus bonitas ventanas abuhardilladas, sus esbeltas chimeneas y sus dos bonitas torres. Hasta entonces no había apreciado su belleza, sólo lo que significaba. Representaba un tiempo pasado, pero seguía siendo bonito. Aparqué el coche, y un joven con uniforme blanco y gris salió de recepción y se ofreció a llevarme la maleta. Me llamó la atención el bonito suelo de losas de piedra del vestíbulo. La alfombra azul y dorada que yo recordaba ya no existía. Me recibió un hombre atractivo de unos treinta años, alto y tieso, con el pelo negro peinado hacia atrás. Se presentó como Jean-Luc Lavalle y, dando por supuesto que yo era extranjero, se dirigió a mí en inglés.

—Bienvenido a Château Lecrusse. ¿Viene de lejos?

Su sonrisa dulzona y su aire de suficiencia me irritaron desde el primer momento. No podía imaginarse que mi padre había pisado estas mismas losas con sus botas negras, y que yo había jugado aquí mismo con mis cochecitos; que este lujoso hotel había sido un día mi hogar. Como no tenía ganas de conversar, fui breve.

—De Estados Unidos.

—Tenemos muchos huéspedes de Estados Unidos —dijo con orgullo—. Sobre todo a causa de la historia. Este *château* es del siglo dieciséis, y creo que en Estados Unidos no tienen muchos lugares con historia.

—Sabe muy pocas cosas del mundo, *monsieur* —le respondí. Pero mi respuesta no lo amilanó en absoluto.

—A los estadounidenses les fascina la cultura europea.

—Tal vez porque no tienen cultura —repliqué. Pero el hombre no detectó mi sarcasmo.

—*Exactement*. En cambio en Maurilliac hay mucha cultura, ya lo verá.

—Desde luego, no lo dudo. Pero ahora me gustaría ir a mi habitación.

—Claro, *monsieur*. Si es tan amable, tendría que rellenar un formulario. He hecho que le subieran la maleta a la habitación.

Tomé asiento en el lugar que me indicaba y aproveché para hacer unas preguntas.

—Dígame, ¿a quién pertenece el hotel?

—Pertenecía a un matrimonio llamado Duval, pero hace unos diez años lo compró una empresa, Stellar Châteaux, que tiene mansiones de este tipo en Francia.

—¿Y usted es…?

—El gerente. Si tiene usted un problema o alguna pregunta, estoy a su disposición.

—Es muy amable por su parte —respondí—. ¿Quién se ocupa de los viñedos?

La pregunta le sorprendió.

—Alexandre Dambrine.

—¿Y la iglesia? ¿Cómo se llama el párroco?

—El padre Robert Denous.

—Ah, ¿ya no está el padre Abel-Louis?

—Se ha jubilado. Vive en el pueblo, en la *Place de l'É-glise*.

Empecé a rellenar el formulario.

—Perdone que se lo pregunte, *monsieur*, ¿ya había estado aquí otras veces?

Alcé la vista del papel y le miré a la cara.

—Yo vivía aquí —respondí. Y luego añadí con cierto humor—: antes de que usted naciera.

Jean-Luc pareció animarse. Parecía deseoso de hacerme un montón de preguntas, pero se dio cuenta de que yo no tenía ganas de hablar y desistió. Cuando acabé de rellenar el formulario, me acompañó a mi habitación. En el pasillo descubrí la silla tapizada que utilizaba de niño para esconderme. Estaba en el mismo sitio, y hasta la tela del tapizado era la misma, aunque ahora estaba más ajada, y los colores apagados por el sol que entraba por la ventana cercana. Me pareció

demasiado pequeña para ocultarme tras ella; no me imaginaba que hubiera sido tan pequeño. Llegamos a mi habitación y
Jean-Luc abrió la puerta. Más allá, siguiendo el pasillo, estaba la habitación de Joy Springtoe, la recordaba bien. Saqué
del bolsillo la pelotita de goma que estuve a punto de perder
para siempre detrás de la cómoda, y recordé con nostalgia
cómo Joy me la había devuelto. Al rememorar su último beso
y el sabor de su piel se me encogió el corazón pensando lo
triste que me sentí tras su partida. Pocas personas me dieron
tanto cariño en mi infancia, y no las olvidaría nunca.

—Desde aquí se ven muy bien los viñedos, es un panorama precioso —dijo Jean-Luc—. Aunque, como usted ya
sabe, es mucho mas bonito en verano.

—Muchas gracias. —Estaba deseando que se marchara.
Quería quedarme solo, y él tenía ganas de charla.

—Muy bien. Si necesita algo, marque el cero, el servicio
de habitaciones. Si no quiere nada más, le dejo descansar.

Me acerqué a la ventana y contemplé ensimismado los
campos donde jugaba de pequeño. En cuanto acabé de des-
hacer mi escaso equipaje, decidí dar una vuelta por los alrededores. Tenía ganas de ver el resto del *château* y el edificio
de las caballerizas. Era un fastidio que los Duval ya no estuvieran; me hubiese divertido atormentándolos un poco,
porque seguro que no me habrían reconocido. Había planeado
comportarme como un huésped exigente e insoportable
sólo para hacerlos sufrir. Era un placer estar al otro lado de la
valla. Recordé una ocasión en que Madame Duval me descubrió espiando la llegada de los huéspedes y me arrastró de
la oreja hasta la cocina, donde me propinó una paliza delante de Yvette y sus horribles empleados. Ahora que yo era
un huésped y no podía vengarme, esperaba una justicia divina, que a causa de sus duros corazones se hubieran con-

vertido en seres desgraciados, condenados a envejecer en triste soledad.

Bajé las escaleras y di una vuelta por la planta baja. Todo me parecía mucho más pequeño de lo que lo recordaba, los lugares donde me escondía eran minúsculos, y el comedor que recordaba tan grande y ruidoso era en realidad una sala acogedora pero con mala acústica. Sin embargo, el olor era el mismo, una mezcla de cera de muebles, humo de leña de la chimenea del recibidor y cuatrocientos años de historia que me entró por la nariz, me impregnó los huesos y me transportó al pasado, inundándome de agridulce nostalgia. Entré en el invernadero y miré hacia fuera: la terraza estaba húmeda y cubierta de musgo. Las sillas donde los Faisanes se habían sentado para hablar de Coyote mientras yo jugaba con *Rex* debajo de la mesa estaban cubiertas de hojas secas. Como estábamos en pleno invierno, no había mesas en el jardín, y la hierba se veía castigada por el viento y cubierta de desechos otoñales. Rememoré cómo me escondía con Pistou entre los arbustos para espiar a los huéspedes que tomaban el té. No eché un vistazo alrededor para ver si lo veía, porque sabía que no estaba, y sentí el dolor de su ausencia. Ya no podía conjurarlo como antes. Al hacerme mayor lo había perdido.

Entré en la cocina. Un chef con gorro blanco metía un largo cucharón en la olla de la sopa mientras un miembro de su equipo aguardaba sus comentarios. Le oí decir algo en voz baja, todo lo contrario de los berridos que daba Yvette. Cuando me vio, alzó las cejas e inclinó la cabeza a modo de saludo antes de volver a su trabajo. Había un ambiente eficiente y agradable. Eché un vistazo a las cazuelas de los últimos estantes y a los diversos utensilios, cazos y sartenes que colgaban del techo. Los habría podido coger sin esfuerzo, alargando la mano, y sin embargo, convertirme en el «agarrador» de Yvette me había cambiado la vida en el *château*: de ser un inútil había pasado a ser importante. Sonreí para mis adentros y salí de la cocina.

El edificio de las caballerizas estaba muy cambiado desde que la maquinaria había venido a sustituir al caballo y al arado. Ahora en los establos había tractores y otras máquinas, y el piso de arriba se había transformado en oficinas. El taller de Jacques Reynard todavía existía, pero ahora era un lugar sin alma. Me inundó la tristeza. Desde la desaparición de Coyote, no había permitido que nadie ocupara el hueco que dejaron en mi corazón Jacques Reynard, Daphne Halifax y Joy Springtoe. Cuando salí del edificio de las caballerizas me sentía derrotado. Seguí caminando sin rumbo por los terrenos del *château*, recordando detalles, tocando cosas, prestando atención a los ecos de las voces que me llegaban del pasado. Deseaba con toda mi alma poder compartir esos recuerdos con alguien. Pero mi madre había muerto, Pistou sólo había existido en mi imaginación; y en cuanto a Yvette y los Duval, ya no estaban, aunque no tenía ganas de verlos. Sin embargo, una parte de mi ser clamaba venganza; quería acabar con mis demonios. El *chevalier* anhelaba probar su espada en los que le habían atormentado, quería disfrutar infligiéndoles dolor, como si de una forma perversa fuera a mitigar así su sufrimiento. Y con la esperanza de encontrar al padre Abel-Louis me encaminé al pueblo.

El sol estaba alto en el cielo. A pesar del café y los cruasanes que había tomado con Caroline, me sentía hambriento. Los rayos del sol eran demasiado débiles y hacía frío, pero no quise coger el coche. Me puse el abrigo y el sombrero, metí las manos en los bolsillos y decidí que iría por la carretera, ya que los caminos que atravesaban los campos estaban demasiado embarrados y yo no tenía el calzado adecuado. Hacer el camino a pie resultó más agradable que en coche. Los recuerdos no resultaban tan opresivos, y el aire frío me llenaba de vigor. Disfruté del paisaje, de los campos abiertos, del amplio horizonte. De vez en cuando se oía algún que otro pájaro. Estaba preparado para enfrentarme a mi mayor enemigo.

El pueblo había cambiado muy poco en cuarenta años. Había unas cuantas casas más en las afueras, y ya no quedaban carros ni caballos, sólo había coches. No vi una sola cara conocida. Paseé por las calles, miré los escaparates y atisbé el interior de los cafés. Ya no me emocionaba el anonimato. Hacía tiempo que me había acostumbrado, y además ahora era otra persona, por lo menos exteriormente. Era un adulto que recorría los lugares de su infancia, y lo que de niño me pareció inmenso ahora se me antojaba pequeño e insignificante.

Llegué a la *Place de l'Église* y me senté en el borde de la fuente. De la boca del pez que yacía al pie del santo ya no manaba agua, porque estaba tan helada como los árboles. La plaza estaba llena de vida: críos, madres que charlaban al sol, palomas que picoteaban las migajas del suelo. Parecía imposible que allí mismo, al pie de la iglesia, mi madre hubiera sido desnudada, rapada y humillada por una muchedumbre sedienta de sangre, y que me hubieran alzado como a un corderito pascual para que presenciara el sacrificio. Por supuesto, mi madre y yo no fuimos los únicos. Otros fueron castigados de la misma forma, desnudados y exhibidos como animales, pero yo no los conocía, y sólo recordaba el horror vivido. Pero Maurilliac había progresado, y ahora era un pueblo alegre y bullente de vida. No había ninguna estatua de Mischa Fontaine, el chico que tuvo una visión y vivió un milagro. No venían peregrinos buscando una experiencia similar y no me habían levantado un santuario. Nadie se acordaba de mí. O eso me parecía.

28

La iglesia de Saint-Vincent-de-Paul ya no me asustaba. Había arrojado una sombra siniestra sobre mi infancia, pero ahora irradiaba serenidad, y las estatuas de los santos sobre los pedestales no me contemplaban con reprobación, sino llenos de espiritualidad. Al fin y al cabo, eran de piedra, no de carne y hueso. Unos rayos de sol caían sobre los asientos que mi madre y yo ocupábamos los domingos. Ahora que el padre Abel-Louis ya no estaba, pensé que notaría la presencia de Dios, pero no noté nada. Sólo podía sentir a Dios al aire libre, en los campos, bajo el cielo abierto, cuando podía mirar el horizonte; entonces tenía la sensación de que percibía la existencia de un poder superior, pero no entre las frías paredes de una iglesia.

Sentado en el silencio de la iglesia me olvidé del hambre que hacía rugir mis entrañas. Pero mis piernas eran demasiado largas para aquel asiento duro e incómodo, y finalmente me puse de pie. El aire olía a cerrado y a viejo. Recordé que había gente enterrada bajo las losas de la iglesia y me pareció oler los viejos huesos. Las flores del altar eran hermosas, pero había habido mucha infelicidad aquí. Bajo la apariencia de serenidad latía la desgracia de lo ocurrido en aquel lugar. No podía borrarse la historia. El padre Abel-Louis había echado a Dios de su casa, y Dios no había regresado.

Comí en un restaurante que daba a la plaza. Los vecinos estaban acostumbrados a los turistas, y aunque me miraban con desconfianza, como miran las gentes que no han salido nunca de su pueblo, me dejaron comer en paz. La comida era buena. De niño había comido allí con Coyote, pero el viejo restaurante ya no existía y ahora era un local moderno donde servían foie gras y champán. Iba ya por el postre cuando me llamó la atención una pareja que salía. Vi el perfil de la mujer un instante, pero resultaba inconfundible: era Claudine. Me quedé de piedra. Miré por la ventana para ver si se volvía y conseguía verla mejor. Llevaba el pelo más corto, sobre los hombros. Aunque vestía un grueso abrigo, vi que tenía las espaldas un poco encorvadas, pero reconocí su pequeña nariz y su boca, con el labio superior un poco levantado. Ya no era dentona, pero era ella. De todas maneras nada pude hacer, porque cuando llegué a la puerta había desaparecido.

Me entró calor. Se me aceleró el pulso y la sangre me empezó a correr por las venas con renovada energía. Me tomé el café, me quité el jersey y me aflojé el nudo de la corbata. Claudine vivía todavía en Maurilliac y podía encontrarla. No sería difícil, era un pueblo pequeño. Podía esperar al domingo y tropezarme con ella en misa. De pequeña iba cada domingo a la iglesia, la obligaban a ir igual que a mí. Ambos odiábamos al *cureton* y nos habíamos reído de él en el puente de piedra. Era una de las pocas personas que me entendían, y deseé hablar con ella del pasado. Al igual que Coyote y Jacques Reynard, Claudine me había prestado atención.

Pagué la cuenta y le pregunté al camarero si sabía dónde vivía el padre Abel-Louis. El hombre me miró con desconfianza y me preguntó por qué quería saberlo.

—Soy un viejo amigo suyo —le dije.

El camarero dudó un instante.

—Le advierto que está muy enfermo y no le gustan las visitas —dijo entornando los ojos.

—Entonces es igual que yo —dije sonriendo. El camarero se encogió de hombros y me dio los datos. Le di una buena propina y me marché.

El padre Abel-Louis vivía en una casa fea y anodina, como si hubiera querido desaparecer en el anonimato. No era en absoluto la residencia elegante de un antiguo cura, el hombre más importante del pueblo. Me quedé pensando ante la puerta. Ignoraba lo que le iba a decir cuando lo viera, sólo quería verlo, y cuanto más viejo y decrépito estuviera, mejor. Llamé a la puerta, y como no respondió nadie, insistí. Oí unos pies que se arrastraban y a continuación un tintineo de llaves y cerrojos que se corrían. Parecía la puerta de una cárcel. Me pregunté por qué tantas medidas de seguridad, de quién se escondía.

Un anciano encogido y demacrado me miró con suspicacia. Tenía mucho menos pelo, y bajo unos mechones blancos se adivinaba el cráneo rosado, pero lo reconocí de inmediato. Con el rostro gris y las mejillas hundidas, los labios se habían quedado reducidos a una fina línea desdeñosa, pero los ojos conservaban el brillo cruel que en otro tiempo conseguía dominarme. Él no sabía quién era yo. Me dirigió una mirada inexpresiva y se pasó sobre los labios una lengua reseca.

—Padre Abel-Louis —dije.

—¿Quién es usted? —gruñó él.

—Mischa Fontaine. —El cura metió rápidamente la lengua dentro de la boca y pestañeó.

—No conozco a nadie con ese nombre. —Se apresuró a intentar cerrar la puerta, pero yo paré la hoja con el pie.

—Creo que sabe quién soy.

—Estoy enfermo.

—He venido a visitarle —dije, y abrí la puerta. El anciano tenía tan poca fuerza que no necesité desenvainar mi espada.

—No quiero ver a nadie. ¿Quién le ha dado mi dirección? ¿Por qué no ha telefoneado antes? ¿No tiene educación?

Entré en la casa y cerré la puerta. El padre Abel-Louis me precedió por el pasillo cojeando, apoyándose en un bastón. Había sido un hombre alto, pero ahora yo era mucho más alto que él. Vi que temblaba. ¿Acaso no sabía que los niños se convierten en hombres? Llegamos a un salón en penumbra. Los estores, casi cerrados, sólo dejaban pasar un rayo de luz. Apestaba a cerrado, a incontinencia y a muerte. El cura se dejó caer en un sillón. Tiré de la cuerda para que los estores se abrieran un poco, y la luz le obligó a cerrar los ojos y taparse la cara con la mano.

—¿Qué quiere?

—Quería verle, padre Abel-Louis. Quería vengarme por lo que me hizo sufrir, pero veo que se está muriendo.

—Soy viejo y estoy débil. Déjeme morir en paz.

Casi podía oír el crujido de sus huesos, pero no sentía compasión, sino odio.

—Usted es un hombre de Dios, ¿no es así? —dije. Vi que apartaba la mirada y que le temblaban los labios—. ¿Cómo cree que lo juzgará Dios?

—Dios obró un milagro en mi iglesia.

—Eso no tuvo nada que ver con usted, padre Abel-Louis, y usted lo sabe. Pero consiguió utilizarlo en su favor, ¿no es eso?

—Yo le perdoné, ¿qué más quiere?

—¿Me perdonó? —Solté una carcajada—. ¿*Dice que usted me perdonó?* —Mis carcajadas lo aterrorizaron. Torció los labios en una mueca y miró de un lado a otro como un animal enjaulado. Empezó a jadear y apareció espuma blanca en las comisuras de su boca—. Dejó que castigaran a mi madre y que me torturaran. ¿Cómo explica esto un hombre de Dios?

La frialdad había desaparecido de su mirada. Tenía los ojos inyectados en sangre y parecía aterrado.

—¿Ataca a un hombre enfermo y débil que no puede defenderse?

—Usted atacó a un niño demasiado pequeño para responder.

—Eso forma parte del pasado.

—¿Cree que para mí está enterrado y olvidado?

—Sólo hice lo que me parecía correcto.

—¿Cuántos inocentes murieron porque usted hizo la vista gorda? Dígame, padre Abel-Louis, ¿cuántos castigos tuvieron lugar al amparo de su iglesia?

—No sé de qué me habla. —Era presa de temblores, y me di cuenta de que había tocado un punto sensible, aunque no sabía cuál.

—Que el demonio se lleve su alma —dije suavemente—. Porque usted se la prometió, ¿no es así, padre Abel-Louis?

—Que Dios me perdone —dijo de repente. Estaba congestionado y me miraba con temor—. Perdóname, Mischa. —Cerró los ojos y se quedó totalmente quieto. Hacía un calor sofocante y me faltaba el aire. Sentí claustrofobia, como si las paredes se cerraran sobre nosotros. Me quité el abrigo y me senté en el sofá. Nadie limpiaba allí, todo estaba mugriento—. Lamento lo que hice. —Su voz era apenas un susurro—. Me he escondido del pasado, he cerrado las puertas con llave y apenas salgo de casa. Espero la muerte porque no puedo vivir sabiendo lo que he hecho.

—Todavía puede limpiarse de culpa. ¿No acoge Jesús al pecador que se arrepiente?

Se le llenaron los ojos de lágrimas.

—Yo he hecho cosas terribles, Mischa, para conseguir bienes materiales. Ahora que me enfrento a la muerte me doy cuenta de que esas cosas no valen nada. Me presentaré desnudo y solo ante Dios. No tengo nada, absolutamente nada. Tú no puedes entenderlo, eras sólo un niño.

—Ahora soy un hombre y lo entiendo.

—No, no lo entiendes. Pero deja que te lo explique, y luego te irás y no volverás a verme. Sabía que un día esto me alcanzaría. Y ahora que ha llegado no tengo miedo.

—Se lo prometo —dije. Notaba las manos húmedas de sudor y el corazón como un tambor enloquecido. Al contrario que el padre Abel-Louis, yo tenía miedo del pasado, miedo de sus palabras.

—Cuando llegaron los alemanes no me quedó más remedio que darles la bienvenida. No sabíamos cuánto tiempo iban a quedarse, ni si los aliados podrían vencerlos. Creí que los alemanes se quedarían para siempre y aposté por el caballo perdedor. Eran amables y nos trataron con respeto. Nadie resultó herido. Simplemente fueron en formación hasta el *château* y se instalaron allí. Tu madre trabajaba con la familia Rosenfeld, y cuando se marcharon se quedó a cuidar de aquello con Jacques Reynard, pensando que los Rosenfeld volverían después de la guerra. Los alemanes eran astutos, sabían que yo era el pastor del rebaño y que la gente me hacía caso. Si yo estaba de su parte, el pueblo me seguiría, así que me invitaban a comer, asistían a misa y se mostraban generosos. Eran malos tiempos para los franceses, y ellos se aseguraron de que a mí no me faltara de nada. Tu madre se enamoró de tu padre el primer día en que lo vio. Se querían, pero lo mantuvieron en secreto. Yo lo sabía porque lo vi con mis propios ojos. Cuando tu madre se quedó embarazada, tu padre me pidió que los casara. No querían que nacieras como un hijo ilegítimo. Los casé en la pequeña capilla del *château*, y durante un tiempo fuisteis una familia como cualquier otra. Tu padre era un hombre poderoso, y tu madre era encantadora, inteligente y de una gran belleza. Me gustaba mucho. —Se detuvo un momento y carraspeó. Me pidió un vaso de agua para aclararse la garganta y fui a buscarlo a la cocina.

—Ya ves. Anouk y yo éramos amigos, por extraño que te resulte.

—¿Qué ocurrió?

—Llegaron los aliados y los alemanes se marcharon. Tu madre sabía demasiado.

—Y por eso la castigó.

—La traicioné. Le dije a la gente que se había casado con Dieter Schulz y que su bebé era hijo de alemán, un retoño del diablo.

Oír el nombre de mi padre me produjo un agudo dolor.

—¿Por eso dejó que la maltrataran?

—No hice nada para impedir que la castigaran.

—¿Y yo? Sólo tenía tres años.

—Eras un bebé. —Exhaló un suspiro tan hondo que se quedó sin aliento, y de su pecho salió un ruido de matraca. Carraspeó para aclararse las vías respiratorias—. Lo hice para salvarme, y pensé que tu madre se marcharía, pero se quedó para atormentarme. Ella conocía mis acuerdos con los alemanes, sabía a cuánta gente había traicionado, sabía que tenía las manos manchadas con sangre inocente, pero no dijo nada.

—¿Por qué?

—Nadie le habría creído. Yo era un hombre de Dios. ¿Quién hubiera creído a una mujer caída en desgracia antes que a mí?

Tenía los codos apoyados en los muslos. Incliné la cabeza y me rasqué la frente mientras asimilaba las palabras del padre Abel-Louis: nos sacrificó para salvar el pellejo. Ahora entendía por qué mi madre insistía en ir a misa cada domingo: sabía que su presencia lo atormentaría, que le recordaría sus pecados. Por eso no quería marcharse, no quería verse derrotada. Pero me extrañaba que nunca me hubiera dicho nada, ni siquiera años más tarde, cuando el pasado no era más que un recuerdo. Nunca me habló de mi padre, ni de la guerra, ni del padre Abel-Louis. Tal vez estos recuerdos se convirtieron en el cáncer que la envenenó y le causó la muerte. Tal vez se habría salvado de haberlos compartido conmigo.

—Perdí la voz, padre Abel-Louis. Éramos parias.

—No podía hacer otra cosa —siseó, evitando mi mirada.

—Podía haber hablado con mi madre. Si eran amigos, ella le habría guardado el secreto.

—Anouk no era ese tipo de mujer. Era terca, no obedecía a nadie.

—Pero le gustaban los alemanes.

—¡No! —rugió—. Ella amó a un alemán, a tu padre, pero también amaba Francia y a los franceses. Cuando llegaron los aliados lo celebró con el resto del pueblo. Yo sabía que con el tiempo acabaría por traicionarme, no podía correr el riesgo. Y Maurilliac necesitaba un sacerdote, no los podía abandonar.

—No era usted digno de servirlos.

—Necesitaban un guía.

—Usted les mostró el camino del odio y la venganza.

—Estaba confuso y asustado. No lo entiendes.

Tuve la certeza de que me ocultaba algo. Miraba en derredor, pero evitaba mis ojos, hacía lo posible por no mirarme.

—Ayúdeme a entenderlo para que pueda perdonarle.

El padre cerró los ojos y pareció encogerse. Estaba blanco e inmóvil, con las manos en el regazo, tan indefenso y encorvado como si la muerte se lo estuviera llevando poco a poco. No me iba a contar nada más, así que me marché, tal como le había prometido.

No tenía intención de regresar a aquel salón que apestaba a cerrado. Al padre no le faltaba mucho para reunirse con aquellos a los que había traicionado. Tendría que enfrentarse a su juicio. Yo quería creer en Dios y en el cielo sólo para que se hiciera justicia. Cuando salí al exterior, me apoyé en un muro y bebí con avidez el aire frío, que me quemó los pulmones pero me hizo sentirme bien.

Cuando caminaba de vuelta deseaba con toda mi alma poder compartir con alguien aquella experiencia. Podía ir en busca de Jacques Reynard, pero me temía que hubiera fallecido, y tras mi encuentro con el padre Abel-Louis no me veía capaz de enfrentarme a una mala noticia. Prefería conservar la esperanza de que estaba vivo y de que me lo podía topar en cualquier momento en Maurilliac. No soportaba la idea de que todo lo que me quedara del pasado fuera aquel horrible sacerdote. Tal vez incluso la mujer que tomé por Claudine no era más que una señora que se le parecía. No me fiaba ya de mis sentidos, todo podía ser una ilusión. Agaché la cabeza y metí la mano en el bolsillo del pantalón para tocar la pelotita de goma regalo de mi padre. Me dije que tal vez había hecho mal en volver, que sólo estaba desenterrando recuerdos dolorosos. El padre Abel-Louis había descargado su conciencia, pero ¿y yo? Sus declaraciones habían cambiado en algo la imagen que yo tenía de mi madre, pero ¿y qué? Era demasiado tarde para cambiar mi relación con ella.

De repente me pareció oír una voz conocida que me recordaba a un tiempo muy lejano, cuando yo me sentía solo y desgraciado. Los años desaparecieron como por encanto, y volví a ser un niño emocionado ante su primer amor. Me volví lentamente, temeroso de que todo fuera un producto de mi propio deseo.

—¿Mischa?

—Claudine, entonces eras tú, no estaba seguro.

Claudine estaba frente a la oficina de Correos y me miraba con expresión de incredulidad.

—¿Qué haces aquí?

Me encogí de hombros.

—Tenía que volver. —La miré a los ojos, asombrado de verla convertida en una mujer.

—Has crecido —dijo sonriente. Todavía tenía los dientes un poco saltones. Su sonrisa me recordó a la niña con la que jugaba en el puente.

—Tú también.

—Pero sigues siendo Mischa.

—Y tú sigues siendo Claudine.

Ella movió la cabeza. Una arruga se dibujó en su entrecejo.

—No, no lo soy. —Suspiró y apartó la mirada—. Ojalá lo fuera, pero ya no lo soy.

Un hombre moreno y mal afeitado salió de la oficina de Correos. Era alto, de espaldas anchas, y tenía una expresión desagradable.

—*Bonjour* —dijo en tono arrogante. No me reconoció, pero yo sabía quién era.

—Te acuerdas de Laurent, ¿verdad, Mischa? Laurent es mi marido.

29

Se marcharon juntos, uno al lado del otro, marido y mujer, y me quedé mirándolos estupefacto. Estaba furioso, y la mirada de ternura que me dirigió Claudine al marcharse hizo que el corazón me diera un brinco pero no aplacó mi rabia. Mi enfado no estaba justificado, porque éramos muy niños, pero ella había sido mi amiga especial y Laurent mi enemigo. Es increíble cuánto duran los agravios de la niñez: el tiempo no los borra. Sabía que Claudine había sido mi primer amor, porque volvía a sentir un ligero mareo, flojedad en las piernas y dolor en el pecho, como si se me acelerara el corazón. Tenía que luchar contra la gravedad para asirme a alguien que se me escapaba, y me aterraba perderla. Aunque nunca había sido mía, sentía el impulso de aferrarme a ella.

Con las manos en los bolsillos, me encorvé para hacer frente al aire frío y los miré con resignación hasta que doblaron la esquina. Claudine no volvió la cabeza. Para ella no era más que un viejo conocido. Tal vez nos encontraríamos en la plaza, pero luego yo regresaría a mi vida en Estados Unidos y ella se quedaría aquí entre los recuerdos que yo tanto apreciaba. Hechos que habíamos compartido pero que seguramente ella había olvidado. Emprendí el camino de vuelta hacia el *château* con el corazón pesaroso.

Entré en el hotel sin responder a los saludos entusiastas de los empleados. Era una suerte que Jean-Luc no estuviera, porque no me sentía con humor para aguantar su parloteo. Dejando una estela de hostilidad que impediría a cualquiera acercarse, fui a mi habitación y me senté en la cama con la cabeza entre las manos. Ya no pensaba en la charla con el padre Abel-Louis, aquello no era nada comparado con el encuentro con Claudine. Repasé en mi mente una y otra vez cada instante: me había vuelto, y allí estaba aquella niña dentona convertida en una mujer atractiva; ella me había sonreído, se había apartado el pelo de la cara con una mano enguantada y me había dirigido una mirada tímida y gozosa. Y entonces tuve esa revelación que fue como el amanecer tras una larga noche: supe que para mí sólo había habido una mujer en el mundo, y allí estaba frente a mí, mirándome como si pensara lo mismo. Y luego el horror de ver a Laurent, que fue como caer y no encontrar nada a lo que agarrarme. Le estreché la mano, pero no le sonreí porque no podía simular que me alegraba verle. Fui incapaz de ocultar mis celos: él era el marido de la mujer que amaba. Olvidé las buenas maneras y el disimulo. Claudine me había desestabilizado y ahora todo estaba patas arriba.

Tenía que verla a solas. Pero ¿y si Laurent estaba con ella? No era tan idiota, sospecharía mis motivos. Podía pasearme por la *Place de l'Église* para intentar encontrarla, o seguirla hasta su casa y esperar a que Laurent se marchara. Tenía mis astucias, no en vano había sido un experto espía. Pero ¿de qué me serviría? Claudine estaba casada, tenía su vida. No me quedaba otro remedio que volver a mi propia existencia vacía y olvidarme de ella.

Estaba anocheciendo y soplaba un fuerte viento. Miré hacia los viñedos que se extendían más allá del jardín, ahora sumidos en la oscuridad, y recordé las creencias de mi abuela acerca del viento. Bien, hoy soplaba un buen vendaval. Me sentía contrariado y triste, y empezaba a desear no haber venido. Lo único que había conseguido era atormentar al padre Abel-Louis, una triste victoria que no me hacía sentir mejor. Al contrario, estaba más obsesionado con el pasado que antes. Los demonios seguían ahí, no había conseguido matar a ninguno. Y me había enamorado precisamente de la persona equivocada.

Me di un baño y me vestí para la cena, que una vez más tomaría en solitario. Estaba harto de mi propia compañía, pero me negaba a que mi soledad despertara compasión, porque la compasión iría acompañada de alguna invitación. Resolví mostrarme malhumorado y me dirigí a la biblioteca para tomar una copa antes de cenar. Cuando atravesaba el vestíbulo donde de niño jugaba con mis cochecitos de juguete, un recepcionista me dijo: «Perdone, *monsieur*». Le dirigí una mirada iracunda que lo acobardó, y con mano temblorosa me entregó un sobre escrito con letra clara y de trazos curvos, al estilo de la caligrafía francesa. Perplejo, cogí el sobre y me dirigí a la biblioteca, y sólo allí recordé que no le había dado las gracias.

En la biblioteca reinaba un agradable silencio. Unas pocas personas leían el periódico y en la chimenea ardía un alegre fuego. Me senté en un sillón de cuero y pedí un martini. Leí la nota: Mischa, por favor, ven al puente mañana a las nueve y media. Tu vieja amiga, Claudine. ¿Habría sentido ella también la llamada del destino? No podía creerlo. Releí la nota, esta vez fijándome en la caligrafía, como si en los trazos de tinta se encontrara la esencia de su personalidad. Cuando me trajeron el martini, me retrepé en el sillón y contemplé el fuego de la chimenea. De repente me sentía mucho más animado.

—*Bonsoir, monsieur.*

Era Jean-Luc, el director. De no ser por la nota de Claudine, habría contestado con un gruñido y me habría puesto a leer el periódico para evitarlo, pero ahora me sentía eufórico. Sin apenas darme cuenta, le indiqué que tomara asiento en un sillón frente a mí.

—Confío en que lo encuentre todo a su gusto —dijo Jean-Luc.

Doblé la carta y me la metí en el bolsillo de la americana.

—Todo está perfecto, gracias.

—Quería preguntarle acerca de su infancia aquí, en el *château*.

—Nací aquí —dije, y probé mi martini.

—Tal vez le interesen entonces las viejas fotografías de este lugar antes de que se convirtiera en un hotel, cuando era una mansión familiar.

—Me interesaría mucho —dije, aunque no podía dejar de pensar en Claudine.

—Afortunadamente, los Duval lo guardaron todo, y en los archivos hay montones de álbumes de fotos, libros de visita, libros de juegos, inventarios y hasta listas de la compra. Usted, que ha vivido aquí, puede encontrar hasta fotografías de viejos familiares.

Que me considerara tan viejo no me ofendió, más bien me pareció divertido.

—Nací en mil novecientos cuarenta y uno, Jean-Luc, no soy un fósil. No estaba aquí antes de la guerra. Mi madre trabajaba aquí, eso es todo. No recuerdo apenas el *château* antes de que se convirtiera en un hotel. —No mencioné a mi padre ni la estancia de los alemanes durante la ocupación.

—Lo lamento.

—Me alegro de que se hayan deshecho de la horrible alfombra que había en el vestíbulo.

—La belleza de estos viejos *châteaux* está en su forma original. Cuanto menos se cambie, mucho mejor, ¿no le parece?

—Cuando yo era niño, Jacques Reynard se ocupaba de los viñedos. ¿Está...? —Me estremecí. La bebida y la nota de Claudine me habían llevado demasiado lejos. Pero Jean-Luc esbozó una sonrisa.

—Vive a las afueras de Maurilliac, a unos cuarenta minutos de aquí.

Me quedé perplejo.

—¿Está vivo?

—Desde luego. Compró una pequeña granja. Ahora ya se ha retirado, pero todavía se ocupa de la granja.

—¿Por qué se marchó?

Jean-Luc se encogió de hombros.

—No lo sé. Se había hecho mayor.

—Pero este lugar le gustaba mucho. Pensaba que se habría ido a vivir a una de las casas de la propiedad, o por lo menos a Maurilliac.

—Tendrá que preguntárselo a él.

—Lo haré. ¿Está casado?

—Su mujer murió hace unos ocho años.

—¿Recuerda cómo se llamaba?

—Yvette, era la...

—La cocinera, sí, la recuerdo. Bueno, quién me lo iba a decir. —Los recordé juntos en el viejo pabellón. Había sido un espectáculo para un niño pequeño. Él la llamaba por un nombre extraño. Intenté recordarlo pero no lo conseguí.

—Era una señora muy agradable —dijo Jean-Luc.

Yo no respondí. Aunque me ascendió al cargo de «agarrador», Yvette nunca me gustó, y siempre le tuve miedo.

Aquella noche no pude pegar ojo. Me quedé despierto mirando al techo y viendo pasar toda mi infancia como si fuera una película que pudiera acelerar o rebobinar a mi gusto. Por una parte parecía que todo hubiera sucedido en otra vida, y al mismo tiempo resultaba muy cercano, casi tangible. En los ojos de Claudine vislumbré el brillo de antaño, pero también una cálida madurez y —estaba seguro— una sombra de tristeza. Era la misma persona bajo las capas de experiencia que se habían depositado a lo largo de los años, sólo que más sabia y más vieja, con las costuras raídas. Estaba tan desesperado por verla que me desesperaba deseando que amaneciera. Ignoraba lo que ocurriría, si es que ocurría algo, pero aquella noche se me hicieron eternas las horas que faltaban para hablar con ella. Supongo que me dormí finalmente, porque me desperté a las ocho. Ya era de día. Corrí la cortina y vi que el suelo estaba cubierto con una delgada capa de escarcha. Una fina niebla flotaba sobre el jardín y los campos cercanos, envolviéndolo todo en un manto de magia. Era un día lleno de promesas. Me vestí, me afeité, intenté arreglarme un poco el pelo largo y rebelde, que en las sienes adquiría un color grisáceo de arena mojada, y me pregunté qué se había hecho del pelo rubio y brillante que tenía de niño. Desayuné en el hotel leyendo los periódicos, aunque sólo con la mirada, porque mentalmente me encontraba ya en el puente.

Me puse el abrigo y el sombrero y salí al jardín por el invernadero. El suelo estaba tan endurecido que no importaba que mis zapatos no fueran los adecuados para el campo. En el aire helado mi aliento se convertía en vapor y las mejillas me ardían. Con las manos en los bolsillos me encaminé hacia el río por el mismo sendero que tantas veces recorriera con Pistou. Cazábamos conejos y pájaros, jugábamos con mi pelota o sencillamente íbamos dando patadas a las piedras. El paisaje no había cambiado en todos aquellos años: la colina conservaba su elegante curvatura y el bosque seguía oliendo a pino, el río discurría por el valle y el puente estaba en el mismo sitio. Sólo nuestras vidas, transitorias como las hojas que nacen y mueren, se veían arrastradas por el viento del destino, ora calentándose al sol, ora mojándose bajo la lluvia. Sobre aquel puente de piedra que separaba las dos orillas fui más consciente que nunca de mi propia mortalidad. Si mi pasado era un parpadeo, también lo era mi futuro. Un día yo no estaría, pero el puente y el río seguirían allí, y todo continuaría en mi ausencia. ¿Dónde estaría? ¿Sumido en un sueño eterno, o en un mundo de espíritus con todos los que se habían ido antes que yo? Había perdido demasiado tiempo llenando mis años de odio y de amargura. No quería perder más.

Miré el reloj. Eran más de las nueve y media. Miré a lo lejos, intentando ver a Claudine. La niebla caía como un manto sobre el paisaje y no dejaba ver más allá de unos metros. La recordé corriendo y gritando para recuperar su sombrero. En un par de ocasiones me pareció oír pasos que se acercaban, pero debió de ser un animal que aplastaba una ramita al pasar, una liebre o un gamo. Un crujido asustó a los pájaros, que salieron volando en bandada, pero no era Claudine. De repente me pregunté si habría entendido bien el mensaje y busqué la nota del bolsillo, pero recordé que todavía estaba en la chaqueta que me había puesto para cenar. ¿Y si había querido decir las nueve de la noche? Tal vez no se había atrevido a venir, o Laurent se lo había impedido. Para no quedarme helado, empecé a caminar por el puente arriba y abajo, golpeando el suelo con los pies. Los minutos transcurrían lentamente, y cada vez era más improbable que Claudine viniera.

A las diez empezó a levantarse la neblina y apareció el sol. Me pareció ofensivo que todo estuviera tan bonito, porque hacía más penosa mi decepción. El rocío brillaba en las hojas de los árboles, las partículas de neblina llenaban el aire de pequeñas perlas y la escarcha que quedaba sobre la hierba relucía como un manto de plata y diamantes. En medio de tanta belleza resultaba difícil sentirse desgraciado. Mis sueños se habían desvanecido igual que la niebla, y no tenía sentido seguir esperando con aquel frío. Una vez más me enfrentaba a la idea de abandonar Maurilliac sin volver a ver a Claudine. Hubiese preferido no verla, por lo menos no hubiera sufrido una desilusión. Pero el encuentro del día anterior fue la promesa de algo muy importante, y ahora mi vida se me antojaba más monótona y aburrida que nunca, y sin duda más solitaria. Di media vuelta y emprendí el camino de regreso.

30

—¡Mischa! —Me volví y la vi corriendo por el camino junto al río—. ¡Mischa! ¡Espera!

Corrí eufórico a su encuentro y, demasiado emocionado para atender a formalidades, la alcé en brazos unos centímetros sobre el suelo y enterré mi rostro en su cuello.

—¡Claudine! ¡Qué contento estoy de verte!

—Siento haber llegado tarde. No he podido salir antes.

—No pasa nada. Ahora ya estás aquí y no sabes lo feliz que me hace.

Rió con su risa suave y cantarina de criatura, y el corazón se me encogió de nostalgia. Me eché a reír y la dejé en el suelo, pero seguíamos abrazados. Nos miramos largo rato en silencio, intentando familiarizarnos con nuestros rostros cincelados por el tiempo y la madurez, y descubrimos que tampoco habíamos cambiado tanto, después de todo.

—Sigues siendo Mischa —dijo ella al fin, sonriendo.

—Ya no eres tan dentona.

Claudine se rió.

—Gracias a Dios. Parecía un burrito.

—No es cierto. Tus dientes me gustaban.

—Todavía están un poco salidos, pero parece como si hubieran encontrado su sitio con los años, o a lo mejor ya estoy acostumbrada. Pero ¿por qué hablo de mis dientes? —Movió la cabeza y sonrió—. Dios mío, Mischa, han pasado casi cuarenta años. ¿Dónde te has metido todo ese tiempo? ¿Qué has hecho?

Se quedó mirándome, y sus ojos traslucían tanto cariño que me sentí inundado de ternura. No había perdido el don que tenía de niño de percibir cosas que los demás no veían, simplemente no lo había necesitado. Cuando era mudo, sabía leer más allá de las palabras, y ahora podía hacerlo de nuevo, podía leer en la mirada.

Por el camino que discurría junto al río nos dirigimos a un viejo banco de hierro que de niño, con Pistou, había convertido en un barco pirata. Claudine se apoyaba en mi brazo.

—Es una larga historia —dije cogiéndole de la mano—. Vivimos en Nueva Jersey durante siete años y luego mi madre y yo nos fuimos a Nueva York.

—¿Cómo está tu madre?

—Murió de cáncer.

—Lo siento mucho. Tiene que haber sido un golpe muy duro para ti. Con los años comprendí por lo que habíais pasado. Claro que sabía quién era tu padre y por qué trataron a tu madre como a una apestada, pero de niña no entendía lo que significaba. Tú y tu madre habéis pasado por tantas cosas que estabais unidos por un lazo muy estrecho. Siento mucho que haya muerto. ¿Estás casado? —Noté un cambio en su tono de voz, como si intentara sonar alegre pero en realidad temiera mi respuesta.

—No me he casado nunca.

—¿Un hombre tan guapo como tú? —Rió. Su tono había vuelto a la normalidad.

—La verdad es que no tengo muy buen aspecto.

—Pero sigues siendo Mischa. Parece que fue ayer, ¿no? —Se sentó en el banco con un suspiro—. Éramos unos críos, pero contigo tengo la sensación de que no he cambiado tanto.

—Me senté junto a ella—. Quiero decir que, cuando nos vimos ayer, era como si hubiéramos estado siempre en contacto. Para mí no eras un extraño, eras mi viejo amigo. —Se volvió y sonrió con timidez—. Todavía eres mi viejo amigo, Mischa. Te quería más que a nada ni a nadie.

—¿Y por qué? Siempre he querido preguntarte por qué te preocupaste por mí. Al fin y al cabo, yo no podía hablar.

—No lo sé, pero supongo que te veía como otro ser humano, no como un bicho raro. Todo el mundo hablaba de ti y de tu madre, y decían que eras un engendro del diablo, pero yo sabía que no era cierto, que eras igual que yo. Me dije que los adultos eran estúpidos y supersticiosos, y que los niños los seguían como corderitos, incapaces de pensar por su cuenta. Me parecía mal, quería demostrarles que eran unos tontos. Al principio te sonreí y me acerqué a ti para chincharles, pero cuando me miraste con esos ojos llenos de miedo, como un animalito asustado, me dio mucha pena. No me importaba que no pudieras hablar, al contrario, hizo que me gustaras más. Me dabas lástima, pero al mismo tiempo te admiraba porque eras diferente. Tenías una personalidad increíble, y además eras guapo, con tu pelo rubio y tus ojos azules. La gente hablaba de ti en susurros, eras como una fruta prohibida. Y siempre me han atraído las cosas prohibidas.

—¿Como Laurent? —Los celos me ahogaban. No pude evitar la pregunta, pero hubiera deseado que mi voz no sonara tan rabiosa.

Claudine negó con la cabeza.

—Era muy joven cuando me casé con Laurent. Éramos amigos de toda la vida, parecía natural que nos casáramos.

—¿Tenéis hijos?

—Dos. Mi hijo Joël tiene veinticinco años y trabaja en Londres para Moët & Chandon. Mi hija, Delphine, tiene veintitrés años y trabaja en una revista en París. Se han hecho mayores. —Suspiró y agachó la cabeza.

—¿Y tú a qué te dedicas?

—No hago gran cosa. Cuido de Laurent.

—¿Necesita mucha atención?

—Me da más trabajo que mis dos hijos juntos. Todos tenemos que hacerle caso a Laurent.

Al observar sus ojos ensombrecidos no pude evitar la pregunta:

—¿Eres feliz, Claudine?

Se volvió hacia mí con la cara encendida y turbada.

—Esas cosas no se preguntan. ¡No me puedes preguntar algo así, Mischa! ¡Es de mal gusto!

—¿Por qué no? Yo no soy feliz. Hasta ayer, pensaba que estaba bien, pero cuando te vi me di cuenta de que llevaba años sintiéndome desgraciado. El sentimiento de infelicidad estaba tan integrado en mi vida que ni siquiera lo notaba. Pero tú lo has cambiado todo, Claudine, y ya nunca volveré a ser el mismo.

—¿Qué estás diciendo, Mischa? Ni siquiera me conoces.

—Eso no es cierto. —Claudine apartó la mirada—. ¿Me habrías escrito una nota si no te sintieras desgraciada, si no hubieras sentido algo por mí?

—Quería verte —dijo encogiéndose de hombros—. A Laurent no le gusta que tenga amistades masculinas, dice que no está bien visto. Tenía miedo de que te marcharas sin hablar conmigo.

—No, si me enviaste esa nota fue porque sentiste lo mismo que yo. —Cuando se volvió hacia mí, vi que le brillaban los ojos—. Dime que tú también lo sentiste. —Claudine inspiró profundamente el aire helado. Los labios le temblaban, y aunque estaba pálida, tenía en las mejillas dos manchas rojas, como dos picaduras de abeja. Era un momento irreal, como si estuviéramos fuera del tiempo—. Sé que parece una tontería —insistí— porque hace tantísimo tiempo que no te veo, pero no me lo parece. Siento como si te hubiera conocido de toda la vida. Claudine, confiesa que tú sientes lo mismo.

—Tienes razón —dijo en un susurro apenas audible—. He sentido lo mismo.

La estreché entre mis brazos y besé su boca cálida y tentadora. Tenía la cara fría y la nariz roja, pero sus labios eran suaves y me acogieron con ternura. No se resistió, se entregó a mis caricias como si también ella hubiera estado esperando aquel momento, como si su vida entera la hubiera conducido hasta allí. Llevaba un grueso abrigo, un polo, un pañuelo al cuello, guantes y sombrero. Sólo su cara quedaba libre. Para sentirla más cerca le quité el sombrero y metí las manos entre su espesa mata de pelo, ligeramente húmedo alrededor de la frente. Ninguno de los dos rompió el silencio. Sólo queríamos estar muy juntos. Saboreé la sensación de su piel bajo mis labios, inhalé su olor y probé el sabor salado de sus lágrimas. Supe que llevaba toda la vida esperándola.

—¿Es posible? —Claudine se apartó un poco y me escrutó con incredulidad.

—Si me lo hubieras preguntado hace una semana te habría contestado que no, que no se puede uno enamorar en un instante. Yo estaba convencido de que ese tipo de amor sólo existía en las malas novelas y en las películas, no pensé que pudiera sucederme a mí.

—Siento que te conozco desde siempre, que estás hecho para mí. He pensado mucho en ti, ¿sabes? Te eché de menos, y más aún porque te fuiste sin decirme nada. Mi mundo se quedó vacío. Me sentí abandonada. Todo me recordaba a ti, todo el mundo hablaba de ti. Eras el tema central del pueblo, y sin embargo te fuiste sin decir adiós.

—Me arrastraron en mitad de la noche. No tuve tiempo de despedirme, pero lloré durante todo el viaje a América.

—Yo también lloré. Eras mi amigo. Entonces comprendí que eras algo especial para mí, pero mucho más después que te habías ido, porque sentí un dolor largo tiempo y nunca te olvidé.

—Yo también he pensado mucho en ti. Al principio estaba contento de haber dejado atrás Maurilliac, y Estados Unidos me pareció un país brillante y colorido. Pero luego, después de que Coyote se marchara, aquellos años en que me odiaba y odiaba a todo el mundo, te estuve buscando sin saberlo. Inconscientemente me sentía atraído por las mujeres francesas, pero con ninguna funcionó. No me enamoré de verdad, no me entregué, sabía que no funcionaría. Oh, Claudine, ¿adónde han ido a parar todos esos años? Ahora me parecen un corto suspiro, como si nunca nos hubiéramos separado. Pero los dos somos ya personas maduras.

—Eso no tiene importancia. Ahora estás aquí, en Maurilliac, y todo está bien. Deberías haberte quedado. No tendrías que haberme abandonado.

—Lo sé, y ojalá hubiese tenido el valor de volver. Lo único que he hecho hasta ahora es sobrevivir. Tengo el sentimiento de que he estado buscándote todo este tiempo, y ahora te he encontrado.

Ninguno de los dos osaba plantear la cuestión inevitable: ¿qué hacemos ahora?

—¿Por qué has vuelto a Maurilliac? —le preguntó Claudine.

—Es una larga historia.

—Tengo todo el día. Laurent trabaja en Burdeos, es abogado. No volverá hasta tarde.

—Entonces no te soltaré hasta la puesta del sol.

—¿Por qué has tardado tanto en regresar?

—Tenía miedo de volver.

—¿Miedo? Pero eras el chico milagroso, todo el pueblo estaba a tus pies.

—Era un bicho raro, diferente a los demás. Era el niño alemán, el crío cuya madre había colaborado con el enemigo, y ningún milagro —por más que el padre Abel-Louis diera su aprobación— podía lavar esa mancha. He seguido soñando con este pueblo. A veces me despierto con la sensación de que es verano. —En realidad ni yo mismo sabía por qué había venido—. Supongo que se ha dado una combinación de circunstancias. Al morir mi madre, se rompió el último vínculo que me unía al pasado, y hay preguntas para las que no tengo respuesta, sombras que necesito iluminar. Me di cuenta de que el pasado me seguiría atormentando mientras no descubriera todos sus secretos.

—¿Has visto al *cureton*?

—Era mi peor enemigo, pero ahora no es más que un anciano triste y decrépito que se balancea al borde de su tumba. Me pregunto por qué le tenía tanto miedo.

—¿Has hablado con él? —Claudine me miraba con asombro.

—Le he hecho una visita.

—¿Y qué dijo? ¿Te reconoció? ¿Estaba sorprendido de verte?

—No me reconoció hasta que le dije quién era, y entonces simuló que no me conocía. Estaba aterrorizado.

—Cómo lo detestaba. Era un hombre malo.

—Más malo de lo que te imaginas. Colaboraba con los alemanes. Casó a mis padres en secreto, y cuando los aliados liberaron Maurilliac, se volvió contra mi madre porque sabía demasiado.

—¿Dejó que os torturaran a los dos para salvar el pellejo?

Asentí muy serio.

—Una vez que mi madre quedara marcada como colaboracionista, ya no podría acusarle, porque nadie le creería. Tiene las manos manchadas de sangre, te lo aseguro. Y creo que hay algo más que no me ha contado, aunque ya no me importa. Por mí, es como si ya estuviera enterrado, como si no existiera.

—Seguro que traicionó a luchadores de la Resistencia a cambio de ventajas materiales —dijo Claudine—. Conocía los secretos de todos, porque todo el mundo confiaba en él, y los fieles le confesaban sus pensamientos más íntimos. Es un miserable, y espero que se pudra en el infierno.

Recordé la puerta cerrada a cal y canto y la atmósfera irrespirable de su casa.

—No te preocupes, Claudine. Ya está en el infierno, hace años que vive allí.

—Me avergüenzo de formar parte de este pueblo, me avergüenzo del papel de mi familia en todo esto. Entiendo que no quisieras volver, y te admiro por tu valor ahora.

—Hay algo más —dije. Necesitaba contárselo todo.

—¿Sí?

—Justo antes de morir, mi madre hizo entrega de una pintura muy valiosa, se la regaló al Metropolitan.

—Un gesto muy generoso.

—Yo ignoraba que poseyera ese cuadro. Se trata de un Tiziano, *La Virgen Gitana*. Al parecer es la primera versión del cuadro que está expuesto en Viena. El primero fue robado y por eso pintó otro. Es una pintura muy valiosa.

—¿Y cómo llegó a sus manos?

—Eso es lo que me gustaría saber.

—¿Crees que lo encontró aquí?

Me encogí de hombros, pero entendí lo que quería decir Claudine.

—No creo que lo robara —afirmé, pero en realidad no estaba seguro. La posibilidad del robo iba adquiriendo cada vez más peso. Me sentí un poco mareado.

—Entonces, ¿quién se lo dio?

—No lo sé.

—¿Conocía a gente del mundo del arte?

—Sí, debido a su trabajo.

—¿A qué se dedicaba?

—Vendía antigüedades.

—¿También cuadros?

—No.

—Entonces tal vez lo guardaba para alguien. ¿Por qué iba a regalar al Metropolitan un cuadro robado? Esto hubiera supuesto hacerte cargar con un montón de problemas, y ella no quería eso, ¿verdad? —Se rascó pensativa la barbilla—. ¿Y qué ocurrió con Coyote?

La mera mención de su nombre me hizo dar un salto como si me hubiera picado una avispa.

—¡El escurridizo Coyote! —exclamé con amargura—. Desapareció cuando yo tenía unos diez años. Un día estaba allí, y al día siguiente se había ido para no volver. Ahora sé que llevaba una doble vida, que tenía esposa e hijos en Virginia. No era lo que parecía. Sin embargo, si el cuadro hubiera sido suyo, se lo habría llevado consigo, o habría vuelto a buscarlo.

—¿Crees que aquí encontrarás las respuestas?

—Mi instinto me dice que aquí hay algo. Tengo recuerdos vagos que no puedo fijar del todo, imágenes sueltas que van y vienen. Si pudiera unirlas, estoy seguro de que descubriría algo importante.

—No puedo creer que tu madre nunca te dijera nada, ni siquiera antes de morir.

—Se negaba a hablar del tema. —La miré angustiado—. Dicho así, parece sentimiento de culpabilidad, ¿verdad?

Claudine me estrechó la mano.

—Si lo hubiera obtenido por medios legales, lo habría compartido contigo. Un cuadro tan valioso es para admirarlo y mostrarlo, no para esconderlo. Tal vez se lo dieron para que lo guardara y luego el propietario murió. ¿Quién sabe lo que pudo ocurrir en la guerra? O tal vez lo encontró y no conocía su verdadero valor. Hay muchas posibilidades, pero no deberías angustiarte por eso, no es tu problema. De haber querido que lo supieras, tu madre te lo habría contado.

—Hay algo más que no te he dicho.

—Adelante.

—Hace unas semanas, Coyote se presentó en mi oficina. Apareció como si tal cosa después de más de treinta años.

—¿Te explicó dónde había estado?

—No, pero parecía un vagabundo. Iba cubierto de ropas harapientas, y hacía días que no se lavaba.

—Me acuerdo de lo elegante que estaba con su sombrero y su guitarra, tan guapo como un actor de cine. Todo el pueblo estaba revolucionado, y durante años siguieron hablando de él, sobre todo porque se fue del *château* sin pagar, y eso que parecía un hombre acomodado.

—Pues no lo era, pero lo simuló toda su vida.

—Y ejerció su encanto con tu madre.

—Yo creo que quería a mi madre, y que me quiso a mí también.

—Te devolvió la voz.

—¿Lo recuerdas? Después de todo, no fue un milagro.

Claudine sonrió, y el corazón me dio un brinco.

—Me acuerdo de todo lo que se refiere a ti, Mischa —dijo, ruborizándose. Le cogí la mano y la miré a los ojos—. ¿Qué quería de ti?

—Preguntó por mi madre. No sabía que había muerto. No sabía que ella lo había seguido queriendo hasta el final, y yo no se lo dije. ¿Para qué? No volvía por ella, sino por el cuadro. Como puedes imaginarte, el asunto suscitó el interés de la prensa, así que Coyote se enteró por los periódicos. Por eso regresó.

—Pero no dijo que el cuadro le perteneciera.

—No. Se imaginaba que éramos ricos y acudió como un buitre.

—Pero algo te diría.

—Dijo que no quería nada de mí, que iba tras un espejismo.

—¿A qué se refería?

—Lo ignoro. —Deposité un beso en su frente—. Pero sí que sé por qué yo he regresado. El destino me ha devuelto a tu lado, Claudine, y tú eres la razón por la que me quedo.

Fuimos hasta el viejo pabellón paseando de la mano, como una pareja de amantes, no como dos viejos amigos a punto de cometer adulterio. Recordamos viejos tiempos. Claudine me fascinó hablando de su vida. Yo hubiera querido saber más acerca de Laurent, pero ella no quería hablar del tema. Deseaba saber si lo quería, si la trataba bien. Sabía que ella no era feliz, pero ¿era una infelicidad con la que podía vivir o tan terrible como para marcharse? Quería pedirle que viniera conmigo a Estados Unidos, pero no me atrevía a preguntárselo. Era demasiado pronto, y además me daba miedo que me dijera que no.

Llegamos al pabellón en lo alto de la colina donde estuve espiando a Jacques Reynard y a Yvette. Era un pequeño palacio de invierno, elegante y discreto, pero abandonado a las inclemencias del tiempo. Cubierto de hierba y de musgo, estaba envuelto en una neblina que le concedía un mágico encanto. La vegetación se había apoderado de él: la hiedra se abrazaba a los pilares de piedra y las matas de zarzamora cubrían los muros. Hubiera tenido un aspecto abandonado y triste de no ser por la escarcha, que le daba una belleza especial y nos recordaba la brevedad del momento. Cuando el sol fundiera la escarcha y la niebla se disipara, el encanto desaparecería.

—Esta belleza me entristece —dijo Claudine—. Nos estamos haciendo viejos, y ¿qué he hecho con mi vida?

—Has criado a dos hijos. Eso es todo un logro. —La hice dar media vuelta sobre sí misma para verle la cara. Tomé su rostro entre las manos y acaricié con los pulgares sus rojas mejillas. Claudine bajó tímidamente los ojos.

—No debería estar aquí —murmuró—. Estoy casada.

—Mírame, Claudine. —Me miró mansamente, parpadeando—. Si no fuera un sentimiento tan serio, no te pondría en un compromiso, pero he recorrido medio mundo con un enorme agujero en el corazón. He intentado llenarlo con mujeres de todas las formas y tamaños, pero ninguna era la adecuada. ¿Y sabes por qué? Porque tú fuiste la primera que entró en mi corazón, y eres la única que encaja en ese hueco. Ya de niño sabía que eras especial. Eras valiente y no te importaba desafiar a la autoridad, no temías ser impopular o hacer el ridículo, y me ofreciste tu amistad cuando nadie me quería. Tú eres la única que encaja, Claudine, pues el hueco de mi corazón ha ido creciendo contigo. Te quiero, no puedo evitarlo.

Claudine me tomó las muñecas y me dirigió una sonrisa.

—No lamento haber venido y no lamento haberte besado. Lo que lamento es que el destino te llevara a Estados Unidos. Me equivoqué de hombre al casarme.

—No tienes por qué seguir casada con él.

—Acabamos de encontrarnos.

—Confía en mí.

—Tengo miedo. Si Laurent se entera, se pondrá furioso. Tengo miedo, Mischa.

Besé sus pálidos labios confiando en persuadirla de que no iba a cambiar de opinión. ¿Cómo convencerla de que no me había enamorado hasta ayer cuando la vi? De pequeño quería a los que me demostraban cariño, como Joy Springtoe, Jacques Reynard o Daphne Halifax, y por supuesto a mi madre. Pero nunca, en toda mi vida, amé a una mujer como debe amarla un hombre. Isabel me recordaba a Francia, y nada más. Con Linda no había verdadera comunicación. Me dio los mejores años de su vida, pero a la postre no llegó a conocerme mejor que el primer día. Sin embargo, la sola visión de Claudine derribó el muro protector que había levantado a mi alrededor. En un momento ella leyó mi corazón como ninguna otra mujer. Si me hubiese conocido mejor, comprendería que nunca la iba a dejar escapar.

—No me dejes —le susurré—. No me dejes Claudine, te necesito. —Claudine no respondió. Se limitó a abrazarme muy fuerte.

Con el viaje a Chile había reanudado mi relación con Matías y María Elena. El viaje al *château* me demostró que el pasado nunca vuelve, por más que uno lo desee. Claudine era el amor que quería llevar conmigo, el hogar que había estado buscando.

31

Los dos días siguientes pasamos juntos todo el tiempo que nos fue posible. Por la noche tenía tantos deseos de estar con ella que me dolía el cuerpo. Quería abrazarla y besarla, poseerla por completo. Imaginarme a Claudine en la cama con Laurent me atormentaba. Incapaz de dormir, andaba por la habitación como un animal enjaulado, preguntándome si harían el amor, si dormían separados o abrazados, si Laurent sería capaz de forzarla. Y si pretendía ejercer su derecho marital, ¿se resistiría ella o estaría demasiado asustada? ¿Tendría miedo de hacerle daño, o más bien temía que él le hiciera daño? Tenía que averiguarlo.

Me juré que desenvainaría mi espada si Laurent le ponía la mano encima a Claudine. Imaginé que le propinaba un puñetazo en toda la cara y acababa con su actitud arrogante. Yo era más alto y más corpulento que Laurent, y sobre todo tenía más experiencia en ese campo de la que él se imaginaba. No tenía ninguna posibilidad de ganarme. Me representé una escena en la que cogía a Claudine en brazos y me la llevaba, mientras Laurent yacía en el suelo magullado. Yo la rescataba de su vida infeliz y empezábamos una nueva vida juntos en Estados Unidos.

Anhelaba conocer a mi enemigo y me frustraba no cumplir mis sueños, de manera que decidí ir a misa. En realidad no era una persona religiosa. La Iglesia me daba cierto reparo, su aura de misterio me fascinaba y me asustaba a un tiempo. Me parecía una institución formada por personas que pretendían dominar a los más débiles, y no quería formar parte del rebaño. Sin embargo, mis deseos de ver a Claudine y de saber más de Laurent me llevaron a superar todo recelo. Entré en la iglesia y me senté en uno de los últimos bancos para ver a los fieles que iban entrando. Reconocí algunos rostros, aunque la mayoría me resultaban desconocidos, y me pareció oír los ecos de sus voces: «Bastardo alemán, maldito nazi de mierda». Nadie me prestó atención, ni siquiera las personas que yo reconocía, que con la edad habían perdido vista. Al igual que el padre Abel-Louis pensaban en la próxima vida, y no en el pasado. Ya no llamaba la atención como de pequeño; ahora era uno más entre la multitud.

Estaba seguro que vería a Claudine y a Laurent. Claudine y yo habíamos estado recordando al padre Abel-Louis, y ella me habló muy bien del actual sacerdote: un respetable sirviente de Dios. Me aseguró que confiaba en él como sacerdote y como hombre. Pese a sus brotes de rebeldía, era una buena católica. Me pregunté qué le habría dicho en confesión, y cuánta influencia tendría sobre ella el padre Robert.

Entraron finalmente detrás de una madre con cinco hijos. Yo estaba tan ocupado mirando a los niños y lamentando no tener hijos que por poco no los vi entrar. Laurent caminaba con la cabeza bien alta, los hombros echados hacia atrás y los brazos colgando. Claudine iba a su lado, un poco encorvada, con las manos en los bolsillos y la mirada puesta en el grupo que iba delante. Tenía una expresión calmada y solemne. No se tocaban. Se sentaron al otro lado del pasillo y ocho filas más adelante. No había peligro de que me vieran. ¿Y por qué iba a tener miedo? Pensé en abordarlos a la salida, pero ganó mi faceta de espía y decidí que los seguiría hasta su casa para observarlos. Quería ver cómo trataba Laurent a Claudine. Quería conocer a mi enemigo para elaborar una estrategia. No me marcharía del pueblo sin Claudine, de ninguna manera.

El padre Robert Denous era joven y enérgico, tenía una mirada cálida y hablaba con voz suave. Como una brisa de primavera tras el crudo invierno, dotaba al lugar de vitalidad, lejos del aura gris y siniestra que siempre había rodeado al padre Abel-Louis. Ofició la mayor parte de la misa en francés, y no en latín, y sus palabras eran positivas y animosas. Aunque al principio toda mi atención estaba puesta en Claudine y Laurent, poco a poco fui asimilando el significado del sermón y entendí por qué la gente acudía cada domingo a misa. Si el padre Robert era la puerta que llevaba al cielo, se trataba de una puerta que daba la bienvenida a todo el mundo. No pude evitar preguntarme qué habría pasado si el padre Abel-Louis se hubiera parecido más a él.

Cuando acabó la misa, fui de los primeros en salir de la iglesia. Me despedí del sacerdote con un apretón de manos y esperé donde Laurent y Claudine no pudieran verme. Al poco rato los vi salir y despedirse del sacerdote con un apretón de manos. Laurent no cambió su mueca desagradable, pero Claudine le sonrió abiertamente y le dijo algo mientras le estrechaba la mano entre las suyas y le dirigía una mirada cargada de respeto. El sacerdote le devolvió una cálida sonrisa. Daba la sensación de que Claudine lo conocía mucho mejor que su marido. Tal vez se había refugiado en la iglesia para escapar de su desgraciado matrimonio. Ella y el cura intercambiaron una broma, pero Laurent no sonrió, sino que permaneció un poco apartado como si, lo mismo que yo, sintiera poco interés por la institución que tanto significaba para su mujer. Cuando acabaron de hablar, Laurent se llevó a su mujer del brazo.

Los seguí a poca distancia. Ya no iban del brazo y apenas intercambiaron palabra. Claudine intentó iniciar una conversación, pero desistió porque Laurent contestaba con monosílabos. Recorrieron el pueblo por un entramado de callejuelas. Me pregunté qué habría sido de su amistad. Los silencios entre ellos no eran de los que se dan entre dos viejos amigos, sino las incómodas pausas de un matrimonio que se ha enfriado.

Finalmente se detuvieron frente a una bonita casa, reconstruida con la misma piedra de tonos claros del resto del pueblo, con tejado de tejas rojas, postigos blancos y balcones de hierro en la primera planta. No parecía una casa acogedora, sino fría y desolada. Me escondí rápidamente detrás de una triste peluquería mientras Laurent abría la puerta. Antes de entrar, Claudine miró a un lado y a otro con cara preocupada, y me pregunté si habría notado que la seguía.

Como era una mañana gris, encendieron las luces del salón y los pude ver claramente. Primero desaparecieron un rato y tuve que armarme de paciencia y esperar a que volvieran. Laurent encendió el fuego en la chimenea y Claudine se quedó de pie frente a la ventana, mordiéndose las uñas. Comprendí que pensaba en mí, porque tenía esa expresión soñadora que yo también tenía a veces.

Laurent apareció tras ella sigilosamente y le puso una mano en el hombro. Claudine lo rechazó encogiendo el hombro, y eso pareció irritarle. Alzó las manos al techo y soltó una retahíla que no alcancé a oír. Ella movió la cabeza y se apartó de la ventana. Unos minutos más tarde se encendieron las luces de la planta superior. Claudine miró por la ventana antes de correr las cortinas, pero él siguió un rato en la planta baja con las manos en las caderas, y luego desapareció. Me quedé lo más que pude, pero hacía frío y me rugían las tripas, así que no me quedó más remedio que volver al *château*.

Comí solo. Claudine dominaba mis pensamientos y me robó el apetito. Comí porque tenía que comer y porque era una manera de soportar la larga espera hasta volver a ver a Claudine, pero no tenía hambre. Hacerla entrar a escondidas en el hotel era demasiado arriesgado; si alguien la reconocía, nuestros planes se irían a pique. Me devané los sesos pensando en un lugar donde pudiéramos estar juntos y desnudos. Me parecía que si hacíamos el amor, sellaríamos un acuerdo que Claudine no se atrevería a romper. Estaba dispuesto a cualquier cosa para que se viniera conmigo a Estados Unidos.

Después de comer me senté en la biblioteca y estuve hojeando libros, aunque era incapaz de leer, nervioso y reconcomido por los celos. Sólo pensaba en Laurent y lo veía como un demonio, la suerte de demonio que el padre Abel-Louis había sido en mi infancia. Seguía dándole vueltas a estos pensamientos cuando Jean-Luc se me acercó con una amplia sonrisa y un viejo álbum de fotos en la mano.

—Perdone, *monsieur*. Tal vez le gustaría echar un vistazo a las viejas fotos de familia de los Rosenfeld.

Agradecido por la interrupción, le indiqué que tomara asiento en el sillón frente a mí y me dispuse a hojear el álbum.

—¿Qué fue de los Rosenfeld? —pregunté, por decir algo.

—Murieron todos en la guerra.

—Claro, eran judíos —dije, algo más interesado. Mi madre nunca me habló de ellos, y yo nunca había pensado en la suerte que corrieron—. Seguramente murieron en los campos de concentración.

Abrí el álbum con cierta emoción. Era como abrir una ventana a un mundo secreto, el mundo secreto de mi madre. Había fotografías de la familia en el hipódromo de Longchamp, en el Bois de Boulogne de París. Los hombres llevaban trajes claros y las mujeres bonitos vestidos y grandes sombreros a la moda. Se los veía en banquetes y bailes, en fiestas al aire libre, en cenas benéficas. Aparecían en Londres, donde asistían a las carreras y a la exposición floral de Chelsea, y haciendo turismo en Viena, Nueva York y la India; había fotos de sus safaris a África y de su viaje anual a Jerusalén. Sus chóferes llevaban guantes y uniformes con gorras negras, conducían automóviles de brillante carrocería y volantes de cuero y tenían una expresión solemne. Los Rosenfeld parecían generosos y amables, siempre alegres y sonrientes. Lo que me resultaba chocante y poco acorde con las costumbres de la época era el amor, patente en las fotografías, que profesaban a sus niños. Siempre aparecían acariciando, besando y abrazando a los pequeños, y en algunas escenas familiares se veía a los cinco niños rodando con su padre encima del césped o jugando con la madre. Y también quedaba constancia de momentos de ternura en que parecían ignorar que los estaban fotografiando. Era un mundo protegido que ignoraba que al otro lado de la frontera se estaba preparando el régimen que iba a aplastarlos. Saber lo que estaba a punto de ocurrirles hacía que su alegría resultara dolorosa. Se me encogió el corazón al pensar en lo que aquellos niños bellos e inocentes sufrirían a manos de los nazis. Sus rostros alegres y despreocupados palidecerían de terror, y sus cuerpos llenos de vida se verían reducidos a cenizas.

Mi madre había conocido a esos niños, los había tenido en sus brazos, había convivido con ellos. Ahora comprendí por qué nunca me habló de ellos: era demasiado doloroso.

Pero ¿por qué se había quedado en el *château* después de la desaparición de aquel mundo preservado de todo mal? No lo entendía.

Resultaba extraño ver el *château* cuando era una casa familiar. El mobiliario era diferente, pero las habitaciones eran las mismas, igual que las molduras del techo y la enorme chimenea del vestíbulo, donde también ardía un fuego. Sobre las baldosas de piedra había alfombras, y allí dormían los perros negros que guardaban la finca antes de la llegada de los alemanes. Aunque mi mente racional me decía lo contrario, yo intentaba creer en la inocencia de mi padre. No quería creer que hubiera formado parte de un régimen que torturó y destruyó a millones de inocentes. Me sentía tan apenado por el destino de los Rosenfeld que decidí cerrar el álbum, cuando algo me llamó poderosamente la atención: en la pared, junto a un retrato de la familia, estaba *La Virgen Gitana*. El horror me paralizó y el pulso se me aceleró. Jean-Luc se alarmó.

—¿Se encuentra bien, *monsieur*? —Incapaz de hablar, asentí con la cabeza—. Le traeré un vaso de agua.

Apenas me di cuenta de que Jean-Luc se levantaba y atravesaba la biblioteca a grandes zancadas. La imagen del cuadro me dejó perplejo y me sumió en un torbellino de suposiciones. ¿Lo habría robado mi madre? ¿Lo habría guardado para ponerlo a salvo de los nazis, en la creencia de que la familia regresaría después de la guerra? ¿Lo habría requisado mi padre y se lo habría regalado a mi madre? No cabía duda de que era un objeto valioso que había pertenecido a una familia judía. Su robo constituía un crimen de guerra. Abrumado por la tristeza, entendí que mi madre hubiera sentido demasiada vergüenza para darme explicaciones.

Jean-Luc volvió con el vaso de agua y me lo bebí de un trago.

—Supongo que le ha causado impresión volver a ver su pasado. Han cambiado tantas cosas…

—En realidad sólo las personas. Le sorprendería los pocos cambios que hay —respondí, cerrando el álbum.

—Lo siento, tal vez no debería habérselo enseñado.

—Me alegro de haberlo visto, Jean-Luc, pero creo que necesito algo más fuerte que un vaso de agua.

—*Absolument!* —Jean-Luc cogió el álbum de fotos y se levantó de un salto.

Me quedé mirando el fuego y pensando en lo que habían perdido los Rosenfeld durante la guerra. En realidad sabía muy poco sobre ellos. Mi madre no tocaba el tema. Como sucede a menudo, las personas que han sufrido mucho no pueden o no quieren compartir su experiencia. Pero el *château* era la base sobre la que se había levantado mi vida. Aquí se conocieron mis padres, aquí contrajeron matrimonio y aquí había nacido yo. Mis primeros recuerdos eran escenas que tenían lugar en el vestíbulo, donde la figura de mi padre todavía arrojaba una sombra fantasmal. Por horrible que fuera lo que había sucedido entre estas paredes, por grande que resultara mi desilusión, había valido la pena saberlo.

El whisky que me trajo Jean-Luc me calentó el gaznate y me hizo sentir mejor.

—Me ha dicho que Jacques Reynard vivía en las inmediaciones. ¿Podría darme su dirección?

—Por supuesto, encantado.

Sentía la necesidad de saber algo más sobre el pasado de mi madre, y Jacques era la única persona que podía decirme algo. Mientras Jean-Luc iba en busca de la dirección, volví a mi habitación en busca de la cartera y las llaves del coche. Desde mi ventana contemplé los viñedos que se extendían hasta el horizonte bajo el cielo encapotado y gris y me acordé de Jacques. ¡Cómo debía de echar de menos sus viñedos! Me di cuenta de que llevaba un rato sin pensar en Claudine y que se habían aplacado mis celos. Por lo menos la había encontrado y estaba viva. Había sido muy afortunado.

El frío me golpeó como un bofetón. Me llené los pulmones de aire helado y me sentí tonificado y lleno de energía ante el misterio que iba a intentar desvelar. Nunca me había parecido tan emocionante investigar el pasado. Ya no me asustaba, tan sólo me intrigaba.

El paisaje de invierno era gris y monótono, pero el viaje me dio ánimos. Fui pensando en la sorpresa que había supuesto descubrir de dónde procedía *La Virgen Gitana* Supuse que mi madre lo había donado al Metropolitan porque sabía que los Rosenfeld estaban muertos. Por eso dijo que «tenía que devolverlo». Tal vez lo había guardado todos estos años con la esperanza de que apareciera un miembro de la familia para reclamarlo, o tal vez se había decidido a hablar sólo cuando estaba al borde de la muerte y a salvo de la justicia. Cuando regresara a Estados Unidos, telefonearía a mi abogado y se lo explicaría.

Finalmente llegué a una casa de campo y entré con el coche por el sendero. A ambos lados se levantaban unos cobertizos de paredes claras y tejados de tejas rojas como los de las casas de Maurilliac. Sonreí al ver un tractor; cuando yo era niño, Jacques usaba caballos. Aparqué el coche frente a una casa coquetona, con gráciles chimeneas, postigos blancos y las paredes cubiertas de hiedra. Salí del coche y me quedé de pie sobre la gravilla, empapándome de la calidez que exhalaba la casa de Jacques. Sabía que estaba en mi hogar, podía sentirlo. Jacques apareció en la puerta de entrada y abrió los brazos para darme la bienvenida. Una triste sonrisa iluminó su rostro envejecido. Como he dicho, los que me habían querido me reconocían desde el primer momento.

32

Jacques se quitó la gorra y me abrazó con fuerza como si fuera un hijo pródigo. Sus lágrimas me mojaron el abrigo, porque yo era mucho más alto. Aunque no dijimos nada, los dos pensamos lo mismo: ¿por qué había tardado tanto en volver a Maurilliac? Jacques tendría lo menos 85 años y estaba arrugado y marchito, pero cuando por fin pude mirarle a los ojos, vi que irradiaban la misma luz de siempre.

—Me alegro de verte —le dije al fin. Él sacudió la cabeza y soltó una carcajada.

—Ni siquiera me has escrito. Debería de regañarte.

—Me da mucha vergüenza —admití.

—¡Desaparecer así en mitad de la noche!

—No era más que un niño.

—Por eso te perdono —suspiró y se puso serio—. Pero no perdono a tu madre.

—Entremos, por favor, me estoy congelando —dije, frotándome las manos.

Atravesamos el vestíbulo y entramos en el salón, donde ardía un buen fuego. Tras la majestuosidad del *château*, la casa de Jacques me pareció acogedora y sencilla, repleta de objetos gastados y libros viejos, con valor sentimental. Todo tenía un aspecto ordenado, al igual que los cobertizos junto al camino de entrada. Me senté en un sillón y acerqué las manos al hogar para calentarme. Jacques me sirvió una copa y se arrodilló con dificultad frente a la chimenea para atizar el fuego, removiendo las brasas con un atizador.

—Así está mejor. Este invierno está siendo muy crudo.

—Te fuiste de Maurilliac.

Jacques asintió.

—Nada me retenía allí, y ya era mayor para el trabajo.

—Así que compraste esta casa y te instalaste aquí con Yvette.

—Yvette —rió, y en sus ojos apareció un brillo malicioso—. Yvette fue una buena esposa. Con ella comía bien, y acabé teniendo la tripa de un marido satisfecho. ¡Además era una mujer de las de verdad, con curvas!

—¿Sabes que una vez os vi juntos?

Jacques se dejó caer en el sillón con un suspiro de satisfacción.

—¿En serio?

—Sí, os vi haciendo el amor en el pabellón.

—¡Qué granuja! —rugió, encantado de recordar el pasado.

—Ahora me acuerdo. ¡Dijiste que era como una uva tierna y jugosa!

—Yvette me gustaba mucho.

Yo no le dije que de pequeño la odiaba, porque estaba claro que Jacques veía un aspecto de ella que a mí se me escapaba. Pero entonces dijo algo que me sorprendió.

—A ti te quería mucho.

—Pero si me odiaba —repliqué.

—Puede que detestara lo que representabas, Mischa, pero yo le aclaré ese punto.

—Cuando me convertí en su agarrador empezó a tratarme mejor.

—¿Su agarrador?

—No le gustaban las alturas, y cuando necesitaba algo de los estantes más altos o uno de los utensilios que colgaban del techo, me levantaba para que se lo cogiera.

—Le costaba tenerte manía, aunque quisiera. Tienes que entender que este país sentía vergüenza de lo ocurrido durante la guerra. Tú eras un inocente recordatorio de una desgracia nacional: la derrota y la violación de Francia. Pero eras un niño bueno y cariñoso, y yo te quería como a un hijo. A lo mejor te cuesta creerlo, pero Yvette lloró mucho cuando te marchaste. —Bebió pensativo un sorbo de café—. Incluso hasta yo lloré entonces.

—Tú y Daphne Halifax erais los únicos que me tratabais bien, y otra mujer, una norteamericana que se llamaba Joy Springtoe. Ya ves que no me olvido de la gente —dije, mirándole a los ojos.

—Dime, Mischa, ¿cómo está tu madre?

Hubo un cambio en el ambiente, como si faltara el oxígeno, y tuve una súbita iluminación. De repente estaba tan claro como la luz del día que Jacques había amado a mi madre. Lo vi tan triste, tan perdido y desolado, que aparté la mirada. No podía mirarle a los ojos.

—Ha muerto —dije. La tristeza de Jacques me cayó como una losa sobre mis hombros. Cuando alcé la mirada, vi sus ojos llenos de lágrimas—. ¿Sabía ella que la amabas? —le pregunté en voz baja. Jacques asintió.

—Sí lo sabía.

—Por eso nos apoyabas.

—Es la razón de que te apoyara, y de otras muchas cosas.

Me pareció que Jacques tenía ganas de hablar de mi madre, así que lo sondeé un poco más.

—¿Cuánto tiempo hacía que la conocías?

—Desde que éramos niños. —Mi madre no me lo había dicho. Yo simplemente di por supuesto que se habían conocido trabajando en el *château*—. Anouk y yo nos criamos juntos en Maurilliac, y cuando se marchó no soporté quedarme, así que me marché lo más lejos que pude.

—Háblame de ella, Jacques.

—Anouk era la muchacha con la que todo el mundo quería casarse, coqueta, pícara y presumida —dijo. Su rostro volvió a iluminarse con el recuerdo—. Era muy hermosa, con un maravilloso sentido del humor y un corazón grande y generoso. Yo tenía quince años más que ella, pero nos hicimos amigos. Nos reíamos mucho. Comprendía bien a los demás, y tenía mucha capacidad para amar.

»Cuando ella tenía veintiún años vivimos un romance. Yo trabajaba desde los dieciséis años para el padre de Gustave Rosenfeld. Cuando el padre murió y Gustave y su esposa, Pauline, heredaron la propiedad, intercedí para que contrataran a tu madre. Gustave y Pauline tenían niños pequeños, y Anouk entró a trabajar con ellos como chica de servicio. Los Rosenfeld era una importante familia de vinicultores. Sus vinos eran conocidos en todo el mundo, y recibían muchas visitas. Era un trabajo duro, pero a tu madre le gustaba y adoraba a los niños, sobre todo a la segunda hija, Françoise.

—Se quedó contemplando el fuego y siguió hablando para sí mismo—. Los tres años anteriores a la guerra trabajábamos juntos durante el día y nos amábamos por la noche. Le pedí que se casara conmigo, pero me dijo que era demasiado joven. Yo le dije que esperaría. —Se encogió de hombros—. ¿Qué hombre no hubiera esperado por Anouk?

—Entonces llegaron los alemanes.

—Primero se anexionaron Austria, luego conquistaron Checoslovaquia, invadieron los Sudetes y tomaron Praga.

Cuando Hitler invadió Polonia, se declaró la guerra. Pensábamos que ganaríamos. Creíamos que todo se solucionaría en unos días. ¿Cómo iba Hitler a aplastar el poder de Francia? Era impensable. La cosecha de 1939 se arruinó a causa de las lluvias; el vino quedó sin cuerpo, aguado. Se cumplió la creencia de los agricultores sobre la relación entre las guerras y las cosechas: para anunciar la llegada de una guerra, el Señor envía una mala cosecha; mientras la guerra dura, las cosechas son mediocres, y cuando la guerra acaba, el Señor envía una cosecha abundante y rica. ¡Y la cosecha de 1939 fue la peor de los últimos cien años!

»Los Rosenfeld se quedaron en el *château*. Desde la subida al poder de Hitler, miles de judíos salían de Alemania y llegaban a Francia, a Inglaterra y a los países del este de Europa. Se rumoreaba que mataban a los judíos, pero nadie daba crédito. Hasta que en noviembre de 1938 asesinaron a casi un centenar en una sola noche.

—La noche de los cristales rotos —dije. Jacques asintió con tristeza.

—A pesar de eso, los Rosenfeld se sentían a salvo en Francia. Hicieron lo posible por poner su vino a resguardo. Guardaban cientos de miles de botellas en el laberinto de bodegas debajo del *château*, y Gustave Rosenfeld decidió tapiar los accesos para esconder las mejores cosechas, la de 1929 y la de 1938. Los niños lo encontraron emocionante, pero lo tomamos como una simple medida de precaución, porque no creíamos que Hitler pudiera atravesar la frontera. Así que Gustave y yo pusimos los ladrillos mientras Anouk, Françoise y los demás correteaban por allí. Pauline estuvo recogiendo arañas para que tejieran telas y así pareciera que las paredes de ladrillos eran mucho más viejas. De hecho, algunas partes de la bodega tienen más de cuatrocientos años.

—¿Cómo es que no te reclutaron?

—Tenía treinta y siete años y era asmático, así que me dejaron ocuparme de los viñedos, pero los chicos con los que trabajaba se unieron a la guerra con entusiasmo. Ninguno de ellos regresó.

—¿Qué fue de los Rosenfeld cuando llegaron los alemanes?

Jacques agachó la cabeza. Estaba casi calvo, pero tenía sobre el cráneo una fina pelusa, como la tela que las arañas tejieron en la bodega.

—Gustave se alistó en el ejército y a los demás se los llevaron. Pensábamos que los liberarían al acabar la guerra, teníamos esa esperanza, pero no volvimos a tener noticias de ellos nunca más. Murieron en los campos de concentración. Me resulta insoportable pensar en su sufrimiento y pido a Dios que tuvieran un final rápido e indoloro. El *château* fue requisado por el coronel Dieter Schulz.

—Mi padre.

—Era alto y guapo, y un gran hombre. No me extraña que tu madre se enamorara de él. Prometió que no tocaría el vino de las bodegas, y que trataría a todos con respeto. Pero hubo que enviar cajas de botellas a Alemania, y hacia el final de la guerra el propio Goering vino para seleccionar las obras de arte que había que enviar a Berlín en su tren privado. Goering se apropió de valiosos objetos de arte de las familias judías, como sabes.

—¿Fue Goering el que robó la colección de arte de los Rosenfeld? —No entendía nada—. ¿Y por qué no se llevó *La Virgen Gitana*?

—¿*La Virgen Gitana*?

—Es un cuadro de Tiziano, y estaba en el *château*. Poco antes de morir, mi madre se lo entregó al Metropolitan.

—De eso no tengo ni idea. Lo único que sé es que Goering lo saqueó todo. Lo recuerdo perfectamente: un hombre de pelo claro, gordo y presumido, con el pecho repleto de medallas. Seguro que se pasaba horas mirándose al espejo y admirándose. Se pavoneaba por ahí seguido de un cortejo de oficiales vestidos con extravagantes uniformes, bebiendo champán y comportándose como si fuera el amo y señor del lugar. Seleccionó tres o cuatro cuadros, un tapiz y la cubertería de plata. No sé exactamente todo lo que se llevó, pero Anouk me contó que se había apropiado de los objetos más valiosos del *château*.

—¿Sabes si mi madre escondió algo?

—¿Además del vino? No estoy seguro, pero no me sorprendería. Anouk tenía cultura, y sabía distinguir un Miguel Ángel de un Rafael.

—¿Tenían en la casa pinturas de valor semejante?

—Goering lo creía así, o no se las hubiese llevado.

—¿Y mi padre?

—Tu madre se enamoró de él nada más verlo. Tenía carisma. Era tan alto como tú, de espaldas anchas. Y por supuesto, como alto oficial alemán irradiaba poder, lo que resulta irresistible para una mujer joven. Yo lo detestaba por haberme robado a Anouk, pero reconozco que era un caballero y un buen hombre. Y él también estaba muy enamorado. No lo culpo, porque todo el mundo se enamoraba de Anouk.

—¿Por qué seguiste trabajando en el *château*?

—Allí estaba mi vida, y además yo no podía imaginarme lejos de Anouk.

—He ido a ver al padre Abel-Louis.

—Que el diablo se lo lleve —murmuró con rencor.

—Me parece que no tardará mucho.

—¿Para qué querías verle? —Me dirigió una mirada acusadora, como si la sola mención de aquel nombre constituyera una traición.

—Quería hacerle sufrir, pero en realidad vive atormentado por el recuerdo de lo que ha hecho. Me contó que había casado a mis padres en secreto.

—Sí, y también fue un colaborador. Comerciaba con seres humanos, Mischa. ¿Eso no te lo dijo?

—Supuse...

—Él es el culpable de que los Rosenfeld murieran en las cámaras de gas de Auschwitz, de que se condenara a muerte a aquellos niños indefensos: Hannad, Françoise, Mathilde, André y Marc. —Me lanzó los nombres como si fueran balas. Yo me sentía desconcertado—. Y no sólo a ellos, traicionó a todos los judíos de Maurilliac. ¿Por qué crees que vivía tan bien cuando Francia se moría de hambre? ¡A que eso no te lo contó!

—Me dijo que había traicionado a mi madre de manera que ella no pudiera revelar lo que había hecho.

—La marcaron como a un animal. —La sorpresa se pintó en mi rostro—. No te lo dijo, ¿verdad? —Soltó un gruñido y siguió hablando en voz muy baja—. A tu madre y a otras tres mujeres acusadas de colaborar con los alemanes las llevaron a la plaza de la iglesia y las desnudaron. Les afeitaron la cabeza y les marcaron el trasero con hierros candentes, como si fueran ganado. ¿Te lo contó? ¿No? ¿Y sabes con qué las marcaron? Con la esvástica. Tu madre tendría que llevar la marca en el cuerpo hasta el día de su muerte. *Monsieur le curé* se quedó mirando sin intervenir, y de esta manera dio su consentimiento. ¿Y tú? ¿No te acuerdas?

—Me acuerdo —murmuré.

—Querían matarte. Intenté impedirlo, pero no podía hacer nada contra tanta gente. Los estadounidenses te salvaron, Mischa, y salvaron a tu madre. De no haber sido por ellos os habrían matado a los dos.

—¿Y tú?

—Os defendí lo mejor que pude. Y a partir de aquel día me trataron también como a un paria, pero nunca me arrepentí de lo que hice. Amaba a Anouk y siempre la he amado.

—Dices que mi padre era un buen hombre.

—Así era.

—¿Qué le pasó?

—Lo ignoro, Mischa. Se fue en el verano de 1944 y no regresó.

—¿Mi madre no quiso saber lo que fue de él?

—No lo sé. Nunca lo mencionaba. Cuando él se marchó, ella tuvo que sobrevivir sola con un niño pequeño. Supongo que tu padre murió en el campo de batalla. Quería llevarse a tu madre a Alemania, y de haber sobrevivido no dudo de que hubiera cumplido su palabra.

Jacques me miró en silencio y dejó la taza de café sobre la mesa. Con un gemido se levantó de la silla. De repente parecía envejecido, como si el hecho de recordar el pasado le hubiese añadido años.

—Quiero enseñarte una cosa.

Un poco envarado, como si le costara moverse, se acercó a un mueble, abrió el primer cajón y rebuscó dentro hasta dar con un sobre de color marrón. Antes de entregármelo lo acarició con el pulgar. En el sobre leí «Jacques Reynard», escrito con la letra de mi madre. Entonces até cabos: era la nota que le había dejado la noche en que nos fuimos a Estados Unidos, lo último que Jacques había sabido de ella. Abrí el sobre con dedos temblorosos y extraje una hoja de papel cuidadosamente doblada.

Querido Jacques: Esta noche me voy a Estados Unidos
para empezar una nueva vida. No podría irme si tuvie-
ra que decírtelo en persona. Me has querido siempre,
desde hace más tiempo del que puedo recordar, y yo te
he querido también, aunque no de la misma manera.
Siento tanta gratitud hacia ti que no puedo expresarla
con palabras. ¿Recuerdas aquellos días en el château,
cuando reíamos al sol, merendábamos en la playa y be-
bíamos buen vino? ¿Recuerdas cuando levantamos
aquel muro en la bodega y nos besábamos sin que nadie
nos viera? Estoy abriendo los lugares oscuros de mi co-
razón, Jacques, porque esos son mis recuerdos más que-
ridos. ¿Recuerdas cuando escondimos a aquellos judíos
en la bodega y conseguimos sacarlos de Francia? Cuan-
do me raparon y me marcaron como a un animal, tú es-
tabas a mi lado, ¿recuerdas? ¿Y recuerdas que has queri-
do a mi hijo como si fuera tuyo, que jugabas con él entre
las viñas y montabas con él a caballo? ¿Recuerdas que, a
pesar del dolor y la desesperación, a pesar del terror, nos
teníamos el uno al otro y conseguíamos reírnos juntos?
Siempre lo recordaré, querido Jacques. No nos olvides a
mí y a Mischa, porque nosotros siempre te recordare-
mos. Con todo mi amor, Anouk.

Leí y releí la carta hasta que las letras me aparecieron
borrosas por las lágrimas. Doblé la carta y la guardé en el sobre. Jacques contemplaba con tristeza el fuego encendido.
Con la carta todavía en la mano, medité sobre las palabras de
mi madre. La gente de Maurilliac la había castigado, cuando
ella no había dejado de trabajar para la Resistencia y había
arriesgado su vida para salvar la de otros. Nunca me contó
que la habían marcado con un hierro candente. Tal vez pen-

saba que yo me acordaba. No sabía que recordaba mejor mi propio horror que el de ella. Ojalá hubiéramos hablado, en lugar de dar tantas cosas por sentadas.

—¿Mi madre y tú salvasteis judíos?

—En Maurilliac había una familia judía de la que el padre Abel-Louis no había informado a los alemanes. Cuando los Rosenfeld fueron deportados, Anouk temió por ellos. Los escondimos y alimentamos durante un mes hasta que conseguimos enviarlos a Suiza sanos y salvos.

—¿Tú también trabajabas para la Resistencia?

—De una manera modesta. Empezamos con una familia y acabaron siendo muchas más. El nombre en clave de tu madre era Papillon. Era una mariposa muy valiente. —Me miró como si quisiera leerme el pensamiento. Sus ojos rodeados de arrugas estaban llenos de sabiduría—. Cuando dije que tu padre era un buen hombre, Mischa, lo dije en serio. Sabía que escondíamos judíos en la bodega, pero hizo la vista gorda por amor a Anouk. Hubiera hecho cualquier cosa por ella, incluso a riesgo de su posición y su propia vida.

—Recuerdo los nombres grabados en la pared de la bodega: Léon, Marthe, Felix, Benjamin, Oriane.

—Tienes mejor memoria que yo.

—Hay algo más —dije, recordando al joven que aparecía en el álbum de fotos de mi madre—. ¿Sabes si mi madre tenía un hermano?

—Sí. Se llamaba Michel.

—¿Qué fue de él? Nunca lo mencionó.

—Tu madre era una superviviente. Si tenía que cerrar un capítulo para seguir adelante, lo hacía. Y eso es lo que ocurrió con tu tío. Eran inseparables de niños, y de adolescentes estaban muy unidos. Cuando estalló la guerra, Michel se alistó y luchó junto a los mejores jóvenes de Francia.

—¿Lo mataron?

Jacques negó con la cabeza.

—No. Descubrió la relación de Anouk con tu padre y se lo dijo a sus padres. No quisieron saber nada más de ella. Había sido una familia muy unida, pero esto abrió una herida entre ellos que nunca se cerró. Michel se fue a la guerra y no volvió. Por eso Anouk te puso el nombre de su hermano: Mischa.

—¿Qué pasó con mis abuelos?

—Cuando acabó la guerra se marcharon. Se habían visto salpicados por el escándalo y no querían seguir viviendo en Maurilliac. Nunca se repusieron del castigo público de Anouk. Y tú, Mischa, eras un recordatorio de que su hija había sido una colaboracionista. Se marcharon a Italia, donde tenían familia, y por lo que yo sé, tu madre no se puso nunca en contacto con ellos. Supongo que murieron sin perdonarla. Tu abuelo luchó en la Primera Guerra Mundial, y para él constituía una terrible traición enamorarse del enemigo. No lo entendieron, y desde luego no la perdonaron.

—¿Por qué mi madre no me dijo nada? —exclamé, exasperado.

—Quería olvidar los asuntos dolorosos. ¿Para qué dejar que te hicieran daño a ti también? Te quería más que a nada en el mundo. Eras todo lo que tenía y quería que crecieras sin ese peso. Ahora ya eres un adulto, lo has descubierto todo por ti mismo y puedes asumirlo.

—Supo que se iba a morir, estuvo meses angustiosos perdiendo fuerzas día a día. ¿Por qué no me lo contó? Yo ya no era un niño.

Jacques se encogió de hombros.

—No lo sé. Todo estaba enterrado ya. ¿Para qué remover el pasado?

—¿No tenía derecho a saber algo sobre mi padre?

—¿Qué más te podía haber contado?

—¿Por qué no me contó que había salvado a judíos? Me habría sentido orgulloso de ella.

—Si empezaba a explicarte cosas, tú le habrías hecho preguntas y más preguntas. A Anouk no le gustaba pensar en los temas que la entristecían, prefería cerrar página y seguir adelante. No quedaba más remedio que aceptarla tal como era.

—¿Y tú?

—Yo he tenido una buena vida, he sido feliz. Que amara a tu madre no significa que me privara del placer con otras mujeres. Tuve que transigir y apañármelas. —Se inclinó hacia mí y me tomó de la mano. Tenía una mano más pequeña que la mía, pero de repente volví a sentirme niño—. Tú eres mi único consuelo, Mischa. No he tenido hijos, pero te tengo a ti. No hablemos más del pasado. Quiero formar parte de tu futuro. —Miró su reloj de pulsera—. Nunca es demasiado pronto para un vaso de vino. Vamos a brindar por tu regreso y por el futuro. Quiero que me hables de tu vida, para que yo también pueda formar parte de ella.

33

Estuve con Jacques hasta la medianoche, bebiendo vino. Ahogamos las lágrimas y las risas en el vino, que es la sangre de Burdeos. Había bebido demasiado para volver en coche, pero quería estar en el hotel para encontrarme con Claudine por la mañana. Nos despedimos con un abrazo. Creo que Jacques sabía que no nos volveríamos a ver. A su edad, el tiempo se le acababa. Pasarían años antes de que yo volviera, si es que volvía a Francia algún día, y para entonces él ya no estaría. Jacques hizo un intento de retenerme.

—¿Por qué no te vienes a vivir aquí? —me preguntó.

—Tengo mi vida en Estados Unidos —respondí. Pero él conocía la verdadera razón y asintió comprensivo.

—Aquí ha habido demasiada tristeza. Tienes que dejarlo todo atrás, Mischa, y seguir adelante, como hizo tu madre. Y yo debo hacer lo mismo.

Nos abrazamos, felices de que el vínculo entre nosotros fuera lo bastante fuerte para unirnos media vida más tarde. Jacques se quedó en el umbral, haciendo girar la gorra entre las manos, viva estampa de un anciano frágil y vulnerable. Me alejé en el coche por el sendero y saqué la mano por la ventanilla para decir adiós. Cuando volví a mirar por el retrovisor ya no estaba en la puerta.

Conduje en la oscuridad inclinado sobre el volante, intentando concentrarme y disipar la neblina de mi cabeza, no sólo por el vino sino por todo lo que me había contado Jacques. Lo que más me impresionó fue saber que había amado a mi madre todos estos años y que no guardaba ningún rencor. La había visto enamorarse de mi padre y tener un hijo con él, y sin embargo me había querido como a un hijo. Entendí que el auténtico amor es incondicional y generoso. Yo no me sentía capaz de amar de esa manera. Quería que Claudine fuera sólo mía. Cierto que pretendía salvarla de la infelicidad, pero sobre todo para aliviar mi propia desgracia. Mi amor era egoísta, y esto me hizo apreciar más el de Jacques.

Logré llegar al hotel sin perderme en el camino y sin dormirme. El portero de noche pareció sorprendido al verme salir del coche tambaleante, intentando caminar en línea recta, y palideció cuando le sonreí y le saludé con entusiasmo, incapaz de entender mi extraño comportamiento. En cuanto llegué a mi habitación me desplomé sobre la cama, diciéndome que descansaría un poco antes de desvestirme, pero cuando abrí los ojos ya era de día. Pedí que me trajeran el desayuno, corrí las cortinas y abrí las ventanas para que entrara el aire frío de la mañana. Era un día despejado, y el sol hacía relucir las diminutas partículas de hielo que flotaban en el aire. Me sentí tranquilo y en paz. Jacques había despejado muchos misterios de mi pasado. Ahora comprendía a mi madre mejor que nunca, y deseé que estuviera viva para hablar con ella de todas esas cosas. Deduje que había guardado *La Virgen Gitana* de buena fe, confiando en que los Rosenfeld volverían al finalizar la guerra. No podía saber lo que les ocurriría. Probablemente había temido durante años que la acusaran de robo. Era comprensible. ¡Qué satisfacción para ella cuando Goering requisó todos los objetos artísticos de la casa y dejó aquel cuadro tan valioso! Me sentí orgulloso de Papillon.

Mientras me duchaba y me afeitaba pensé en Claudine. Estaba esperando que me telefonara. El sonido de su voz acrecentó mi deseo y despertó de nuevo mis celos.

—¿Cuándo podemos vernos? —le pregunté, con mi habitual impaciencia.

—Esta mañana, en el puente.

La idea de otro paseo me produjo un sentimiento de frustración, pero me pareció que era preferible no expresarlo por teléfono.

—Te echo de menos —dije, en cambio—. Te he echado de menos todo el fin de semana.

—Yo también te he echado de menos —dijo Claudine. Pero su voz sonaba diferente, con una contención que me llenó de espanto.

—Ven ahora mismo —le dije—. Tengo que explicarte muchas cosas. Te estaré esperando.

No tuve que esperar mucho rato. Claudine apareció con abrigo, sombrero y un pañuelo de rayas alrededor del cuello. Llevaba botas forradas de borrego y medias marrones. Cuando la abracé, la noté tensa.

—¿Estás bien? —le pregunté.

—Vamos a sentarnos —me dijo. El estómago me dio un vuelco. La seguí hasta el banco de piedra donde nos habíamos sentado la mañana de nuestro primer encuentro.

—¿Qué ocurre? ¿Tienes dudas? ¿Qué problema hay?

Claudine tomó mi mano entre las suyas y me miró a los ojos. Vi miedo tras su capa de seguridad.

—Estuviste en misa —me dijo.

Me quedé atónito, pero intenté disimular.

—Así es —dije—. Tú estabas con Laurent y no quería molestar.

—Y me seguiste hasta casa.

De nuevo me dejó sorprendido. No me quedaba más remedio que decir la verdad. Apoyé los codos sobre los muslos y me froté la cara con las manos.

—Siento haber hecho el tonto —le dije.

—¿Por qué me seguiste, Mischa?

—Quería ver cómo te trataba Laurent.

—¿Por qué no me lo preguntaste?

—Me parecía que no querías hablar de él.

—No quiero que estropee lo que tenemos.

—Lo estropea por ser tu marido.

—Si estoy contigo no quiero pensar en él. —Me sentí aliviado cuando vi las lágrimas en sus ojos. No la había perdido, después de todo—. Te quiero, Mischa. Cuando estamos juntos puedo fingir que Laurent no existe.

Me incorporé y tomé sus manos entre las mías.

—Y puedes hacer que no exista, Claudine, puedes abandonarle y venirte a Estados Unidos conmigo.

—No puedo. —Volvió la cara y se secó la nariz con el dorso de la mano—. No lo entiendes.

—Claro que puedes. Tus hijos son mayores. Maurilliac es un desierto, aquí no te retiene nada. En Nueva York podemos empezar una nueva vida juntos. —Claudine se volvió para mirarme—. Eres joven y hermosa —le dije, acariciando su fría mejilla con la punta de los dedos.

Claudine me cogió la mano y se la llevó a los labios.

—Tengo miedo —susurró.

—¿De Laurent?

—No, Laurent me da lástima. No para hasta controlar lo que le rodea, yo incluida. Se ha convertido en un hombre amargado, siempre enfadado. Ahora percibe que me alejo de él y se aferra a mí con desesperación. Nunca quería hacer el amor, y ahora me desea más que nunca. Estoy cansada de poner excusas.

—Entonces, ¿de qué tienes miedo?

Claudine me miró con timidez. Una arruga de preocupación ensombrecía su rostro.

—Tengo miedo de hacer algo incorrecto. Tengo miedo de Dios.

—¡De Dios! —Me sentí tan aliviado que me entró risa, pero recordé la estrecha relación de Claudine con el padre Robert—. ¿Te has confesado? —Ella asintió—. Pero ¿por qué? Un sacerdote no puede aprobar el adulterio.

—Pero tenía que decírselo. Todos estos años ha sido amable conmigo, mi único apoyo. Al principio no podía hacer frente a Laurent y él me enseñó a decirle que no. No estaba bien mentirle.

—No puedes quedarte con un hombre que no te hace feliz simplemente para contentar a un sacerdote. Tienes que seguir tus instintos y luchar por tu felicidad.

—Me siento culpable. Laurent es el padre de mis hijos. Nos conocemos desde niños y llevamos veintiséis años durmiendo juntos. Hicimos nuestras promesas ante Dios. Estoy incumpliendo uno de los diez mandamientos, algo que no había hecho nunca.

—Todavía no has hecho nada.

—Pero tengo la intención de hacerlo.

Lo decía totalmente en serio. Me parecía increíble que se dejara engañar de esa manera. ¿Acaso no sabía que no eran más que tonterías inventadas por los curas para controlar a la gente?

—Maldita sea, Claudine, no dejaré que otro sacerdote destruya mi felicidad. —La tomé en mis brazos y la besé con pasión—. Atrévete, deja de esconderte. Puedo entender que tengas miedo de Laurent, que tengas miedo del futuro, o de ti misma, pero no utilices la Iglesia de excusa. ¿Me quieres?

—Sí.

—Eso es lo único que importa. No me iré sin ti.

Me sonrió con gratitud. Pareció tranquilizarse al verme tan decidido, como si buscara una muestra de mi amor. Necesitaba asegurarse de que la quería y de que no la iba a dejar tirada. Al fin y al cabo, estaba a punto de abandonar el mundo que conocía, y una vez que se marchara no podría volver.

—Quiero acostarme contigo, Mischa —dijo de repente—. Quiero que me hagas el amor, que me hagas tuya.

—¿Dónde? —me limité a preguntar. No necesitaba saber nada más.

—Conozco un lugar. —Se puso de pie y me tomó de la mano—. Ven, Mischa, empecemos nuestro futuro juntos.

Caminamos junto al río cogidos de la mano, como una pareja de jóvenes amantes. El corazón se me llenó de nostalgia al recordar aquellos veranos: la hierba repleta de grillos y saltamontes, los árboles de frondosas ramas donde piaban los pajarillos, el aire cargado de aroma a romero y a pino. Claudine representaba todas esas cosas, y si venía conmigo a Estados Unidos me traería lo mejor del verano. Al cabo de un rato llegamos a una casa de campo con establos y cobertizos. No se veía un alma por los alrededores.

—Aquí venía a jugar de pequeña —dijo Claudine—. ¿Te acuerdas de Antoine Baudron?

No lo recordaba. Imaginé que sería uno de los que me escuchaban embobados cuando me inventaba cuentos de milagros y visiones místicas en el patio del colegio.

—Era su casa. Se casó y se fue a vivir a otro pueblo, pero su padre sigue llevando la granja. —Me condujo por el camino asfaltado que pasaba junto a los cobertizos. De vez en cuando se agachaba y se escondía con ánimo juguetón, lo que me recordaba mis juegos con Pistou. Finalmente abrió la puerta de un establo—. Aquí guardan los terneros en primavera. Arriba está el pajar, y seguro que queda algo de heno donde echarnos. —Soltó una risita maliciosa y me indicó con un gesto que la siguiera.

—Hay gente que nunca crece —le dije en broma.

—Ya somos dos, Mischa —respondió ella mientras subía al pajar por la escalera de mano.

Pero cuando nos tumbamos sobre el heno, resguardados del frío, dejamos de sentirnos como unos chiquillos. Claudine se apretó contra mí.

—Abrázame fuerte —dijo—, necesito que me des calor.

La única iluminación era la de los débiles rayos de sol que se filtraban entre las grietas del techo de madera y la luz lechosa que conseguía atravesar el ventanuco cubierto de moho. Nos abrazamos y empezamos a besarnos lentamente. Acaricié con la boca sus labios, sus mejillas, su frente y sus largas pestañas; cerré los ojos para saborear su aroma a bosque. Claudine metió la mano por debajo de mi abrigo y mi camisa y me tocó con sus dedos helados.

—Tienes las manos frías —dije.

—Se calentarán enseguida. Estás ardiendo.

Metió la otra mano por debajo de mi camisa y me acarició la columna vertebral, deteniéndose un instante sobre mi cicatriz. Nuestros besos se tornaron más ardientes, nuestra respiración se hizo más agitada y mi miembro se apretó vigoroso contra el pantalón. Claudine tenía las mejillas enrojecidas y yo me notaba las manos calientes como brasas. Liberé la blusa de la falda y abrí los corchetes del sujetador. Los pechos de Claudine, suaves y esponjosos, no eran los de una joven que no ha sido madre, pero me emocionaba su madurez. Las huellas que la maternidad había dejado en su cuerpo la hacían más auténtica y terrenal. Hubiera querido ser el padre de sus hijos, hubiera deseado crecer a su lado. Oculté el rostro en su cuello y le levanté la blusa para besar sus pechos y saborear su piel. Claudine dejó escapar un gemido y enterró los dedos en mi cabello. Le levanté la falda —de tweed, larga hasta las rodillas— por encima de la cintura, y me emocionó descubrir que bajo los calcetines de lana llevaba medias de seda y un liguero. Me resultó excitante ver sus blancos muslos por encima del encaje. Con los ojos entrecerrados, Claudine me dirigía una mirada llena de dulzura y placer. La despojé de toda la ropa interior y se quedó desnuda ante mí, esperando mis caricias con un abandono exento de vergüenza. Estuvimos toda la mañana haciendo el amor, parando de vez en cuando para conversar, y volviendo a empezar.

—No hacía así el amor desde que era joven —me dijo, ruborizándose de placer—. Pensaba que había perdido toda mi sensualidad en el aburrimiento de mi vida cotidiana.

—Estás preciosa —le dije, admirando su belleza—. El sexo te sienta bien.

—¿Quién nos iba a decir que un día nos acostaríamos juntos cuando jugábamos a canicas en la *Place de l'Église*? —comentó Claudine riendo, mientras se tumbaba encima de mí.

—¿Qué diría monsieur Baudron si nos encontrara aquí?

—Tendría que marcharme de Maurilliac para siempre.

—Entonces espero que nos encuentre —dije muy serio. Claudine me miró en silencio un buen rato. Hubiese dado cualquier cosa por adivinar su pensamiento—. Ven conmigo, Claudine. No puedo irme sin ti.

—Pero todavía no has encontrado tu cuadro.

—Sí que lo he encontrado.

—¿En serio? —Me miró sorprendida—. Cuéntame.

—Sólo si me prometes que vendrás conmigo.

Claudine se puso seria a su vez.

—¿Me prometes que nunca me abandonarás, que cuidarás siempre de mí? ¿Me prometes que envejeceremos juntos, que nos querremos y que recuperaremos el tiempo que no hemos estado el uno al lado del otro? ¿Puedes prometérmelo, Mischa? Porque si me lo prometes, me iré contigo.

La hice bajar de encima de mi cuerpo y la abracé en mi regazo como a un bebé.

—Puede que ya no seamos jóvenes, pero nos quedan muchos años de vida juntos. Claudine, te prometo que te amaré y te cuidaré hasta que la muerte nos separe. Sólo te pido que confíes en mí. De haberme conocido durante los últimos cuarenta años, estarías tranquila porque sabrías con certeza que nunca he amado así a otra mujer.

—¿Cómo te hiciste la cicatriz?

—En una pelea —respondí. No tenía deseos de dar a conocer los detalles más terribles de mi juventud.

—¿Y cómo ocurrió?

—Todo empezó cuando Coyote se fue… —Poco a poco fui despojándome, una capa tras otra, de la gruesa piel que me cubría como una armadura pensada para que nadie pudiera acercarse a mí, que me mantenía a salvo y fuera del alcance de los demás. Y a medida que levantaba una capa tras otra, me sentía más contento y más ligero. Le hablé de la Tienda de curiosidades del capitán Crumble, de Elena y Matías, del día que vinieron los ladrones, y del momento doloroso en que Coyote me abrazó por última vez, de la irritante costumbre de mi madre de ponerle un plato en la mesa, de su fe inquebrantable, de cómo se fue separando poco a poco de mí y de cómo yo me sumergí en un mundo de violencia y bandas callejeras. Le hablé de mis robos, de mi actitud violenta y el terror que inspiraba. No estaba nada orgulloso de aquella etapa de mi vida, pero quería que Claudine lo supiera todo, no quería tener ningún secreto para ella. A Linda no le había dejado entrar en mi corazón, pero Claudine lo tendría en sus manos, porque siempre le había pertenecido a ella.

Le hablé de la pelea que casi me cuesta la vida.

—Los miembros de mi banda se largaron corriendo y me dejaron tirado sobre el asfalto, indefenso y sangrando en mitad de la noche. En aquel momento vi pasar toda mi existencia, entendí que había convertido mi vida en un desastre, y todo por culpa de un hombre.

—No, Mischa. —La mirada de Claudine era tierna y seria—. Él fue el desencadenante, pero no la causa de tu crisis. Eras un niño herido. Quién sabe, tal vez habrías hecho lo mismo aunque no le hubieras conocido.

—Coyote me rechazó, y su rechazo me cayó sobre los hombros como un fardo cada vez más pesado. En mi primera pelea me descargué de una parte del peso. La carga se hacía más ligera con cada enfrentamiento.

—Probablemente esa cuchillada te salvó la vida —dijo Claudine sonriendo.

—Me empujó a reflexionar sobre mi vida, y a partir de ese momento cambié. Me puse a trabajar con mi madre en la tienda, estudié todo lo que pude sobre antigüedades…

—¿Tuviste novias?

—Principalmente una, Linda. Estuvimos nueve años juntos, pero lo cierto es que nunca me entregué a ella, aunque desde el primer día hizo todo lo posible por «salvarme». Creo que por eso le gustaba, porque yo era su proyecto.

—¿La amabas?

Lo pensé un instante. Ahora que amaba a Claudine podía ver la diferencia entre amar y necesitar.

—Estaba a gusto con ella —dije—. La necesitaba, pero no, no la amaba.

—¿Qué tal se llevaba tu madre con ella?

—No muy bien. A mi madre nunca le gustaron mis novias.

Claudine soltó una risita.

—Te quería sólo para ella. Y no la culpo, porque tú eras todo lo que tenía. —Trazó con el dedo una línea sobre mi mejilla—. Yo también te habría querido sólo para mí. Lástima me habrían dado Linda y las demás chicas que llevaras a casa; no les habría concedido ni una sola oportunidad.

—¿Te acuerdas de mi madre?

—Recuerdo que era muy hermosa pero fría. Caminaba erguida, con la cabeza bien alta. Recuerdo que tenía unos bonitos pómulos y una piel muy bonita, pero no creo que la viera sonreír.

—Tenía una sonrisa preciosa cuando se dignaba mostrarla. Creo que tú le habrías gustado.

—¿Por qué lo crees? —Claudine sonreía con incredulidad.

—Fuiste la única niña que se mostró amable conmigo. Eso le habría gustado.

Sentados al sol sobre el puente nos comimos las baguettes que Claudine había preparado y contemplamos cómo se fundía la escarcha. Luego nos pusimos a caminar para no helarnos de frío. Claudine me llevó al cementerio de una aldea al otro lado del Garona donde estaba enterrado su padre. Quería despedirse de él. La dejé arrodillada sobre la hierba ante la lápida para que pudiera hablar con su padre a solas y di una vuelta por el cementerio con las manos en los bolsillos. Mientras jugeteaba con la pelota de goma me pregunté si mi padre tendría una tumba en Alemania. De repente sentía la necesidad de hablar con él. Estaba pensando en esas cosas cuando una lápida sencilla y en pleno abandono desde hacía años, cubierta de musgo y de malas hierbas, me llamó la atención. Me la quedé mirando tan sorprendido que contuve la respiración. En grandes letras ponía «Pistou», y debajo: *Florien Roche, 1941-1947, el amado hijo de Paul y Annie, te llevamos siempre en nuestro corazón*. Me arrodillé ante la lápida y arranqué el musgo con las uñas. Así que Pistou no había sido un mero producto de mi imaginación, sino un niño de mi edad que nunca llegó a hacerse mayor.

María Elena lo había adivinado. Era el espíritu de un niño el que venía a jugar conmigo entre los viñedos en el momento en que más lo necesitaba, cuando no tenía a nadie más con quien hablar. Y yo había creído en él. Sabía que nunca lo volvería a ver porque el mundo adulto me había envuelto en un muro duro como el cemento y me impediría oír su voz, pero yo lo recordaba con amor, como si hubiese sido un hermano. Arreglé un poco su tumba, aunque no tenía flores para adornarla, y le hablé en susurros: «Pistou, amigo mío». Me lo imaginé a mi lado, escuchando divertido, como si me hubiera conducido hasta allí deliberadamente, jugando. «Así que eras un chiquillo de mi edad. Nunca te he dado las gracias por hacerme compañía cuando no tenía a nadie con quien jugar. Espero que sigas correteando por los campos y junto al río, a lo mejor en compañía de otro niño que te necesita igual que yo te necesitaba. A juzgar por el estado de tu tumba, tus padres estarán ya contigo. Si ves a mi madre, salúdala de mi parte. Y si te es posible, si te apetece, muéstrate otra vez ante mí para que pueda darte las gracias.»

Aquella tarde hice la maleta. Decidimos que nos iríamos a la mañana siguiente. Claudine vendría al hotel y nos iríamos en coche al aeropuerto. Era un plan tan simple que no podía salir mal. Ella dejaría una nota sobre la almohada de Laurent, porque, según me confesó, se sentía incapaz de decírselo en persona. Y yo la entendía. Habían estado siempre juntos, y aunque el matrimonio hubiera salido mal, aquello era toda una vida. Además, era el padre de sus hijos, el hombre con el que había compartido el lecho durante veintiséis años.

Metido en la bañera del hotel imaginaba nuestra vida juntos en Nueva York. Con Claudine todo sería muy diferente. Por fin podría limpiar a fondo el apartamento de mi madre, mirar su correo, ordenar sus papeles y seguir adelante. Ya no estaría solo nunca más, Claudine y yo nos tendríamos el uno al otro.

Bajé a la biblioteca, me senté frente a la chimenea y pedí una copa de vino. Jean-Luc parecía inquieto, pero no le hice ningún caso, sino que me dediqué a leer una revista mientras saboreaba mi burdeos. Ahora que todas las piezas habían encajado por fin en el difícil rompecabezas de mi vida, sentía una gran satisfacción. Había averiguado de dónde había sacado mi madre el cuadro, aunque no estaba seguro de las razones que le llevaron a esconderlo, pero eso no tenía demasiada importancia. Mi curiosidad había quedado satisfecha, y encontrar a Claudine me ayudaba a dar por finalizada mi frenética investigación.

—Perdone, *monsieur*. —Al alzar la vista vi a Jean-Luc, que me miraba con nerviosismo.

—¿Qué desea? —pregunté con amabilidad.

—Me preguntaba si le importaría compartir la mesa con una señora encantadora que se aloja en el hotel.

—Siga. —No me emocionaba especialmente tener que dar conversación a una desconocida.

—Es la señora Rainey. Está sola y es norteamericana como usted. He pensado que sería agradable para ella tener compañía para cenar. Es una señora mayor muy agradable, una clienta habitual del hotel.

Estuve a punto de negarme, pero me pareció egoísta y descortés.

—Será un placer —dije, asombrado de lo amable que me había vuelto de repente. Jean-Luc pareció animarse.

—Muchas gracias, *monsieur*. A las ocho en punto se la presentaré.

Volví a sumergirme en mi lectura. Ahora que estaba a punto de fugarme con Claudine, no tenía sentido que me irritara la idea de cenar con una señora mayor. Al contrario, tal vez me ayudaría a distraerme. Sólo esperaba que no fuera aburrida o, todavía peor, una de esas señoras llenas de entusiasmo que no paran de hacer preguntas. En realidad no tenía muchas ganas de hablar de mí.

A las ocho de la tarde, Jean-Luc se presentó con la señora Rainey. Apuré mi copa, dejé la revista que estaba leyendo y me puse de pie para saludarla.

—*Madame*, le presento a Monsieur Fontaine.

Los dos nos sonreímos con educación hasta que nos dimos cuenta, casi al mismo tiempo, de que nos habíamos conocido muchos años atrás.

—¡Joy Springtoe! —exclamé atónito. La sorpresa me dejó con la boca abierta. No la noté muy cambiada, sólo más vieja.

—¿Eres Mischa? —Estaba tan asombrada como yo. Movió la cabeza perpleja. Sus ojos azules brillaban de emoción—. ¿Puedes hablar?

—Es una larga historia —respondí.

—Me encantará oírla.

—Entonces te la contaré.

—¿Ahora eres norteamericano?

—Nos fuimos a Estados Unidos cuando yo tenía seis años. —Le cogí la mano y me la llevé a los labios, al estilo francés. Sin apartar su mano de mis labios, alcé la mirada hacia Joy Springtoe—. Pero yo nunca he podido olvidarla.

34

Nos instalamos en el rincón, en una mesa redonda decorada con velas.

—¡Oh, Mischa! Qué alegría verte —exclamó Joy.

Seguía siendo una mujer hermosa, con una cara suave y regordeta aunque surcada por finísimas arrugas, como un pañuelo de papel muy usado. Pero irradiaba felicidad y una bondad que resultaba patente en la ternura de su mirada.

—¡Qué guapo eres! Sabía que te convertirías en un hombre atractivo.

—¿Qué haces aquí? —le pregunté. Me parecía increíble que nuestros caminos se hubieran vuelto a cruzar—. Quién iba a decir que volveríamos a vernos.

—Es mi escapada anual —dijo, riendo como una chiquilla—. Una vez al año dejo a mi marido y vengo aquí una semana para recordar a mi prometido, que murió en la guerra.

—Lo recuerdo. Un día te vi llorando y me llevaste a tu habitación para enseñarme su foto.

—Billy Blake. Sabes, Mischa —añadió, bajando la voz—, para mí sólo ha existido un amor en mi vida. Oh, he sido feliz con David, es un buen hombre. Pero Billy fue mi gran amor y no quiero olvidarle.

—¿Lo mataron aquí?

—Liberó el pueblo y fue el primero en llegar al *château*. Al día siguiente me escribió una carta, la última que recibí. Poco después murió en combate.

—Es una lástima que muriera un buen hombre.

—El mejor. Pero basta de hablar de mí.

El camarero se acercó a la mesa y esperó nuestras indicaciones. Elegimos rápidamente los platos y el vino, deseosos de seguir conversando.

—¿Por qué has venido tú?

Me sentía feliz de poder contarle mi vida. Después de todo, hacía muchos años que nos conocíamos y guardaba un buen recuerdo de ella.

—Todo empezó con la muerte de mi madre. Murió de cáncer.

—Lo siento muchísimo.

—Llevaba año y medio encontrándose cada vez peor, pero, típico de ella, no quería médicos a su alrededor, no quería que metieran las narices en su vida. Así que se dejó morir lentamente, escondiendo la cabeza en la arena, fingiendo que no pasaba nada. Me temo que yo soy como ella. Cuando me puse a ordenar sus cosas descubrí que lo guardaba todo. No sé si lo sabías, pero mi padre fue el oficial alemán que requisó el *château* durante la guerra. Mi madre había trabajado al servicio de los dueños, y siguió allí después de que Gustave Rosenfeld muriera en la guerra y toda su familia, mujer e hijos, fuera llevada a un campo de concentración.

—¿Eran judíos?

—Sí. Mi madre tenía la esperanza de que volverían cuando acabara la guerra.

—Pero no volvieron, por supuesto.

—No. Ella se enamoró de mi padre y se casaron en secreto. Yo nací el año cuarenta y uno. Después de la guerra mi madre fue duramente castigada por colaboracionista, y entonces fue cuando yo perdí la voz.

—Ahora lo entiendo. Pobre chiquillo, qué terrible. ¿Y qué fue de tu padre?

—Murió en la guerra.

—Como mi pobre Billy.

—Tengo algún recuerdo de él. —Hurgué en el bolsillo y saqué la pelota de goma—. Me dio esto. —Joy miró la pelota con atención.

—¡Dios me ampare! ¿La has guardado durante todos estos años?

—Es un lazo que me mantiene unido con él. Soy un tonto sentimental.

—Oh, no es cierto. Yo también guardo cosas. Tengo una caja entera llena de recuerdos de Billy: programas de teatro, billetes de autobús, flores que me regaló y que yo he secado entre las páginas de un libro, cartas que me envió durante la guerra. Todavía las leo de vez en cuando. Me ayudan a recordarle y a sentirle cerca de mí, como tu pelota de goma. No me asusta la muerte porque sé que él estará esperándome. Para serte sincera, es una idea que me emociona, incluso.

—Me parece que tendrás que esperar muchos años.

—Me estoy haciendo vieja, Mischa.

—No pareces vieja en absoluto.

—Esto es porque ves más allá de las arrugas a la mujer que fui hace cuarenta años, pero ya tengo casi setenta años. Nunca pensé que los años iban a pasar tan deprisa. La vida es realmente muy corta. —Exhaló un suspiro y tomó un trago de vino—. Así que has venido para recordar viejos tiempos.

—En cierto modo, sí.

Joy me miró fijamente.

—¿Eres feliz, Mischa?

—Ahora sí. Es una larga historia.

—Cuéntamela, cuéntamelo todo. En realidad, tengo cierto derecho a saberlo —bromeó—. Al fin y al cabo, yo fui tu primer amor.

Me reí y le tomé la mano.

—¿Lo sabías?

—Claro que lo sabía. Te ruborizabas cada vez que me veías, y me seguías a todas partes como un cachorrito. Siempre estabas escondiéndote detrás de la silla que había en el piso de arriba. Todavía sigue ahí, y me acuerdo de ti cada vez que la veo. Aunque ahora eres demasiado grande para esconderte detrás de esa silla.

—No sólo fuiste mi primer amor, sino también la primera mujer que me rompió el corazón. Me quedé destrozado cuando te fuiste.

—Yo también estaba muy triste. No quería dejarte. Eras el hijo que no tuve.

—¿Tienes hijos ahora?

—Sí, cuatro chicas, ningún hijo varón. —Me apretó la mano—. Siempre quise tener un chico rubio con ojos azules. Billy era rubio, y yo estaba convencida de que tendríamos un hijo. Pero no pudo ser. De todas maneras tengo nietos, y estoy como loca con ellos.

El camarero nos trajo el primer plato y empezamos a comer.

—Cuéntamelo todo, desde que os fuisteis de Francia. Supongo que tu madre quería empezar de cero en un sitio donde no conocieran su pasado.

—Creo que así fue —respondí, aunque no podía evitar preguntarme si no se había visto obligada a huir a causa del Tiziano—. Se enamoró de un norteamericano que se alojaba en el hotel, y nos marchamos con él a Nueva Jersey. Él fue mi segundo amor.

Y así le hablé a Joy de Coyote, de la Tienda de curiosidades del capitán Crumble, de Matías y María Elena, de la noche que entraron a robar. No mencioné el nombre propio de Coyote. Sin saber por qué, algo me decía que fuera prudente. Joy me escuchaba fascinada y emocionada. Le hablé también de la época en que entré en una espiral de violencia, bandas callejeras, navajazos y autodestrucción.

—¿Cómo saliste de eso? —me preguntó.

—Cuando has tocado fondo, sólo puedes subir.

—¿Lo lograste tú solo?

No quería hablarle de mi pelea en el aparcamiento, así que me referí a una época un poco anterior, cuando empecé a entender el sufrimiento que le causaba a mi madre.

—No —respondí—. Vi lo mucho que esto le dolía a mi madre. Yo la culpaba de la desaparición de Coyote. Pensaba que era todo culpa suya, y quería que reaccionara. Una noche volví a casa muy tarde, borracho, hecho una verdadera desgracia, y la vi bailando sola en su habitación con la música que solía poner mi padre. Solían poner el gramófono y bailar juntos, mientras yo miraba y aplaudía feliz. Bien, pues aquella noche mi madre bailaba como si estuviera con mi padre, una mano sobre el hombro y la otra en la mano de él. Levantaba la mirada hacia él imaginado rostro de mi padre y tenía los ojos llenos de lágrimas. Nunca lo olvidaré. Al momento se me pasó la borrachera, me tiré al suelo y me puse a llorar también. Por una vez dejé de pensar en mí mismo y en lo que había perdido, y pensé en las desgracias que había tenido que sobrellevar mi madre. Estaba sola, los dos hombres a los que amó habían desaparecido. Era una paria en su propio pueblo, y su familia la había repudiado. Había tenido que soportar pruebas mucho más duras que yo, y nunca había dejado de quererme. A pesar de la rabia que mostraba, de las cosas horribles que le gritaba, de berrinches y arrebatos de cólera, nunca me cerró su puerta ni su corazón. Al día siguiente me levanté dispuesto a cambiar. Nunca miré atrás, y no volví a usar los puños. Ninguno de los dos dijo nada al respecto, pero volvimos a ser amigos.

Luego le hablé de Claudine, y Joy me escuchó con simpatía, sin juzgarme. En realidad, me animó.

—Si es tu gran amor, Mischa, haz lo que te dicta tu instinto. La vida es demasiado corta para no vivirla a fondo.

—Me marcho mañana.

—Lamento que te vayas. Tal vez podamos volver a vernos en Estados Unidos.

—Me gustaría mucho.

Joy me tomó de nuevo la mano.

—También a mí.

Aquella noche estaba tan emocionado que no podía dormir. Joy Springtoe había vuelto a mi vida y Claudine había accedido a acompañarme a Estados Unidos. En cuanto le concedieran el divorcio, nos casaríamos. Me encantaba la idea de vivir con ella. Había vivido muchos años sin echar raíces, pero ahora compraría una casa donde pudiéramos envejecer juntos. Sólo me entristecía que fuera demasiado tarde para tener hijos con ella. Lamentablemente, nadie continuaría mi apellido cuando yo muriera, no dejaría nada de mí mismo sobre la Tierra.

Fuera se había desatado una tormenta. El viento aullaba en torno al *château*, la lluvia golpeaba contra los cristales de las ventanas, y de vez en cuando el cielo se iluminaba con un relámpago al que seguía el retumbar de un trueno. Corrí las cortinas y me senté junto a la ventana. Unos nubarrones espesos como gachas atravesaban a toda velocidad el horizonte. Recordé lo que mi abuela decía del viento y me vino a la mente la noche en que partimos a Estados Unidos. También entonces arreciaba una tormenta y el vendaval casi me tira al suelo mientras cruzaba el jardín. Fue entonces cuando, a la luz de un relámpago, vi a un hombre cavando. No había vuelto a acordarme de él, pero reviví la escena como si acabara de suceder: el hombre estaba arrodillado en el suelo, empapado hasta los huesos, y sacaba paladas de tierra; podía oír incluso los rítmicos golpes del metal contra las piedras. En aquel momento pensé que era un asesino enterrando el cadáver de su víctima, pero ahora no sabía qué pensar. ¿Habían sido imaginaciones mías o había algo más, como sucedió con Pistou? Decidí preguntarle a Jean-Luc si había habido algún asesinato en el *château*. Me parecía que conocía muy bien la historia del hotel.

Me quedé contemplando la tormenta hasta que cesaron los truenos y los relámpagos, aunque seguía lloviendo a cántaros y soplaba un vendaval. Me dije que al día siguiente me despediría de mi infancia para siempre. Llega un momento en que uno tiene que elegir entre vivir en el presente o no tener vida en absoluto. Volví a meterme en la cama, cerré los ojos y me sumí en un sueño plácido y profundo como no disfrutaba en mucho tiempo. Hacía años que no soñaba, pero aquella noche tuve un sueño tan vívido que me pregunté si sería real.

Volvía a ser un niño y me encontraba en el banco junto al río, tirando piedras al agua. El sol estaba alto en el cielo y el aire cálido olía a pino. El río borboteaba cantarín, las moscas revoloteaban al sol, las cigarras chirriaban entre la hierba y las doradas flores de la retama danzaban agitadas por la brisa. Pistou estaba a mi lado, jugando con mi pelotita de goma. Permanecíamos en silencio porque no nos hacían falta palabras. De repente, una mariposa se posó en la mano de Pistou, que se volvió hacia mí sonriendo. Entonces recordé lo que me contó Jacques Reynard: que el nombre secreto de mi madre durante la guerra era Papillon, mariposa.

—Así que ya ves, no soy un producto de tu imaginación —dijo Pistou.

—Lo siento. ¿Te molestó que lo pensara? —Tiré una piedra al río y me quedé mirando cómo botaba sobre la superficie.

—No, estoy acostumbrado.

—¿Cómo es estar en el cielo?

—Delicioso. Cuando llegues te gustará. Puedes comer todas las *chocolatines* que quieras.

—Me parece estupendo. ¿Estará también el *cureton*?

—Abel-Louis llegará en cualquier momento. Le están esperando.

—¿Recibirá su castigo?

—El infierno está en la Tierra, amigo. Tú ya has estado allí, ¿no?

—Pero quiero que sufra.

—Sufrirá cuando contemple su vida y se dé cuenta de cómo la ha fastidiado. No olvides la ley del karma, Mischa. Lo que enviamos nos es devuelto. Nadie escapa de la ley de causa y efecto.

—¿Y mi madre estará? —La mariposa abrió las alas y salió volando.

—Está aquí, y también tu padre. —Pistou me devolvió la pelota de goma.

—¿Están juntos?

—Por supuesto.

—¿Puedo verlos?

—Están siempre contigo, cuidando de ti. Que no puedas verlos no significa que no estén. —Se puso de pie—. Tengo que marcharme.

—¿Nos volveremos a ver?

—Sí, claro. Volverás a verme si abres bien los ojos —dijo, con una de sus risitas maliciosas.

—¡Eres un caradura! —Al ponerme de pie, comprobé que yo ya no era un niño y era mucho más alto que él.

—Te agradezco que hayas sido mi amigo, Pistou.

—Nos lo hemos pasado bien, ¿verdad?

—Muy bien.

—Todavía puedes pasarlo bien si no te olvidas de ser un niño.

—Lo intentaré.

Pistou se internó en el bosque. Yo me guardé la pelotita en el bolsillo y me volví hacia el sol, que brillaba tan intensamente que me obligó a entrecerrar los ojos. Me tapé la cara con la mano y me desperté sobresaltado en la cama. Había amanecido y hacía un día espléndido. La tormenta se había alejado y no quedaba ni una nube en el cielo.

Hice el equipaje, me vestí y bajé a desayunar sintiéndome tan nervioso que no podía estarme quieto. Claudine me había prometido que estaría a las diez en el vestíbulo. Desde allí nos iríamos en coche al aeropuerto de Burdeos, tomaríamos un avión hasta París, y otro avión a Estados Unidos, donde viviríamos el resto de nuestras vidas. El tiempo se me hacía eterno y no paraba de consultar el reloj. ¿Por qué pasan tan despacio los minutos cuando queremos que se aceleren?

Me preparé los cruasanes con mantequilla y mermelada y probé el excelente café. Intenté leer el periódico pero no conseguía entender las palabras, sólo podía pensar en Claudine. Después de desayunar me acerqué al invernadero para contemplar los jardines por última vez. No esperaba encontrar a Joy admirando el panorama con una taza de café en la mano.

—Qué mañana tan hermosa —me dijo sonriente—. Lástima que te marches hoy. Me habría gustado que me acompañaras a dar un paseo.

—Hace frío para pasear. Preferiría volver en verano.

—Es cuando suelo venir yo. Ésta es la primera vez que vengo de visita en invierno. Tal vez sea el destino —dijo, mirándome con ternura.

—Pero el jardín está precioso incluso ahora.

—Sí, incluso después de una tormenta.

—No podía dormir y estuve mirando la tormenta, como cuando era niño. Mi madre decía que el viento anunciaba cambios.

—En tu caso parece que es cierto. Después de todo, hoy empiezas una nueva vida. —Volvió a mirar ensimismada a lo lejos y suspiró—. Al parecer, hay una obra de arte muy valiosa enterrada en este jardín, ¿lo sabías?

Me quedé atónito, pero intenté disimularlo.

—¿En serio? —Me ardían las mejillas de vergüenza, como si yo mismo hubiera enterrado la obra de arte.

—En la última carta que me escribió Billy —susurró Joy— me decía que él y dos amigos más fueron los primeros en entrar en el *château* cuando se marcharon los alemanes. Uno de ellos, Richard Quigley, tenía conocimientos de arte, y al parecer identificó un cuadro de Tiziano. Por alguna razón no lo habían embalado con las demás cosas para llevárselo a Alemania en el tren privado de Goering. Porque Goering se dedicaba a robar todos los objetos de arte que encontraba. Para evitar que el cuadro desapareciera, Billy y los otros dos lo enterraron en el jardín. De no haber sido por Richard, me contó Billy, habrían enrollado mal el lienzo y lo habrían estropeado, porque hay que enrollarlo con la pintura hacia fuera. Encontraron una tubería de plomo y metieron dentro el lienzo con la idea de venir en su busca después de la guerra. Pero Billy murió poco después, y en cuanto a Richard... ¡pobre Richard!

—¿Qué le ocurrió? —Notaba la boca seca y la lengua como de trapo. Las últimas piezas del rompecabezas estaban a punto de encajar, y no estaba seguro de que quisiera ver el resultado.

—Lo asesinaron.

—¿Lo mataron? ¿Durante la guerra?

—No, hacia mil novecientos cincuenta y dos. Lo leí en los periódicos cuando fui a ver a mi familia en Staunton, que está en Virginia Occidental. Recuerdo que el asesino fue condenado a cadena perpetua en la prisión de Keen Mountain. Y espero que se pudiera allí, porque Richard era un joven estupendo. Billy me había hablado tanto de él que me parecía conocerle.

—¿Y cómo se llamaba el tercero de los hombres que liberaron el *château*?

—Lo llamaban Coyote —dijo, frunciendo el ceño—. Me pregunto qué habrá sido de él.

Me pareció que todo me daba vueltas y tuve que sentarme y masajearme las sienes.

—¿Te encuentras bien? —Joy se sentó junto a mí y me pasó el brazo por los hombros.

—Siento un poco de náuseas —dije, recordando a Coyote desenterrando el cuadro. Ahora entendía por qué había venido a Maurilliac y por qué habíamos tenido que huir en mitad de la noche como ladrones. Y es que habíamos sido unos ladrones, o por lo menos lo había sido Coyote. Recordé cuando entraron a robar en la tienda y la posterior desaparición de Coyote. ¿Habría asesinado a Richard Quigly después de desenterrar el cuadro? ¿Habría sido también el responsable de la muerte de Billy? Miré el reloj. Eran las diez menos cuarto.

—No me pasa nada. Supongo que son los nervios —dije, incorporándome—. Un vaso de agua me sentará bien.

—No creo que lleguemos nunca a saber si el cuadro está enterrado aquí o no —comentó Joy alegremente—. Pero me gusta la idea de que en este terreno puede haber enterrado un secreto precioso. Adoro los misterios. —Se levantó y apuró la taza de café—. Venga, vamos a buscar un vaso de agua. Te has quedado pálido como un fantasma.

35

Esperé a Claudine sentado en el vestíbulo. Necesitaba estar solo para asimilar lo que me había contado Joy. Estaba desolado. Yo había creído en Coyote, y ahora me preguntaba si sabía quién era en realidad. Sospechaba dónde podía haberse metido durante los últimos treinta años, pero para estar seguro tendría que echar un vistazo a los papeles de mi madre. Hasta entonces, era necesario que olvidara la escena de Coyote cavando en el jardín y su posible relación con el asesinato de los dos hombres que conocían el paradero del Tiziano. Ahora debía pensar en Claudine.

Cuando dieron las diez, empecé a ponerme nervioso y me puse a caminar arriba y abajo por el vestíbulo enlosado. Cada pocos minutos me asomaba a la puerta para comprobar si llegaba. Recordé nuestra primera cita en el puente de piedra. También en aquella ocasión Claudine llegó tarde. Cuando emprendí el regreso al *château*, convencido de que no iba a venir, apareció. Y ahora también aparecería, seguro. Sólo tenía que esperar un poco.

Joy entró en el vestíbulo envuelta en un aroma a gardenia. Me levanté y le di un abrazo.

—Qué grande eres ahora —exclamó riendo—. Pero para mí sigues siendo aquel niño que me robó el corazón años atrás.

—Volveremos a vernos en Estados Unidos, te lo prometo —le dije, dándole un beso en la mejilla. Tenía la piel suave como un pétalo de rosa.

—Estoy tan contenta de que nuestros caminos se hayan cruzado de nuevo. El destino tiene una curiosa manera de provocar reencuentros, ¿no te parece? Yo no creo en las coincidencias. —Tomó mis manos entre las suyas—. Mucha suerte con tu chica. Cuando encuentres un amor de verdad, no lo sueltes, porque es poco frecuente, un tesoro. Pero no hace falta que te lo diga, ¿verdad? Tú ya lo sabes.

Mientras miraba cómo se alejaba rememoré su imagen en la puerta del cuarto de baño, con su vestido nuevo. Este pensamiento me distrajo momentáneamente de mi angustiosa espera, pero enseguida volví a recorrer nervioso el vestíbulo y a juguetear con la pelotita que llevaba en el bolsillo. El tiempo pasaba y Claudine no aparecía. No podía creer que hubiera cambiado de opinión, con lo decidida que se había mostrado el día anterior. De niña había desafiado al pueblo de Maurilliac, incluso al padre Abel-Louis, por ser amiga mía. Sabía que tenía carácter suficiente para romper su matrimonio, y no podía imaginar qué la retenía. Consternado, vi que Jean-Luc, con el pelo brillante por la gomina que se aplicaba para no despeinarse, se acercaba con ganas de charlar.

—Así que hoy nos deja, *monsieur* —dijo, con una ligera inclinación de cabeza—. Ha sido un placer para mí tenerle en el hotel. Confío en que vuelva algún día.

—No le quepa ninguna duda —me forcé a responder, aunque sabía que jamás regresaría. Para avanzar tenía que enterrar el pasado, tal como Jacques había dicho sabiamente.

Jean-Luc frunció el entrecejo.

—¿Está esperando un taxi?

—Tengo coche, no se preocupe.

—¿Se lo traen?

—Ya está preparado.

—Entonces nos diremos adiós. —Me despedí de Jean-Luc, que tenía la mano cálida y suave de un hombre que no ha vivido demasiado—. Le deseo un buen vuelo a Estados Unidos.

Se quedó observándome, como si esperara verme partir, pero como yo no hice ademán de moverme, inclinó la cabeza y se marchó por fin.

Clavé la mirada en la esfera del reloj, observando cada mínimo movimiento de las agujas, cada segundo que transcurría. Empecé a temerme lo peor. ¿Y si se hubiera arrepentido, después de todo? ¿Y si había decidido quedarse en Maurilliac? De todas maneras, yo no pensaba volver a casa sin Claudine. Se lo había prometido a ella y me lo había jurado a mí mismo. Salí corriendo y subí al coche, decidido a ir en su busca. Pisé el acelerador y tomé la carretera que llevaba al pueblo.

Dentro del coche hacía frío, pero yo tenía la frente perlada de sudor. Claudine era lo único que me importaba. Ahora que la había encontrado, no estaba dispuesto a renunciar a ella. Laurent apareció en mi mente. Él era el principal obstáculo para mi felicidad futura. Tenía que haberlo sabido, porque siempre fue mi enemigo. No había olvidado lo que me dijo en clase —«¡Tu padre era un cerdo nazi!»— y jamás se lo perdonaría. Nunca. Mientras me acercaba al pueblo a toda velocidad, me preparaba mentalmente para la batalla definitiva. Pero esperaba luchar contra Laurent, no contra Dios.

Aparqué el coche frente a la casa y estuve intentando vislumbrar algo a través de la ventana del salón. Claudine no tardó en aparecer en la ventana, mordisqueándose el pulgar y con aspecto de haber estado llorando. Vi que Laurent se le acercaba por detrás y le ponía la mano en el hombro. Esta vez ella no hizo ningún gesto de rechazo. Agarré el volante, intentando contener la furia. Salí del coche y cerré la portezuela con todas mis fuerzas. Como nadie me respondía, volví a cerrarla y grité:

—¡Claudine! ¡Sé que estás en casa!

La puerta se abrió finalmente y apareció el cura, el padre Robert.

—Será mejor que pase —dijo sin alterarse, y se hizo a un lado.

Entré como un búfalo enfurecido, pero dentro de la casa me sentí sobrecogido de terror. No podía seguir viviendo sin ella. Claudine y Laurent seguían de pie frente a la ventana. Él le pasaba un brazo por encima y la agarraba con firmeza del hombro. Me miró con arrogancia, como si ya fuera el vencedor. Yo le dirigí una mirada de odio, deseando con toda mi alma poder tumbarlo allí mismo de un puñetazo. Miré a Claudine: me miraba con los ojos llenos de lágrimas. Entendí perfectamente lo que había pasado, lo leía en sus ojos. El cura se había arrogado la misión de recomponer aquel matrimonio hecho jirones. ¿Acaso no se daba cuenta de que la ruptura era irreparable, como cuando una tela se ha roto por demasiados sitios? Laurent me miró con desprecio.

—¿Qué diablos haces tú aquí?

No me digné a mirarle. Me dirigí a Claudine.

—No me iré sin ti —anuncié valientemente.

—Ni siquiera la conoces —interrumpió Laurent—. ¡Tenías seis años!

—Claudine se queda —dijo el sacerdote—. Ella ha tomado la decisión.

Me volví hacia el cura y le dije con frialdad:

—No estoy hablando con usted. Ni tampoco contigo, Laurent. —Miré a Claudine, deseando con toda mi alma que encontrara las fuerzas para marcharse—. No voy a rogártelo. Sabes que te quiero y que cuidaré de ti. Hemos esperado toda la vida este momento. No me hagas esperar más.

Laurent soltó una risita burlona.

—¿De verdad creías que podías llegar y destrozar mi matrimonio en unos días? Has perdido la razón, amigo mío. Claudine es mi esposa, ¿no te lo ha dicho?

Decidí que no le daría el gusto de responder y volví a dirigirme a ella.

—La vida es corta, Claudine. No la malgastes.

Saqué del bolsillo la pelotita de goma. La tiré al aire y la recogí. Al ver aquel símbolo de la infancia, Claudine pareció recobrar el valor y el color volvió a sus mejillas. De repente volvió a ser la niña de sonrisa dentona que se atrevía a desobedecer a su madre y a saltarse las normas, la única niña del pueblo que fue capaz de acercarse a mí. Vi cómo se sacudía de encima el brazo de Laurent y, volviéndose hacia él, le plantaba un beso en la mejilla. Laurent se puso blanco como el papel y se quedó inmóvil.

—Lo siento, Laurent, pero nuestro matrimonio no tiene arreglo —dijo Claudine. No le dijo nada al cura, que asistía a la escena horrorizado, con la boca abierta. Se limitó a mirarle con tristeza, moviendo la cabeza y me dio la mano antes de que el padre Robert pudiera emitir una protesta. Recogí su maleta y abandonamos Maurilliac para siempre.

36

Nueva York estaba resplandeciente bajo el sol invernal. No había nieve sobre las aceras, y el aire ya no resultaba tan helado, sino que tenía una dulzura, ausente cuando la había dejado, que anunciaba la primavera. Casi se podía oír el despertar de la tierra en Central Park. Hacía años que no me sentía tan feliz. Claudine y yo habíamos decidido comprarnos una casa en Nueva Jersey. Trasladaría allí mi negocio y lo llevaríamos entre los dos. No hablábamos de Laurent ni de Maurilliac. Queríamos que nuestra relación empezara de cero, en un terreno no hollado por el pasado.

Cuando llegamos a Estados Unidos, Claudine telefoneó a sus hijos y les explicó que había abandonado a su padre por mí. Joël se mostró sorprendido pero entendía que su padre no era un hombre fácil, y a pesar del amor que sentía por él, comprendía que era el único culpable. Joël sólo quería la felicidad de su madre. Con Delphine resultó más difícil porque, como muchas hijas, adoraba a su padre. Le preocupaba que no tuviera quien lo cuidara y culpaba a su madre por destrozarle la vida.

—Los dos sois muy mayores. ¿Qué sentido tiene fugarse con alguien precisamente ahora?

En cuanto supo la noticia, se apresuró a ir a Maurilliac para consolar a Laurent, y se pasó quince días cocinando para él y haciéndole la colada. Cuando volvió exhausta a París, entendía mucho mejor los problemas del matrimonio de sus padres.

—Cuando me case, tendré un cocinero y una criada —le anunció a su madre—. ¿Cuándo podré ir a visitarte y conocer a ese hombre misterioso que te ha llevado al otro lado del mundo?

Una vez solucionado el tema con sus hijos, Claudine tenía que hacer las paces con Dios. Llevaba el catolicismo en la sangre, y hubiese sido injusto por mi parte pedirle que renunciara a sus creencias. Por mi causa había roto sus promesas matrimoniales; no podía pedirle más. Estuvo encantada cuando descubrió que cerca de casa había una iglesia católica llevada por un anciano y sabio sacerdote italiano, el padre Gaddo. Asistió a la misa, comulgó, y se pasó tanto rato en el confesionario que el cura tuvo que pedirle que diera la oportunidad a los demás fieles de descargarse de sus pecados. Cuando volvió a casa, parecía haberse quitado un gran peso de encima y lucía una sonrisa radiante.

—Vuelvo a estar limpia como un recién nacido. Mis pecados han sido lavados.

—¿Qué te ha dicho? —le pregunté asombrado. ¿Cómo podía un simple mortal limpiar tan fácilmente la mancha del adulterio?

—Me ha dicho que la vida es un gran campo de entrenamiento, y que sería poco razonable que Dios no perdonara a los que cometen errores.

—Tiene toda la razón —dije, tomándola entre mis brazos—. Me gusta el padre Gaddo. ¿Crees que nos podría casar?

Los ojos de Claudine se llenaron de lágrimas.

—Sí, Mischa Fontaine. Creo que accederá —dijo, besándome apasionadamente.

• • •

Finalmente encontré el momento para leer las dos cartas que mi madre guardaba en la caja y para abrir su correo. Eran las últimas piezas del rompecabezas.

Estaba a solas en mi apartamento. El lejano rumor del tráfico parecía el zumbido de una colmena. La luz del sol iluminaba la estancia con alegría matinal y yo estaba tumbado en el sofá con una taza de café sobre la mesa y un disco de Leonard Cohen sonando a todo trapo. Sentía que con Claudine mi vida estaba completa. Había salido de Nueva York con las manos vacías, y regresé con mucho más de lo que había soñado jamás. A medida que fui desenrollando los años pasados como un ovillo de lana fui descubriendo la verdad sobre mi madre, Jacques Reynard, el cura y el cuadro. Pero nunca imaginé que yo podía estar en el centro de ese ovillo. Toda mi vida había soñado con el amor, y lo encontré en Jacques, Daphne, Joy y Coyote, gente que había pasado por mi existencia como las nubes del cielo, y lo encontré también en mi madre, que me quiso con un amor constante e incombustible. Pero al final de la búsqueda encontré el amor en mi corazón.

Lleno de emoción, abrí la primera carta que mi madre guardaba en la caja. Estaba dentro del sobre, muy bien doblada y escrita con buena letra.

Querida señora Fontaine: No sé si me recuerda. Me llamo Léon Egberg, y gracias a usted y a Dieter Schultz, tanto yo como mi familia, Marthe, Felix, Benjamin y Oriane, seguimos con vida. Ustedes nos permitieron escondernos en la bodega del château y organizaron nuestra huida de Francia. Nos instalamos en Suiza, y luego emigramos a Canadá, donde vivimos desde que acabó la guerra. Mis hijos se han hecho mayores y se han casado, y cada vez que nace un nieto yo rezo pidiendo por su salud. Mi esposa Marthe y yo iremos en mayo a Nueva York, y nos gustaría verla y saludarla. Le pido disculpas por haberle seguido la pista y por volver a cruzarme con usted. Con mis mejores deseos, Léon Egberg.

Me sorprendió que mi madre no me hubiera hablado de ellos. Cuando yo era pequeño hizo lo posible por convencerme de que mi padre había sido un buen hombre, pero luego no volvió a mencionarlo. Reconocí los nombres: estaban escritos en la bodega del *château*. Ahora me daba cuenta de que había estado mal garabatear también mi nombre. La carta estaba fechada en septiembre de 1983. Cada vez más emocionado, abrí la segunda carta, también de Léon Egberg, fechada en mayo de 1984.

Querida Anouk: Nos alegró mucho verla de nuevo y poder darle las gracias personalmente. Nos encantó saber que se había casado con Dieter Schulz. Le aseguro que haremos todo lo posible por descubrir lo que le ocurrió después de la liberación. Debe de ser un inmenso consuelo haber tenido un hijo con él. A juzgar por las fotografías, guarda un gran parecido con su padre. Es importante que la gente no olvide los horrores de la guerra, por lo menos para que las nuevas generaciones no repitan las mismas atrocidades. Me gustaría que volviéramos a vernos. Dele por favor un abrazo a su hijo de nuestra parte. Espero que sepa lo valiente que fue su madre durante la guerra y las muchas vidas que salvó. Dios la bendiga, Anouk. Con mis mejores deseos, Léon.

Cada vez más nervioso, hojeé rápidamente las cartas que se habían quedado sin abrir desde la muerte de mi madre. Estaba seguro de haber visto alguna con la letra menuda de Léon Egberg. Fui apartando las facturas y las cartas de propaganda hasta encontrar el sobre de Léon Egberg. Tal vez había descubierto algo sobre mi padre. Sin poder contener la emoción, me senté en el sofá, bebí un trago de café y rasgué el sobre de lado a lado.

Mi querida Anouk: Espero que se encuentre bien cuando reciba esta carta. Hemos descubierto por fin lo que le ocurrió a su marido al acabar la guerra. Usted sabe bien que Dieter odiaba a los nazis, tal como demostró al salvar la vida de judíos como nosotros. Me enorgullece decirle que Dieter fue uno de los que participaron en el atentado contra Hitler en el verano de 1944, pero lamentablemente, al fallar el plan, fue condenado a morir en la horca. La vida da a luz pocos héroes, Anouk, pero Dieter era uno de ellos. De haber tenido éxito el atentado, se habrían salvado miles de vidas humanas. Era un hombre valiente y puso la vida de los demás por encima de la suya propia. Confío en que, ahora que conoce lo que le ocurrió a su marido, pueda comunicárselo a su hijo. Ya sé que usted se resistía a recordarle el pasado a su hijo, que tanto había sufrido, hasta saber con certeza qué había sido de su padre. Pero ahora que conoce la verdad, Mischa merece saber que su padre fue un hombre bueno y noble, un héroe de corazón valeroso. Siempre le recordaremos con cariño. Deseamos que siga usted bien y brindamos por una larga vida. L'hiem! Todo nuestro cariño para usted y su hijo. Léon.

La lectura de la carta me dejó atónito. Sabía algo sobre el intento de acabar con la vida de Hitler, un suceso sobre el que había numerosos libros y documentales. Los conspiradores fueron ahorcados con cuerdas de piano y filmados mientras morían. Me horrorizó saber que mi padre había muerto de esa manera, y me entristeció que la carta de Léon hubiera llegado demasiado tarde para mi madre. Me pregunté si me habría dicho algo, si estaba esperando la carta de Léon para hablar conmigo. Habría sido lo lógico.

Así que mi padre era un héroe de verdad, como siempre había sospechado. Mi madre no se habría enamorado de un hombre que simpatizara con las ideas nazis; respetaba demasiado a las personas, independientemente de su raza o clase social. No era dada a demostraciones de afecto —yo era uno de los pocos que buscaba refugio en sus brazos—, pero estaba convencida de que todos teníamos nuestro lugar en el mundo y de que había sitio para todos.

Decidí escribir una carta a Léon Edger para comunicarle el fallecimiento de mi madre. Quería agradecerle el trabajo que se había tomado para averiguar el paradero de mi padre, y también quería conocerlo. Y es que, por mucho que me alejara de Maurilliac, me era imposible cortar los lazos con mi pasado.

Regresé al apartamento de mi madre con Claudine. Quería que me ayudara a hacer limpieza. Ya no deseaba hacerlo solo. Habíamos decidido entregar a la beneficencia todo lo que pudiera aprovecharse. Claudine empezó con los cacharros de la cocina, y yo fui al dormitorio para vaciar el armario de mi madre. Estuvimos toda la semana vaciando el apartamento. Era invierno, y una luz lechosa entraba por las ventanas.

No me dolió empaquetar todas las cosas de mi madre y ver cómo se las llevaban en unas furgonetas porque sabía que era lo que ella hubiera querido. No le importaban las posesiones, y ya no las necesitaba.

Me quedé con algunos objetos: joyas, diarios, cartas, álbumes de fotos y otras cosillas de valor sentimental. Cuando acabamos me puse a leer las postales de Coyote con Claudine. Después de lo que me había contado Joy sobre el asesinato de Richard Quigley investigué por mi cuenta y descubrí que mis sospechas eran ciertas: Coyote, también conocido como Jack Magellan, se llamaba Lynton Shaw. Estaba casado con Kelly, habían tenido tres hijos —Lauren, Ben y Warwick— y vivían en Richmond, estado de Virginia. Lo condenaron a cadena perpetua por el asesinato de Richard Quigley, y durante treinta años se pudrió en la cárcel de Keen Mountain. Posiblemente también había matado al novio de Joy, Billy, para quedarse con el cuadro. ¿Y mi madre, acaso conocía la verdad y había preferido ocultarla? ¿Por qué no nos había dicho nada Coyote? ¿Cómo dejó que creyéramos que nos había abandonado? Esperaba que las postales me aclararan este punto.

Estábamos los dos en la cama y la habitación olía al perfume de Claudine, a sus aceites de baño y a su crema corporal de vainilla. Me encantaba su aroma, tan femenino, y me gustaba ver su camisón colgado detrás de la puerta. Claudine no era tan ordenada como Linda, dejaba sus ropas por todo el dormitorio, pero a mí me gustaba así, terrenal y sensual como el verano en Francia.

—Mira qué tierna —dijo Claudine, alzando una postal. «Dile a Mischa que estoy en Chicago, la ciudad de los gánsteres. Dile que es una ciudad oscura y peligrosa donde los hombres merodean por ahí con sombrero y pistolas colgando del cinturón. Seguro que eso le impresionará.»

—¿No dice nada más? Si pensamos en el tiempo que estuvo fuera, no es mucho, la verdad.

—A ver qué te parece: «Dile a Mischa que estoy en México. He atravesado el desierto en un caballo blanco, he dormido bajo las estrellas, y llevo un sombrero gigante para protegerme del sol y de los mosquitos. Las fajitas son deliciosas, y los mojitos hacen que la cabeza me dé vueltas. Cuando toco la guitarra en la plaza, las mujeres se acercan y bailan para mí. Son las mujeres más bellas del mundo, pero no tan hermosas como tú, mi preciosa Anouk. Te echo muchísimo de menos. No olvides que te quiero y que siempre te querré. Y también quiero a Mischa, no dejes de decírselo por lo menos una vez al día. No quiero que me olvides nunca.» —Claudine me miró frunciendo el ceño—. ¿No es un poco extraño? Parece como si supiera que no iba a volver.

Me quedé pensativo y releí la postal.

—Si te das cuenta, Claudine, sus descripciones de los lugares son frases hechas. Mira esta postal, con fecha del mes de julio: «Dile a Mischa que estoy en Chile. Es verano y hace mucho calor, pero el agua del mar está helada, demasiado fría para mí. Toco la guitarra por la noche cuando la playa está vacía, y las estrellas son mucho más grandes aquí. Os echo de menos a los dos. Pronto volveré a casa. Dile a Mischa que cuide de su madre en mi ausencia y que practique con la guitarra. Cuando vuelva, espero que sepa tocar todo Laredo. Ponme un plato en la mesa, amor mío, no quiero quedarme sin cenar».

—¿Qué tiene de extraño?

Le tendí la postal.

—El mes de julio es invierno en Chile. Hace mucho frío.

Claudine se incorporó.

—¿Así que no crees que haya estado en ninguno de estos sitios?

—Oh, puede que haya ido, pero no estaba allí cuando escribió las postales. Mira los sellos.

—Todos son del mismo lugar.

—De Virginia Occidental. ¿Y sabes lo que hay en esa parte del Estado? La prisión de Keen Mountain.

Claudine me miró con semblante incrédulo.

—Dios mío. ¡Estaba en la cárcel!

—Lo condenaron a treinta años de prisión por el asesinato de Richard Quigley. Y supongo que también mató a Billy, el novio de Joy Springtoe.

Claudine le puso la mano en el brazo.

—¡Santo cielo, Mischa! ¿Estás seguro?

—Sí. Joy lo leyó en los diarios de aquí, y cuando volví de Francia hice algunas averiguaciones. Coyote tenía otra vida. De hecho, ni siquiera se llamaba Jack Magellan. Su verdadero nombre era Lynton Shaw. Supongo que mató a Billy durante la guerra para asegurarse de que no volvería y desenterraría el cuadro. Cuando entraron los ladrones en la tienda y en nuestra casa, adivinó quién había sido y qué buscaba. Por eso se marchó al día siguiente. Localizó a Richard Quigley y lo mató. Me sorprende que lo descubrieran, con lo listo y taimado que era.

—Hace un tiempo que lo sospechas, ¿verdad?

Asentí con un suspiro.

—Era la única explicación posible. ¿Por qué otra razón no iba a volver? Lo que me sorprende, sin embargo, es que no nos lo dijera. Podríamos haber ido a verle a la cárcel. Por lo menos yo hubiera sabido la razón de su ausencia y no me habría sentido tan abandonado.

Claudine fue pasando las postales y mirándolas una a una.

—Es posible que fuera un mentiroso y un ladrón, Mischa. Pero mira, en todas las postales pone «dile a Mischa». No os dijo nada porque no quería decepcionarte. —Cogí el fajo de postales y las volví a leer una a una. Claudine tenía razón. Todas iban dirigidas a mí—. Tú lo habías puesto sobre un pedestal. Era el hombre mágico que te devolvió la voz y la confianza en ti mismo. De haberte contado la verdad, habrías perdido la fe. Tal vez pensó que podías incluso perder la voz, no sé.

—Yo lo quería igual que él quería al anciano de Virginia. Coyote sabía por propia experiencia lo que significaba amar una fantasía, y también lo que significaba perder ese amor. No vino a mi oficina en busca del Tiziano, vino a verme a mí. —La emoción me oprimía el pecho—. Me encontró a través del cuadro, porque habíamos salido en los diarios. Y mi madre guardó la pintura todos estos años esperando el regreso de Coyote. Por eso le dolía tanto devolverla, porque era abandonar toda esperanza. Pero Coyote no volvió por el cuadro, sino para vernos a mí y a mi madre. ¿Lo entiendes? —Le agarré la mano con fuerza—. A eso se refería cuando decía que «iba tras un espejismo», porque el pasado no vuelve. Nosotros habíamos seguido con nuestra vida, y mi madre había fallecido. Después de treinta años pudriéndose en la cárcel, él quería que estuviéramos juntos de nuevo, pero era una ilusión. ¡Mierda! Y lo eché de la oficina.

—Entonces no podías saberlo —dijo Claudine para tranquilizarme.

—Pensé que quería dinero, y sólo quería ver a su hijo. —Ya no estaba emocionado. Ahora sólo sentía náuseas. Apoyé la cabeza entre las manos—. ¿Cómo podría dar con él?

—No puedes —dijo Claudine, moviendo la cabeza—. Es él quien tiene que encontrarte.

Aquella noche estuve tocando Laredo frente a la ventana abierta, con la esperanza de que el viento, por arte de magia, llevara la canción hasta él para que supiera que yo nunca había dejado de quererle. Lynton Shaw, o Jack Magellan, era un ladrón, un mentiroso y un asesino, pero para mí había sido Coyote, el hombre de intensos ojos azules y sonrisa maliciosa, con un gran corazón y la voz de un ángel.

Nueva York se había convertido en una ciudad sin esperanza, así que estuve contento de que nos fuéramos a vivir a Nueva Jersey. Cada vez que veía un vagabundo me acordaba de Coyote y me fijaba en él con el corazón lleno de esperanza, pero invariablemente me encontraba con los ojos de un desconocido que me miraba impasible. Nos compramos una casa coquetona, pintada de blanco y con una cerca de madera. Plantamos flores en el jardín y echamos raíces. Abrí una tienda y le puse de nombre Tienda de curiosidades del capitán Crumble, porque abrigaba la secreta esperanza de que Coyote la descubriera y viniera a buscarme. Necesitaba decirle que lo quería, que siempre lo había querido, que a pesar de todo, lo único que no había cambiado era mi afecto por él.

Nos compramos un perro y trabamos amistad con los vecinos. Y un día de agosto recibí un paquete por correo, grande pero ligero. Reconocí la letra de Esther. Dentro del paquete encontré una guitarra. El corazón se me aceleró cuando descubrí que era la de Coyote. La nota decía:

Querido Mischa: Llegó esto para ti. Dios sabe para qué lo querrás, porque no tocas la guitarra, ¿no? En Nueva York hace un calor horrible. Hay demasiada gente por la calle y demasiadas prisas. Te echamos de menos. ¡Ánimo! Esther.

Estaba demasiado asombrado para sonreír. Abrí el envoltorio para ver si encontraba una carta o una nota de Coyote, cualquier cosa, pero no encontré nada. Me puse a afinar la guitarra, pero los dedos me temblaban tanto que apenas podía mantenerlos sobre las cuerdas. Sentía a Coyote en las notas, oía su voz, me la traía el viento que lo transportó a Maurilliac aquel día de finales del verano muchos años atrás. Vi un papelito escondido dentro de la guitarra. Era una nota pequeña, escrita con letra apenas legible. «Esta guitarra perteneció al viejo de Virginia. Cuídala bien, Junior, porque ahora es tuya.»

Los ojos se me llenaron de lágrimas y sentí un dolor en el pecho. Para demostrarle lo que había aprendido, toqué la guitarra con entusiasmo y canté a pleno pulmón.

Entonces lo bajamos
hasta el verde valle
y tocamos la marcha fúnebre
mientras lo transportábamos.
Porque todos queremos a nuestros compañeros
que son tan guapos, jóvenes y valientes.
Todos queremos a nuestros compañeros
aunque hayan obrado mal.